6

大文学评论

主编　李　怡　副主编　妥佳宁
组编　四川大学文学与新闻学院　四川大学大文学研究学派培育项目

巴蜀书社

图书在版编目（CIP）数据

大文学评论．6/李怡主编．—成都：巴蜀书社，2023.7

ISBN 978-7-5531-2033-1

Ⅰ．①大…　Ⅱ．①李…　Ⅲ．①中国文学—文学研究—文集　Ⅳ．①I206-53

中国国家版本馆CIP数据核字（2023）第115388号

大文学评论（6）　　李　怡　主编

责任编辑　李　蓓
出　　版　巴蜀书社
　　　　　成都市锦江区三色路238号新华之星A座36层
　　　　　邮编610023　总编室电话：(028) 86361843
网　　址　www.bsbook.com
发　　行　巴蜀书社
　　　　　发行科电话：(028) 86361852
经　　销　新华书店
印　　刷　成都蜀通印务有限责任公司（028）64715762
照　　排　成都完美科技有限责任公司
版　　次　2023年8月第1版
印　　次　2023年8月第1次印刷
成品尺寸　185mm×260mm
印　　张　18.5
字　　数　350千
书　　号　ISBN 978-7-5531-2033-1
定　　价　60.00元

目 录

郭沫若研究专栏

大文学研究

大文学视野

儿童文学研究专栏

纯文学研究

学术史

Contents

The Column of Guo Moruo Research

General Literature Research

The Perspective of General Literature

The Column of Children's Literature Research

Pure Literature Research

Academic History

郭沫若研究专栏

20 世纪 50 年代古籍诠译馆筹备情况再考[①]

廖久明

摘 要：20 世纪 50 年代的古籍诠译馆筹备工作除得到时任中华人民共和国中央人民政府副主席张澜、政务院副总理郭沫若、“一代儒宗”马一浮等人的支持外，还得到了时任政务院副总理的黄炎培、与毛泽东关系极好的章士钊的支持。1948 年国立中央研究院评选的院士中，除顾颉刚外，柳翼谋也参与了筹备事。由于周孝怀“体衰”、柳翼谋“病杂”、顾颉刚太忙等原因，筹备事最终不了了之。“旋为有力者所阻而不果”的说法可能与事实不符。

关键词：20 世纪 50 年代；古籍诠译馆；筹备情况

1992 年版《郭沫若书信集》下册收录了郭沫若致尹达信 25 函，其中一信的写作时间被认定为 1955 年 3 月 18 日[②]。笔者在考证该信正确的写作年份应为 1954 年[③]的文章中，初步对古籍诠译馆筹备情况进行了考证，其结论为“1953 年 10 月，‘酷嗜读书’的周孝怀在北京期间，与张澜、郭沫若等谈到了古籍诠译之事；11 月 14—27 日期间，时任浙江省文史馆馆长的马一浮访晤了回到上海的周孝怀，周谈及‘把《十三经》译成白话文’，‘马也赞成’，于是周给在北京的何北衡写信；12 月 14 日，何北衡访郭

① 本文系 2019 年度国家社会科学基金项目“民国时期郭沫若研究资料收集整理与研究”（19BZW101）的阶段性成果。

② 《致尹达（1955 年 3 月 18 日）》，黄淳浩编：《郭沫若书信集（下）》，中国社会科学出版社 1992 年版，第 181 页。

③ 李斌根据顾颉刚日记也认定该信写作年份为 1954 年。参见李斌：《郭沫若书信中的当代中国》，云南人民出版社 2021 年版，第 294—295 页。

沫若，‘谈及周孝怀老先生有信给他’，提到‘译经工作’，郭认为‘这工作是可以做的’，于是致信刘大年发表自己的意见；1954 年 3 月 14 日，顾颉刚等人‘同商古籍诠译馆工作计画［划］及筹备要点’；3 月 18 日，兼任上古史所所长的郭沫若看了何北衡交来的‘周孝怀老先生关于古籍铨［诠］译的意见和方案’后致信副所长尹达，请尹与何‘仔细商讨’；4 月 4 日，‘（顾颉刚）到周孝怀先生处，听何北衡报告，并讨论古籍诠译馆事’。遗憾的是，由于‘孝老体衰’，顾颉刚又离开复旦大学到中国科学院上古史所工作，这件得到时任中华人民共和国中央人民政府副主席张澜、政务院副总理郭沫若、‘一代儒宗’马一浮等人大力支持的好事不了了之”①。根据后来找到的资料可知，古籍诠译馆筹备事还得到了时任政务院副总理的黄炎培、与毛泽东关系极好的章士钊②的支持；1948 年国立中央研究院评选的院士③中，除顾颉刚外，柳翼谋也参与了筹备事。本文拟对以上情况进行考证，并对不了了之的原因进行考证。

一、黄炎培支持周孝怀诠译古籍考

顾颉刚在 1954 年 4 月 4 日的日记中如此写道：“孝怀先生去年入京，访张表方、郭沫若二公，谈翻译古籍事，因有古籍诠译之设。”④《黄炎培日记》中有不少有关周孝怀此次进京情况的记载：1953 年 9 月 22 日，“何北衡来，准备明日周孝怀来京招待方法”；9 月 23 日，“何北衡电话告周孝怀已到，住永安饭店 110 号”；9 月 24 日，“八时，访孝怀于永安饭店，谈一小时”；9 月 25 日，“十时，接周孝怀到家长谈。午餐后

① 廖久明：《郭沫若为古籍诠译馆筹备事致尹达信写于哪一年》，《新文学史料》2022 年第 1 期，第 46 页。

② 从以下两件事情即可看出两人关系如何：（一）1920 年 6 月，“毛泽东为组织革命活动以及一部分同志去欧洲勤工俭学，急需一笔数额较大的款项，在上海找章士钊帮助。章上无片瓦，下无寸土，当即热情相助，发动社会各界名流捐款，共筹集两万银元，全部交给毛泽东”。（二）1965 年 7 月 16 日，章士钊给毛泽东写信，连同高二适的《〈兰亭〉的真伪驳议》一起附送，希望此文发表；7 月 18 日，“毛泽东还把有关信函、文章以及回复章士钊的信，一起送给郭沫若。毛泽东在致郭沫若的信中写道：‘章行严先生一信，高二适先生一文均寄上，请研究酌处。我复章先生信亦先寄你一阅。笔墨官司，有比无好。未知尊意如何？’”（袁景华：《章士钊先生年谱 1881—1973》，吉林人民出版社 2001 年版，第 131、313—314 页。）

③ 沈卫威：《郭沫若当选首届院士的原始文献举证》，《名作欣赏》2019 年第 2 期。

④ 《顾颉刚全集·顾颉刚日记》第 7 卷，中华书局 2011 年版，第 526 页。

续谈，二时送回旅馆”；9月29日，“何北衡来，述孝怀今夜去东北”；10月5日，“夜，访周孝怀寓所，谈一小时”；10月10日，“讯周孝怀”；10月11日，“夜访孝怀谈一小时”；10月12日，“招何北衡来，与谈周孝怀事”，“与齐燕铭谈周孝怀事”，“讯何北衡”，“讯周孝怀”；10月21日，“讯周孝怀”；10月23日，“讯周孝怀”，“讯何北衡”；10月24日，“午餐请者：冷御秋、陈经畬、陶叔南、钱孙卿、张敬礼、姚惠泉、陆小坡、胡厥文、刘国钧、李国伟、陈邃衡、华煜卿、王艮仲。谈：1. 周孝怀的幼子；2. 周孝怀篆书十三经完稿”；10月28日，“复周孝怀信，深致针砭”；10月29日，“访周孝怀，得来信谢我针砭”；11月9日，“夜访周孝怀”；11月11日，“访周孝怀送别”①。根据以上摘录可以知道以下两点：一、周孝怀与时任中央人民政府政务院副总理的黄炎培关系极好；二、顾颉刚日记所记之事当发生于1953年9月24日至11月11日之间。

在这些日记中，10月24日的日记值得特别分析。该日，黄炎培请客，共谈七件事情，前两件都与周孝怀有关，第二件便是“周孝怀篆书十三经完稿”。既如此，周孝怀此行在“访张表方、郭沫若二公，谈翻译古籍事”的情况下，不可能不与黄炎培谈到诠译古籍事。不管是日记还是档案，人们都只会记录认为值得记录的事情，因此，不能因为日记或档案中没有相关记载便否认某事发生过，而需要根据相关资料做出推断。根据引文可以知道，黄炎培日记很简略，没有记载与周孝怀谈诠译古籍事很正常。顾颉刚日记没有记载，极有可能是周孝怀没说。其原因为：如果说了，顾颉刚只需在姓名中增加“黄炎培”或“黄任之”即可，他没必要节省这三个字。周孝怀没说的原因，当与他和这三人的亲疏有关。根据所引黄炎培日记可以看出，他与黄炎培的关系极其亲密，肯定会无所不谈，日记中的“深致针砭”、“谢我针砭”便是最直接的证据，诠译古籍事应该只是其中的一件，因此，周孝怀没有向顾颉刚等人提起；周孝怀1953年9—11月在北京期间，拜访张澜、郭沫若的主要目的之一便是“谈翻译古籍事”（另一事为搜集保路运动资料），所以就说了，因此顾颉刚日记中有记载。如果周孝怀谈了诠译古籍事，可以肯定，黄炎培会支持，有如他支持“周孝怀篆书十三经完稿”

① 中国社会科学院近代史研究所整理：《黄炎培日记》第12卷，华文出版社2012年版，第185—200页。

事一样。

二、章士钊支持周孝怀诠译古籍考

周孝怀此行谈到了古籍诠译事，还可从以下引文中找到证据：

> 一九五四年秋先生体气更衰，婴肠胃足软诸疾。先是北京有古典铨译馆之议，议邀先生至北京从事古典铨译工作，先生以病劝顾颉刚先生先行，至是周孝怀先生乃力促先生至北京，仍以病杂未能成行。章士钊先生曾有诗纪其事："《题京鸳湖集》廿二绝之一，经先未肯吟哦，才较渊如不啻过，怪绝孝侯工说易，却甘低首汉田何。(自注：周孝怀近来北京，主张国故，并谓此一大业，非柳翼谋先生莫属)"①

很明显，章士钊诗第一句缺一字。笔者在 10 卷本《章士钊全集》中未找到该诗，在百度、读秀学术搜索中也未检索到《题京鸳湖集》。袁景华著《章士钊先生年谱(1881—1973)》中 1953 年的情况仅半页（吉林人民出版社 2001 年版，第 284 页），也无相关记载。不过，据以下引文可以知道，周孝怀到北京后拜访章士钊的可能性极大："一九〇三年，吾在上海策划革命，访狄平子计事次，而一人手执地图，洋洋洒洒而至，经平子介绍，彼此通姓名，此吾与孝怀相识之始。时吾年廿三，孝怀年廿八，已入川督西林岑云阶幕府三年以上，绰有才华，吾阴服其早达。向后绵绵延延，或离或合，吾二人保持交谊，以至于孝怀于十年前化去，首尾盖五十年有奇，诚不可谓不相知。"② 关于此次入京及以后的情况，周孝怀有如此说法："1953 年 10 月我到北京去……1954 年 2 月就病倒了……我至今头晕不愈，医生又切戒不许写东西。今年三月

① 申耆：《柳诒徵传略》，《晋阳学刊》编辑部编：《中国现代社会科学家传略》第 5 辑，山西人民出版社 1985 年版，第 300 页。柳诒徵，字翼谋。

② 《记周孝怀诬罔（一九六二年?）》，《章士钊全集》第 8 卷，文汇出版社 2000 年版，第 363 页。周孝怀去世的时间是 1958 年。据引文"孝怀于十年前化去"可以推知，该文写作时间当为 1968 年。

我满足八十岁了，一想，再因循可不得了。"① 由此可知，如果引文所写事情属实，只可能发生于 1953 年 9 至 11 月之间。根据章士钊的七绝和自注可以知道，周孝怀在谈到诠译古籍事时，章士钊是支持的。顾颉刚日记中同样没有出现章士钊，其原因当同为周孝怀没有说。没有说的原因当有两个：一、有了张澜、郭沫若、黄炎培等人的支持，章士钊的支持不值一提；二、据《记周孝怀诬罔》可知，周孝怀对章士钊有误会，在这种情况下，周孝怀当然不会提起拜访情况了。周孝怀对章士钊有误会，到北京后仍去拜访他，这很好地说明了人际交往的复杂性②。

三、柳翼谋参与古籍诠译馆筹备事考

同样，看看《顾颉刚日记》可以知道，引文所写"先生以病劝顾颉刚先生先行"事当发生在 1954 年夏：3 月 25 日，"柳翼谋先生来"；4 月 4 日，"到周孝怀先生处，听何北衡报告，并讨论古籍诠译馆事。五时出，与苏渊雷、瞿兑之到静安寺进点，再商，由渊雷草计划"，"今日同会：周孝怀　何北衡　柳翼谋　汪旭初　顾巨六　尹石公　孔令谷　陈志良　苏渊雷　瞿兑之　程演生"，"孝怀先生去年入京，访张表方、郭沫若二公，谈翻译古籍事，因有古籍诠译之设。郭派何北衡来沪觅屋，并与诸人谈。现馆址已觅定中国科学社余屋，惟孝老体衰，而上海真能作诠译工作者实不多，我又将离去，觉此事前途颇黯淡也"；4 月 5 日，"与翼谋先生谈"；7 月 26 日，"到文管会，与徐森玉、柳翼谋、尹石公三先生谈"；7 月 28 日，"到太平路，与翼谋、森玉两先生谈"；8 月 6 日，"今午同席：予（客）　刘晦之　江翊云　柳翼谋　徐森玉　尹石公　汪旭初　苏渊雷（以上主）"③。由于顾颉刚、柳翼谋都参加了 1954 年 4 月 4 日在周孝怀处召开的古籍诠译馆筹备会，因此可以推断，本段所引几次谈话中的一次或几

① 周善培：《辛亥四川争路亲历记·自序》，重庆人民出版社 1957 年版，第 1 页。周善培，号孝怀。

② 章士钊在《记周孝怀诬罔》中评价周孝怀道："约而言之，其人有纵横捭阖之才，而非大器，与人交能谄能骄，能匿怨，能阴下石，能痛哭流涕，欷歔慷慨，以自名其相善，而人率望望然而去之，以是终其身无所成。"（章士钊：《记周孝怀诬罔（一九六二年?）》，《章士钊全集》第 8 卷，文汇出版社 2000 年版，第 363 页。）

③ 《顾颉刚全集·顾颉刚日记》第 7 卷，中华书局 2011 年版，第 522—579 页。

次当与本段开头引文有关，最有可能的时间是7月26日、7月28日。从8月6日同席后到顾颉刚8月20日离开上海，柳、顾二人再未见面，故引文所写“先生以病劝顾颉刚先生先行”事当发生在1954年夏。

引文所写“周孝怀先生乃力促先生至北京，仍以病杂未能成行”事则应发生在1954年秋：9月16日，“何北衡来”；9月28日，“尹达来谈”；10月4日，“访何北衡，未遇”①。顾颉刚于1954年8月22日“三时到北京”后，何北衡9月16日前去拜访，当谈到古籍诠译馆事。9月28日“尹达来谈”时，顾颉刚应该会将他在1954年4月4日日记中所写以下情况告诉尹达：“惟孝老体衰，而上海真能作诠译工作者实不多，我又将离去，觉此事前途颇黯淡也。”结合周孝怀在拜访章士钊时所说的“主张国故……非柳翼谋先生莫属”、郭沫若1954年3月18日致尹达信中的“馆长仍请周孝老担任”可以推断，在何北衡“交来周孝怀老先生关于古籍铨译的意见和方案”中，有可能建议由柳翼谋担任古籍诠译馆馆长，不过郭沫若坚持“馆长仍请周孝老担任”。尹达在得知“孝老体衰，而上海真能作诠译工作者实不多”的情况下，打算在北京成立古籍诠译馆或者“在上古史所中附设一‘译古组’”② 并请柳翼谋主持便是顺理成章的事情。10月4日，顾颉刚前去拜访何北衡，当与此事有关。周孝怀得知该情况后，“力促”柳翼谋到北京，遗憾的是，柳“仍以病杂未能成行”。

关于古籍铨译馆筹备事，顾颉刚日记中写到的苏渊雷在《柳诒徵史学论文集序》中有如此说法：

> 愚早岁失学，擿埴索涂，罔知南北。始读先生《论近人言诸子学者之失》及《自由讲座》诸文，心为好之。厥后避地巴渝，始获奉手；解放初重逢沪渎，相与从事文管会与文史馆之筹建；继与周孝怀、徐森玉、顾颉刚诸老倡设“古籍铨译馆”，从事文化抉择工作。时政务院业已通过编制及预算，且派员莅沪洽谈，旋为

---

① 《顾颉刚全集·顾颉刚日记》第7卷，中华书局2011年版，第592—598页。

② 对此，郭沫若在1953年12月15日致刘大年的信中有如此建议：“譬如成立一译经组，摆在上海，让周主持。他可以推荐些人来，怎样进行分工，房屋是否需要等等。何北衡答应把这意见转达。我意，在上古史所中附设一‘译古组’，恐有必要。”（《郭沫若来函（1953年12月14日、15日）》，《刘大年全集》第11卷《书信（下）》，湖北人民出版社2019年版，第33—34页。）

有力者所阻而不果①。

该文发表时，其中两页误排到卞孝萱的《柳诒徵先生与〈中国文化史〉》中，页码为 177、178。理由为：一、第 176 页的“《满清年”与第 179 页的“表》”刚好衔接起来，意味着第 177、178 页为误排；二，苏渊雷在《柳诒徵史学论文集序》中介绍柳翼谋抗战期间在重庆时的授课情况为：“先生定居重庆柏溪后，为诸研究生讲史学原理，分别论述史原、史权、史统、史联、史德、史识、史义、史例、史术、史化等十题，汇成《国史要义》一书，节节联贯，节节依持，信为先生文史学之晚年定论”（第 173 页），接下来的第 173—174 页依次介绍了《史原篇》、《史权篇》、《史统篇》、《史联篇》，《史德篇》、《史识篇》、《史义篇》、《史例篇》、《史术篇》、《史化篇》则出现在第 177、178 页。

四、古籍诠译馆筹备事不了了之原因考

现在对“时政务院业已通过编制及预算，且派员莅沪洽谈，旋为有力者所阻而不果”进行辨析。“时政务院业已通过编制及预算”当与郭沫若 1954 年 3 月 18 日致尹达信的以下内容有关：“①铨译馆的经费，望催办公厅，及早核定，可以略照原拟数目增加一些。图书购买费应予以考虑”；“②馆长仍请周孝老担任，但需一助手帮忙，北衡兄愿任此事，似可由北衡兄任副职，或其他名义”；“③上海房屋，北衡兄言他有办法，他不久将往上海一行。望备一信由北衡兄持交上海办事处，以便取得联系”；“④其他应办事件，由北衡兄面谈，请商酌决定”②。内容的差异既有可能是苏渊雷记忆错误，也有可能是何北衡当时转述有误。“派员莅沪洽谈”当与顾颉刚 1954 年 4 月 4 日日记所记内容有关：“到周孝怀先生处，听何北衡报告，并讨论古籍诠译馆事。”“旋为有力者所阻而不果”则可能与事实不符。

---

① 中国人民政治协商会议镇江市委员会文史资料研究委员会编：《镇江文史资料 · 第 11 辑 · 柳翼谋先生纪念文集》，1986 年，第 178 页。

② 《致尹达（1955 年 3 月 18 日）》，黄淳浩编：《郭沫若书信集（下）》，中国社会科学出版社 1992 年版，第 181 页。该信的写作年份应为 1954 年。

为了搞清楚该问题，有必要看看以下长长的引文：

1955 年 3 月 17 日，何北衡给郭沫若写了一封信，兹录如下：

沫若先生：

关于古籍铨译工作之推进问题，如果成立铨译馆，及邀请众位老先生来京座谈，都有困难的话，我个人还有一点建议，兹说明如下：

一、由历史研究所选定一些能够担任铨译工作的老先生，分别与之订立特约，各人铨译一种或几种古籍，只须补助所需用的助手的生活费及纸笔费，如同是征集稿件一样，只在事业费及稿件费项目内开支少数费用，而无成立机构，及增添固定人员之困难，因各位老先生大多已有其他名义及生活费来源，只是对铨译工作有热烈兴趣，愿各尽其能，对祖国文化有所贡献。

二、铨译原则，即照您历次所谈各要点，如“照原书真正本义，以浅近文言或白话，直译出来”，然后再由政府审查。其合于现在时代及环境而有效用者，则采取作教育及宣传之用，否则视为是某时代环境的思想文化产物，只须加以批判，而置诸古物陈列馆中，供后代考古学者之研究。

三、进行步骤，可否由您约周孝老个人来京一谈，商定可以特约之人选，以后即由历史研究所派人分别与各老订立特约，开始铨译，陆续交稿，可省却各老长途来京之困难。

闻周孝老最近在上海医院检查身体，医生认为健康无病，似此情形，或可再工作三五年，我不久将赴汉口出席民生公司董事会，或可与周老在汉或沪一晤。我亦甚希望行前与您一谈，再继续研究，謹先达，并致

敬礼

何北衡

三月十七日夜

据信封邮戳，这封信的时间为 1955 年 3 月 18 日，来自东四史家胡同 57 号何北衡，信笺为“中央人民政府水利部公用笺”，共三页。郭沫若在“沫若先生”几个字上画圈，在信上有批注。在“照原书真正本义，以浅近文言或白话，直译出来”等字下划线，批注为“这是周老的话，我的意思倒不是这样”。在“由您约周

孝老个人来京一谈”等字下划线，批注为“目前无此可能”。在“分别与各老订立特约，开始铨译”下划线，批注为“此条似可考虑”。

在这封信的第一页左边，郭沫若给尹达写了几句话：

尹达同志：

请您阅后答复他吧。据顾颉刚谈，老先生要的还是生活，不妨问问他。

郭沫若

三、十九

看来，参与其事的顾颉刚1954年北上之后，郭沫若向他了解了一些情况，觉得这些老先生创立“古籍诠译馆”，可能主要是为了经费补贴生活①。

以上引文告诉我们，到1955年3月19日，郭沫若连给何北衡回信的兴趣都没有了，其原因当是“据顾颉刚谈，老先生要的还是生活”。据查，1954年8月22日顾颉刚到北京至1955年3月19日期间，顾颉刚与郭沫若共见面四次，时间分别为：1954年8月31日、1954年12月24日、1955年1月29日、1955年2月1日②。顾颉刚最有可能对郭沫若说“老先生要的还是生活”的时间应该是最后一次，即1955年2月1日“到郭院长处”。其原因为：1954年8月31日，顾颉刚“到中山堂，参加解放台湾报告会，听郭沫若报告”，“在会场晤面者：胡庶华　李长之　周廷儒　冯芝生　罗莘田　郑石君　杨人楩　郑振铎　郭沫若”，此时不可能谈；1954年12月24日，“与郭沫若、周叔弢、张治中、苏炳文谈”是参加政协第二届全国委员会第一次全体会议期间的谈话，也不可能谈古籍诠译馆筹备事；1955年1月29日，“与静秋到统战部，看《渡江侦察记》电影，遇郭沫若、浦熙修等”时不便谈。顾颉刚1955年2月1日“到郭院长处”后，应该将他在1954年4月4日日记中所写的“惟孝老体衰，而上海真能作诠译工作者实不多，我又将离去，觉此事前途颇黯淡也”的情况告诉了郭沫若，还将柳翼谋“仍以病杂未能成行”的情况告诉了郭沫若，同时还说了“老先生要的还是生活”等话。在这种情况下，郭沫若认为“成立铨译馆，及邀请众位老先生来京座

① 李斌：《郭沫若书信中的当代中国》，云南人民出版社2021年版，第295—297页。据核对，引文中的“铨译”在原信中写作“诠译”。

② 《顾颉刚全集·顾颉刚日记》第7卷，中华书局2011年版，第587、629、649、651页。

谈，都有困难”便很正常。何北衡得知该情况后，于1955年3月17日致信郭沫若，另外提出“一点建议”。郭沫若收到该信后，于3月19日在该信第一页左边写道“请您阅后答复他吧。据顾颉刚谈，老先生要的还是生活，不妨问问他”，并将该信转给尹达。顾颉刚1954年11月27日日记有这样的记载：“德钧来言，尹达不欲予在《通鉴》上费去太多时间，盖犹是本位主义也。”① 由此可知，尹达基于“本位主义”，不希望顾颉刚“在《通鉴》上费去太多时间”。很明显，成立古籍诠译馆后，可能将费去顾颉刚不少时间，这不是尹达愿意看见的。现在既然郭沫若对此事不再热心，尹达不再考虑成立古籍诠译馆便是情理之中的事。郭沫若让尹达“不妨问问他”。看看日记就可以知道，顾颉刚到北京后，与其直接上级尹达经常见面、谈话②，应该将相关情况早已告诉了尹达。这应该是顾颉刚1954年8月22日到北京后，古籍诠译馆迟迟未能成立的原因。

现在分析一下顾颉刚对郭沫若说“老先生要的还是生活”的原因。看看顾颉刚1954年6月30日日记所列工作计划便可以知道，他计划要做的事情实在太多了：拟作论文14篇、学术性著作16部，并打算写作18章的自传《“著书都为稻粱谋”》。到北京后不到一个月，顾颉刚于1954年9月20—22日拟定了自己的工作计划：“编辑考订的工作”包括《中国古代地名集解》、《中国古代史料对勘表》、《尚书学汇考》，“研究论著”包括《〈禹贡〉著作时代考》、《〈尧典〉著作时代考》、《〈春秋〉三传与〈国语〉的研究》、《三皇五帝考》、《昆仑与西王母的传说考》、《孟姜女故事考》，“笔记”包括《古地理丛考》、《古史事丛考》、《古制度丛考》、《古名物丛考》、《古文籍丛考》、《民间文学丛考》、《风俗丛考》，另计划写作研究论文18篇等③。看看《顾颉刚日记》还可以知道，他到北京后，找上门来的事情也很多：9月21日，“中华书局要我作几项工作：1. 编《古史辨选集》，2. 编《辨伪丛刊》，3. 编《中国疆域沿革史参考资料》及《中

① 《顾颉刚全集·顾颉刚日记》第7卷，中华书局2011年版，第619页。

② 现略举几例：1954年10月13日，“尹达来，谈本所计划”；10月26日，“与尹达长谈”；11月8日，“尹达来。重作工作计划，包括所内与所外。送尹达处”；1955年1月7日，“乘尹达车归”；1月11日，“乘尹达汽车归”。（《顾颉刚全集·顾颉刚日记》第7卷，中华书局2011年版，第601—642页。）

③ 《顾颉刚工作计划（草稿）》，《顾颉刚全集·宝树园文存》第2卷，中华书局2011年版，第385—392页。1954年6月30日日记中所列大部分工作计划未出现在该工作计划中。

国民族史参考资料》，4. 校点《史家三家注》。一一为之，钱自不愁，但不知有此工作时间否”；10 月 31 日，除中华书局外，另有 8 家单位和个人向他约稿，其中书稿 7 部；11 月 2 日，“以毛主席的命令，成立‘标点《资治通鉴》及改绘杨守敬地图工作委员会’……成立‘标点《资治通鉴》组’，以王崇武为召集人，顾颉刚任总校对”，为此，顾颉刚在 11 月 15 日的日记中写道：“之屏所点《通鉴》颇多误处。推想他人，亦必如此，盖大家任务太多太忙，必不能细细研究才下笔也。予任总校，要在十个月内整理出二百九十四卷之书，一一改正他人之误点，其不遑喘息可知也。”① 关于标点《资治通鉴》对顾颉刚工作的影响，可以看看他 1955 年 6 月 7 日写给上海人民出版社的信：“我去秋到京，原意即做《尚书今译》的工作。适会毛主席命令科学院组织人员标点《资治通鉴》付印，我平均每天须审阅一万五千字，因此绝无暇晷可得。每念与你社所订契约，不胜焦灼。承你社提议，可让归科学院出版，俾得不受时间的限制，我本人十分赞同，业将此意向上级反应。但一个月来，为了学部的成立，领导方面日日忙于开会，一时还不能把这事决定。在一定时间内，我当再往请示，届时即奉告也。”②《顾颉刚全集·顾颉刚古史论文集》第 9 卷收录了顾颉刚 1925－1979 年（顾去世于 1980 年 12 月 25 日）断断续续校释、翻译、评论《尚书》的文章，由此可知，顾颉刚一生都没有放弃古籍诠译工作③。尽管如此，顾颉刚 1954 年 8 月到北京后实在是太忙了，完全没有时间、精力从事诠译古籍工作。所以，在拜访郭沫若时，“著书都为稻粱谋”的顾颉刚说老先生成立古籍诠译馆“要的还是生活”便很正常。同时需要说明的是，尽管何北衡在信中将老先生们诠译古籍的原因写得非常冠冕堂皇，但通过该工作增加一些生活费来源应该也是原因之一，哪怕是次要原因，并且是部分人的。也就是说，顾颉刚的说法并非毫无根据。如此一来，看见何北衡信中所写的“只是对铨译工作有热烈兴趣，愿各尽其能，对祖国文化有所贡献”时，郭沫若一定会认为这是借口。在这种情况下，郭沫若连给何北衡回信的兴趣都没有了便是情理之中的事。有能力诠

① 《顾颉刚全集·顾颉刚日记》第 7 卷，中华书局 2011 年版，第 594－615 页。

② 《致上海人民出版社》，《顾颉刚全集·顾颉刚书信集》第 3 卷，中华书局 2011 年版，第 398 页。1954 年 10 月 31 日的《顾颉刚日记》记载了 9 家单位和个人向他约稿的情况，其中第二家为“华东人民出版社”，所约书稿为《尚书今译》。

③ 实际上，在研究古代历史、文学等时，为了让现在的读者读懂引用的古代文献，有必要对其进行诠译。

译古籍的顾颉刚到北京，并且没有时间、精力从事古籍诠译，柳翼谋“以病杂未能成行”，最初的提倡者周孝怀只能“或可再工作三五年”。在这种情况下，不但没必要成立古籍诠译馆，就连“在上古史所中附设一‘译古组’”也没必要了。也就是说，古籍诠译馆筹备工作不了了之确实与顾颉刚有关系，尽管顾只是实话实说。不过，在将古籍诠译馆未能成立的原因告诉何北衡、周孝怀、柳翼谋等人时，顾颉刚将主要责任推给本就有些不满的尹达也符合人之常情。

有些人也许会认为，“旋为有力者所阻而不果”中的“有力者”当指某个大人物。要知道，此事得到了时任中华人民共和国中央人民政府副主席张澜、政务院副总理郭沫若和黄炎培的支持，北京方面还会有哪个更高职务的人来阻止成立古籍诠译馆这样一件小事呢？周孝怀 1949 年 9 月带病前往北京参加了全国政协第一届全体会议，记者还专门写了文章介绍他[①]。很明显，周孝怀属于当时的统战对象，更高职务的人有必要阻止这样一个人成立古籍诠译馆吗？上海方面，1949 年 5 月－1958 年 11 月间的市长是陈毅。看看郭沫若 1953 年 12 月 15 日在给刘大年信中的文字便可以知道，陈毅也不会阻止。郭沫若在信中说：“马一浮（陈毅同志曾到杭州去访问他，并邀他去沪游览）到上海，周与马谈及，马也赞成。就是把《十三经》译成白话文，我看这工作是可以做的。”[②] 关于此事，《马一浮评传》有如此叙述：“为酬答陈毅元帅的来访，于 11 月 14 日起，由省交际处派员及学生吴敬生陪同，专程去上海回访陈毅元帅。此行，前后凡十三天，陈毅元帅在百忙中于虹桥宾馆盛宴款待，招待并畅谈二次。期间，先生还访晤了上海故旧周孝怀、沈尹默、程演生、陈诒先、丰子恺。”[③] 既然陈毅如此重视马一浮，而马一浮也赞成成立古籍诠译馆，所谓不看僧面看佛面，看在马一浮的面上，陈毅也不会阻止成立古籍诠译馆。况且，陈毅还得给黄炎培、张澜、郭沫若[④]面子

---

① 罗阳：《记七四高龄的周孝怀老先生》，新华时事丛刊社编辑：《中国人民政治协商会议第一届全体会议代表访问记》，新华书店，1950 年，第 145－147 页。

② 《郭沫若来函（1953 年 12 月 14 日、15 日）》，《刘大年全集》第 11 卷《书信（下）》，湖北人民出版社 2019 年版，第 34 页。

③ 马镜录、赵士华：《马一浮评传》，百花洲文艺出版社 2015 年版，第 144 页。

④ 1955 年 5 月郭沫若赠陈毅七律一首，陈毅 1957 年 5 月 10 日答以 149 行长诗一首，并在诗歌中高度评价了郭沫若，由此可见两人的亲密关系和陈毅对郭沫若的尊敬。（陈毅：《赠郭沫若同志》、郭沫若：《一九五五年五月赠陈毅同志》，《诗刊》1957 年第 9 期。）

啊！更何况，作为上海市市长的陈毅，有必要反对成立一个古籍诠译馆吗？如果说是上海市其他领导，有必要不顾张澜、郭沫若、黄炎培、陈毅等的支持来反对一个至少无害的事情吗？况且，成立古籍诠译馆的编制、经费等均由中国科学院负责，并不需要上海市有关部门承担。

根据以上考证可以知道，关于古籍诠译馆的筹备情况，有必要补充如下：顾颉刚1954年8月22日到北京后，曾与其直接上级上古史所副所长尹达谈到成立古籍诠译馆事，由于“孝老体衰，而上海真能作诠译工作者实不多”，故尹达决定在北京成立古籍诠译馆或者“在上古史所中附设一‘译古组’”，并邀请柳翼谋前来主持，周孝怀也“力劝先生至北京”，遗憾的是，柳“以病杂未能成行”；后来，由于太忙，加上自己对研究更感兴趣，当1955年2月1日拜访郭沫若时，“著书都为稻粱谋”的顾颉刚在将成立古籍诠译馆面临的现实问题告诉郭沫若的同时，还说老先生们成立古籍诠译馆“要的还是生活”，郭沫若便决定不再成立古籍诠译馆；当何北衡知道相关情况后，于1955年3月17日致信郭沫若，另外提出了“一点建议”；郭沫若在将何北衡信转交尹达时，在第一页左边写道“请您阅后答复他吧”；基于“本位主义”，尹达对成立古籍诠译馆本不热心，看见郭沫若这样的态度，便不再考虑成立古籍诠译馆的事情。因此，这件得到时任中华人民共和国中央人民政府副主席张澜、政务院副总理郭沫若和黄炎培、与毛泽东关系极好的章士钊、“一代儒宗”马一浮等人支持，有顾颉刚、柳翼谋等著名学者参与的好事，最终不了了之。由此可知，最终未能成立古籍诠译馆的以下猜测不完全符合事实，即“很可能是因为有种种不便，或是有人反对”①。“种种不便”确有可能，“有人反对”却无。

（作者单位：乐山师范学院四川郭沫若研究中心）

① 林甘泉：《从“私淑弟子”到得力助手——论郭沫若与尹达》，《郭沫若学刊》2000年第1期，第49页。

再谈郭沫若《谒见蒋委员长》的版本与传播问题[①]

——兼及《战斗周报》、《半月文摘》与《郭沫若年谱长编》

凌孟华

摘　要：《半月文摘》1937年第2期摘录的《谒见蒋委员长》才是1982年12月上海图书馆编《郭沫若著译系年》著录的《谒见蒋委员长》之所本，并非此前《战斗周报》1937年第4期发表的《谒见蒋委员长记》漏掉了“记”字。所见《半月文摘》先后摘编郭沫若诗文作品8篇，超越同侪，足见此阶段郭沫若之活跃与影响。其中仅转载《双七节挽歌》之史实被《郭沫若年谱长编》著录，其余7次都有必要在将来予以增补。

关键词：郭沫若；《谒见蒋委员长》；《半月文摘》；《郭沫若年谱长编》

《中国现代文学研究丛刊》2022年第11期刊出了北京大学资深学者商金林教授力作《郭沫若〈蒋委员长会见记〉版本的由来及用途》。该文结合郭沫若从日本回到上海就恢复了党籍的政治背景以及担心“火车司机”不称职或“喝醉了酒”的怀疑心态，呈现《在轰炸中来去》“初刊”与“初版”的差异，指出郭沫若将《谒见蒋委员长记》改为《蒋委员长会见记》的回应和矫正，论述让《蒋委员长会见记》派上大用场的史实及其重要影响，探讨像《蒋委员长会见记》这样曾经引起过不同评价的文本或事件应该怎样去解读和评说的问题并作出成功示范，给学界颇多启发，令人受益匪浅。拜读、学习之余，商先生大作也激发了笔者修改、增补旧作，再谈郭沫若《谒见蒋委

① 本文系国家社会科学基金重大项目“抗战大后方文学史料数据库建设研究”（16ZDA191）的阶段性成果、重庆市“抗战大后方文化与文学”协同创新团队成果。

员长》版本问题的兴趣，并愿意就《战斗周报》、《半月文摘》与《郭沫若年谱长编》相关问题做一点补充。以“再谈”为题，一则祈为商先生佳构之“狗尾”，二则也是几年前习作之“余论”。拙文《郭沫若〈谒见蒋委员长记〉版本流变问题补正》（《现代中国文化与文学》第18辑，巴蜀书社2016年版）以《战斗周报》1937年第4期发表的《谒见蒋委员长记》为证，指出“应当就是1982年12月上海图书馆编《郭沫若著译系年》之《谒见蒋委员长》，只是不知为何漏掉了‘记’字”，该条记载并非“子虚乌有”。这样的判断，自然有些冒险，几年下来心里仍不时惴惴不安。毕竟读过一点夏衍，知道“墨写的字是刀也砍不掉的”①。

一、《战斗周报》出版历程与编辑者小考及其立场倾向补正

正如商先生所言，“《战斗周报》留存下来的资料不多”，学界也缺乏专门的关注和研究，仅个别史志和期刊工具书提及，且无讨论之处。结合此前习作的初步梳理，现进一步小考其出版历程与编辑者如次：

《战斗周报》1937年10月8日出版创刊号，编辑兼发行者署“战斗周报社”，地址在“南京湖南路五〇五号”。第4期（1937年10月29日出版）刊名换为手写竖排，地址迁往“南京金银街十七号”。第5期和第6期分别于1937年11月5日、12日逢周五出版。所见第八期（1937年12月15日出版）编辑者“战斗周报社”地址已迁至武昌朱家巷菱湖中学。第9期于1937年12月23日出版。第10期（1937年12月30日出版）原有手写刊名改为横排，编辑兼发行者“战斗周报社”地址变为武昌水陆街美专内，有“统一救国特辑”。第11期、第12期、第13期和第14期分别于1938年1月6日、13日、21日和27日逢周四出版。第15－16期为合刊，1938年2月13日出版。所见最末一期为第17期，有“党派问题讨论特辑”，1938年2月24日出版。

《战斗周报》发刊词近1300字，颇为沉痛深挚。兹节录两句：“惟念战时文化使命之重要，故创办斯刊，期本参加抗战认识及平日研究之所得，与海内外同文共竭涓埃之力，以文字为武器……今日适值廿六年度国庆将临与神圣抗战已将两匝月之日，斯

① 夏衍：《后记》，《夏衍杂文随笔集》，生活·读书·新知三联书店1980年版，第818页。

刊出版，同人等战兢无状，愿由文字武器连接枪炮武器，与全国同胞共踏我诸先烈鲜血洒染之大好战场，而为中华民族之永存奋其全力，以求国祚永垂不朽……”① 由此可见其宗旨与取向，惜乎执笔者不曾署名。从创刊号起多次刊发的《本报征稿简则》，第一条就标明“本报以宣传抗敌为宗旨，欢迎社外人士投稿”，第二条则宣称“凡关于政治、经济、军事、文化、教育、国际外交、文艺及漫画等，有关抗敌之作品见惠者，本社无不欢迎”②，可见刊物的综合性与宣传性。此刊《1833—1949 中文期刊联合目录》（增订版）失收，《中文期刊大词典》则有湖南省图书馆与四川省图书馆分别提供的两个“战斗周报”条目，其实是同一家期刊，均显示此刊出至 1938 年 2 月第 17 期终刊③。2008 年版《武昌区志》之“抗战初外地迁来武昌出版发行的报刊”，所列第一种就是《战斗周报》，称“1938 年 7 月终刊，省馆有藏”④，从其“1937 年 11 月创刊”之失误看，恐怕未必准确。

反复翻阅十余期《战斗周报》，均未见具体编辑人员信息。查《武汉市志·新闻志》，有“战斗周报　1937 年 12 月 5 日由南京迁汉出版，主编方秋苇等”⑤ 的记载。方秋苇系民国著名报人，国民党党员，后出任《贵州日报》社长、《亚洲世纪》（月刊）主编等职务，《战斗周报》从创刊号起先后刊载其《倭寇侵我之战略》、《从军事上观察淞沪之战》（第 6 期）、《从军事上论南京保卫战》（第 8 期）、《巩固抗战中心的中央政府》（第 10 期）、《从军事上论徐海大会战》（第 14 期）等多篇署名文章，或许其在南京时期就是主编人员之一。另一值得注意的人物是有“民国时期报界枭雄”（李敖语）之誉的龚德柏，此人在《战斗周报》创刊号和第 5 期刊有署名文章《开战后之敌情》与《倭寇不参加九国公约会议　毋宁于中国有利》。另有社评《郝梦麟等精神不死》（第 4 期）、《民族之光》（第 5 期）、《力疾报国的张瑴中》（第 6 期），均署名“柏”，疑为龚德柏笔名。若是，则龚氏与《战斗周报》关系非常密切，可能也是编辑者之一。

---

① 《发刊词》，《战斗周报》1937 年第 1 期，第 4—5 页。

② 《本报征稿简则》，《战斗周报》1937 年第 4 期，版权页。创刊号《本报征稿简则》标点略有不同，作“凡关于政治，经济，军事，文化，教育，国际外交，文艺及漫画等有关抗敌之作品见惠者，本社无不欢迎”。

③ 伍杰主编：《中文期刊大词典》（下），北京大学出版社 2000 年版，第 2074 页。

④ 武汉市武昌区地方志编纂委员会编：《武昌区志》下卷，武汉出版社 2008 年版，第 923 页。

⑤ 武汉地方志编纂委员会主编：《武汉市志·新闻志》，武汉大学出版社 1991 年版，第 119 页。

关于《战斗周报》的立场倾向问题，学界此前的确不太留心，只是笼而统之地视为抗战进步刊物而未曾深究。此番得商金林先生教诲，方才省悟不该忽略了国共合作背景下的明争暗斗，也服膺《战斗周报》“立场大概是倾心于‘南京政府’的”① 之判断。这种倾向性，本文可以再提供两则资料。一则，湖北省地方志编纂委员会编《湖北省志·新闻出版》下册之“附表五：1937 年 7 月至 1938 年 10 月武汉地区刊物出版名录”第七条即列出《战斗周报》主编或编辑为方秋苇，标有 * 号，表示“为国民党系统的出版单位”②。相关者则有 1946 年 2 月 25 日《贵州日报》刊有消息《党员卜绍周方秋苇等提出革新党务建议书　中委周伯敏允转全会采纳》，可佐证方氏之国民党党员身份。另有资料显示，方曾任“上海警备司令宣铁吾的少将秘书”③。二则，《战斗周报》第 17 期署名“记者”的《党派问题讨论特辑引言》一文，多有“在全民族求生存对倭抗战中，本不应有党派问题的存在”、“中国国民党是领导中华民族近百年史的大党……像这样一个历史大党除非自己甘于放弃使命，不然他的领导地位是不会被人侵夺的”、“中国国民党的唯一性与各党各派的存在并不违悖”等昭示立场的言论。

梳理十余期《战斗周报》发现，《谒见蒋委员长记》并不是其首次刊发郭沫若作品。此前的创刊号第 80 页“战事杂谈”之“诗文”部分和此后的第 5 期第 21 页，居然两次刊出郭沫若新诗《所应当关心的》，这是很出人意料的。一方面，可能是编辑部失察；另一方面，也体现了编辑部同人对郭沫若作品的看重。《所应当关心的》后收入《战声》集（战时出版社 1938 年 1 月版），《郭沫若全集》编入文学编第 2 卷，有注释称“本篇在收入《战声集》前未见发表过”④。《战斗周报》版《所应当关心的》浮出水面，说明《郭沫若全集》的词条注释并不准确。至于此版是不是初刊，还可进一步查考。《战斗周报》还刊发高语罕文章多种，如《诸位！我们都在你们后边》（第 5 期）、

① 商金林：《郭沫若〈蒋委员长会见记〉版本的由来及用途》，《中国现代文学研究丛刊》2022 年第 11 期，第 68 页。

② 湖北省地方志编纂委员会编：《湖北省志·新闻出版》下册，湖北人民出版社 1995 年版，第 219 页。

③ 李君亮：《记马老来交大作报告》，马寅初纪念馆编：《走近马寅初》，上海三联书店 2008 年版，第 150 页。

④ 郭沫若：《所应当关心的》，《郭沫若全集·文学编》第 2 卷，人民文学出版社 1982 年版，第 36 页。

《几行血泪》(书信七通，第 4 期与第 6 期连载)、《京游追忆记》(第 13 期) 等。周刊能抢在日报如《神州日报》之前刊出作品，可知其与作者关系不浅。

更为重要的是，进一步的资料发掘表明，《战斗周报》1937 年第 4 期发表的《谒见蒋委员长记》很可能并非"1982 年 12 月上海图书馆编《郭沫若著译系年》之《谒见蒋委员长》"，而是另有来源，值得继续梳考。

二、《谒见蒋委员长》的发现与《半月文摘》更改作品题目的习惯

年前翻阅旧期刊，摩挲《半月文摘》1937 年第 2 期封面，就在其"战时人物"栏下目录第一条看到有"谒见蒋委员长"赫然出现，署名郭沫若，不禁又惊又喜。翻至第 60 页，题目清清楚楚，就是《谒见蒋委员长》，提行有小字注明"申报（十月十九日)"，之后是正文，文末再括号注明"摘录在轰炸中来去一文"。这就把此文与《申报》版的关系交代得明明白白，也推翻了此前拙文的冒失妄断。

《在轰炸中来去》连载于《申报》之后，其第十节不仅以《谒见蒋委员长记》为题刊《战斗周报》，而且还以《谒见蒋委员长》为题编入《半月文摘》。此期《半月文摘》版权页标注 11 月 5 日出版，比《战斗周报》晚了一周左右。标题更为准确的《谒见蒋委员长》浮出水面，很可能这才是《郭沫若著译系年》之编辑前辈所本。

《半月文摘》编辑人为陶涤亚，发行人为唐性天，发行所为华中图书公司，地址在汉口特三区湖北街，每逢五日、廿日出版。从 1939 年 1 月 10 日出版的第 3 卷第 2 期起，发行所华中图书公司已迁至重庆武库街，从第 3 卷第 3 期起，进一步明确在重庆武库街 7 号。所见最晚一期是第 3 卷第 8 期，1939 年 7 月 10 日出版。《1833－1949 中文期刊联合目录》（增订版）及《中文期刊大词典》也著录为第 3 卷第 8 期终刊。有《编辑后记》交代"本刊脱期，以这次最久，脱期的原因，大家都知道是因受了敌机疯狂轰炸的影响。编好的稿子，放在印刷所里有一个多月无法排印，这一期能够草率出版，还是费过很大气力的。在停刊期中承读者诸君纷纷垂询，我们非常感奋"①，由此可见编辑团队的努力与坚持，也可作抗战时期重庆出版生态研究之参考。脱期了多久

① 《编辑后记》，《半月文摘》1939 年第 3 卷第 8 期，第 294 页。

呢？查第3卷第7期，出版日期标注的是4月25日，《编辑后记》还在展望“再过一期就是本刊第四卷的开始，我们虽然预定有很多新计划，但极盼望读者能告诉我们改进的意见。本刊是大众的读物，请不要放弃了‘监督’的权利”①。不想，熬过两个多月，出版最后一期后就难以为继了。

考察多期之后，发现《半月文摘》转载文章有个习惯，就是喜欢改动原作题目。比如同列第2期的原载《救亡日报》的夏衍作品《始信人间有铁军——张向华将军会见记》，被改题为《张发奎将军访问记》；田汉的题诗手迹，也在目录中被加上了题目《赠张发奎诗》（此诗后来整理编入《田汉全集》诗词卷，题目又变为《赠张发奎将军》）。有时，《半月文摘》还会加编辑按语。比如第2期紧随《谒见蒋委员长》之后的《宋美龄女士在前线》，文末就有“编者按：此文原题本为《前线一妇人》，不过，谁都知道中国妇女会慰劳委员会的主席是宋美龄女士，所以改成一个比较醒豁的题目在本刊上发表”。郭沫若此作所获得之新题目《谒见蒋委员长》，也当是出自编辑手笔。《宋美龄女士在前线》的前述按语，也可以作为编辑者为转载《申报》10月19日《在轰炸中来去》的第10节文字拟定题目之说明，那就是“改成一个比较醒豁的题目”。不得不说，无论是从编辑学或是传播学角度看，编者是如愿了。当然，较之《前线一妇人》等改动已有题目的考量，《谒见蒋委员长》还有其特殊性，那就是只选取了连载中的某日文字，是不适合用原有标题而必须拟定新题目的。不想，这却给后世学人带来困扰，成为公案，也引出了话题。

《半月文摘》版《谒见蒋委员长》的内容与《申报》版基本一致，几处差异是前者“当门不远处”作“堂门不远处”、“我们改天再来详细的谈”脱“来”字等。更值得注意的是，几处误排在民国期刊文献整理过程中比较典型。一是乙字之误。如《申报》版的“给我”被转录为“我给”。二是错简之误。举其一。文摘版第60页最下栏倒四行行首的“不”，与倒三行行首之“答”互换了位置，可作错简之典型。由此可见《半月文摘》编校质量之一斑，可晓文献整理相互参校之重要。史料研究只能“有一分材料说一分话”，不可不慎。

---

① 《编辑后记》，《半月文摘》1939年第3卷第7期，第258页。

三、《半月文摘》转载的其他作品与《郭沫若年谱长编》之遗珠

系统翻阅诸期《半月文摘》，还有意外的收获。那就是在《谒见蒋委员长》之外，所转载的郭沫若作品竟然还有7篇之多，以下依次略作介绍。

1.《我们的抗战已经获得胜利》。此作载《半月文摘》第1卷第1期，1937年10月20日出版，题下括注“大公报　九月廿日廿一日”，文末括注“摘录抗战与觉悟一文”。此文标题改动甚大，虽然郭沫若原文的确有“这一两月的抗战，平心地论断起来，我们可以说已经是得到了相当的胜利的”之表达，但析出加以改动，特别略去限定词“相当的”而作为标题，罔顾后面原文之“敌人不是一月两月可以打得倒的敌人”等理性判断，终显突兀和夸张。标题虽然足够“醒豁”，足够吸引眼球，恐怕已有违郭沫若本意，不知当年郭老阅后作何感想。此文上海《大公报》版已收入《郭沫若全集·文学编》第18卷。《郭沫若年谱长编》1937年9月11日谱文有“在国际电台作题为《抗战与觉悟》的广播演讲，指出……演讲稿初载13日上海《大公报》，又载10月16日上海《抗战》半月刊一、二期合刊。初收上海大时代出版社10月版《抗战与觉悟》”[①]。查9月13日上海《大公报》，此文排在第二版，下转第三版，文末括注“九月十一日”。而《半月文摘》所摘录的或是汉口《大公报》，乃此文的又一版本，《郭沫若年谱长编》失记。

2.《持久抗战的必要条件》。此篇载《半月文摘》第1卷第4期，1937年12月5日出版，题下括注“救亡日报　十月三十日”，文末括注“安华摘”。核查1937年10月30日《救亡日报》，此篇标题未作改动。至于内容，原文有1800余字，摘录约1200字，仅原文三分之二，开头、结尾均不存。此文《救亡日报》版已收入《郭沫若全集》（文学编）第18卷。《郭沫若年谱长编》1939年10月29日谱文著录本文的创作、发表、入集、版本差异等情况颇详，但未见提及《半月文摘》的摘录版本。

3.《我们有战胜日本的把握》。此文载《半月文摘》第1卷第7期，1938年1月20

---

① 林甘泉、蔡震：《郭沫若年谱长编》第2卷，中国社会科学出版社2017年版，第704—706页。

日出版，题下括注“海丰民国日报　十月一·二·三日”，文末括注“以上系摘自郭氏在广州救亡呼声社之讲演词，原文由汪铿笔记”。此作《郭沫若全集》失收。《郭沫若年谱长编》1937 年 12 月 26 日谱文有“应广州救亡呼声社邀，作题为《我们有战胜日本的把握》的演讲。收广州战时出版社 1938 年版《抗战中的郭沫若》，演讲词（江坚笔记）……”[①] 的记载，后附 7 段引文。这 7 段引文和《半月文摘》的文字与顺序完全一致。《郭沫若年谱长编》未引的《抗战中的郭沫若》之 5 段文字，与《半月文摘》的文字与顺序也一致，可知应为同一人所记。但《抗战中的郭沫若》称笔记者为“江坚”，而《半月文摘》录笔记者为“汪铿”，两个名字形近而字殊，必然有错误者。《抗战中的郭沫若》未注明“江坚”笔记稿的出处，而《郭沫若年谱长编》也未作进一步的查考溯源。《半月文摘》则清楚注明据《民国日报》海丰版，这就留下了关于郭沫若这篇佚文之初刊版的重要线索，值得注意。查到《民国日报》海丰版，就知道笔记者之名字孰是孰非了。可惜手边暂无海丰版《民国日报》，希望师友读者有以教我。《抗战中的郭沫若》署名“丁三编”，所见版本均无版权页，相关资料也大多语焉不详，编者信息与出版情况都有待查考。

4.《国际形势与抗战前途》。此作载《半月文摘》第 2 卷第 2 期，1938 年 3 月 10 日出版，题下括注“长沙抗战日报　二月廿日”，文末括注“梅摘”。此文《郭沫若全集》失收。《郭沫若年谱长编》1938 年 2 月 18 日谱文有“作《国际形势与抗战前途》。发表于 27 日、28 日广州《救亡日报》”，“初收汉口自强出版社 1938 年 4 月版《国际形势与抗战前途》，又收广州战时出版社 1938 年版《抗战中的郭沫若》”[②]。此作较长，《半月文摘》摘录了除第一段外的主要内容。《抗战日报》1938 年 1 月 28 日创办于长沙，主编为田汉，是抗战烽火中诞生的又一重要报纸。廖沫沙回忆，其是“作为《救亡日报》的姊妹报出版”的[③]。郭沫若抗日战争回忆录《洪波曲》之《再动荡》章有不少相关记载。笔者多方努力，仍无缘查阅 1938 年 2 月 20 日长沙《抗战日报》。如《半月文摘》的著录无误，则此日《抗战日报》刊发的版本才是《国际形势与抗战前途》

① 林甘泉、蔡震：《郭沫若年谱长编》第 2 卷，中国社会科学出版社 2017 年版，第 729 页。

② 林甘泉、蔡震：《郭沫若年谱长编》第 2 卷，中国社会科学出版社 2017 年版，第 744—745 页。

③ 廖沫沙：《略记〈抗战日报〉》，《廖沫沙全集》第 4 卷，花城出版社 1997 年版，第 204 页。

的初刊版，比《救亡日报》早了一周，毕竟有地利之便。《郭沫若年谱长编》的相关记载，可进一步补充优化。无论如何，《半月文摘》摘录此文并留下初刊线索，都有其贡献。

5.《一年来的文化动态》。此文载《半月文摘》第 3 卷第 1 期，1938 年 7 月 25 日出版，文末括注“七月八日武汉日报”。《郭沫若全集》失收，《郭沫若年谱长编》有录，系于 7 月 8 日，称“《抗战一年来的文化动态》发表于《武汉日报》……收重庆七七书局 1938 年 8 月版《抗战建国第一年》”①。查 1938 年 7 月 8 日《武汉日报》“抗战建国周年纪念特刊”第四版，标题并无“抗战”二字。寸喁编著、化生校对的《抗战建国第一年》之“文化”部分的第一篇就是郭沫若此文，题目加上了“抗战”。《郭沫若年谱长编》在修订时可注意此细节。《中华民国史档案资料汇编》第 5 辑第 2 编文化（一）选入郭沫若此作，题为《抗战一年来的文化运动》，题下括注日期“1938 年 7 月 7 日”，注释称“此件选自国民政府军事委员会政治部档案中的剪报资料”，但未详何报，末尾又注明据“国防部史政局档案”②，似有矛盾之处。不知档案中所剪之报是不是《武汉日报》，如是，则标题抄录有误，发表时间有误；如不是，则此文还有更早一天的另一发表版本。《郭沫若年谱长编》在修订时可移步第二历史档案馆进一步查考。

6.《双七节挽歌》。此诗也载《半月文摘》第 3 卷第 1 期，1938 年 7 月 25 日出版，未注明出处。此作虽然不见于《郭沫若全集》，但已由曾健戎先生提供并编入《郭沫若学刊》2008 年第 4 期，题《挽歌》，系《郭沫若抗战佚诗五首》之三，据《文学月刊》1938 年 2 卷 1 期辑录，与原文存在偏差。《郭沫若年谱长编》1938 年 7 月 2 日谱文有“所作《双七挽歌》刊载于《新华日报》（《抗战建国纪念日，重要区域设置献金台》）”，“又刊 7 月 25 日《半月文摘》第 3 卷第 1 期……”③ 核查《新华日报》，发现《郭沫若年谱长编》之谱文至少有三点可以商榷。一是标题不完整。原报标题分三行，虽然“重要区域设置献金台”字体更大、更醒目，但第三行之“追悼会挽歌已拟定”才能对应这则消息的主要内容。二是作者不明确。原报仅称“又双七节追悼会之

① 林甘泉、蔡震：《郭沫若年谱长编》第 2 卷，中国社会科学出版社 2017 年版，第 769 页。

② 中国第二历史档案馆编：《中华民国史档案资料汇编》第 5 辑第 2 编《文化（一）》，江苏古籍出版社 1998 年版，第 53—54 页。

③ 林甘泉、蔡震：《郭沫若年谱长编》第 2 卷，中国社会科学出版社 2017 年版，第 768 页。

挽歌，亦已拟定，通电全国，一致歌唱”，未明确是郭沫若作品。三是文字欠准确。原报诗作计21行，《郭沫若年谱长编》引两段11行，其中有2行不够准确。原报“踏着你们的血迹”之“踏”，录成了“踩”；“服从统帅的领导”之“服”，变成了“跟”。这不知是无心之失，还是别有怀抱。1938年7月7日出版的《中央周刊》第1卷第1期刊有此诗，题《“双七节”追悼会挽歌》，未标作者信息。1938年7月10日出版的《动机》旬刊第2—3期刊出此作，题《双七追悼会挽歌》，有副标题“中央通电全国一致歌唱”，未署作者姓名。1938年7月21日出版的《新新新闻每旬增刊》第2期同样刊有此诗，题《双七节追悼会挽歌》，有小序“今日为日寇进攻华北沉痛周年纪念日，我一年来神圣的民族抗战，英勇将士，前赴后继，壮烈牺牲，誉满于全世界，今当抗战周年，武汉各界，追悼将士，制成挽歌，通电全国一致歌唱，其歌词云”，同样未明作者为谁。1938年7月30日出版的《云南边政》第3卷第1期再刊此作，题《双七追悼会挽歌》，有编者按“此歌为中宣政治两部会同拟定，通电全国一致歌唱，特将其志录于此，以为我抗战以来之阵亡将士及死难通报致悼”。在目前的资料查阅范围之内，《半月文摘》是最早将此诗作者署名“郭沫若”者，值得肯定。此后40年里，未见郭沫若否认，也不曾有人提出异议，或许正是郭沫若作为国民政府军事委员会政治部代表执笔。至于《半月文摘》编者何以确定是郭沫若所作，恐怕已成历史迷案。1938年7月2日谱文表明，《半月文摘》其实已经进入了《郭沫若年谱长编》此阶段谱文撰稿者赵凯、蔡震的资料查阅范围。如果对这一文摘类非文学期刊更重视一些，顺手翻阅前后数期乃至通览全部目录，就会发现更多郭沫若诗文被转载的史实，从而丰富年谱的内容。笔者近年倡导的“以期刊为单位”① 进行非文学期刊的文学史料发掘工作之重要性，由此可见一斑。

7.《日寇侵犯海南岛》。此文载《半月文摘》第3卷第5期（1939年3月10日出版）之附册《海南岛事件面面观》，为紧随第一篇《太平洋上之“九一八”》（署名“蒋委员长”）之后的第二篇，署名郭沫若，文末注明“二月十二日在中央电台广播演讲词”。此作即收入《郭沫若全集·文学编》第18卷的《巩固反侵略的战线》。《郭沫若

① 凌孟华：《旧刊有声：中国现代文学佚文辑校与版本考释》，中国社会科学出版社2020年版，第10页。

年谱长编》1939 年 2 月 12 日谱文有“晚，作题为《巩固反侵略的战线》的广播演讲，讲稿发表于 14 日重庆《新华日报》……”① 查《新华日报》，有副题“二月十二日七时半广播演讲”，文末有括注“中央社”。作家年谱资料著录谱主之广播演讲，讲什么固然重要，在哪里讲也同样重要，何时开讲也应当力求精确。结合《半月文摘》的括注与《新华日报》副标题等，郭沫若此次演讲的开始时间可以精确到晚上七时半，而演讲的电台是国民党的中央电台。在国共合作的抗战大背景下，以郭沫若的国民政府军事委员会政治部第三厅厅长身份，在此台发表这样一次广播演讲，自然合情合理。

总之，在不到一年半的时间里，《半月文摘》先后摘录、转载了郭沫若诗文作品 8 篇，远远超过也有文章摘录的胡适、罗家伦、郁达夫等，足见此阶段郭沫若之活跃与影响。《半月文摘》编者赋予郭沫若文字的新题目《谒见蒋委员长》及其引发的公案，在其第 1 卷第 2 期浮出水面之后，已经真相大白，并在编辑同人喜欢改动作品题目的习惯中得到解释，真是“解铃还须系铃人”。但值得追问的是，在浩如烟海的民国报刊中，还有转载郭沫若此作并题为《谒见蒋委员长》的吗？答案是肯定的。目前至少可以列出一种，那就是 1937 年 11 月 2 日《西京日报》第四版“陪都”副刊载有《谒见蒋委员长》，署名“郭沫若”，文字略有差异，当系误植、衍文或脱漏。再者，1937 年 10 月 27 日《武汉日报》第二版刊有《记谒见蒋委员长》，署名“郭沫若”，全文用顿号表停顿，仅见一处句号。“郭沫若”与“郭沫若”之间，很可能是后者误植，毕竟两者应该都是转载《申报》。值得注意的是，《武汉日报》的转载日期在《申报》后 8 日，为目前所见最早者；其命名已然使用“谒见”，已经非常接近《战斗周报》和《半月文摘》。可见，商金林先生推断“有违郭沫若的原意”② 的“谒见”两字，可能并不是《战斗周报》编辑者的特殊立场，而是 20 世纪 30 年代民国媒体报道“蒋委员长”会见活动的常用敬语。

① 林甘泉、蔡震：《郭沫若年谱长编》第 2 卷，中国社会科学出版社 2017 年版，第 802 页。

② 商金林：《郭沫若〈蒋委员长会见记〉版本的由来及用途》，《中国现代文学研究丛刊》2022 年第 11 期，第 68 页。

四、余论

蔡震先生曾就郭沫若旧体诗词整理工作中“如何订定作品篇题”有过深入的探讨，指出“实际上面对的是其旧体诗词创作中存在的异题同作这样一个现状”①。推而广之，郭沫若“异题同作”的散文作品，也存在“如何订定作品篇题”的问题。《谒见蒋委员长》传播过程中的篇名差异也是如此。与《半月文摘》编辑有类似习惯者绝非个例，这就增加了问题的复杂性。作品集整理与年谱编撰，都要注意“订定作品篇题”。洪子诚先生说得好，“提供相关的材料作为互证（或互否）的比照，是可以考虑的方式”②。

《郭沫若年谱长编》出版后备受好评，被誉为“进行郭沫若研究以及现当代文学史、史学史、文化史研究等的必备参考书”③，其重要贡献和学术价值毋庸置疑。但这部年谱长编也存在不少需要完善的地方，包括形式上过于简略的页眉未标注年份，不利于翻阅使用，以及内容上有待增补修订等。《半月文摘》转载了 8 篇郭沫若作品却只有《双七节挽歌》被《郭沫若年谱长编》著录的现状，显然不能令人满意，余下的 7 篇文章都有必要在将来予以增补。《在轰炸中来去》连载于《申报》之后，以《记谒见蒋委员长》为题刊 1937 年 10 月 27 日《武汉日报》、以《谒见蒋委员长记》为题刊《战斗周报》1937 年第 4 期（10 月 29 日出版）、以《谒蒋委员长记》为题刊《远东问题》1937 年第 1 卷第 4 期（11 月 1 日出版）、以《谒见蒋委员长》为题刊 1937 年 11 月 2 日《西京日报》等情况，以及收入上海文艺研究社 1937 年 11 月出版的《在轰炸中来去》、收入汉口新人书店 1938 年 1 月出版的《在轰炸中来去》、收入汉口星星出版社 1938 年 2 月出版的《前线归来》等信息，均可补入新版《郭沫若年谱长编》。

---

① 蔡震：《从订定篇题看郭沫若旧体诗词的整理》，《长沙理工大学学报》2015 年第 2 期，第 89 页。

② 洪子诚：《易彬〈穆旦年谱（修订版）〉序》，《中国现代文学研究丛刊》2018 年第 7 期，第 147 页。

③ 侯桂新：《年谱长编中的郭沫若——评〈郭沫若年谱长编（1892—1978）〉》，《现代中文学刊》2019 年第 1 期，第 103 页。

鲁迅先生《写在〈坟〉后面》有云："进化的链子上，一切都是中间物。"① 2017年版《郭沫若年谱长编》，自然也是"历史中间物"。对此，编者保持着可贵的清醒，在《后记》中坦言："从学术上讲，《郭沫若年谱长编（1892—1978年）》是一个需要不断补充、修订的过程。"② 事实也是如此，往往一册相关史料、一种非文学期刊、一个学术问题，就可以提供若干增补线索。借助1949—1950年的《竺可桢日记》，我们完成了《读〈郭沫若年谱长编〉的几点思考》，指出虽有引用而不够详尽、没有引用而颇为重要、已有引用而值得商榷等情况③。此番借助《半月文摘》，再提出前述商榷意见，供编者补充、修订时参考。

（作者单位：重庆师范大学文学院）

① 鲁迅：《写在〈坟〉后面》，《鲁迅全集》第1卷，人民文学出版社2005年版，第302页。

② 林甘泉、蔡震：《后记》，《郭沫若年谱长编》第5卷，中国社会科学出版社2017年版，第2358页。

③ 凌孟华、邵雪梅：《读〈郭沫若年谱长编〉的几点思考》，《郭沫若学刊》2019年第3期。

抗战时期郭沫若历史人物研究补论[①]

何　刚

摘　要：抗战时期郭沫若的历史人物研究对象广泛，内容丰富，论集众多，在文本修改、版本调整和佚文收集等方面均需要认真辨析梳理。郭沫若的夏完淳、屈原等历史人物研究既体现了其学术研究的现实针对性，是当时思想文化领域斗争的具体体现，也在不同时期存在着前后相承和发展的关系。郭沫若抗战时期参与的有关“戚继光斩子”、合川钓鱼城等问题的讨论，既体现了其史剧创作与学术研究之间的紧密关系，也是抗战时期各方学者学术论辩的一个缩影。

关键词：郭沫若；历史人物研究；夏完淳；钓鱼城

抗战时期郭沫若学术研究的重点内容之一是先秦思想文化研究和历史人物研究。前者的成果主要为《先秦学说述林》、《青铜时代》、《十批判书》等论集；后者的成果主要包括《屈原研究》、1947 年成集的《历史人物》以及其他集子中的研究文字。众所周知，郭沫若的先秦诸子和历史人物研究的重要评价标准是“人民本位”论。对于郭沫若的先秦诸子和历史人物研究，及其“人民本位”论和唯物史观的方法路径，学界以往已有广泛深入的探讨，本文不再重复赘述，而准备对文本材料以及以往研究较为忽视的一些问题做点补充论述。

① 本文系 2018 年度国家社会科学基金项目“当代学术视野下的郭沫若与马克思主义史学研究”（18XZS001）的阶段性成果。

一

抗战时期，郭沫若的史学著作主要有《屈原研究》、《先秦学说述林》、《青铜时代》、《十批判书》等。这些著作皆是多篇论文的集子，后来在篇目、论集及其版本等方面均有调整变动。例如，一些文章后来在收录至《沫若文集》、《郭沫若全集》时，未保留原有集名而使这些文章散移他处，因而甚少被关注；在《青铜时代》、《十批判书》之外还有一些古史研究文章被收录至其他文艺政论论集，同样关注度较低；结集的论著中有单篇文章在多个集子里被重复收录；收入集子的文章的写作时间也并非都是抗战时期，等等。因此，这些文章的写作、发表、收录、修改情况大多需要认真辨析、梳理。

抗战时期，郭沫若的一些史论文章被收录至其他文艺政论文集的情况比较普遍。例如，《羽书集》收录1937年至1941年郭沫若"抗战以来发表过的言论或随笔"，由香港孟夏书店1941年11月初版，凡4辑75篇；1945年1月再版于重庆群益出版社，较初版少了17篇"多带学术性的文章"[①]。其中就包括第四辑的9篇文章：《庄子与鲁迅》、《"无条件反射"解》、《革命诗人屈原》、《关于"戚继光斩子"的传说》、《续谈戚继光斩子》、《关于发见汉墓的经过》、《"民族形式"商兑》、《驳〈说儒〉》、《读〈实庵字说〉》。《蒲剑集》由重庆文学书店1942年4月初版，收录的史学文章有《关于屈原》、《屈原考》、《屈原的艺术与思想》、《屈原思想》、《庄子与鲁迅》、《关于"戚继光斩子"的传说》、《续谈"戚继光斩子"》、《谈〈实庵字说〉》、《驳〈说儒〉》等。《今昔集》由东方书社1943年10月初版，史学方面的文章包括《由诗剧说到奴隶制度》、《论古代社会》、《论儒家的发生》、《周易之制作时代》、《先秦天道观之进展》等。

抗战时期，郭沫若学术著述的版本也多有变动。以《青铜时代》、《先秦学说述林》和《十批判书》三种集子为例，虽然从出版时间上看，《先秦学说述林》与《青铜时代》、《十批判书》同时出版，甚至比《青铜时代》还要晚一个月，但实际上《先秦学说述林》成集时间最早。《先秦学说述林》是对郭沫若用了近15年时间进行的古代研

① 郭沫若：《羽书集·序》，重庆群益出版社1945年版，第1页。

究的一个总结，本欲出版后“和古代研究告别”，但因为在重庆未能及时出版，所以，当《青铜时代》和《十批判书》出版后再准备出版《先秦学说述林》时，郭沫若已经“觉得多余”①。郭沫若之所以觉得“多余”，应该是因为《先秦学说述林》的文章几乎都分别编入《青铜时代》和《十批判书》了，其中编入《青铜时代》的有9篇，编入《十批判书》的有2篇②。在这种情况下，《先秦学说述林》也就没有继续出版的价值了。但对于研究者来说，仔细梳理郭沫若上述著述的撰写、编录过程，以及在此过程中郭沫若的自我叙述，可以为进一步分析这几部著作尤其是《十批判书》的撰著缘起和论学宗旨，提供重要的切入点。

从20世纪40年代初开始，因应当时再次出现的屈原否定论、屈原“弄臣说”以及马克思主义史学阵营内部的屈原讨论，郭沫若在20世纪30年代的研究的基础上重新开始了屈原研究，取得了丰硕成果，相继写出了《关于屈原》（1940年5月3日）、《革命诗人屈原》（1940年6月7日）、《蒲剑·龙船·鲤帜》（1941年5月27日）、《屈原考》和《屈原的艺术与思想》（这两篇为郭沫若1941年12月1日在中华职业学院的讲演，由他人速记）、《屈原思想》（1942年2月20日）等文。有学者根据《离骚今译》，以及收录《屈原考》、《屈原的艺术与思想》两文的《蒲剑集》序文的署名日期，正确指出了新文艺出版社1953年版《屈原研究》版权页所标识的“1941年7月群益出版社重庆第一版”中的“1”为“6”之误；而认为群益出版社1946年7月版《屈

① 郭沫若曾说：“我想把李岩与红娘子搬上舞台。因此我对于古代研究便生出了在此和它告别的意思。在这时早有过一个计划，想把性质相同的一些论文收集为一个专集，名为《先秦学说述林》，连《后叙》都写好了（二月二十日），而且发表过。这书在重庆的出版未能实现，后来我的计划也改变了。最近福建的东南出版社却照旧替我把它印行了出来，虽觉得多余，但也可以作为我并无留恋于古代研究之意的证据。”（郭沫若：《后记——我怎样写〈青铜时代〉和〈十批判书〉》，《十批判书》，重庆群益出版社1946年版，第417页。）

② 《青铜时代》和《先秦学说述林》共同收录了9篇文章，包括郭沫若此前在抗战以前写作的《周易之制作时代》、《先秦天道观之进展》、《驳说儒》3篇文章，以及抗战期间写作的《墨子的思想》、《公孙尼子与其音乐理论》、《秦楚之际的儒者》、《述吴起》、《韩非〈初见秦〉篇发微》、《由周代农诗论到周代社会》6篇文章。《青铜时代》独自收录了抗战以前的《老聃·关尹·环渊》和抗战时期的《宋钘尹文遗著考》、《青铜器时代》。《先秦学说述林》单独收录了抗战时期完成的《庄子与鲁迅》、《屈原思想》、《古代社会研究答客难》、《吕氏春秋与秦代政治》、《韩非子的思想》5篇文章。而《吕氏春秋与秦代政治》、《韩非子的思想》又分别以“吕不韦与秦王政的批判”和“韩非子的批判”为题编入《十批判书》。

原研究》为其“正式出版”①，则是因为没有梳理清楚《屈原研究》的版本变迁所致。事实上，群益出版社分别在1943年7月、1946年7月分别出版了《屈原研究》，系郭沫若20世纪三四十年代屈原研究成果的整理。其中，1946年版的《屈原研究》共4篇，分别为“屈原身世及其作品”、“屈原时代”、“屈原研究”和“离骚今译”。除第三篇为新近之作外，其余各篇均为经过“改削”的抗战以前的旧作。其中，第一篇“屈原身世及其作品”曾以《屈原》为名，由上海开明书店于1935年4月出版；第二篇“屈原时代”曾收入1937年8月上海北新书局初版的《沫若近著》中②。所以，《屈原研究》是郭沫若20世纪三四十年代的屈原研究成果的集中反映。此外，1947年由海燕出版社首次出版的《历史人物》一书收录了《隋代大音乐家万宝常》、《甲申三百年祭》、《论曹植》、《王阳明》、《王安石》、《王国维与鲁迅》、《夏完淳》、《论闻一多做学问的态度》等14篇论文（其中包括5篇附录）③，其中除了1921年作的《王阳明》和1935年作的《隋代大音乐家万宝常》，其余的均作于1943至1945年，也是郭沫若抗战时期历史人物研究的代表性成果。

二

就抗战时期郭沫若单篇史学论文或者某一具体历史人物研究来看，对其文本内容进行整理、比勘和搜集也是必要的。此处以《秦楚之际的儒者》、夏完淳研究、屈原研究为例加以说明。《秦楚之际的儒者》在收入《青铜时代》、《先秦学说述林》之前，曾先期载于《中苏文化月刊》第15卷第2期（1944年2月）和《联合周报》1945年第2卷第19期。在《中苏文化月刊》上，文末缺少关于墨家学说完全绝迹原因的分析，以及在此基础上对秦以后儒家变质为“吃人的礼教”进行批判的内容。另外，在《联合

① 王海远：《郭沫若的屈原研究》，《南京邮电大学学报》2014年第3期。

② 郭沫若：《屈原研究·跋》，重庆群益出版社1946年版，第195页。

③ 尽管《甲申三百年祭》以明末农民运动为对象，以往也多从中国农民战争学术史的角度对其进行定位和研究，笔者则认为，该文仍是以崇祯、李自成、李岩等主要叙述对象为主的历史人物研究，应该把它放在郭沫若历史人物研究的整个研究脉络之中。参见何刚：《学术视野下的〈甲申三百年祭〉研究》，《郭沫若学刊》2014年第4期。

周报》上发表时[1]，文前还有一段编者按，后收录至其他集子时，该编者按均被删除。现补录如下：

> 郭沫若先生是国内最负盛名的考古学者，从事古代史的研究已经十五年之久，近著《先秦学说述林》一书，以史学家的立场来阐明各家学说的真相，该书正由东南出版社印行，不日即可出版。本文是该书中第九篇，专门分析秦始皇焚书坑儒以后儒家的动向。正如郭先生所说："关于儒家最难理解。事实上汉人分家的办法已经过于笼统，而后人言儒家尤集笼统之大成，粗略言之，所谓儒家之在秦前秦后已大不同。秦以后的儒家是各家的总汇，在思想成分上不仅有儒有墨，有道有法，有阴阳，有形名，而且还有外来的释，总称之曰儒家，因统而归之于孔。"读这一篇论文，便可以明了秦楚之际这些儒家、墨家、道家、法家、阴阳家、形名家等等的动向[2]。

明末清初的少年诗人、抗清志士夏完淳是抗战时期中国思想文化界颇受关注的一位历史人物。郭沫若以其为题材创作的史剧《南冠草》成为当时历史剧创作的代表作之一。而在学术方面，夏完淳同样是郭沫若历史人物研究的对象之一。目前所见至少有以下四种研究成果：《少年殉国诗人夏完淳》，发表在 1938 年 7 月 7 日《武汉日报》"抗战建国周年纪念特刊"第 4 版、《征训半月刊》1939 年 11 月 5 日第 1 卷第 2 期；《由葛录亚想到夏完淳》，发表在 1942 年 5 月 5 日《新华日报》；《夏完淳之家庭师友及其殉国前后的状况》，发表在《中原》1943 年 9 月第 1 卷第 2 期；《少年爱国诗人夏完淳》，发表在《青年知识》（香港）1948 年 9 月 1 日第 37 期。

在上述四种夏完淳研究成果中，《少年殉国诗人夏完淳》是郭沫若最早的夏完淳研究文章，但后来未见收入其他任何集子，为一篇佚文。最近，刘世浩博士发现了该佚文，并进行了解读[3]。同时，除了《少年殉国诗人夏完淳》之外，其余三篇夏完淳研究

---

① 《联合周报》为 1944 年 2 月创刊于福建永安的进步报刊，主张团结抗战，呼吁民主进步，提倡大众化。

② 《编者按》，《联合周报》1945 年第 2 卷第 19 期，第 316 页。

③ 刘世浩：《郭沫若佚文〈少年殉国诗人夏完淳〉的发现与解读》，《郭沫若学刊》2022 年第 2 期。

文章在后来的收录处理时主要附属于历史剧《南冠草》，且内容也有所变动。其中，《由葛录亚想到夏完淳》最初收录至初版《今昔集》（重庆东方书社，1943 年 10 月），后收至《沫若文集》第 12 卷和《郭沫若全集·文学编》第 19 卷。原文手稿末有“附白”：“关于夏完淳，我很想给他写一篇评传，并且把他的全集标点印行，但现在时间来不及，只好发表这一点点，以后打算陆续写下去。”发表时，该“附白”被删除①。《夏完淳之家庭师友及其殉国前后的状况》作为后记，收入群益出版社 1944 年 3 月初版《南冠草》中，后又收入海燕书店 1947 年 8 月初版的《历史人物》，并改题名为《夏完淳》。1957 年，郭沫若将其作为《南冠草》的附录收入《沫若文集》第 4 卷。1959 年，《历史人物》编入《沫若文集》第 12 卷时，该文不再保留。《少年爱国诗人夏完淳》同样作为附录，现收录至《郭沫若全集·文学编》第 7 卷《南冠草》中。可以看出，后来的处理使郭沫若有关夏完淳的研究论文基本上都成了历史剧《南冠草》的“附录”，被视作《南冠草》历史剧的创作而进行的准备工作。

在当时的郭沫若那里，史剧创作和学术研究是紧密结合在一起的。将这些学术论文仅作为历史剧《南冠草》附录的处理，可能会遮蔽夏完淳研究的学术信息和意义。比如，在作于 1948 年 8 月的《少年爱国诗人夏完淳》一文中，郭沫若一方面对夏完淳给予高度赞扬，认为他很年青就取得了很高的文艺成就，表现了大丈夫气概，是中国历史上的一个“奇迹”；另一方面，郭沫若也指出了夏完淳在思想和阶级上的局限性，即处在封建旧时代的夏完淳在意识和行动上并没有突破封建思想的传统，他的民族意识里缺乏人民意识，“只是在忠与爱的观念中守死善道而已”，“毕竟是封建社会士大夫阶层（实即地主阶级）的一个完好的代表而已”②。郭沫若解释说，之所以做出这样的判断是基于将夏完淳与李岩进行对比的结果。他说：“我是另外认识了一位与夏完淳同时而比他稍年长的人，拿来做着批评的标准的。这个人是谁呢？就是河南杞县举人，跟着李自成造反的李岩。他也是官宦人家的子弟，他的父亲是做过兵部尚书的。虽然他的造反是由于腐败的官吏逼成的，但他终于造了反，而且有了他的参加，使李自成领导的农民革命，充分地带上了人民意识，而使那革命几乎成功了。关于李岩的

① 郭沫若纪念馆馆藏文物，转引自林甘泉、蔡震主编：《郭沫若年谱长编》第二卷，中国社会科学出版社 2017 年版，第 927 页。

② 郭沫若：《少年爱国诗人夏完淳》，《青年知识》（香港）1948 年第 37 期，第 4 页。

佚事，我在《甲申三百年祭》一文中搜罗得相当详尽，我要请读者参考一下，并请把李岩和夏完淳来作一比较，那便可以知道，我对于夏完淳的批评是一点也不过苛的了。"①

郭沫若在《甲申三百年祭》中以崇祯、李自成、李岩为叙述中心，这是其历史人物研究谱系的重要一环②。郭沫若在此处再次强调了李岩的人民性，并以此为参照分析夏完淳。这是他之前的夏完淳研究文字中所没有的，具有鲜明的时代色彩和重要的学术信息。郭沫若在以往夏完淳评价的基础上"加上了一个判断，便是夏完淳的成就是属于旧时代"，强调夏完淳没有突破封建思想，缺乏人民意识，并在最后说："现在是更强大的帝国主义侵蚀着我们的时候，而有些人却比洪承畴还要无耻，夏完淳的民族性的强烈，倒依然是值得我们颂扬的。"③ 解放战争时期，中国革命除了要反对美国这一"更强大的帝国主义"之外，还需要反对蒋介石政府发动内战、实行独裁统治，需要"为民主的实现而斗争"，"坚定人民的立场"④。因此，我们除了继续表彰夏完淳的"民族性的强烈"外，更需要强调他所缺乏的人民性和人民意识。如果不将郭沫若前后历时十年的夏完淳研究文字进行整体的梳理和分析，则无法观察到这其中的变化和与时代因应的紧密关系。

与此相类的另一篇佚文《屈原的幸与不幸》同样反映了郭沫若历史人物研究在不同历史时期的这种继承和发展。该文同样作于解放战争时期的 1948 年 5 月 14 日。郭沫若在文中结合中国国内革命的最新进展，以屈原的"幸与不幸"借古喻今，体现出当时郭沫若的历史人物研究乃至整个学术研究的现实针对性。郭沫若指出，发生在 7 年前抗战时期的屈原论争是当时思想文化领域交锋的具体体现，"整个中国的局面又处到了二千多年前楚国所遭过的境遇，外有比虎狼之秦更横暴的日寇，内有比上官大夫、令尹子兰、楚怀王和郑袖等等更坏蛋的卖国君臣，因此屈原的影像又特别放大了镜头，在七年前，聚集在重庆的一部分诗人们便把端午节订为诗人节。这意义不用说是为了根据新的要求，要重新提醒屈原的纪念"。郭沫若在文中以当事人的视角，大致回

① 郭沫若：《少年爱国诗人夏完淳》，《青年知识》（香港）1948 年第 37 期，第 4 页。
② 何刚：《学术视野下的〈甲申三百年祭〉研究》，《郭沫若学刊》2014 年第 4 期。
③ 郭沫若：《少年爱国诗人夏完淳》，《青年知识》（香港）1948 年第 37 期，第 5 页。
④ 郭沫若：《坚定人民的立场》，《解放日报》，1946 年 7 月 23 日。

顾了抗战时期国内各方围绕屈原进行的激烈论争，即“闹了一场翻案”的情形经过。郭沫若最后在文中说：“比虎狼之秦更横暴的日寇早就做了秦人的继续，今天比日寇更横暴的美寇难道不也早迟会作日寇的继续吗?”① 这反映出郭沫若解放战争时期作此文与其抗战时期的屈原研究存在着一致性和前后发展关系。

三

抗战时期，郭沫若的历史人物研究成果除了《先秦学说述林》、《青铜时代》、《十批判书》以及稍后的《历史人物》之外，还对其他历史人物进行了论述，并引起过一些学术讨论和争鸣。这些论文由于没有专门收入上述集子之中，因而多被人所忽略。这些成果包括《关于“戚继光斩子”的传说》、《续谈“戚继光斩子”》、《钓鱼城访古》、《庄子与鲁迅》等。

《关于“戚继光斩子”的传说》，完成于1940年2月28日，发表于1940年3月2日重庆《大公报》，后收入《文艺新哨》1942年第1卷第6期；又以《戚继光斩子考证》为题，发表在《社会日报》1940年4月9日第二版；最初收录至南方出版社1940年8月初版的《“民族形式”商兑》，后收入《沫若文集》第11卷和《郭沫若全集·历史编》第3卷。《续谈“戚继光斩子”》，完成于1940年12月14日，最初收录至香港孟夏书店1941年11月初版的《羽书集》，后收入《沫若文集》第11卷和《郭沫若全集·历史编》第3卷。

有关戚继光斩子考证的文章是郭沫若“在初是想把这斩子故事来戏剧化”的前期副产品。以戚继光为主题的戏剧虽然未能创作出来②，但是我们同样能从其事先的相关

① 郭沫若：《屈原的幸与不幸》，《中国诗坛》（香港）1948年第2期《黑奴船》，第16—17页。该文又刊载在《诗联丛刊》第2期《复仇的路》（1948年7月24日）上，后曾被收录至上海图书馆、复旦大学分校中文系编：《迎接新中国——郭沫若香港战斗时期佚文》，《复旦学报》（社会科学版），1980年；王锦厚、伍加伦、肖斌如编：《郭沫若佚文集（1906—1949）》（下册），四川大学出版社1988年版。

② 郭沫若创作戚继光剧本之事，当时报刊即有报道：“郭沫若氏近于公务之暇，在着手编写一个五幕的话剧剧本，采取明代大将戚继光的抗×故事为题材，剧名就叫《戚继光》。同时，将采为电影剧本。按郭氏早年从事文艺工作时，剧本创作很少，仅《卓文君》等而已。”（《郭沫若编戚继光》，《电影周刊》1940年第80期，第7页。）

学术考证来探究郭沫若关注此问题的现实目的，同时也能以此体察他对于史剧创作与学术研究间关系的考量。

郭沫若明确地说，之所以想将戚继光戏剧化，“一方面借以证明戚公治军的严格，另一方面借以说明戚公惧内心理的动机”①。显然，这其中又是以前者为主，就是要用戚继光英勇抗倭的故事激发全国人民抗战之决心。明时的倭寇虽被戚继光击溃，现在的倭寇却正更为凶狠地到来。正如当时就有人呼吁的那样，“想到现在的倭寇，又在中国骚扰了，而且比明朝的专图劫掠财物，不含政治侵略的倭寇，还要利害到百倍，希望我们都能以戚继光自励，大家起来，剿灭今日的倭寇”②；“要立刻一致起来效法戚继光的爱国精神，以扑灭倭寇、挽救危亡为己任”③！甚至有人以戚继光斩子故事为例，“但愿多出几个和戚继光将军一样，有斩子报国的精神”④！所以，郭沫若考证戚继光斩子等故事，想创作以戚继光为主题的戏剧，自然也是希望借戚继光治军严明、英勇抗倭的事迹，激励现实中抗战的将士和民众。愿望虽是如此，但经由他的考证和其他人的“指教”⑤，戚继光斩子一事并未得到确证，即“根本的故事成了问题”，所以，剧本的计划“只好流产”⑥。显然，在看待历史剧创作的艺术真实与历史真实的关系时，郭沫若倾向于艺术创作应该尽量符合历史真实，达到二者的有机统一。

---

① 郭沫若：《续谈“戚继光斩子”》，《郭沫若全集·历史编》第3卷，人民出版社1984年版，第351页。

② 治心：《从国难中说到戚继光》，《福建文化》1931年第1卷第1期，第11页。

③ 步武：《民族英雄故事：大破倭寇的戚继光》，《战时民众》1938年第1期，第3页。

④ 林启明：《戚继光斩子——“国仇虽报儿不见，留此丹心照后人”》，《前线日报》，1940年2月1日，第9版。

⑤ 例如，郭沫若在1940年2月19日去信王冶秋说：“在新华日报上读到大著《几个被遗忘的歌者》中有戚继光《凯料》并其‘自注’，得知足下对于戚深有研究，甚为欣幸。我自己最近也在搜集戚的史料，尤其他的生活，在这山城苦无所获。我现在想要请教你的是，你那里有无戚的《止止堂集》？又他因‘临阵回顾斩其长子’是在何时——是在平倭时代，还是四十以后坐镇蓟门时代，请你告诉我。你那里如有关于戚的生活资料，尤其希望你能使我有利用的便利。”（林甘泉、蔡震主编：《郭沫若年谱长编》第二卷，中国社会科学出版社2017年版，第826页。）

⑥ 郭沫若在《续谈“戚继光斩子”》中说，《关于戚继光斩子的传说》发表后，“得到不少的反响。重庆的《大公报》在三月初旬接连发表了高赫天和李鼎芳两位先生的文字。李先生据纯正史家的立场是否认斩子传说之为事实。高先生则于我所引的两种传说内容之外，又举了一种”。郭沫若认为“这传说不免是有点问题的”，“剧本的计划，看来，是只好流产了”。（郭沫若：《续谈“戚继光斩子”》，《郭沫若全集·历史编》第3卷，人民出版社1984年版，第349—351页。）

对于此事，郭沫若稍后还说："去年有一个时期本有打算把戚继光斩子的故事写成剧本的计划，曾经尽力多方搜集材料，但研究的结果，斩子的传说大概是不可靠的。因而也就把写作的企图抛弃了。事实上，历史故事要用话剧的形式来写出，也颇感困难，还有是戚继光左右的人物和其个性，都没有充分的资料，这更是促进计划流产的要因。"①

《钓鱼城访古》一文的出炉与戚继光斩子传说考证有相似之处。《钓鱼城访古》一文是郭沫若受卢子英邀请前往合川的结果。虽然此次钓鱼城之行暂时打断了已经开始的《高渐离》的创作，却让郭沫若新生了创作另一个以宋末四川人民英勇抗元为题材的剧本的想法。而且，其现实目的也是为了鼓励人民的抗战意志和决心，斥责投敌的汉奸行径。他说："一面表彰王坚，尤其张珏之忠义，另一面则描写王立与熊耳夫人之谲诈。忠奸对立，而构成一个悲剧的结束，实在是一部天成的戏剧资料。"② 尽管剧本同样最终没能创作出来，但在《钓鱼城访古》这一兼具纪游和考证双重性质的文章中，郭沫若对宋末四川军民钓鱼城抗元，特别是王坚和张珏两位守将的光辉事迹，进行了详细考证和歌颂，揭露了王立投降后奉诏入觐和"间谍"熊耳夫人的"贰臣妖妇"行径，梳理了后朝之人如万斯同、吴省钦等对王坚、张珏事迹的不公评价和"厚诬"，以及体现出的"顺民思想"等。郭沫若说"计自筑城至降凡三十七年，孤军奋斗，维持残局，在宋末抗元史中确可称为有光辉之一页"，"王坚与张珏殆为守将中最有光辉之二人"，张珏"不仅会用兵，而且会用民……在六七百年前便已经做到了这样军民合作的实际，可知张珏这个人的确是不愧为一个名将"③，并作诗一首：

> 魄夺蒙哥尚有城，危崖拔地水回萦。
> 冉家兄弟承璘玠，蜀郡山河壮甲兵。
> 卅载撑孤天一线，千秋共仰宋三卿。

---

① 郭沫若：《短简》，《戏剧春秋》第1卷第5期，转引自林甘泉、蔡震主编：《郭沫若年谱长编》第二卷，中国社会科学出版社2017年版，第886页。

② 郭沫若：《钓鱼台访古》，《说文月刊》1942年第3卷第7期，第155页。

③ 郭沫若：《钓鱼台访古》，《说文月刊》1942年第3卷第7期，第148页。

> 贰臣妖妇同祠宇，遗恨分明未可平①。

可以看出，尽管在后来的历史中，人们对王立、熊耳夫人的功过评价不甚统一，留有进一步讨论的空间，但郭沫若此时坚决唾斥二人，其原因就是现实抗战的需要。只不过与考证戚继光以及剧作打算主要是从正面激励军民英勇抗战不同，《钓鱼城访古》以及剧作打算除了正面激励之外，还以王立、熊耳夫人等“叛臣”、“降人”为反面典型，把现实的抨击对象暗射至汪伪政府的投降行径和国民党顽固派消极抗战、破坏抗战民族统一战线的政策。

该文发表后，再收入文集时，郭沫若于 1947 年 6 月 3 日“追记”称：

> 此文曩曾发表于重庆出版的《说文月刊》，不知何故将题名误为《钓鱼台访古》，致惹复旦大学某教授为文大事讥弹，谓余无识，竟将钓鱼城误为严子陵的钓鱼台。又引及余《题画记》中“披图忽惊悟，仿佛钓鱼台”，以证明非手民误排，确系我自己的错误。这些本来是小节，没想出学者的敌忾竟那样的强烈。其实钓鱼山上也是有钓鱼台的。那是在离佛寺不远处的一个巨石，相传有一仙人坐其上钓取江鱼，民间因名其石为“钓鱼台”。山名钓鱼，城名钓鱼，均由此得来。我要请教授学者们多参考一下《合川县志》②。

郭沫若“补记”中所说的“复旦大学某教授为文”，指的是治中外文化交通史和中国天主教史的复旦大学教授方豪发表在《东方杂志》第 40 卷 13 号上的《钓鱼城抚今追昔录》一文。方豪在文中的第二部分“评介近人的两篇文章”里，对邓子琴的《南宋时代重庆在国防上之地位》和郭沫若的《钓鱼台访古》进行了“评介”。说是“评介”，其实是言辞较为激烈的批评。其中对郭文的批评是：

> 至于郭沫若的文章，我读完了后觉得很可引为异的，就是无论在封面页上或

① 郭沫若：《钓鱼台访古》，《说文月刊》1942 年第 3 卷第 7 期，第 154 页。后收入集子时，“卅载撑孤天一线”改为“卅载孤撑天一线”。

② 郭沫若：《钓鱼城访古》，《今昔蒲剑》，上海海燕书店 1947 年版，第 132 页。

正文的标题，都是“钓鱼台访古”；我们知道浙江省富春江是有一座严子陵“钓台”的，然而合川的“钓鱼城”，却从来没有人称它为“台”。说是手民之误吧，“台”“城”二字是不容易弄混的，况且郭君的文章，从头到尾都称“钓鱼城”；但说是作者笔误，也未尝不可。郭君很可能在写文章的时候，由嘉陵江上的钓鱼城，联想到富春江上的钓台，因而也把题目写错了一个字。郭君之游钓鱼城，乃是应卢子英先生之约，所以自重庆到钓鱼山，一路的交通工具，食息招待，不但方便，更极舒服，在全篇文字中，很少见到他此行有举步之劳；他的文章除引有几段合川县志外，还提供了我们几处碑文材料。可是除此以外，可作我们参考之处，似乎很少。最使我失望的是读完邓郭二君的文章，却不知钓鱼城究竟有多大；近两年来，友朋中去到钓鱼城访古的不下十余人，也没有一个能说得上城的大小。于是我决意自己去走一趟①。

在方豪看来，除了“钓鱼城”、“钓鱼台”的混用之外，最令他失望的是郭文没有交代清楚钓鱼城的大小。方豪在文中还质疑了郭沫若有关钓鱼城“现在是一座人家都没有”的城的说法，并就钓鱼城当年守城时的两大问题——粮食和饮水等——进行了考辨，得出了与郭沫若、邓子琴不同的结论。对于郭沫若想以此创作剧本的打算，方豪倒是很赞成，说：“郭沫若想把王坚、张珏的忠义，王立和熊耳夫人的奸诈，来构成一个剧本，这是我很赞成的，但幸而至今两年，这剧本还未产生（邓恭三兄告诉我，剧本已写成了，因故未出版）。我希望郭先生能再去钓鱼城一次，把钓鱼城四周的形势，观察得清楚，这对于剧本的成功，一定很有裨益。”②

方豪在文末附有“补记”：

郭沫若所作的《钓鱼城访古》一文，已编入三十三年③十月出版之《今昔集》，标题业已更正。惟同集所收《题画记》一文，有诗曰：“披图忽惊悟，仿佛钓鱼台。古木参天立，残关倚水开。蒙哥曾死去，张珏好归来。战士当年血，依

① 方豪：《钓鱼城抚今追昔录》，《东方杂志》1944年第40卷13号，第50—51页。

② 方豪：《钓鱼城抚今追昔录》，《东方杂志》1944年第40卷13号，第53页。

③ 引者按，此处有误，应为三十二年。

> 稀石上苔。”这里还是称“钓鱼台”……《钓鱼城访古》一文，作于三十一年七月十三日，《题画记》作于同年八月六日，晚了二十四天，《题画记》既称“钓鱼台”，那末说明杂志的标题，恐不能说是出于一时笔误①。

应该说，方豪就郭沫若“钓鱼城”、“钓鱼台”混淆使用且不是一时笔误的批评是合理的。郭沫若虽称这是“小节”，但其实是其不严谨的表现，其在“追记”里的回应也有强解之嫌。该文后来在收入集子时改名为《钓鱼城访古》，也说明了这一点。当然，郭沫若此文带有纪游性质，在标题和正文里同时使用“钓鱼台”、“钓鱼城”，也是可以理解的。至于稍后在收入集子时已将标题改为“钓鱼城”的情况下，仍在《题画记》诗作里继续称“钓鱼台”，应该是为了押韵工整、保持全诗原貌而未做改动②。但是，也要指出的是，方豪作此文的立意当比邓、郭二文低了许多，或者说彼此论说钓鱼城的主旨并不在同一方向。作为一名考证学者，方豪此文停留在钓鱼城具体的城池大小、守城时的粮食与饮水等问题的考证，未能体察到邓、郭二人作文时背后的现实考虑。比如，邓子琴在文末明确表达了作文的目的即在于“述往事以乐告国人之微意”。他详细论述了南宋大势、四川的军事政治地位、钓鱼城军民英勇抗敌的英勇史实等，最后提出“今之重庆，值国家空前大难之时，已由边隅而建为陪都，在政治、经济、军事、文化各方面已成为中心区域，其重要殆过南宋时万倍。以现代形势而言，尤不能与南宋相提并论”，现在“不可延缓之图”即要“充实军事，以尽拱卫之责。布置形胜，以雄上国之观”③。对于如此明显的现实目的，方豪似乎并没有注意，未给予任何评价。

《庄子与鲁迅》一文写于 1940 年 12 月 18 日，最早刊载在《中苏文化》半月刊 1941 年 4 月第 8 卷第 3、4 期合刊上，后收入《先秦学说述林》。郭沫若对庄子的研究肇起于对鲁迅的纪念。鲁迅刚逝世之时，身在日本的郭沫若开始有目的地阅读鲁迅的

① 方豪：《钓鱼城抚今追昔录》，《东方杂志》1944 年第 40 卷 13 号，第 53—54 页。

② 郭沫若的诗作部分内容为“披图忽惊悟，仿佛钓鱼台。古木参天立，残关倚水开。蒙哥曾死去，张珏好归来。战士当年血，依稀石上苔”。（郭沫若：《今昔集》，成都东方书社 1943 年版，第 118 页。）

③ 邓子琴：《南宋时代重庆在国防上之地位》，《责善半月刊》1941 年第 2 卷第 15 期，第 6 页。

作品，当时即发现鲁迅颇受庄子的影响。抗战时期，因应重庆文化战线领域对鲁迅的纪念，以及鲁迅研究会成立和鲁迅作品的出版等，郭沫若再次阅读鲁迅作品，更觉得鲁迅受庄子影响颇深——“鲁迅爱用庄子所独有的词汇，爱引庄子的话，爱取《庄子》书中的故事为题材而从事创作，在文辞上赞美过庄子，在思想上也不免有多少庄子的反映，无论是顺是逆”①，因此写成此文《庄子与鲁迅》。

该文前半部分详细地举出实例，包括语汇、完整的词句、《庄子》书中的故事或寓言、鲁迅对庄子的赞美、鲁迅对庄子思想的批评等，并一一加以论证。其中，在对庄子思想的评价方面，郭沫若不同意鲁迅认定庄子为“纯粹的出世派，纯粹的虚无主义者”的评价，而是肯定庄子思想中积极用世的一面。郭沫若以文献可靠性较强的《庄子·内篇》为例，认为《逍遥游》、《齐物论》、《养生主》、《人间世》、《德充符》、《大宗师》、《应帝王》七篇，分别对应庄子学说的序论、认识论、论修身、论处世、论精神修养的价值、本体论、政治理想。从这些主体内容即可看到，“庄子并不是纯粹地忘情于人世的人。他是不满意于他所处的时代为一时的小利小害和相对的是非得失而起的扰攘争夺，因而他要寻求一个绝对的真理，来泯是非，忘利害，整齐一切”②。庄子的“道”及其建立起的人生哲学是要人去体念、效法本体的大公无私和不断活动，忘却世间一切相对的是非得失，恬淡无为而无不为。所以，庄子“当然是一个观念论者，但并不必是一个虚无主义者”③。

郭沫若这一论点在后来的先秦诸子研究中也得到了继续。例如，在《庄子的批判》中，郭沫若就说，庄子并不是完全忘情于世道的人，虽主张“无情”，但并不非战，如说“圣人之用兵也，亡国而不失人心”；也谈治理天下的道理，庄子的《应帝王篇》就反映了君道为政的主张。

此外，郭沫若对庄子在中国文学史上的地位也给予了很高的评价，认为“《庄子》这部书差不多是一部优美的寓言和故事集。他的寓言多是由他那葱茏的想象力所构造出来的。立意每异想天开，行文多铿锵有韵，汉代的辞赋分明导源于这儿，一般的散记文学也应该推他为鼻祖。足以和他分庭抗礼，在韵文方面当数屈原，在散文方面或

① 郭沫若：《庄子与鲁迅》，《中苏文化》1941年第8卷第3、4期合刊，第85页。

② 郭沫若：《庄子与鲁迅》，《中苏文化》1941年第8卷第3、4期合刊，第89页。

③ 郭沫若：《庄子与鲁迅》，《中苏文化》1941年第8卷第3、4期合刊，第90页。

当推司马迁吧”①。在郭沫若看来，庄子的文辞的确是“环玮”而“呶诡”，“汪洋辟阖，仪态万千”，秦汉以来的一部中国文学史差不多大半是在他的影响下发展而来。

总之，抗战时期郭沫若的历史人物研究对象广泛，内容丰富，论集众多，在文本修改、版本调整和佚文收集等方面均需要认真辨析梳理。郭沫若的夏完淳、屈原等历史人物研究既体现了其学术研究的现实针对性，是当时思想文化领域斗争的具体体现，也在不同时期存在着前后相承和发展的关系。郭沫若抗战时期参与的有关“戚继光斩子”、合川钓鱼城等问题的讨论，既体现了其史剧创作与学术研究之间的紧密关系，也是抗战时期各方学者学术论辩的一个缩影。

（作者单位：乐山师范学院四川郭沫若研究中心）

① 郭沫若：《庄子与鲁迅》，《中苏文化》1941 年第 8 卷第 3、4 期合刊，第 89 页。

从“文本修改”到“历史实情”①

——全面抗战期间郭沫若与蒋介石关系考论

孟文博

摘　要：郭沫若与蒋介石的关系在中国近现代史上可谓是最为复杂和富有戏剧性的人物关系之一，但是长期以来，由于郭沫若在中华人民共和国成立后编纂《沫若文集》时，把他在中华人民共和国成立前的创作中所有涉及蒋介石的言论都删改过了，这便对他们关系的真实状态形成了巨大遮蔽，尤其是非常重要的抗战时期的关系，使人们总认为郭沫若一直都是一个反蒋斗士。事实上，在全面抗战初期，郭沫若在言论上对蒋介石是非常恭敬的，甚至到了献媚的地步，但是随着政治局势的发展，他对蒋介石的态度发生了微妙的改变。

关键词：全面抗战时期；郭沫若；蒋介石；关系

在中国近现代史上，郭沫若与蒋介石的关系也许是最为复杂和富有戏剧性的人物关系之一，但是长期以来，他们关系的复杂性却没有得到真正全面的考察与揭示。人们往往只记得郭沫若的反蒋檄文《请看今日之蒋介石》，以及由此被确立的反蒋斗士形象，而不了解郭沫若对待蒋介石的态度还有完全相反的一面。造成这一认识局限的最主要的原因在于人们总是通过中华人民共和国成立后出版的《沫若文集》和在此基础上编纂的《郭沫若全集》来考察他们之间的关系，而没有注意到郭沫若在编纂《沫若文集》时，把他在中华人民共和国成立前的创作中所有涉及蒋介石的言论都删改过

① 本文系山东大学（威海）2023年度一流本科课程“现代文学经典赏析与评论实践”课程建设的成果。

了，而这种删改对当时他们之间关系的真实状态形成了巨大遮蔽。

由于郭沫若删改的关于蒋介石的言论集中于他在全面抗战时期的创作，因此被这些文字删改所遮蔽得最为严密的，便是他们在全面抗战时期的真实关系。而他们在这一时期的关系，又是他们关系史中极为重要的一个时期，且至今还没有学者在厘清郭沫若作品版本演变的基础之上对其进行过系统的考察、梳理。因此，本文选择了此题目，以重返历史现场的方法，对原始史料重新进行梳理爬抉，洞幽烛微，以期最大程度地还原真实历史，并在此基础上做进一步的考察研究。

一

考察郭沫若与蒋介石在全面抗战时期的关系，有必要首先明晰一个重要背景，那就是郭沫若在参与全面抗战之前，已经因为蒋介石的通缉，“亡命”于日本长达十年之久。期间他的生活，用他友人的话总结，便是“穷的要死，环境也特别不自由”①。自然，他在这十年间致力于中国古代史研究和甲骨文研究，成就了自己古代史学家和古文字学家的头衔，但这却远非其主观选择的结果。用他自己的话说，“在日本亡命期间除了写些自传之外，主要的时间就用到历史研究上。我研究了中国古代社会，把甲骨文字和青铜器铭文通盘整理了一遍。我会走到历史和考古的研究上来，完全是客观条件把我逼成的”②。以郭沫若积极入世的心态和极不安分的性情，如果不是被“逼”，他决不会选择这种并不能对现实直接产生影响的纯学术研究。事实上，他即使在进行“历史研究”时，也并非完全“两耳不闻窗外事，一心只读圣贤书”，而是不断关注着国内的时势。从 1929 年底到 1930 年初，当他遥感到国内的左翼运动风起云涌之时，便连续创作、发表了充满左翼激进色彩的《新兴大众文艺的认识》、《普罗文艺的大众化》、《文学革命之回顾》、《我们的文化》、《关于文艺的不朽性》等论文，以非常积极的姿态参与到左翼文学运动中来。1931 年 9 月，他还把多篇左翼文学论文辑录成

① 美蒂：《郭沫若印象记》，黄人影编：《文坛印象记》，上海乐华图书出版公司 1932 年版，第 45 页。

② 上海图书馆文献资料室、四川大学郭沫若研究室合编：《郭沫若集外序跋集》，四川人民出版社 1983 年版，第 138 页。

册，交付国内的光华书局出版。可以说，郭沫若在日本的生活即使很“穷”，也不愿“独善其身”，而是始终不忘“兼济天下”，正可谓“闲居非吾志，甘心赴国忧”。

历史的发展总是富有出人意料的戏剧性，作为空前民族浩劫的全面抗战的爆发，居然成为郭沫若结束“亡命”生涯而回国的契机。就在“七七事变”爆发仅仅20天后，经过郁达夫等人的一系列操作，郭沫若终于踏上了祖国的领土，并且很快便受到了蒋介石的亲切接见。关于这次接见的情景，郭沫若在他于1937年9月创作的《在轰炸中来去》第十节中有非常细致的描述。这段描述文字后来又被单独提炼出来，以《谒见蒋委员长》为题发表于同年同月的《申报》，之后又收入《抗战将领访问记》，题名《蒋委员长会见记》。另外，《在轰炸中来去》一文还被收入1938年2月15日由汉口星星出版社出版的《前线归来》。仅以这日后的多次单独发表和收录，就可以看出郭沫若是如何重视此文。当然，他最想表达的，还是此文中所表述的他与蒋委员长非同一般的关系。由于显而易见的原因，郭沫若在中华人民共和国成立后编纂《沫若文集》时，对这一段“会见记”进行了多处删改，使其所表达的意思出现了巨大变化。在此，我们不妨以最为直观的版本对比方式来看一下他对这段文字是如何修改的：

上海文艺研究社1937年11月 《在轰炸中来去》最初版	人民文学出版社1958年9月 《沫若文集》第八卷中的版本
蒋先生一面和蔼地说着，一面和我握手，手是分外的暖和（第29页）	蒋一面和蔼地说着，一面和我握手；手是分外的暖和（第475页）
我也同样感觉着蒋先生的精神比从前更好了（第30页）	我也感觉到蒋的精神似乎比从前更好（第476页）
我见过些西安事变后的蒋先生的像，觉得很有憔悴的神情（第30页）	我见过些西安事变后的蒋的像，觉得憔悴不堪（第476页）
抗战以来的局面不用说是异常繁剧的，念到蒋先生的健康，我自己是暗暗地怀着几分的忧虑。但这忧虑，完全是杞忧，由我自己的眼睛已经证明了。（第30页）	抗战以来的局面的确是使所有的人都年青了。（第476页）
因为蒋先生的眼神充分地表明着钢铁样的抗战决心，蒋先生的健康也充分地保证着钢铁样的抗战持久性。（第30—31页）	因为我感觉着蒋的眼神表示了抗战的决心。只要有这一决心就好，就能保证抗战的持久性。（第476页）

续表

上海文艺研究社 1937 年 11 月 《在轰炸中来去》最初版	人民文学出版社 1958 年 9 月 《沫若文集》第八卷中的版本
蒋先生是我们最高的领袖，他既有持久战的决心，那他对于抗战必如何始能持久的物质条件（例如孙总理三大政策所暗示），必已高瞻远瞩，成算在心，不然，他是不会有那样的清明，那样的宁静的。（第 31 页）	此段删除
这样的恳切实在是使我感激，而且在这简单的几句话里面还给予我一个今后工作的途径：学行兼顾，我看，在凡百方面这个途径恐怕都是必要的。（第 33 页）	此段删除

从最初版本的内容来看，郭沫若当时对蒋介石似乎已不仅仅是崇敬，甚至还有体贴与关心。他的许多表述都包含强烈的感情色彩，乃至富有诗意。当然，我们仅从这些描述中很难判断郭沫若对蒋介石的态度是否真正发自内心，抑或是出于某种策略上的考虑。但不管怎样，他当时在公开言论中对蒋介石的态度是非常明确的。而他们十年前那场激烈的对抗也在此次会见中以奇妙的方式化解了：

> 蒋先生又问了我的家眷，又问到了我为什么到了日本。
>
> 关于到日本去了十年的一层，我也回答得很直率。我说：我没有钱，在国内不能生活，又不能到欧美去，所以只好朝日本跑①。

这简单的两段话真可谓经典的历史双簧！十年前蒋介石亲自下令通缉郭沫若，如今却问他“为什么到了日本”。郭沫若的回答居然把原因归咎于“没有钱”，离题万里却还称“回答得很直率”！一个明知故问，一个则巧妙回答，而就在这一问一答中，十年怨仇竟顷刻化于温情脉脉之中，读来实在不禁让人哑然失笑、拍案叫绝，进而感叹历史在关键节点上竟是如此的吊诡。

① 郭沫若：《在轰炸中来去》，上海抗战出版部 1937 年版，第 33 页。

二

也是在这篇回忆性文章中，郭沫若说蒋介石许诺给自己“一个相当的职务”，这便是日后的政治部第三厅厅长之职。尽管蒋介石在后来兑现此承诺时要了政治手腕，气得郭沫若一度不愿上任，但最终还是度过此波折，接过委任状，开始主持抗日宣传工作。也正是从这时起，郭沫若在极短的时间内便完成了从一个被通缉的政治要犯到一个显赫的政府要员的传奇转换。真不知道郭沫若在上任之时回想起那“穷的要死，环境也特别不自由”的十年流亡生涯，是否会有恍若隔世的感觉。

事实上，郭沫若这一巨大的身份转变虽然看似突然，但和其他任何历史人物的人生陡转一样，其背后也有着某种必然的逻辑，甚至长期的铺垫。笔者在前文中就谈到，郭沫若绝不是那种甘于在书斋中仅与寒窗青灯相伴的学者，而是有着强烈的入世情结的，尤其是在抗战形势严峻的“沧海横流”之中，郭沫若更是急切地想展现他“兼济天下”的“英雄本色”，否则他也不会在“七七事变”仅 20 天后，便冒着极大的风险回国。郭沫若接受蒋介石的聘请而主政第三厅，从本质层面来说，正是其“兼济大卜”、“甘赴国忧”心态的具体体现，同时也是他借助历史机遇、提升自我社会地位的自然选择。而事实上，郭沫若早就对类似的际遇充满期待。

1942 年郭沫若 50 寿辰时，潘梓年曾写了一篇祝贺文章，记载了一件有趣的事：

> 二十六年的夏天，我在上海第一次看到了郭沫若先生。那时他是刚从海外被“七七”炮声召回到祖国，我也刚从莫愁湖畔“乔迁”黄浦江头，由五年“窗下”而投入团结抗战的阵营，谈话中知道彼此还有“同年之雅”。当时，他拿出吉士牌香烟一包相饷，笑道：在他第一次回国落拓沪滨时，曾和友人二三闲逛城隍庙，有个拆字先生拦着他要替他相面，说他命运不凡，到四十六岁就要交运。今年恰是四十六岁，看来，我们有此献身祖国的机会，还是命中注定的呢①。

① 潘汉年：《诗才·史学·书征气度》，《新华日报》1941 年 11 月 16 日，第 3 版。

其实，郭沫若早在1925年8月发表于上海《学艺》第7卷第1期的《湖心亭》中便详细记述过此事，其情景描写非常详细而生动。在此之后，郭沫若又在多篇创作中屡屡提及此事。像脱稿于1937年8月1日的《由日本回来了》一文，篇末便这样记载：“自己是壬辰年生的，今年四十六岁。想起了十几年前，在上海城隍庙曾被一位看相的人开过玩笑，说我四十六岁交大运。此事是记在我的一篇杂文《湖心亭》里面的。忽然忆及，顿觉奇验。”① 同年9月下旬，郭沫若在《在轰炸中来去》中，更是把“交大运”之事落到了另外的实处：1937年9月20日，郭沫若受陈诚邀请，到前线某师“训话”，期间陈诚颇为担心安全问题，“他在一次长时间的沉默之后，突然对我这样说：今晚要托你的洪福才好”。郭沫若一时茫然，陈诚便解释说“你自己的文章上不是说，说你今年要交大运”，郭沫若一听便恍然大悟，知道陈诚读过自己的文章《由日本回来了》。巧合的是，“正在训话途中，轰然一声落下了一个炸弹，离集合处不远”。结果陈诚在归途中再次对郭沫若说：“今晚真是托了你的洪福，假使那个炸弹投在队伍的正中，岂不是一场大祸?”当然，陈诚此话多少有些恭维，甚至是开玩笑。可是，郭沫若显然对自己“交大运”之事是相当认真的，他自己也借题发挥道：“是的，我自己近来都有点相信命运了，就是我自己托福的事实在很多，这怕是托的国家民族的福吧?所谓‘国家将兴，必有祥桢’，我看，似乎是有些道理的，但这道理，我现在还没有功夫去参透。”②

拆字先生拦人相面，并恭维被相之人会“交大运”，这样拙劣的江湖伎俩不过是简单的谋财之道罢了。但是，接受过严格的现代科学教育，并且早已获得“马克思主义背光”的郭沫若，却居然对这类简单的江湖骗术始终念念不忘，究竟何以如此?除了对“交大运”的人生际遇甚为期待外，恐怕很难有别的解释了。也就是说，在郭沫若这“念之深”的背后，显而易见的便是“思之切”。当郭沫若就任第三厅厅长，位高权重，事业、地位达到顶峰之时，他便终于完成了从被通缉的重犯到政府要员、社会名流的“交大运”过程。接下来，郭沫若尽职尽责地到处演讲、题词、制定政策，忙得不可开交，当然“没有功夫去参透”“国家将兴，必有祥桢”“这些道理”。

① 郭沫若：《由日本回来了》，《宇宙风》（半月刊）1937年第47期，第517页。

② 郭沫若：《在轰炸中来去》，上海抗战出版部1937年版，第2—3页。

事实上，郭沫若即使“有功夫”，恐怕也不会去“参透”“这些道理”。他并非真正相信天命，而是非常清楚地知道自己是怎样“交”上这“大运”的，也显然明白自己这“大运”的“命运”又真正掌握在谁的手里。从这样一个角度去窥视郭沫若的心态，我们就不难理解他在描述自己被蒋介石接见的情景时，为何在语言上表现得如此崇敬。而就在同一时期的其他文献中，郭沫若对待蒋介石的态度也是同样恭敬，甚至到了献媚的地步。像他在《文化人当前的急务》一文中，称蒋介石为“我们的最高领袖”、“蒋委员长”、“委员长”，并且对蒋介石发布的《告全国国民书》给予极高的评价，认为《告全国国民书》“把持久抗战和全面抗战的既定国策重新昭示了一遍……就像驱除黑暗的太阳一样，把一切怀疑失望悲观畏怯的妖雾，完全扫荡干净了”，而“文化工作者”则应响应《告全国国民书》，“努力于切于实际的学术的研究与技能之学习。要这样，我们才能够不辜负委员长告诫我们的意思，才能够应付目前全面抗战的新局面，而达到最后胜利的目的”①！

此外，更加典型的还有他于1938年7月出版的《战时宣传工作》小册子。在这本小册子里，郭沫若事无巨细、面面俱到地详细阐发了他对于战时宣传工作的方针、原则，其中涉及蒋介石时，在语气、态度上均是非常拥护、崇敬的。这本小册子最初由重庆青年书店出版，后又由该书店在1939年3月和1940年1月再版，在当时的影响非常大，不过在中华人民共和国成立之后便没有再版，因此一直到目前都很少有人注意到它。为了更加清晰地还原历史，本文把其中所有涉及蒋介石的言论列于下方：

绪言部分

在目前对倭抗战期中战时宣传工作的基本任务是：（一）随时随地，根据具体的环境，发扬中央和最高领袖蒋委员长的国策、训令、主张、言论，使全国民众在中央和最高领袖领导之下，一切为国努力。（第5页）

二　抗战建国纲领之阐扬

（一）纲领的产生与成功

第四，建立了国民党的总裁制度，使今后全党和全国民众更有坚强领导的重

① 郭沫若：《文化人当前的急务》，《胜利》1938年第3号，第12页。

心。在最高领袖蒋总裁领导之下，必能实行抗战建国纲领，取得中华民族解放斗争光荣伟大的胜利。（第 23 页）

（三）抗战建国的总则

第二……蒋委员长是国民党和全国民众最高的领袖，所以全国抗战力量，都应当在国民党和蒋委员长领导之下团结起来，动员起来！（第 25 页）

（五）从决议到工作

怎样执行决议，这是领导方式方法上的中心问题，关于这一点，最高领袖蒋委员长早有明确重要的指示，这些指示见于委员长关于保障代表大会胜利的演讲中：“现在会议真多，你们看：我们不是天天有会议？但要会议能够发挥救国的效能，第一要会议实行的决议案……”

……

这是我们今后对一切工作的基本态度，因此对于蒋委员长这一重要的指示，我们必须加以广泛深入的阐扬，只有我们彻底改过去一切工作方式方法上以及领导上的错误，切实执行蒋委员长的指示，我们才能保证建国纲领的坚决执行。（第 27—28 页）

类似的还有郭沫若于 1937 年 10 月 30 日发表于上海《救亡日报》的《论持久战的必要条件》一文，其中有一句：“就是我们的最高领袖蒋委员长，他屡次上前线来督励将士，他的决心是更比铁还要坚固的。”① 自然，此句日后也被删除了。

三

历史在其剧烈激荡期的变化总是迅速而出人意料的。郭沫若那些倾情到有些肉麻的崇敬与赞美之语，在残酷的现实政治之中似乎根本没有起到良好的感情黏合剂的作用。他与蒋介石的关系在度过短暂的蜜月期之后，很快便以另一种方式决裂了。

1939 年，国民党在其五届五中全会上全面调整了关于共产党的政策，国共关系也

① 郭沫若：《论持久战的必要条件》，《救亡日报》1937 年 10 月 30 日。

开始随之发生微妙变化。这些变化很快便直接影响到第三厅的工作。1940年8月，"陈诚强令劫走十辆卡车，继而夺走'慰总'、'寒委'，又进一步取缔了各地'战地文化服务站'"①。之后，蒋介石又免去了郭沫若第三厅厅长的职务，派他出任政治部部委委员，由国民党党员何浩若接任厅长。同时，蒋介石亲自下手谕："凡在军事委员会各单位中的工作人员一律均应加入国民党……凡不加入国民党者，一律退出三厅。"② 面对蒋介石的强硬姿态，郭沫若立刻提出严正抗议，并向当局打电报辞职。接着，其他成员纷纷效仿，向国民党当局提出集体辞职。时任政治部部长的张治中在与周恩来交换了意见后，向蒋介石报告了此事。不久，蒋介石召见了郭沫若、阳翰笙、冯乃超、杜国庠、田汉等人，并表示打算另外成立一个部门——文化工作委员会（简称"文工会"），从事文化研究工作，仍然隶属于政治部。后来经过协商，原本请辞的第三厅工作人员决定接受这一建议。

可以说，"文工会"的成立是双方相互让步、妥协的结果，因此，郭沫若日后也没有只言片语提到这次召见。事实上，蒋介石起初任命郭沫若为第三厅厅长，便只是出于一种政治策略，而非实质授权。这一点，我们从郭沫若描述自己被蒋介石接见的情景时，便能够看到端倪了。"蒋先生说，一切会议你都不必出席，你只消一面做文章，一面研究你的学问好了。"郭沫若感觉"这样的恳切实在是使我感激。而且这简单的几句话里面还给予我一个今后工作的途径：学行兼顾，我看，在凡百方面这个途径恐怕都是必要的"。仅从这一处描述来看，蒋介石作为政治家的老谋深算与郭沫若作为文人的相对天真便显露无余。"天真"的郭沫若在"交大运"之时肩负起抗日宣传的重任，显然不会真的"学行兼顾"，而是竭力偏于"行"，实实在在地履行起了厅长的职务。自然，他也并非完全是个傀儡或者摆设。正如陈诚后来回忆，"中央及地方加紧实行三民主义，即为克制共党唯一之要诀。周恩来、郭沫若等，绝非甘于虚挂名义，坐领干薪者可比，既约之来，即不能不付于相当之权"③。但随着国共关系的日趋紧张，这"相当之权"很快便被变相收回了。解散"第三厅"、成立"文工会"即是第一步。之后，"文工会"的工作又受到极大限制。蒋介石甚至要求他们不能在群众中进行

---

① 阳翰笙：《阳翰笙选集》（第五卷　革命回忆录），四川文艺出版社1989年版，第271页。

② 阳翰笙：《风雨五十年》，人民文学出版社1986年版，第261页。

③ 陈诚：《陈诚回忆录一　抗日战争》，台北国史馆2005年版，第345页。

宣传活动。1944年，由文化界名流共同商榷，并由郭沫若执笔起草的《对时局进言》在《新华日报》和《新蜀报》上全文刊载。此举彻底激怒了国民党当局。很快，国民政府军委会政治部以“业务性质与该部第三厅相同”① 为由，于1945年3月30日解散了“文工会”。次日，重庆各报刊便发出了文工会被解散的消息：“郭沫若先生领导下的政治部文化工作委员会，已于昨日（三十日）奉政治部张部长命令，予以解散。”②

“文工会”解散后，又于1945年4月1日举行了七周年聚餐会，到会的有沈钧儒、章伯钧、翦伯赞和国际友人等共一百多人。沈钧儒说：“文工会的被解散，只能认为是由于暂时政治上的变动。机关可以被解散，但文化工作者的工作精神，是无论如何不能被解散的。”③ 翦伯赞认为“文工会”“终于今日”，正是文化工作者从事新民主主义文化工作的开始。而郭沫若则高昂地说：“我们是被解散了，我们是更自由了!”④ 至此，郭沫若最终以“被自由”的方式结束了他在国民政府中所“交”的“大运”，真不知在他这高昂的呼声中，是否还夹杂着其他难以表露的心理内涵。

不过，人物的命运往往具有两面互换性，失之于此，便有可能得之于彼。当抗战进入相持阶段后，郭沫若因国民党政策的调整，在国民政府中是一个逐渐“失”的过程，但同时他在左翼阵营之中，却明显呈现“得”的趋势。尤其是1941年11月，周恩来策划、实施了祝贺“郭沫若五十寿辰和创作二十五周年”的活动，更是把他的威望和地位提升到了空前的高度。在这样的背景下，郭沫若对待蒋介石的态度便不可避免地发生了变化。自然，蒋介石在整个抗战期间都是名义上的最高领袖，而且十年流亡的心酸坎坷滋味也相去并不遥远，郭沫若此时对蒋介石表达不满的方式，最激烈也不过于抗议、辞职等，而不可能像十年前那样再做一篇讨蒋檄文了。郭沫若虽未在公开言论上直接批评蒋介石，但他对蒋介石的反对态度，还是通过一种微妙的文字方式

---

① 《政治部张部长谈裁并政工机构，实施新颁编制确定紧缩原则》，《中央日报》1945年3月31日，第2版。

② 《文化工作委员会昨日奉令解散，该会由郭沫若先生领导，包括文化界许多知名之士，对抗战文化贡献很大》，《新华日报》1945年3月31日，第2版。

③ 楼适夷：《中国抗日战争时期大后方文学书系——第一编　文学运动》，重庆出版社1989年版，第91页。

④ 《“始于今日，终于今日，花瓶摔掉，还我面目”文工会昨举行聚餐会，郭沫若先生激动地说：我们是被解散了，我们是更自由了》，《新华日报》1945年12月4日，第3版。

表达了出来。

上文所提到的《文化人当前的急务》最早发表于1938年《胜利》第3期，当这篇文章被收入香港孟夏书店于1941年11月出版的《羽书集》时，郭沫若作了这样两处修改：

> （1）“幸好我们的最高领袖，蒋委员长在本月一号《告全国国民书》颁发了出来”①
>
> “幸好蒋委员长《告全国国民书》在本月一号颁发了出来”②
>
> （2）“要这样，我们才能够不辜负委员长告诫我们的意思，才能够应付目前全面抗战的新局面”③
>
> “要这样，我们才能够应付目前全面抗战的新局面”④

很明显，郭沫若通过这样的修改，降低了对蒋介石的崇敬之意，而带上了公事公办的意味。

另外一处修改显得更有意思。1940年7月7日，郭沫若作《三年来的文化战》一文，发表于1940年7月16日、17日重庆的《大公报》。其中有这样一段表述：

> 敌寇的本国内也是有“国民精神总动员”运动的，然而总是运而不动。我们中国的情形则恰和它相反，蒋委员长历次的皇皇文告，只要清晨一发表，转瞬之间便传遍了全中国乃至全世界。敌酋近卫的诱和声明，国贼汪精卫的投降谬论，被蒋委员长的铠袖一触便立成粉碎。那些历史的文献在中国的文化战上发着极大的威力，在中国的文化史上将是永不磨灭的石碑⑤。

① 郭沫若：《文化人当前的急务》，《胜利》1938年第3号，第12页。
② 郭沫若：《文化人当前的急务》，《羽书集》，香港孟夏书店1941年版，第148页。
③ 郭沫若：《文化人当前的急务》，《胜利》1938年第3号，第13页。
④ 郭沫若：《文化人当前的急务》，《羽书集》，香港孟夏书店1941年版，第153页。
⑤ 郭沫若：《三年来的文化战》，《大公报》（重庆版）1940年7月16日，第3版。

当此文被收入桂林南方出版社 1940 年 8 月初版的《“民族形式”商兑》时，这段文字中的两个“蒋”字均被抠掉了，只剩下一个空格。

当然，郭沫若最明显的态度转变还是体现在他的具体创作上。就在他被免去第三厅厅长之职后，便没有再在任何一篇文章中表达过对蒋介石的拥护与崇敬，倒是闲适的散文创作和学术研究文章逐渐多了起来。同时，他继续以一个文人的方式参与抗日——创作历史剧，并且取得了极大的成功。于是，郭沫若似乎真正转到了蒋介石所希望的“学行兼顾”上来了。而当我们从今天回望历史，会发现郭沫若最让后人铭记和称道的，除了《女神》外，便是这一时期所创作的诸多历史剧，连日后对郭沫若颇多微词的夏志清也承认“郭沫若最好的诗是在四十年代所写历史剧里穿插的几首歌词，运用传统节奏和情感，朗朗可诵”①。历史在此处再次显现了它的吊诡。当郭沫若失去他孜孜以求的“政治家”身份时，却又能够重拾起久违的浪漫主义精神，以一个文人的本色为抗战做出独特而又巨大的贡献。也许这才是他真正的“交大运”吧！

（作者单位：山东大学［威海］文化传播学院）

① 夏志清：《中国现代小说史》，复旦大学出版社 2005 年版，第 70 页。

郭沫若与“条件反射”理论的中国传播①

郑雅馨

摘　要：1938年至1940年，郭沫若曾在《抗战与文化》、《写作的经验》、《“无条件反射”解》等文中引用巴甫洛夫的“条件反射”理论以阐释自己的文艺动员观念，但他对该理论的阐释存在一定程度的偏差。郭沫若的文艺动员观曾引起了胡风、冯雪峰、聂绀弩等文艺界人士的关注与讨论，“条件反射”理论在他们的论述中被视为前提而非值得辨析的问题，可见胡风等人对该理论的真实情形也不甚了解。后来，郭沫若及时发表了《关于“无条件反射”的更正》，对自己的言说加以部分修正，为文艺界人士乃至国人正确理解与应用该理论提供了一种可能。郭沫若对“条件反射”理论的曲折认知过程，是映照中国文艺界最初引介该理论的情形的一面镜子。因而，郭沫若是“条件反射”理论在中国传播的过程中的重要一环。

关键词：抗战时期；郭沫若；条件反射；中国传播

1938年，郭沫若在《抗战与文化》一文中初次引用巴甫洛夫的“条件反射”理论来阐释自己的抗战文艺动员观。在该文中，郭沫若强调抗战不需要高深的理论与卓越的艺术，而要反复向群众灌输简单的理论，使其习惯成自然地去抗战。1940年，郭沫若在其演讲《写作的经验》及文章《“无条件反射”解》中再次引用了“条件反射”理论。在这三个文本中，郭沫若关于“条件反射”理论的言说均存在一定程度的偏差。

①　本文系国家社会科学基金项目“大后方抗战小说的家庭伦理叙事研究”（21XZW002）、四川省教育厅人文社会科学重点研究基地四川郭沫若研究中心项目“郭沫若与‘条件反射’理论的中国传播”（GY2022C04）的阶段性成果。

饶有意味的是，《抗战与文化》中的观点曾引发了胡风、冯雪峰等人的不满，他们不同意郭沫若否认高深理论和卓越艺术的说法，批评了郭沫若的“无条件反射”论，但无论是胡风还是冯雪峰都并不了解该理论的具体含义，故而都没有发现郭沫若存在误用术语的情况。后来，郭沫若本人意识到了这一点，于1940年10月10日写了《关于“无条件反射”的更正》加以澄清，为文艺界人士乃至国人正确理解与应用该理论提供了一种可能。因此，郭沫若在抗战时期对“条件反射”理论的相关言说，对于该理论及时、正确地在中国尤其是在文艺界的传播起到了重要的推动作用。本文将尽可能还原郭沫若的相关言说及其历史语境，探究郭沫若对于该理论的认知变化情况，透视郭沫若与该理论的中国传播的深层关联。

一、郭沫若对“条件反射”理论的相关表述

1938年6月20日，《自由中国（汉口）》第1卷第3号刊载了郭沫若的《抗战与文化》。在该文中，郭沫若强调“在抗战期中，一切文化活动都应该集中于抗战有益的这一个焦点”，并指出“抗敌所必需的是大众的动员，在动员大众上用不着有好高深的理论，用不着有好卓越的艺术——否（疑似掉了“则”字，引者注），理论愈高深，艺术愈卓越，反而愈和大众绝缘，而减杀抗敌的动力”。为论证自己的这一观点，郭沫若主张既“需要有多量的方法来表现这种理论”，也“需要有多量的机会来发挥这种理论”，以达到“使理论化而为行动”的目的，即“所谓习惯成自然，也就是条件反射积久而成为无条件反射”①。这是郭沫若首次引用“条件反射”、“无条件反射”这两个术语。由“习惯成自然”、“条件反射”、“无条件反射”等关键词可以推测，郭沫若当时应是引用了苏联生理学家、心理学家巴甫洛夫所提出的“条件反射”理论。郭沫若将“条件反射”理论与抗战文艺动员联系起来，借此来阐释自己提出的将简单的理论反复讲给大众，使之习惯成自然、毫不踌躇地去抗敌的主张。

1940年，郭沫若再度引用了“条件反射”理论。1940年3月17日晚，郭沫若在重庆青年记者学会总会做了一次有关“写作的经验”的演讲。在演讲时，郭沫若以

① 郭沫若：《抗战与文化》，《自由中国（汉口）》1938年第1卷第3号，第207—208页。

“条件反射”为例来论证“多接受，少批评，要养成自我批判的精神，同时要能虚心接受人家的批评”[①] 的写作指导观念。在此次演讲中，郭沫若对于该理论的引用较《抗战与文化》更为详细。相关文字如下：

> 举例来说，关于“条件反射”，有人用狗来做实验，以牛肉喂狗，先至打鼓，狗闻鼓声，知即有肉吃而下涎。久之，只打鼓，狗闻鼓声，习以为是有牛肉吃了，又是下涎。后者的行为叫做“无条件反射”。在抗战期间，用抗战条件来振奋民众的自发，虽至抗战结束后，民众亦可有自发的振奋精神[②]。

郭沫若在此处提及了有关“条件反射”的实验细节，因而可以断定，他所征引的文字内容的确来源于巴甫洛夫的“条件反射”理论。在演讲中，郭沫若认为“抗战”就是“条件反射”过程中的重要刺激条件，相当于“条件反射”实验过程中的“打鼓”，在民众的振奋精神从无到有的生成过程中起到了刺激作用。

1940 年 9 月 15 日，《文学月报（重庆）》第 2 卷第 1、2 期合刊发表了郭沫若的《“无条件反射”解》。在该文中，郭沫若公开回应了此前胡风在《要普及也要提高》[③] 中对于“无条件反射”的批评。出于回应与科普的目的，郭沫若不仅具体介绍了巴甫洛夫实验研究的内容，而且详细阐释了“条件反射”与“无条件反射”的含义。此外，郭沫若还将自己引用该理论之于抗战政治动员的意图做了进一步论述。在此，郭沫若认为“战争的政治动员”过程就是“条件反射”的生成过程，“战争”是这一生成过程中的必要条件。郭沫若主张在抗战时期应采取多种方法使得政治动员成为经常的活动，从而使大众获得“无条件反射”。

在《“无条件反射”解》发表后不到一个月，郭沫若就撰写了《关于“无条件反射”的更正》，于 1940 年 12 月 15 日刊发于《文学月报（重庆）》第 2 卷第 5 期。在该文中，郭沫若向《文学月报》的编辑及读者们道歉，指出自己因手中无书而对“无条件反射”的解释有误的事实，表明其将“无条件反射”与“条件反射”解释反了，并

---

① 郭沫若讲，北鸥记：《写作的经验》，《星岛日报・星座》1940 年 6 月 7 日。

② 郭沫若讲，北鸥记：《写作的经验》，《星岛日报・星座》1940 年 6 月 7 日。

③ 胡风：《要普及也要提高》，《国民公论（汉口）》1938 年第 1 卷第 3 号。

就《“无条件反射”解》中涉及该理论的两段内容做了相应修改。

也就是说，郭沫若在《抗战与文化》、《写作的经验》、《“无条件反射”解》中引用的“条件反射”理论均存在误用的情况。他理解中的由“条件反射”达到“无条件反射”，并不符合医学意义上巴甫洛夫“条件反射”理论的定义。因为，在巴甫洛夫的理论中，“无条件反射”是生物自身具备的先天性反射，而“条件反射”是生物经过一定刺激作用后所形成的后天性反射。

二、郭沫若对“条件反射”理论的认知情况

《关于“无条件反射”的更正》是郭沫若给刊物编者所写的信件，一共五段。在该信开端，郭沫若即直陈“关于‘无条件反射’的解释，因为手中无书，自己闹了一个很大的错误，真是应该向你们告罪”，体现了郭沫若的坦诚、直率态度。而他在信末所言的“以上敬请在贵报上登出，以免贻误，但我不用说是应该同时向读者们告罪的”①，则体现出他对其言论引发不良反应的担心。他郑重地请编者登载的两段修改文字是信件的第三、四自然段，全都针对《“无条件反射”解》中的核心内容。相对而言，郭沫若对《“无条件反射”解》做出的第一处更正改动较大，第二处则改动不大。然而，细读第一处文字有助于我们更好地理解郭沫若此时思想中的“条件反射”论，第二处文字恰是我们理解郭沫若引用“条件反射”理论来阐释自己的抗战文艺动员主张的重要线索。因此，这里有必要对更正内容进行比较与分析。

郭沫若更正前的文字及更改后的内容具体如下：

① 郭沫若：《关于“无条件反射”的更正》，《文学月报（重庆）》1940年第2卷第5期，第198页。

《“无条件反射”解》	《关于“无条件反射”的更正》
据鲍佛乐夫的实地研究（主要是用狗），一切大脑活动在其本质上不外是反射作用。起初是受着外界的一定的刺激（便是所谓“条件”）而生一定的反射，条件来时便以一定的作用应之，条件去时作用便停止。但各种条件可由人为的配合而使之错综，例如狗见食物则呈思食的生理反应，闻钟则不必思食。但如予食与狗而同时扣钟，如此反复行之，则狗可至仅闻钟声即呈思食的生理反应。这见食思食，便是“条件反射”，言有食物的条件而有食欲的反应也；而闻钟思食则为“无条件反射”，言无食物的条件而有食欲的反应也。普通所谓“自发性”或“自动性”，其实均是无条件反射，都是由于历久的锻炼而养成的，而且锻炼还须长久的持续，如中辍过久，自发性可以消失，这也由鲍佛乐夫用实验来证明了。便是无条件反射有消失的可能性，例如狗经训练可至闻钟而思食了，但如屡次仅扣钟而不予以食物，则狗所获得的“无条件反射”即逐渐消除，竟返其闻钟而不思食的故态。	据鲍佛乐夫的实地研究（主要是用狗），一切大脑活动在其本质上不外是反射作用，但可由人为的条件而使之错综。例如狗见食物则呈思食的生理反应，闻钟则不必思食，但如予食与狗而同时扣钟，如此反复行之，则狗可至仅闻钟声即呈思食的生理反应。这见食思食便是“无条件反射”，言无人为的条件制约而自然呈食欲的反应也；而闻钟思食则为“条件反射”，言有人为的条件制约而生食欲的反应也。普通所谓自发性或自动性其实均是“条件反射”，都是由于历史的锻炼而养成的，而且锻炼还须长久的持续，如中辍过久，自发性可以消失，这也由鲍佛乐夫用实验来证明了。便是条件反射有消失的可能性，例如狗经训练可至闻钟而思食了，但如屡次仅扣钟而不予以食物，则狗所获得的“条件反射”逐渐消除，竟反其闻钟而不思食的故态①。

可见，《关于“无条件反射”的更正》将《“无条件反射”解》中的“条件反射”替换成“无条件发射”，将“无条件反射”替换成“条件反射”；删去了后者中“起初是受着外界的一定的刺激（便是所谓“条件”）而生一定的反射，条件来时便以一定的作用应之，条件去时作用便停止”的内容；将后者中“但各种条件可由人为的配合而使之错综”改为了“但可由人为的条件而使之错综”；将后者中的有无食物作为条件改为有无人为条件作为制约。由此可知，郭沫若此前在引用“条件反射”理论时，确实存在认知偏差：无条件反射是先天决定的、不需要学习就能产生的反射活动；条件反射是后天习得的、由学习而获得的反射活动。或许郭沫若将两个术语字面上的有无理解为最终结果上的有无，因而在表述二者时出现了颠倒。此外，在《“无条件反射”解》中，郭沫若认为，各种条件是“条件反射”生成过程中的主要条件，而人为条件仅仅是起到配合作用的次要条件。但他在《关于“无条件反射”的更正》中删去“配合”二字，并将“各种条件”替换为“人为条件”，能够明显看出此时的他认为人为条件是处于主导地位的条件，起着关键性作用。与此相关，郭沫若将原先的有无食物的

① 郭沫若：《关于“无条件反射”的更正》，《文学月报（重庆）》1940年第2卷第5期，第198页。

条件替换为现在的有无人为的条件，更能说明他在此时更加注重整个过程中人为条件所发挥的作用。显然，郭沫若对“条件反射”理论的理解发生了变化，对原来的误读进行了纠偏。

相对于第一处修改而言，郭沫若要求更正的第二段内容与原文差别不大，相关内容如下：

《“无条件反射”解》	《关于“无条件反射”的更正》
其实所谓“战争的政治动员”者，就是条件反射，因有此战争的条件，故有此民众动员的反应，但我们须得用种种的方法来使它变成为经常的运动，便是说即使没有此战争的条件也要经常保此政治动员，使大众获得“无条件反射”。	又“战争的政治动员”者就是条件反射，因有此战争的条件而生此民众动员的反应，但我们须得用种种的方法使它变为经常的运动，便是说使这所获得的“条件反射”不要丧失，历久而养成“自发性”或“自动性”，与自然的“无条件反射”无以异。

对比上面两段文字可知，郭沫若将“战争的政治动员”理解为“条件反射”，从1938年到1940年发文澄清时都没有变化①，将“战争”理解为条件，想借此来刺激民众，使其形成自发的振奋精神的主张也并未改变，但在“无条件反射”与“条件反射”的表述上，出现了细微但重要的改变。具体而言，在《关于“无条件反射”的更正》中，郭沫若将他此前所说的希望大众获得“无条件反射”的话语，转化为“所获得的‘条件反射’不要丧失”、“与自然的‘无条件反射’无以异”这样的说法。如果说《“无条件反射”解》中的“使大众获得‘无条件反射’”这一说法容易引发歧义，使我们不明白郭沫若是想表达让民众获得“无条件反射”，还是因郭沫若自身的认知偏差而错误地将“条件反射”表述为“无条件反射”，那么，在《关于“无条件反射”的更正》中，郭沫若明确表达了大众在这个过程中所获得的是“条件反射”，并且要使所获得的“条件反射”一直保持下去，使它形成自发、自动的状态，以达到和先天的“无条件反射”没有差异的状态。这一细微改动，无疑使《“无条件反射”解》中的表述变得更为严谨。

那么，郭沫若最初引用该理论到底想表达什么？

在《抗战与文化》中，郭沫若的希望是“把抗敌理论这个简单的条件，刻刻在大

① 《“无条件反射”解》正文后附有一段附记，落款时间为1940年6月27日。郭沫若在附记中标明，自己更远在前年10月底还写过一篇，未拿出来发表，即1938年10月底。

众中生出反射，处处在大众中生出反射，使他习惯了便成自然地群趋于抗敌的一途，而毫不踌躇，毫无顾虑”①。“抗敌理论”被郭沫若视为条件，“刻刻”、“处处”相当于历史的、长久的、持续的锻炼，而“习惯了便成自然地群趋于抗敌的一途”代表了民众从“无条件反射”向“条件反射”转变的一个过程，“毫不踌躇”、“毫无顾虑”正达到了最终“条件反射”的状态。基于以上分析，郭沫若在该文中所表达的观点就是巴甫洛夫医学意义上的“条件反射”理论，即在一定条件的作用下从“无条件反射”达到“条件反射”状态。只是郭沫若此时没有详细展开分析，并且还是将“无条件反射”、“条件反射”两个术语解释反了。到了 1940 年，郭沫若在关于“写作的经验”的演讲中对“条件反射”举例的补充言说，亦能佐证他的本义就是如此。他所言的“在抗战期间，用抗战条件来振奋民众的自发，虽至抗战结束后，民众亦可有自发的振奋精神”② 中的“抗战”，就是激励、振奋民众的战时“条件”，也是养成战后民众拥有“自发的振奋精神”的条件。这样的表述，吻合于巴甫洛夫的“条件反射”理论的核心要义，体现了郭沫若对该理论重点内容的把握其实非常到位。而他在《“无条件反射”解》中的相关表述、在《关于“无条件反射”的更正》中的后续修改所透出的，也是用抗战条件激励民众，使他们在抗战结束后也有自发振奋精神的主张，正与他误用“条件反射”理论时所想表述的内容一致。

因此，郭沫若所言的“鲍佛乐夫的用语，我把它解释反了”中的“解释反了”，完全吻合于《抗战与文化》、《写作的经验》、《“无条件反射”解》的生成情形，而闹出这个“很大的错误”的原因是“因为手中无书”③。但是，从郭沫若对“条件反射”理论多次言说的具体内容与语境可以看出，他引用该理论是想把这一生理学知识运用到抗战文艺宣传上，使其发挥重要作用，其阐发是符合“条件反射”论的精髓的。

三、郭沫若与“条件反射”理论的中国传播

需要追问的是，郭沫若此期对“条件反射”理论的曲折认知历程，对我们认识该

① 郭沫若：《抗战与文化》，《自由中国（汉口）》1938 年第 1 卷第 3 号，第 208 页。

② 郭沫若讲，北鸥记：《写作的经验》，《星岛日报·星座》1940 年 6 月 7 日，第 610 号。

③ 郭沫若：《关于“无条件反射”的更正》，《文学月报（重庆）》1940 年第 2 卷第 5 期，第 198 页。

理论的中国传播有何价值？

文艺界首次提及“条件反射”理论的文章，就是郭沫若的《抗战与文化》。1938年郭沫若发表该文后，胡风与冯雪峰都关注到了这一动向，分别撰写了《要普及也要提高》、《关于“艺术大众化”：答大风社》来批驳其观点，而对郭沫若提及的“条件反射”理论，两人也都有所提及。《“无条件反射”解》发表后，聂绀弩关注到郭沫若与胡风关于“无条件反射”而展开的文字纠纷，在《胡风的水准》一文中亦提及了“条件反射”理论。王任叔在编撰《文学读本续编》时征引了冯雪峰的部分文字，相关内容亦涉及“条件反射”理论。那么，他们是如何认识、理解该理论的？

在《要普及也要提高》中，胡风认为国民文化的提高也很重要，但它有时会被为使其实现的“普及”基础工作所淹没。因而，胡风写这篇文章正是为了批驳郭沫若侧重普及的大众化观点。在文章中，胡风多次提及“无条件反射”这一术语。相关内容如下：

> 现在的这个“无条件反射”论，其实也是和劳莱·哈台底梦想一脉相通的。
>
> 如果肯定了战争是“力量的竞争”，而弱者底完全战胜强者，须得在“力量对比”起了“一定的变化”以后，那么，问题就无论如何不会是用“无条件反射”可以对付过去的那么单纯。
>
> 我们原有祖传的“精神胜利法”，但阿Q底一生已经证明了它底惨败；现在到底时代进步了，来了“无条件反射”。然而我很担心，即令这个“无条件反射”能够把人民射到战场上去，如劳莱·哈台底拨动玩具兵队底机关一样，恐怕还是经不起一打。
>
> 公式主义，只是反反复复地向民众宣传说几个概念或结论，希望由这达到“无条件反射”，而文化运动却“不是将政治纲领背诵给老百姓听，这样的背诵是没有人听的”。
>
> 如果没有新文化运动所养成的这一批文化先锋队，只是叫三家村底子曰先生去宣传“最后胜利”，恐怕连“无条件反射”都是不能够得到的①。

① 胡风：《要普及也要提高》，《国民公论（汉口）》1938年第1卷第3号，第17—18页。

胡风认为郭沫若所表达的主张就是将简单理论反复灌输给民众，使民众最终达到"无条件反射"的状态。在此基础上，胡风将郭沫若的这一理论归纳为"'无条件反射'论"。可见，胡风提及"无条件反射"时是将其作为一个结论性的词语，而他对于该理论的认识主要基于郭沫若此前的文字，对于"无条件反射"、"条件反射"的本义其实并不知晓。

一个多月后，冯雪峰发表了《关于"艺术大众化"：答大风社》，也提及了"条件反射"理论的相关内容。他说《抗战与文化》中"只需要极端的单纯，一切高深的理论等于迹近汉奸的阴谋，我们只要使民众从有条件的反射变成无条件的反射就够了"，是"极端的理论"，指出"这话，无论单对抗战的政治宣传工作说，或对'艺术大众化'说，都是极显明的偏见"[①]。显然，冯雪峰认为郭沫若对于高深理论、复杂艺术的否认是"极显明的偏见"，不利于艺术大众化的进行与发展。和胡风一样，冯雪峰在提及"条件反射"时也只是顺引了郭沫若此前的阐释，并没有做延伸与阐发，故而可以认为他也不懂得"条件反射"理论的含义。

聂绀弩则是在《"无条件反射"解》发表后，关注到了郭沫若与胡风关于"无条件反射"而展开的文字纠纷。在《胡风的水准》一文中，聂绀弩认为"从胡风的文章里，一点也不能看出他不懂（虽然也不能看出他懂）条件反射和无条件反射这'玄学'的术语"[②]。此外，聂绀弩还认为胡风所说的"无条件反射论"就是郭沫若在《抗战与文化》中发挥的理论，并指出"'无条件反射论'，不过顺引原文，并不曾加过任何解释，也似乎用不着加任何解释"[③]。聂绀弩虽然在梳理郭沫若与胡风之争的过程中多次提到"条件反射"、"无条件反射"，还展开分析了胡风到底是否懂得术语，但他自己并没有对术语做出阐释，可见他也不知道"条件反射"理论的医学本义。同样不理解该理论的，还有王任叔。1940 年 11 月，王任叔在《文学读本续编》[④] 中征引了冯雪峰的《关于"艺术大众化"：答大风社》的部分文字，涉及他此前对"条件反射"理论的相关表述，但同样未对其内容进行评价与辨析。

① 冯雪峰：《关于"艺术大众化"：答大风社》，《大风（金华）》1938 年第 72 期，第 8 页。
② 聂绀弩：《早醒记》，桂林远方书店 1942 年版，第 75 页。
③ 聂绀弩：《早醒记》，桂林远方书店 1942 年版，第 75 页。
④ 王任叔：《文学读本续编》，上海珠林书店 1940 年版，第 265 页。

综上所述，在1938年至1940年间，文艺界人士虽然围绕着“条件反射”理论展开了一些讨论，征引了部分文字，撰写了相关的批评文章，但他们只是将郭沫若的理解作为讨论的前提，并没有人质疑这个前提本身的正确性。换言之，当时众人并不懂得“条件反射”理论的本义，也未对郭沫若运用该理论准确与否保持足够的警惕。因而，郭沫若发表《关于“无条件反射”的更正》一文，乃是他的自我纠偏。正是这一“更正”，才使得稍后的文艺界人士乃至国人正确使用“条件反射”理论更具有可能性。

如果不仅仅将郭沫若对“条件反射”理论的引介纳入文艺界的范畴之内，那么，郭沫若对该理论的曲折认知历程所具有的意义就能进一步凸显出来。

巴甫洛夫的“条件反射”理论自20世纪20年代中期进入中国，经历了一个较为漫长且复杂的传播过程。最初提及该理论的书或是1924年问世的廖世承所编的《教育心理学》，但“条件反射”被译为“交替反射”。1928至1930年，《人类心理学要义》、《吴伟士心理学》、《社会心理学》等书中也有“交替反射”这一说法。1933至1940年，“交替反射”在中国的传播形成了一股热潮，此期提及“交替反射”的书籍多达90余种，其传播范围主要分布在教育心理学、社会心理学、儿童心理学、教育学等领域。而最早提及“条件反射”的书籍是《生物学与哲学之境界》，日本医学家永井潜著，中国医学研究者汤尔和译，由商务印书馆于1926年出版发行。1932至1935年，《社会学原理》、《近代科学概论》、《脑》、《生理学》等书中出现了“条件反射”这一理论。但从总体数量上来看，其出现频率不及同时期心理学、教育学领域采用“交替反射”的频率高。到了1936至1940年，除了社会学、生理学、生物学等领域的书籍，我们在《思想方法论》、《现代唯物论》等哲学领域的书籍中也能看到“条件反射”理论的相关内容。

从上述种种数据可知，“条件反射”理论的内容在心理学、教育学等领域自1924年就开始传播，但使用“交替反射”这一译法者较多。无论是从数量的多少还是对内容的应用上，“交替反射”说在1940年以前都产生了更为广泛的影响。用“条件反射”来命名我们现在熟知的“条件反射”理论，始自1926年。此后，“条件反射”逐渐运用于生理学、心理学、社会学等领域，哲学领域的运用则迟至1936年。但在1938年郭沫若将其用以阐释文艺与抗战的关系以前，无论是“交替反射”还是“条件反射”，文艺界都无人关注，更无人引用、评介。因而，郭沫若在《抗战与文化》、《写作的经验》、《“无条件反射”解》中将“条件反射”理论与抗战文艺动员相结合，由此引起胡风、冯雪峰、聂绀弩、王任叔等人的关注，使该理论在文学领域内得到传播，可谓扩大了该理论在中国的传播范围。而他 1940 年对该理论含义的准确阐释，为推进国人的正确理解与应用做出了重要贡献。因而，郭沫若是“条件反射”理论的中国传播过程中的重要一环。

余　论

抗战时期，郭沫若引用巴甫洛夫的“条件反射”理论来阐释自己的文艺动员观念，引起了国内文艺界的关注与讨论。郭沫若后续又对该理论进行了相关阐述，其内容既有误用又有更正。郭沫若对于“条件反射”理论的一系列言说，使得该理论开始在文艺界传播，为该理论的中国传播做出了实质性推动。

郭沫若之所以能够在“条件反射”理论的中国传播过程中发挥重要作用，源于他自身所具备的良好的医学修养。其实，郭沫若的日本学医经历对其人生历程、文学创作、文学活动具有重要影响，其医学修养体现在其文学创作的方方面面。比如，《抗战与文化》虽论述的是抗战与文化的关系问题，却以“人体是有自然疗养力的”这一医学知识为切入口，将全面抗战期中的社会类比为重症患者，进而得出“一切文化活动都集中在抗战这一点”的结论。类似于这样的论证方式，还体现于《关于华北战局所应有的认识》一文中。该文意在论证“只求抗战到底，莫作无畏的悲观”，却以受伤疮口从腐肉获得新肌的痊愈过程这一医学知识展开论述，接着指出日本军人在抗战期间其实是替我们清理腐肉，借此来鼓舞民众。而在《再建我们的文化堡垒》、《发挥大无畏的精神——论文艺作家在精神总动员中的任务》、《汪精卫进了坟墓》等文中，郭沫若也提到了诸如血球、脑细胞、骨骼、蓄脓症等医学术语。郭沫若将抗战与医学联系在一起，将复杂的国家、社会、文化问题用简单通俗的医学例子表达出来，其相关论述不仅展现了他良好的医学修养，更体现了他在医学修养影响下形成的缜密的逻辑思维，以及对现实问题的独特思考方式。

（作者单位：重庆师范大学文学院）

大文学研究

1902 年霍乱期间王国维的抗疫行实与学术心态[①]

——以《王乃誉日记》中新发现王国维佚文为中心

王增宝

摘　要：1902 年，浙江海宁发生了一场瘟疫，《王乃誉日记》记录了疫情期间的紧张氛围、时人对于病原的不同认知、王国维的抗疫行实等诸多医疗社会史细节。王国维草拟、张贴《免时疫传染法》（佚文），将疫气定性为霍乱，指出病原在于细菌传染。此时的王国维就职于上海，从事新学，其独学时代的“哲学”时期正在展开。正是在这种历史语境和学术心态下，王国维用科学的卫生知识为国民提供解脱之方。这也是其一贯的学术理念。

关键词：1902 年霍乱；王国维；王乃誉日记

光绪二十八年（1902）夏秋之间，王国维之父王乃誉的日常生活一如既往，售丝、催租、理园、煮烟、打点作画，偶为夜盗入室偷窃而不安，与远方的两个儿子通信，又为二子遇事畏缩而恚恨。这一年八月的钱塘潮亦不甚大，潮浪不及往年，但这也本属平常之事。如果非说有什么灾异之象的话，八月初一的死亡事件算一个。这天晚上，江潮后“翻头”大作，水涌及塘，回澜激荡，顿涨数丈，导致海边五舟翻覆，各舟死二三人不等。次日，尸体救起，横陈石塘头，景象惨惋。王乃誉不由感叹：“谁谓此海一勺水，无甚异于小湖耶?”（1670）② 此类死亡场景，以及亲朋故旧逝世的

---

① 本文系吉林省社科项目“《王乃誉日记》手稿释读整理与王国维早年学术发生研究”（2023C107）的阶段性成果。

② 海宁史志办编：《王乃誉日记》，中华书局 2014 年版，第 1670 页。下文引用该日记皆不另注，仅于引文后括注页码。

记述，在王乃誉日记里并不少见，但光绪二十八年尤其多，因为这一年夏秋之间，一场可怕的瘟疫袭扰全国，王国维的家乡浙江海宁亦未能幸免。笔者近年从事《王乃誉日记》整理研究，发现王国维佚文一篇《免时疫传染法》，并其他关于1902年海宁霍乱与王国维抗疫的若干资料，故从医疗社会史角度，对王国维此间行实、学术心态诸问题进行梳理。

一、瘟疫来袭

光绪二十八年六月，先是京津地区爆发霍乱。其传染性强，发病突然，危害巨大，“短者一二个小时、半天左右就不治病死，长者也仅一二天身亡。……不满一月，染病死亡的百姓超过一万余人”①。浙江人孙宝瑄，时任职北京，亦于六月初十日记中写道：“京师数日内疫疾甚盛，死人无算，皆因霍乱，有顷刻死者，有半日亡者。”② 医疗卫生条件较差的平民罹患如此，王公大臣甚至皇宫内也是人心惶惶。袁世凯在六月初十致徐世昌函中云：“近日疫症大作，伤人甚多。署内自幕友以至夫役，伤去十余人。而营内更甚，官弁兵夫计有七八十之多。”③ 据《大公报》1902年6月29日载，“京津瘟疫盛行，近闻大内嫔妃中亦屡染时病且患目疾者尤多。太后慈躬亦连日进药饵以防疫气，故太医院各官每日皆有宣召云”④。从空间分布来看，这次瘟疫范围遍布全国，除京津地区外，另如上海、桂林、山东、东三省、江西、江苏、浙江、福建、广东、广西、安徽、河南等地都发生了瘟疫；这场瘟疫持续了四五个月，浙江疫情相对严重，致死人数较多，远远超过天津⑤。

从四月下旬开始，王乃誉日记中就陆续出现了关于疫情的记载，一开始尚只是传闻，但氛围已经有些恐慌。如：

四月廿七，“苏、锡疫气盛行，可畏”。(1626)

① 张剑光：《三千年疫情》，江西高校出版社1998年版，第546—547页。

② 中华书局编辑部编、童扬校订：《孙宝瑄日记》，中华书局2015年版，第584页。

③ 李文海等：《近代中国灾荒纪年》，湖南教育出版社1990年版，第695页。

④ 单丽：《1902年霍乱在中国的盛行》，青岛海洋大学硕士学位论文，2008年，第42页。

⑤ 冯志阳：《媒体、瘟疫与清末的健康卫生观念——以〈大公报〉对1902年瘟疫的报道为中心》，《史林》2006年第6期，第97页。

五月十一，“近日多痧疫症，早发夕变，可畏”。(1631)

五月十二，“间言申电有徐福龄不测之信，共骇疫病之行”。(1631)

五月十四，“数数闻疫病灾行，朝染夕死”。(1632)

传闻此次疫气“朝染夕死”，与上文孙宝瑄日记所记“有顷刻死者，有半日亡者”合，可见其传播之速、致死之速，实在骇人。到五月中旬，瘟疫渐近家乡盐官，岌岌可危。王乃誉日记中陆续出现了本地乡人疫殁的消息，且死者中不乏熟人：

五月十五，“申初出，一路知若李若沈皆疫殁”。(1632)

六月初五，“近城疫气未消，乡人市棺接踵。赓言上日抬棺者人极结壮，一周间人又为彼抬，言之可惧”。(1647)

六月初七日，王乃誉在一封信中说：“月来疫病盛行，到处可危，家乡亦时不免。”(1647)

六月廿八，“城中疫气未已（……）殁者踵接”。(1655)

七月初一，“孟广生之漆司疫殁，遽尔扰攘”。(1656)

七月廿三，“午后闻吕子康弟妇昨夜三更起病，至巳刻即死。时疫未已，可畏哉”！(1666)

八月初二，“至鱼巷，知许之嫂疫死”。(1669)

八月廿四，“八庙瞎尼亦疫殁（送一角）”。(1679)

八月廿七，“对河张八妇病疫殁，至夜其孩岁许亦殇”。(1680)

死者当中，故交张迺耆的逝去最令王乃誉感慨。八月廿三，“张迺耆俄惊疫殁，余于前晚立谈，后云昨亦出饮，诸君话，抵夜犹如故。三更起泻，至十下而逝，可谓人生朝露。伊与余四十许年申江患难同师，今彼此尚能安享，遽又去，则老友晨星稀矣，可惧可悯，叹息至久”。(1679) 所谓“四十许年申江患难同师”，应是指咸丰年间王乃誉在上海避难做学徒的往事。王国维《先太学君行状》曾记载：“府君少贫甚，又遭粤匪之乱，年十三，随先本生曾祖父、先大父避兵于上海。既而先曾祖父、先大父相继物故，君号咷呼吁，匄于亲故以敛。后益转徙无聊，遂习贾于茶漆肆。粤匪既平，其肆自上海迁于海宁之硖石镇。”① 王乃誉生于1847年，“年十三”时应是在1860

① 海宁史志办编：《王乃誉日记》第一册，中华书局2014年版。

年左右；1902年回忆“四十许年”前，亦是19世纪60年代，正值太平天国运动时期。张迺耆应是与王乃誉一起避难上海的伙伴，并同在茶漆肆做事，可谓患难之交。40年后，大清国势虽仍孱弱，内外交困，但毕竟战乱兵燹已暂息，太平天国时逃难的黑暗记忆已渐渐远去，甲午战争、庚子拳乱亦未对海宁本地产生直接冲击。二人本来期望苦尽甘来，在家乡安享晚年，孰料疫气突来，老友一朝星逝，未死于兵燹而亡于瘟疫，王乃誉不由有薤露蒿里之叹。

人食五谷，孰能无疾？此乃俗言常理，但在疫情期间生病，总是令人产生不安的遐想。平日，王乃誉日记中亦经常出现患病记载，如头痛作梗、身寒体重、寒热伤风、呵欠热肿等，一般的治疗方式都是内子为之“掇痧”，且多见成效。六月十六这一天，王乃誉身体不适，“夜半忽染腹痛，洎及天明亟下楼登厕，而手足忽僵冷，酸至下干，动倾恐成泻，近时症。半时上楼，少已复卧。七下起，将午仍迷罔觅卧。午起大掇痧始止”。(1651) 腹泄，是此次瘟疫的典型症状。王乃誉由腹痛而至腹泻，自己也十分担心是否染上了疫病。因此，特意强调其治疗方案是“大掇痧”。所幸未染时疾，终于松了一口气。而乡人死者夥矣！至七月初八，“知此次疫疠，东门一区已伤四十七人矣，可畏哉”！(1659) 不管此死亡数据是否真实，疫情期间的氛围已经十分紧张。

二、病原：瘟神、疫气与“吊螺痧”

疫情如此严重，病原是什么？时人的认识有很多种。这方面，《王乃誉日记》为我们提供了许多医疗社会史的内容。在一个老大帝国艰难觉醒转身的时代，中西新旧文化交汇杂糅，思想观念的现代更新是一个极其缓慢的过程，对于瘟疫的理解真实体现了这一社会文化心理变动中的纠葛。征诸王乃誉日记可见，鬼神司疫的观念在当时的民间社会仍然根深蒂固。一方面，瘟疫导致之人间惨象着实可怖，底层百姓尤其不幸，往往有如曹植《说疫气》所描述之场景：“疠气流行，家家有僵尸之痛，室室有号泣之哀。或阖门而殪，或覆族而丧。或以为疫者，鬼神所作。人罹此者，悉被褐茹藿之子，荆室蓬户之人耳。若夫殿处鼎食之家，重貂累蓐之门，若是者鲜焉。”① 另一方面，因缺少有效的救治之术，普通百姓在瘟疫横行时最为脆弱，而对瘟疫的高传播性、高致死率和极度不确定性，易产生极度的无力感和恐惧心理，遂有各种瘟神、疫鬼的传说，有病求神问佛也就形成风俗。王乃誉日记中就有请温元帅出巡祛疫的记载，如：

五月十九，“上午各家将门前除草，为廿、廿一温忠靖元帅出巡过此除道也。我令茂出削远迩”。（1633）

五月二十，“以城内疫气，市人请葆真观温元帅出巡迎会，合城哄动”。（1634）

温元帅，是中国民间信仰的地方神，其神像青面青手赤发睁目，以祛除瘟疫为名。据明代宋濂《温忠靖王庙堂碑》载，忠靖王姓温名琼，字永清，温州平阳人。唐长安二年生，“二十六举进士不第，乃拊几叹曰：‘吾生不能致君泽民，死当为泰山神，以除天下恶厉耳！’复制三十六神符授人，曰：‘持此能主地上鬼神。’言已，忽幻药叉象屹立而亡。……王初封翊灵昭武将军正佑侯，其曰正福显应威烈忠靖王，则宋季之累加也”②。温元帅又称“东岳爷”，即缘于温琼死后为泰山神。民间每年五月都会请王出庙，巡行城内外，以驱疫疠。

这一年五月，海宁请温元帅出巡，正值疫情，遂合城哄动。此本俗习，这一年的帝都北京与省城杭州都有此类活动。《大公报》1902 年 7 月 17 日、22 日记载，北京“地方官不知清积秽，洁水饮，以去病源，而一任愚民沿街遍市送瘟神，设符箓，为疑神之计，无怪外人之匿笑以华人为不足齿也”，而杭州场景相似，“无论大小住户及官署门首，皆贴各种逐疫神符，五色斑斓，甚是好看”③。除贴神符外，杭州亦有请瘟元帅之事。1902 年 8 月 8 日（七月初五）《大公报》记载其景象：“倾城士女扰扰攘攘，汗流浃背，人气熏蒸业已不堪触鼻，犹复兴高采烈趾踵相错，真所谓举国若狂矣。是役也，劳民伤财，百无一是。”④《大公报》基于现代健康卫生观，宣扬科学的防疫措

① （魏）曹植著，（清）朱绪曾考异，（清）丁晏铨评、杨焄点校：《曹植集》，上海古籍出版社 2019 年版，第 356 页。

② （明）宋濂：《宋濂全集》，浙江古籍出版社 2012 年版，第 394 页。

③ 《大公报》1902 年 7 月 17 日、25 日，转引自单丽：《1902 年霍乱在中国的盛行》，青岛海洋大学硕士学位论文，2008 年，第 43 页。

④ 冯志阳：《媒体、瘟疫与清末的健康卫生观念——以〈大公报〉对 1902 年瘟疫的报道为中心》，《史林》2006 年第 6 期，第 100 页。

施，因此极力否定这种“驱避疫鬼”的防疫行为。可见当时信仰鬼神司疫的，并不仅仅是普通百姓，许多文人、官员甚至医家恐怕同样如此。

一开始，王乃誉对于种种请神行为并未置评论，如七月初六只是客观记录：“迩日为疫气流行，城中禁屠宰，礼忏作醮。”（1658）作醮，即打醮，即道士设坛念经、求福禳灾的法事活动。道家有“遣瘟”法术（俗称送瘟神），“通常要举行道法科仪，综合施行符咒、诀步等手段。各道派所行不一，其共同点是将瘟疫归咎于瘟神，且以恭敬送其离境为目的”①。打醮是在中国民间颇有影响的宗教仪式，如《红楼梦》第二十九回有清虚观打平安醮的记述。对于这种民间风俗，王乃誉想必亦十分熟悉。

半个月之后，当王乃誉亲眼目睹作醮人员、科仪场景之不堪时，则怒为咒骂。如七月二十，“走北道宫看打醮坛，诸道外似虔诚，实谎妄无似。更诧者，张、章两恶贼不识天地为何物，自是妄诞，以为荣耀。其下等百道流，但有钱趁，焉顾廉耻，谄佞与狂肆相并，毫无人理，不知天何以不将此等下流畜产留而不为之瘟死?”（1664）又七月廿一，“云青说打醮诸俗，究恶刁，可呕”。（1664—1665）对于请温元帅出巡，王乃誉并未有甚批评意见，甚至在行动上也是比较主动的，如前一天即命令家里工人茂生在门前远近削除杂草、清理道路。但他对于诸道士以打醮之名行欺诈之实的行为，则大为不耻，以其行为徒有宗教仪式而失宗教内质。在他看来，诸道士但求趁钱，罔顾人伦，根本没有虔诚的内在情感，遂失宗教之本质。正如孔子所叹者，“礼云礼云，玉帛云乎哉？乐云乐云，钟鼓云乎哉?”

而王乃誉如此愤怒的原因，可能也与他对病原的不同认识有关。王乃誉思想开通，常年阅读报纸，热心新学，自视甚以为得，以其开明之眼审视身边世界，常恨乡人之愚。如光绪二十六年庚子六月廿九，他“出看拜香，二道玉身灯提香执旛旆，以乐念报娘恩者，旧例总总可笑，禁之不止，何愚一至此”。（1254）而且王乃誉所读西学书中，多有医学著作，如《西医论略》、《儒门医学》、《内科新说》、《内科阐微》、《炎症论》、《初学卫生编》等。长子王国维往来上海、日本，见识日广，父子二人沟通，亦可促进其知识体系的持续更新。1898 年，王国维曾为许家惺代购包括《全体新论》、《妇婴新说》、《博物新编》在内的《西医五种》及其他医书，并通过家信一起寄

① 胡孚琛主编：《中华道教大辞典》，中国社会科学出版社 1995 年版，第 593 页。

回海宁，王乃誉翻阅了这些书，认为《内科阐微》“不甚出色”，《医理略论》则“甚有用”。（908）西学知识基础使王乃誉对瘟疫病源的认识发生了变化，他不再认同传统的鬼神司疫观念，而认定此疫气为“吊螺痧”。如八月十一，“对门酒肆友上早杀鸡作事如常，九下吐泻，午后即逝。疫气乃即吊螺痧也。亟告附近将生石灰拌吐泻，晒煮遗器物”。（1674）

所谓“吊螺痧”，是古典霍乱（Cholera）初传入中国后的别称，又有吊脚痧、瘪螺痧、碧螺痧、子午痧、脚麻痧等异名。因此病发时，有腓肠肌痉挛收缩（俗称“小腿肚子抽筋”）的病症，遂被形象地称为“吊脚”。古典霍乱，即现代医学中由霍乱弧菌引起的一种烈性传染病。1883 年，德国细菌学家科赫在解剖术和显微镜的帮助下，分离出了霍乱弧菌。而在此之前，西方对于霍乱起因的认识基本停滞于瘴气说的理论框架，并不比中医的认识高明①。

据晚清医家徐子默的研究，“古无吊脚痧之名，自道光辛巳夏秋间，忽起此病，其症或吐或泻，或吐泻并作，有腹痛者，亦有不痛者。吐泻数次后，即两腿抽搐，或手足并皆弯挛，痛愈甚，抽亦愈甚，顷刻肌肉尽削，渐觉气短声嘶，眼窠落陷。渴欲饮冷，周身冷汗如冰，六脉渐无，或半日即死，夕发旦死，或旦发夕死，甚至行路之人，忽然跌倒，或侍疾之人，传染先死”。这里所描述的症状（“或吐或泻，或吐泻并作”）、致死之速（“或半日即死，或夕发旦死，旦发夕死”）、传染之速，皆与《王乃誉日记》中的记载一致，都是典型的古典霍乱症状，而与中医传统所说之“霍乱”不同。二者区别在于“霍乱为热，吊脚痧为寒。霍乱初起，心中不爽，不吐不泻，必须引吐引泻，使其热毒一出，中脘即松，中脘松则四肢必温。吊脚痧初起，心中不爽，非吐即泻，必须治吐治泻。倘阴寒不散，中脘关住，即四肢渐冷”②。中医传统中所说“霍乱”，一般是指现代医学中的急性肠胃疾病、细菌性食物中毒等疾病，虽然病势急且有吐泻症状，“挥霍之间便致缭乱”，但其死亡率很低，且无传染性。

古典霍乱最早于 1820 年由海路传至中国。据统计，1820 年至 1912 年间，共爆发

① 单丽：《清代霍乱病因认识（1820—1911）——以中医和地方文化为中心的考察》，《地方文化研究》2014 年第 6 期，第 1 页。

② 本段引文皆见徐子墨：《吊脚痧方论》，（清）陈修园：《陈修园医书七十二种》，上海书店出版社 1988 年版，第 1961、1962 页。

约27次之多。由南而北，“流行范围甚为猛烈，在十九世纪后半期，几乎没有一个重要的中国城市不受到霍乱的侵袭”，“此病之潜伏期约2至3天，死亡率为50%”。王乃誉所经历的1902年这一次霍乱，上海约死亡1500人①。而海宁城内之惨状，已如上述。

瘟疫流行，乡人暴死，王乃誉屡有骇畏之叹，而愚民犹迷狂于请神打醮，迷信于鬼神司疫之说。虽然不能说王乃誉已经完全从现代医学角度认清了“吊脚痧”的性质，但毕竟他已经有了一些较为科学的看法。关于霍乱的致病原因，除瘟神说外，《王乃誉日记》中还有不少相关记载，如“疫气致疫”说，即认为瘟疫由不正之气导致，其中最严重的即尸秽之气。如七月初一，“又接闻疫气流行之甚，吴颉宾（蔡秋棠之婿）及祝仲篪之夫人，乡城纷如可怕。余谓有死者之材四放，皆薄劣气息四散，容易传染。吾邑官绅于此生死大计不为之禁，真太偶也，言之愤恨”。(1656)

清代江南有厝棺不葬之风俗，究其原因，则或溺于堪舆家风水之言，或因惧无赖徒棍勒索阻葬，或竟因无钱力营葬，遂停柩不举，甚至有迁延至数十年不葬者。富裕之家可将尸棺停放于寺庙，更多贫寒之家则直接将尸棺置于护塘、田间、城墙边，日久则棺木朽坏，尸体腐臭。王乃誉常游行城内，见荒地、城根遗棺纵横，臭秽熏触，风布四散，常年不断，意识到“夏日弊在蒸成疫疠”。(1325)海宁史志亦载：“吾里土膏而民勤，尺寸之地必耕。非温饱者不能有葬地，又不欲为火葬，则付之一炬，而拾骨以瘗，名曰‘火葬’，此大逆无道之事，乡间最甚。婴孩殇后皆不葬。每届清明、冬至节前后，则火其棺，拾骸骨裹以绵，而挂于杨树之间，积久任其飘零而不顾，习俗如此。病有祟脉，间或有之。”② 时人反对“火葬”，道德上的“大逆不道”仅是原因之一，亦有卫生上的考量，因为焚烧尸体产生的恶臭之气亦可能是时疫之来源。为此等不良习俗，王乃誉屡欲联合乡绅上书当道，力陈尸气传染疫疠之害，倡古人掩骼埋胔之仁政，主张严禁遗棺，但收效甚微。

王乃誉也注意到食物传染的问题，知道应慎食生冷瓜果。疫情初发时，王乃誉尚无此意识，如五月十八犹赞叹现代交通给普通人带来的荔枝口福：“接汤锦卿于沪买到

---

① 陈胜昆：《中国疾病史》，台湾自然科学文化事业公司出版部1981年版，第31—33页。

②《海宁珍稀史料文献丛书》编委会整理：《海宁小志集成》（点校本），方志出版社2015年版，第277—278页。

鲜荔枝（二角，计廿九枚）……至家分送陈赓兄夫妇八枚，家人尝食，谓十百年来吾人焉有此福，即唐时帝王尚不能致，今曷过此万万，后人之福千百倍于古人，此乃轮舟、铁路之功也。”（1633）而七月初十，“与张、蓉言疫气皆由食杨梅、桃、瓜，今年皆有虫，用显镜见之累累，毒不可当，染病职此之由”。（1660）王乃誉虽与友朋言及此，且有此食物卫生意识，但在生活细节中并未刻意实践，反倒有些大意，如七月十二家祭，仍“设瓜果、饵饼、馄饨四色加瓜等……爇烛稽首，饷茶半时许收，分给果饼于诸仆婢，余仅拈葡萄数粒食之”。（1661）祭祀仍用包括瓜果在内的祭品，且祭后分食。古时有“执膰”之礼，民间有“散福”之俗。与此传统礼仪相比，健康的“卫生”观念在多数人那里仅处于萌芽状态。

关于传染途径，王乃誉亦有虫媒、接触传染等记录，如六月初四，“早闻硖疫气未全消，而又瘟苍蝇。昨于茶肆见千万挂之灯间，毙已多日，奇甚”。（1646）死蝇千万，挂之灯间，景象颇为瘆人，虫媒传播，不无可能。王乃誉又有接触传播的记录，如七月廿八，“剃司为静等来剃，谓许畹臣家大女三日前疫危，其姨俞七姑往望，旋为染殁。而其厨工某及妪传染，回去连接而死。今其嫂与其妻相接病在危殆，闻之惊动”。（1667）在长子王国维的帮助下，王乃誉逐渐从现代科学角度认识了此次疫气的性质、传播途径和防治办法。

三、“细菌”的发现与王国维的《免时疫传染法》

这一年三月末，王国维受罗振玉之托，再赴日本寻觅东洋译手，五月初返沪，五月十九日自沪返里，此时海宁疫情已起。王国维体素羸弱，抵家仅六天，突患腹泻，家人殊为担忧，恐染上时疾。如王乃誉五月廿五日记载：“早静患腹泻，付膏丹贴脐。……过赓三求药，又市辟瘟丹并各种施药，择付静饮，盖身热腹泻未已，达为格外防时症也。”（1636）所幸有惊无险，三天后王国维即行动如常，直至八月初三再次启程赴沪。临行之前，王乃誉定有一番叮嘱，此次为疫情事，颇为忧悬，因此再说谈起许畹臣家中大女、姨、厨工及妪接连而死，其妻、嫂亦染病危殆的惨剧：“知许畹臣妻莲接病疫死，大可惨冤（至自一家染六七人矣）。于是与静议，静草《杜传染法》，令健录之，将来刻传，冀减疫耳。午后，静饬茂生挑行李寄婴堂，今夜与郑受祉合雇舟赴硖趁轮。明日健亦赴省，理行李。晡抄《传染法》单共四纸，持以出，一贴于桥，一贴于钱纸店。……静二下船开。”(1670)

此事于王国维生涯中颇具传奇色彩：乡人接连染病疫死，留日归国生、上海东文学社译员王国维为乡人拟《杜传染法》后，飘然乘船而去。王乃誉于八月初五的日记(1671)中抄录此文，兹录于下：

免时疫传染法

霍乱一症，据西医验视，乃由一种极微小之菌，其形如杆，寄生于人体中而为病者也。此菌若误入胃中，胃强者即为胃汁所杀；胃弱者则入小肠中，繁殖甚速，一枚顷刻间可生千百枚，乃成霍乱。病人吐泄中内含细菌甚多，极易传染，故不幸有患此病者，一面施治外，一面当亟将病人吐泻之物用生石灰水加入其中，即可杀菌，以免传染。

〇再此种细菌逢烧煮即死，晒之太阳中一时许亦死。病人衣服、器具等，可晒于太阳中。又凡无病者能不食生冷物，则自不能传染。如一方有患此病，务广传播，功德无量。

海昌安化后人　译录

这段文字于各种王国维全集中皆未见收录，当为佚文。王国维在翻译领域颇有成就，但罗振玉编辑《海宁王忠悫公遗书》(1927年)、赵万里编《海宁王静安先生遗书》(1940年)、据“赵本”影印之《王国维遗书》（上海古籍书店，1983年；上海书店，1996年)、《王国维先生全集》（台湾大通书局，1976年）等都只收《观堂译稿》，仅有史地、古文字研究论域的五篇译文。直到晚近《王国维全集》（浙江教育出版社，2009年)，才增收译著约四卷，但亦未见收此文。这段文字既缀“译录”，则当是本于外文资料之译作，但“务广传播，功德无量”云云，表明译中亦参以己意。即使完全属于译作，也是全集当收之类，缺则属佚。而且，这篇文字又有其特殊价值，这是目前所见王国维译作中罕见的与医学领域直接相关的文字。

文末署名“海昌安化后人”。“海昌”乃海宁旧称。“安化”是坊名。北宋抗金名将王禀，追封“安化郡王”，赐谥号“忠壮”，其孙王沆赐第盐官城北“安化坊”，是为海宁安化王氏始祖。王国维对祖先王禀的忠烈事迹甚为自豪，曾据诸史书所记事绩，撰《补家谱忠壮公传》，文末述其胸臆曰："呜呼！处无望之地，用必死之兵，当蚩尤之攻，为墨翟之守。粮尽援绝，父子殉之。公之忠可谓盛矣！书而箸之，非徒家门之光，亦欲使后之读史者有所考焉。"① 另，王乃誉日记屡有"至隅园"、"由隅园归"等记载。按，隅园即安澜园，本为安化郡王王沆故园，后归海宁陈氏。至王乃誉时，该园早已荒废经年，只剩遗址，但此园对于安化王氏来说，其文化象征意义不会消失。祖宗忠烈，业垂后嗣，父子二人亦以乡贤自居。而且王国维有留学生身份，救苍生于水火、解万民于倒悬，这也是中国读书人基本的责任感和家国意识。于是，王国维拟稿，王乃誉为之抄写并四处张贴，父子二人共同抗疫，可谓一段佳话。

疫气流行，伤及百姓性命，地方官府应当迅速反应，有所作为。如《翁同龢日记》于六月十四（7 月 18 日）记载沪津地区制定了颇为严苛的防疫政策："大保自沪归，因沪津查疫苛虐，遂阻北行也。（洋人查疫，无病者亦拉入医房强饮以药，有俄顷致死者。）"② 王乃誉日记中未见记载官方救治措施，如古代疫情期间常见的设局医治、制送丸药、刊刻医书医方等。王国维父子此举系社会力量抗疫，即由乡贤刊刻医方，供百姓照方配药。王国维的小文将此次疫气直接定性为"霍乱"，指出病原在于细菌传染，防治重点则是杀菌，如拌以生石灰水、烧煮、日晒等方式，同时忌食生冷。这种定性虽系当时新学常识，而非王国维之发现，但在西学东渐、中国传统医学与现代卫生观念碰撞交融的历史背景之下，"细菌"的发现对于中国人的医学观，尤其是对于普通民众的医学感知，具有革命性的历史意义。如这一年的二月初二，孙宝瑄在读丁福保《卫生学问答》后，大发感慨："我国人谓疫有神，故设法以驱之。西人谓疫有虫，故设法以防之。神不可见，而虫可见。微生物乃天地间一大种类，终日与人争战，虫败则人生，虫胜则人死。"③ 此处以微生物为有形之"虫"。可见，对于绝大多数时人，细菌说仍是一种全新的知识。因此，王国维父子倡导的防控措施，还是比较粗疏的，是倡导性的。因无国家医疗制度和卫生机构的支撑，与官方的强制性政策相

① 王国维：《补家谱忠壮公传》，《观堂集林》卷第二十三，《王国维遗书》（第二册）（据商务印书馆 1940 年版影印），上海书店出版社 1983 年版。

② 陈义杰整理：《翁同龢日记》，中华书局 2006 年版，第 3396 页。

③ 中华书局编辑部编，童扬校订：《孙宝瑄日记》，中华书局 2015 年版，第 519 页。

比，其传播范围、影响力和实际作用都有限。而据《大公报》载，天津官方的防疫措施就更加细致、严格：先将疫发地封锁隔离，然后掷洒白灰消毒；另针对霍乱这种肠胃传染病的致病特点，明确规定“凡有摆摊出卖鲜货杏干果酪者，一一嘱咐务须熬开，不准掺合生水”，“以鱼虾等类其味腥臭，易召时疫，乃出示禁止市中不得售卖鱼虾等鲜物，而业渔者亦遵谕歇业矣”①。

除各处张贴外，王乃誉一有机会就向人宣传消毒以杜传染之法：

八月十三，“三外孙上夜患泻，至午殇去，殊代焦悼。乃令市石灰（拌泻物），又使易器物”，“三外孙殇去，来报。使茂生二往返，教令勿传染为要”。(1675)

八月十六，“于安国寺前闻一朱氏子疫殁，仅半日，可惨之甚。告以勿传染法”。(1676)

略为遗憾的是，王国维此文只是倡导杀菌免传染，并未提供救治药方。倒是王乃誉日记中屡屡提及购买“午时茶”、“观音救急丹”、“痧疫贴”、“辟瘟丹”等抗疫中药。清季中医世界虽然未能用现代科学语言描述霍乱的性质，但在预防和治疗方面仍取得了一定的成绩。在王士成、田雪帆、徐子默、王士雄等医家的探索、努力之下，传统医学面对这种外来疾病时仍然显示了一定的应对活力：“从嘉庆季年到同治建元，不过四十年的时间，在这一段并不算太长的时间内，江南的医学人士就初步完成了对真霍乱这一新疾病的医理和疗法的探索。”② 但是，因为国家缺少统一的医疗卫生制度和健全的机构体系，虽有对于瘟疫的正确认识和有效疗法，其影响范围却相当有限。因此，王国维父子的善举义行便显得尤其珍贵。

四、疫情与王国维的心境

1901年6月12日（四月廿六），王国维在赴日留学约四个月后就因病返沪，“自是以后，遂为独学之时代矣。……次岁春（1902），始读翻尔彭之《社会学》，及文之

① 《禁卖鱼虾》，《大公报》1902年7月13日。转引自单丽：《1902年霍乱在中国的流行》，青岛海洋大学硕士学位论文，2008年，第44页。

② 余新忠：《清代江南的瘟疫与社会：一项医疗社会史的研究》（修订版），北京师范大学出版社2014年版，第263页。

《名学》、海甫定《心理学》之半。而所购哲学之书亦至，于是暂辍心理学而读巴尔善之《哲学概论》，文特尔彭之《哲学史》。……既卒《哲学概论》、《哲学史》，次年始读汗德《纯理批评》"①。其读书情况如此。王国维此间行迹如下：1901年9月，应罗振玉之招赴鄂，就任武昌农务学堂"译授"；1902年，罗振玉辞江楚编译局襄办，王国维随之返沪，"时盛宣怀为南洋公学监督，设分校于虹口之谦吉里。罗先生被任为校长，先生即为校之执事。暇更从藤田博士习英文，兼为罗先生编译《农学报》及《教育世界杂志》，撰述乃益富。而先生之治哲学，即自此始"②。王国维除在《教育世界》发表大量翻译文章外，于1901年翻译出版《日本地理志》、《教育学》，又于1902年翻译出版《算术条目及教授法》、《教育学教科书》、《心理学》、《哲学概论》、《伦理学》。可见，在1902年霍乱疫情期间，王国维的主要精力都用于阅读、翻译西方学术文化著作，内容涉及哲学、美学、伦理学、心理学、教育学、数学等方面。这样的经历必定会形塑他的知识视野，影响他的学术观点和情感结构。

王国维倾心西学，其学术主张在当时甚至有点激进。他认为学无中西、新旧、有用无用之分，热情呼吁输入新学语，更新学术名词，以顺应西洋学术骎骎而入中国的历史大势。王国维三次应乡试不售，已绝意科考之途。1902年7月，他再次拒入"秋闱"，王乃誉虽极为愤恨，但亦无可奈何："不审静之不往，为高乎？抑不惜此区区功名耶？但世人尚以此为大荣至贵，而吾犹不免。况显亲扬名，正不可少之志。直不解彼辈之妄诞，不听父母之命，妻子亲戚之望，何故若是违拗坚者？言之可恨之甚。"(1665) 王国维或许没想到，这次科举考试与以往已经大有不同。壬寅（1902年）乡试是清末新政改革科举后浙江举行的第一次乡试，"虽在地点、考官选派、试期、场次安排及阅卷程序等方面多依照前例，但已废除誊录，改用新章，以史论、对策和经义取士"③。其"策题"中多有关于希腊学术、西国财政、罗马法律、地理测绘等新学试题。

① 谢维扬、房鑫亮主编：《王国维全集》第14卷，浙江教育出版社2009年版，第119－120页。

② 赵万里：《王静安先生年谱》，《国学论丛》1928年第1卷第3期，第85－86页。据罗继祖所言，罗振玉所任职位为南洋公学东文科虹口分校监督。见罗继祖：《我的祖父罗振玉》，百花文艺出版社2007年版，第46页。

③ 宋永林：《科举改章与士子心态：光绪二十八年壬寅科浙江乡试考述》，《中国考试》2020年第7期，第69页。

我们无法假设王国维若赴杭应试会有什么结果，但起码对于试题他不会感到陌生。我们也不知道他事后看到这种试题时，会做何感想。此时的王国维，就职于上海，从事于新学，在西洋学术译介上已小有成就，其独学时代的“哲学”时期正在展开。正是在这种历史语境和心态之下，王国维经历了家乡的这一场瘟疫。王国维性情忧郁，人生问题日往复于胸前，疫情期间又耳闻目睹大量死亡事件，身历种种人间凄苦，这或许为他接受叔本华哲学提供了某种契机。可以说，并非叔本华哲学影响了王国维，而是特殊的人生经历使得王国维与叔本华产生了精神契合。为苦痛之国民提供慰藉和希望，这正是王国维一贯的学术理念。1906 年所撰之《去毒篇》，即以宗教和美术为救治国民情感疾病之要方。因此，王国维于 1902 年草拟《免时疫传染法》，以科学手段为乡民提供解脱之方，就是一件很自然的事情了。因为，除了“痛苦一解脱”的哲学精神，1902 年的王国维已经十分了解现代卫生观念。由上海归里时，他会特意给父亲带回西洋保健品“鱼肝油”（1635、1666），这种日常生活细节经验就是最好的证明。

（作者单位：东北师范大学文学院、新文学手稿文献研究中心）

大文学视野

西南联大音乐活动历程[①]

李光荣

摘　要：音乐活动贯穿了西南联大的全过程，且在各个时期均开展得生动活泼，创造了骄人的业绩，为中华人民共和国培养出许多音乐人才。可西南联大并没有音乐系，除师范学院教育学系外，也没有音乐课。由于学生中的音乐爱好者数量多，音乐素质高，组织能力强，并积极推动学校音乐活动的发展，于是有了群声歌咏队、西南联大歌咏团、西南合唱团、高声唱歌咏队等音乐组织。这些音乐组织在校内外开展活动，名声传扬，先后受邀到昆明广播电台首唱《黄河大合唱》，到电影院演清唱剧《弥赛亚》，为夺取"一二·一"运动的胜利发挥了重要作用。在学校层面，学生们制作、教唱、演出了《西南联大校歌》这样的经典歌曲，把这首校歌唱进师生心里，并由师生们带到世界各地，传唱了八十余年。学生们还推广传播了《茶馆小调》，把它唱遍了大江南北。西南联大的音乐教育与活动及其经验值得认真总结。

关键词：西南联大；音乐；活动；历程

西南联大除师范学院教育学系之外，其他25个系都没有开设音乐课，也没有音乐教师。教育学系因培养目标的需要，设专门的音乐教师上音乐课。除有特殊需要的校歌之外，学校也没有出面组织过专场歌咏演出或音乐会。可是，西南联大的音乐活动却开展得较为活跃，且成绩不俗，尤其是让许多人练就了一双"音乐的耳朵"，终身享

① 本文系国家社会科学基金重大项目"西南联大文献资料收集整理与数据库建设"(18ZDA202)的阶段性成果。

受音乐的赐予，甚至培养出了一些音乐人才。这些人才中有音乐老师、音乐指挥、音乐学院的院长、人民音乐出版社的总编兼社长。那么，西南联大的音乐教育靠什么实施？音乐活动靠什么推动？靠张清常教授？不错，张清常的确起过很大作用，但在西南联大，张清常也只是一位业余音乐工作者。他是中文系教授，主业是语言课的教学，学校里的音乐活动他不可能全部参加。而且，他是1940年8月才到西南联大任教的。答案只有一个：爱好。

常言道，爱好是最好的老师。况且，音乐是生活的色彩，是生命的润滑剂，人生中不能没有音乐。再加上爱好的推动，青年人就会去亲近音乐，陶醉于音乐。而音乐又具有“合群”的天性，可以把喜欢它的人聚集在一起，共同享受它带来的欢乐，就像灯泡一样，照亮一群人，光辉不会减弱。所以，爱好音乐的人乐意走到一起，共同开展活动。就这样，西南联大的学生走到哪里，就把音乐带到哪里。他们成群结队，共享音乐的欢乐；切磋交流，提高把握音乐的水平和能力，同时把音乐的快乐带给更多的人。可以说，西南联大的音乐爱好者参与音乐活动仅仅是为了生活的需要，不带任何功利色彩——这正是艺术的绝高境界。在这种“无所求”的超然心境中，他们各自获得了自己所追求的东西，甚至把人生交给了音乐。

所以，我们在了解西南联大的音乐活动的时候，不应用功利的目标去衡量，而应从音乐本身的意义出发。

当然，人在社会中生活，不可能抛开一切目的，从事音乐工作也在所难免。尤其在那个枪声盈耳的时代，西南联大的歌声和音乐活动免不了染上火药味，体现出抗战和反内战的目的，具有鼓舞战斗的功用。这就是出发点与方向的矛盾、内心要求与实际行为的矛盾。至于本文所述音乐活动的目的与功用等内容，是因为音乐被赋予了“宣传”、“鼓舞”、“战斗”的作用。而这种作用是那个时代的语境和下一个时代的骄傲。当它初发生时，在当事人的大脑皮层划下的印痕最深，后来又经过不断强化，便深深地烙在他们的记忆里，呈现于后来的回忆文章中。所以，我们今天能够见到的材料多为这方面的。为史者只能根据材料来作文，但笔者明白西南联大音乐爱好者的初衷与追求是什么，希望读者也能明白。

一、丰富多彩的前期音乐活动

西南联大的前期是忙乱的，逃难、迁移、安顿、建校舍、躲空袭、撤退至乡下……寻找一块清静之地、安放一张平静的书桌是师生们的追求。在全民抗战的昂扬情绪中，西南联大师生的精神是健朗的。大家积极乐观，奋发向上，从未失去信心，无论如何忙乱也不灰心丧气，哪怕抗战进入相持阶段也是如此。作为心灵表现的艺术及其活动，正反映了这种状态。我们看到，西南联大前期的音乐活动围绕着抗战这个大背景、大主题、大目标，呈现出丰富多样的内容、多姿多彩的面貌，且其精神特征是意气风发、葱茏蓬勃的。

（一）从长沙到蒙自的音乐活动

音乐是人类的伙伴。长沙临时大学一开办，就有了音乐活动。岳麓山中不时飘荡着文学院学生的歌声，时而穿雾而出，时而隐没于丛林，那是人与自然的交融，带给人美不胜收的感觉。只是在枪炮声不绝于耳的环境中，诸如《义勇军进行曲》、《大刀进行曲》、《松花江上》等歌声的沉雄豪迈和伤痛悲壮与美好的大自然不那么契合。但在那个痛苦的时代，心灵的歌哪能尽是欢乐悠扬呢？

可惜西南联大在长沙的音乐活动未见文字记载。笔者所见关于长沙临大音乐的文字是张清常写的："抗战前的清华大学有一支小型军乐队。抗战时，师生们轻装南下，都没舍得丢下心爱的乐器。无论在长沙还是在昆明，号角声和琴弦声时刻伴随着师生们的学习生活。"[①] 所述实在不详，只有"音乐"，没有活动。这也难怪，张清常没有在长沙临大生活过。清华军乐队不仅把器乐带到了长沙和昆明，而且培养了另外一些器乐爱好者，把音乐爱好传给了后来的同学，将音乐传统在西南联大传了下去，这是更大的功绩。从清华过来的同学，至迟于1940年7月毕业离校了，而一支管弦小乐队却继续在西南联大工学院活动着。1940年8月，张清常来到西南联大任教，乐队立

① 张清常：《忆联大的音乐活动——兼忆西南联大校歌的创作》，北京大学校友联络处编：《笳吹弦诵情弥切》，中国文史出版社1988年版，第350页。

即请他来做指导。张清常发现，乐队的练习条件简陋得可怜：乐谱奇缺，仅有一支西洋进行曲供练习。于是，张清常把自己最熟悉、最拿手的《西南联大校歌》作了改写，在原来的基础上加上变奏，形成一个乐章，供乐队练习，以暂时缓解他们的困难。这个乐章的演奏收到了意想不到的效果。经过练习，乐队在工学院 1941 年新年晚会上演出，观众们深受感动。尤其曲终奏“千秋耻，终当雪……”时，主旋律部分用小号吹奏，并以管弦乐轻轻衬托，打击乐加强节奏，表现出雄壮慷慨、石破天惊的气魄，很震撼人心。但这支乐队后来情况如何，是否延续到西南联大结束，这些情况都没有留下文字记述。

较早记载西南联大音乐活动的文字是关于蒙自时期的。“1938 年以前，蒙自人唱的进步歌曲有《大路歌》、《义勇军进行曲》、《渔光曲》、《开路先锋》、《毕业歌》等。文法学院的师生带来了新的抗战歌曲，如《大刀进行曲》、《打回老家去》、《抗敌歌》、《游击队歌》、《满江红》、《救亡进行曲》、《牺牲已到最后关头》等。有的联大同学教我们唱《松花江上》，借以表达他们怀念故乡、渴望收复失地的心情，引起了大家的共鸣，他们哭了，我们也哭了。”① 北京大学的同学还在蒙自的文庙开办民众夜校，学生中各种年龄不等，课程有语文、算学、音乐几门。语文结合抗战教识字，音乐教抗战歌曲。西南联大在蒙自的音乐活动不仅在本校进行，还在中学和夜校展开；不仅是内部活动，还走向了社会，带动了群众，为一方的“抗战歌咏运动”做出了贡献。文法学院的学生在蒙自仅停留了近四个月。当他们离开时，蒙自城里已是一派抗战歌声了。1939 年，《战时知识》刊登了何期明回忆西南联大学生生活的一篇文章，其中写道：“文法学院上期在蒙自的时候，一部分同学曾办了一所平民夜校，从儿童到成人，学生的数目有两百多。蒙自县城内外的大街小巷都住有联大的学生们，街头巷尾到处唱着‘救亡歌曲’。每个纪念日到来时，同学们向来也不会让它寂寞地过去。蒙自，联大同学已经在那里种下了一颗抗战的种子。”② 这是音乐的作用，是歌声的力量，也是西南联大的抗战功绩。这说明，西南联大在云南的音乐工作一开始就与人民大众紧密结合

① 目则山人：《忆西南联大在蒙自》，蒙自师范高等专科学校等编：《西南联大在蒙自》，云南民族出版社 1994 年版，第 195 页。

② 何期明：《西南联大的学生生活》，龙美光编：《布东考古布西算——西南联大师生众生相》，云南人民出版社 2018 年版，第 18 页。

在一起了。这一开头预示了西南联大音乐的良好发展历程。

文法学院1938年8月回到昆明，便放了假，后又因校舍和宿舍调整、师范学院新建等原因，迟至12月1日才开学。开学后，大概忙于学习上轨道吧，关于这段时期音乐活动的记录阙如。

（二）学校校歌的编制

这时，西南联大最大的“音乐事件”要数西南联大校歌的编制了。1938年6月，教育部令全国所有学校呈报本校校歌、校训，以备核查。西南联大因学校初创，未备校歌，且创业艰难，工作繁多，请求暂缓，待以后编成再上报。教育部感觉这是违抗命令，为严肃政令并维护尊严，单独下令“限一个月内将办理情形及校歌、校训呈报”①，语气果决生硬。西南联大遂于10月6日召开常委会，决定成立校歌、校训委员会，“聘请冯友兰、朱自清、罗常培、罗庸、闻一多诸先生为编制本校校歌校训委员会委员，并请冯友兰先生为该委员会主席”②。

委员会抓紧开展工作。不久，罗庸撰写出调寄《满江红》的歌词，并谱上了曲③，交给委员会审查。

> 万里长征，辞却了五朝宫阙。暂驻足，衡山湘水，又成离别。绝徼移栽桢干质，九州遍洒黎元血。尽笳吹弦诵在山城，情弥切。
>
> 千秋耻，终当雪；中兴业，须人杰。便一成三户，壮怀难折。多难殷忧新国运，动心忍性希前哲。待驱除仇寇，复神京，还燕碣④。

委员会认为这是一首感情深厚、气魄雄壮的好词，但曲谱不理想，希望重谱。此时，时间已逾一月，委员会就先将歌词上报西南联大的最高领导机关——常委会了。

---

① 民国政府教育部训令，转引自《国立西南联合大学校史》，北京大学出版社2006年版，第75页。

② 北京大学等编：《国立西南联合大学史料》第2卷，云南教育出版社1998年版，第69页。

③ 曲谱未署名，至今无材料显示曲谱作者是谁。

④ 西南联合大学北京校友会编：《国立西南联合大学校史》，北京大学出版社2006年版，第76页。罗庸初稿中，“桢干”作“贞干”，“遍洒”作“洒遍”，“仇寇”作“倭虏”。此为改定稿。

常委会中有人提出，这种古词已不符合时代潮流，且没有曲谱，先放一放，继续征集他作。后来，冯友兰根据常委会的意见，撰写了一首新体诗的歌词，勉励同学们奋发努力，抗战建国，恢复家乡。这时，朱自清想起音乐造诣很深的张清常，便把两首歌词寄给他，嘱他谱曲。张清常曾攻读清华研究院的研究生，还为朱自清的歌词谱过曲，毕业后在浙江大学中文系任教，此时随学校迁到了广西宜山。张清常收到信，因老师的信任而颇受鼓励，仔细研究了两首歌词，“认为罗词上阕悲愤，下阕雄壮，是一首好词，适合做校歌”①，于是把《满江红》谱成了歌曲，并很快寄回给朱自清。在西南联大这边，马约翰、沈有鼎两位教授分别为冯友兰的歌词谱上了曲。这正是委员会所希望的，因为两首歌词都有了曲谱，就可以进行比较了。为准确地判断哪首歌更好，委员会组织学生试唱。三首歌唱熟后，委员会召开扩大会议，请本校的曲作者马约翰、沈有鼎以及杨业治教授参加听唱。杨业治当即主张“采用罗庸词、张清常谱曲的《满江红》校歌。《满江红》的词意境与岳飞的《满江红》有很多相似处，它受到了岳词的启发。……前半阕的悲怆沉着，后半阕的高昂兴奋，表达了我们百年来的积愤和今日雪耻图强的决心。这即是我们那时的情怀”②。委员会还是考虑歌词有些陈旧，希望有替代《满江红》的好歌，又觉得马约翰的曲谱有些单调，遂做出马约翰、沈有鼎和杨业治共同修正的建议。其实，“修正”之语只是对在场的几位当事人的安慰，一首歌曲是一件完整的艺术品，是无法修改的，所以，事后并未深究。1939 年 6 月 30 日，校歌委员会举行最后一次会议，通过了以张清常谱曲的《满江红》为校歌，并立即呈报学校常委会。7 月 11 日，西南联大常委会研究、通过了校歌委员会所报的校歌。至此，《西南联大校歌》诞生了。

1939 年 10 月 17 日，西南联大撤销校歌委员会。11 月 7 日，常委会向西南联大第二届校务会第一次会议报告“本大学校歌审定案”。至此，西南联大校歌编制工作全部结束。

（三）群声歌咏队

1939 年 1 月，在西南联大学生活动史上是值得注意的，因为“群社”诞生了。群

---

① 张清常：《忆联大的音乐活动——兼忆西南联大校歌的创作》，北京大学校友联络处编：《笳吹弦诵情弥切》，中国文史出版社 1988 年版，第 354 页。

② 杨业治：《从南岳到蒙自——抗战初期的片段回忆》，蒙自师范高等专科学校等编：《西南联大在蒙自》，云南民族出版社 1994 年版，第 30 页。

社是西南联大进步学生的公开组织，以“互相联络感情，增进友谊，开展学术交流和文化体育活动”为宗旨①，下设学术、时事、康乐、文艺、壁报、服务等股，在学生中开展各种活动。康乐股组织郊游、球赛、月光会、夏令营等活动，成立了歌咏小组。歌咏小组定时召集歌咏爱好者练唱抗日歌曲，参加者越来越多，因一些人员相对稳定，便成立了“群声歌咏队”。

“群声歌咏队由徐树仁担任指挥，经常组织同学练唱各种抗战歌曲，大家最爱唱的有《我们在太行山上》、《春天里来百花香》、《黄水谣》等。”② 据说，“群社有这么一条不成文的规定，许多群众性的课余活动，群社的骨干都要带头参加”③。于是，五音不全的、没有“音乐细胞”的都出现在歌咏队里，都积极出声练唱，群社导师曾昭抡教授也每唱必到，场面热闹极了。因为群声歌咏队练唱的目的不在于表现歌唱水平，而在于活跃同学的课余生活与普及救亡歌曲，于是每逢演讲会、国民月会、纪念会等集会场合，一定会以唱歌为前奏，提高大家的情绪，就像旧戏开场前的锣鼓闹台一样，既宣传了抗战，又活跃了气氛。《张老先生有块地……》几乎是每有集会必唱的歌曲：“张老先生有块地，咿呀咿呀嗨，他在地上养小鸡，咿呀咿呀嗨。这里‘吱吱’，那里‘吱吱’，‘吱吱’这里，‘吱吱’那里，满地‘吱吱’。”然后，张老先生又在地上养鸭、养猫、养狗、养羊、养牛。领唱者唱一句，群众跟着唱“咿呀咿呀嗨”，而后学动物的叫声，一种动物一种动物地唱过来，直到大家笑痛肚皮。

群声歌咏队一如其名，是群众性的歌咏团体，以唱抗日歌曲为主，注重大家的参与。虽然也有一些出色的歌手，但他们只起到领头的作用，不突出其独唱地位，所以参加者很多，群众性很典型。

群声歌咏队经常唱的歌曲除上列 4 首外，还有《大刀进行曲》、《毕业歌》、《松花江上》、《游击队歌》、《救亡进行曲》、《旗正飘飘》、《祖国的孩子们》、《再见吧妈妈》、《喀秋莎》、《快乐的心》等。

---

① 西南联合大学北京校友会编：《国立西南联合大学校史》，北京大学出版社 2006 年版，第 334 页。

② 邢方群：《回忆群社》，西南联大校友会编：《笳吹弦诵在春城》，云南人民出版社等 1986 年版，第 311 页。

③ 施载宣：《从群声歌咏队到联大歌咏团》，西南联大校友会编：《笳吹弦诵在春城》，云南人民出版社等 1986 年版，第 332 页。

缪景湖是群声歌咏队的女高音歌手，时常受邀表演节目。她最拿手的歌是《丈夫去当兵》："丈夫去当兵，老婆叫一声：'毛儿的爹等等我，为妻的将你送一程。'"她唱得情深意切，深深地打动了听众，给大家留下了深刻的印象，大家就叫她"毛儿妈"。像她这样的歌手还有很多，但歌咏队是合唱队，不太突出个人的演唱才能。

1940 年，群社组织了六七十人的学生队伍到昆明郊区的龙头街宣传抗战，群声歌咏队是其主体之一。歌咏队登台演唱抗战歌曲，还和大家一起到军属和农民家去访问，送慰问品，帮助村民解决一些问题。这大概是群声歌咏队唯一的一次登台演唱，无论在校内还是校外，歌咏队都再没有演出过。

由于群社在同学中的影响逐渐扩大，参加群社活动的同学越来越多。为了便于开展活动，1940 年，各文艺小组如冬青文艺社、热风漫画社、腊月壁报社、木刻研究会等纷纷自立门户。群声歌咏队也在酝酿独立。这时，一个新的机会出现了。西南联大学生自治会为了搞好"五四"21 周年纪念活动，准备组织西南联大歌咏团。学生自治会康乐股干事是群声歌咏队的萧获。他便以群声歌咏队为基础，招募歌手，扩大队伍，组成了西南联大歌咏团。这样，群声歌咏队自然结束，一个新的歌咏团体诞生了。

（四）西南联大歌咏团

西南联大歌咏团是为演出而成立的，具有表演性质，不同于群声歌咏队的群众性质，必须注重艺术质量。歌咏团为"五四"演出进行了认真的排练，取得了和以往群声歌咏队不同的歌唱效果。1940 年 5 月 4 日，"五四"纪念会在昆华中学北院的"乾坤正气"大教室举行，会议由学生自治会主持，先安排了几个同学发言，曾昭抡教授到会讲了话，最后是歌咏团表演节目，由徐树仁指挥，演唱了《五月的鲜花》、《中国不会亡》等歌曲，受到大家的热烈欢迎。表演性质和群众性质是完全不一样的。同学们习惯于参与群声歌咏队的群众性歌咏，突然置身于艺术性表演场所，感到耳目一新，不禁为之鼓舞，为之激动。这是西南联大歌咏团的第一场校内公开演出。

这次演出虽然规模不大，影响却不小。西南联大歌咏团的声名很快传扬开去，正在筹建的昆明广播电台闻知，便邀请歌咏团去做文艺广播节目的首场演播。由于广播的效果不错，大家反映良好，歌咏团又再次受邀去电台演唱。在 1940 年 7 月试播期间，歌咏团就两次被邀请去演播。8 月 1 日，广播电台正式开播后，演播活动就更多了。昆明是著名音乐家聂耳的成长之地，音乐工作历来较活跃，歌咏活动自然开展得很好，各大中学、各工厂以至大一点的单位都有歌咏团体，较著名的有昆明缝纫工会歌咏组、昆明纺纱厂歌咏队、云南大学歌咏队、昆华师范歌咏队、云大附中歌咏队、昆华女中歌咏队、歌岗歌咏团等十多家。早在抗战全面爆发前，昆明就成立了民众歌咏团，开展了扎实有效的抗战歌咏活动。1940 年，云南全省歌咏协会成立了，以昆明为中心联系全省歌咏团体开展活动。在“名队林立”的昆明，成立不久的西南联大歌咏团多次被邀请去昆明广播电台演播，可见其地位不低。难怪云南广播史研究专家戴美政说：“在众多广播文艺演播团体中，西南联大演播团队是参加最早、影响最大的团队之一。”① 在西南联大歌咏团的演播节目中，最值得抒写的是为募集抗日前方将士寒衣而进行的一次演播。

几次广播演出的成功给西南联大歌咏团以巨大的鼓舞。时值民国政府发起为前方抗日战士募集寒衣的运动，西南联大歌咏团便与昆明广播电台联系，举行了一次广播演唱，响应政府募集寒衣运动的号召。这是西南联大歌咏团作为独立团体举办对外演出的第一步，也是西南联大历史上第一次对外的歌咏公演，在西南联大歌咏史上具有开创意义。西南联大歌咏团、群社和学校学生自治会对此次演播给予了充分重视。

为了这场演出，歌咏团通过刘家瑞同学从贵州请来音乐家郭可诹担任指挥，还请人来做钢琴伴奏。在郭可诹的指导下，歌咏团在 1940 年的暑假进行了集中训练，演唱形式为四重唱、男女声二重唱和独唱。歌咏团还专门做了一面团旗，用白布剪成“国立西南联大歌咏团”几个字，嵌在一块紫色绸子上。团员们服装统一，女高音穿月白色旗袍，女中音穿阴丹士林布旗袍，男声部一律白衬衣、黄卡机布裤子。尽管是录制广播节目，演出实况并不能向外展示，观众也没有几个，但歌咏团对团员的精神面貌仍是十分重视的。

准备成熟后，歌咏团于 1940 年 8 月 22 日向昆明广播电台发出正式商函：“兹以转眼入秋，前方将士亟需寒衣。敝团拟于八月三十日晚七时至九时假贵台音乐播音室举

① 戴美政给李光荣文稿。该文曾以《抗战中的昆明广播电台与西南联人》为题，刊登于中国广播电视协会广播电视史研究委员会等编《第七次中国广播电视史志研究会专辑》（2005 年 12 月印行）。

行小型音乐会，以为响应募集寒衣运动之准备。”[①] 8月28日，昆明广播电台复函：“同意借用本台大发音室（播音厅）举行小型音乐会，时间8月31日晚6点55分至8点，请务必遵守时间。”

1940年8月31日下午，歌咏团来到昆明广播电台大发音室，团员们个个精神饱满，情绪高昂，排好演唱队形，酝酿好情绪。晚6点55分一到，郭可诹两手一举，大家全神贯注。他接着一挥手，钢琴声响起，《黄河大合唱》、《游击队歌》、《抗敌歌》、《旗正飘飘》、《太行山上》、《胜利进行曲》等歌曲随着电波升到空中，传向四川、甘肃、陕西、山西、河北、河南、江苏、上海、江西、湖北、湖南、贵州、广西、广东等多个省市，传到国外的新加坡、旧金山等许多地方以及整个东半球。鉴于抗战时期云南对外宣传的区位优势，民国政府给昆明广播电台所配设备的功率超过了重庆广播电台，居全国首位。所以，西南联大歌咏团的抗战歌声远播海内外，对宣传中国的抗战发挥了巨大作用。这次演唱的《黄河大合唱》在昆明广播电台是首播，并且在国统区和中国的无线电台也都是首播。《黄河大合唱》通过西南联大歌咏团的演唱传向四面八方。可惜的是，当时歌咏团还没有得到《黄河大合唱》的全套曲谱，只唱了其中的《黄水谣》、《河边对口曲》、《黄河颂》、《保卫黄河》等部分。

演唱结束后，合唱队留影纪念。根据照片，我们可以确定西南联大歌咏团的基本阵容：女高音、女中音各7人，男高音、男低音各14人，共42人；另有指挥1人、钢琴师1人。照片历经数十年岁月，已经泛黄了，许多面孔难以识别。经几位当事人反复辨认和回忆，能够确认的有：女声缪景湖、刘家瑞、梁淑明、陈锡荣、朱瑞青、袁月如、陈琏；男声徐树仁、张世富、朱鸿思、施载宣、黄伯申[②]。据张世富回忆，西南联大歌咏团还有谭庆双、吴德亨、吴宏骞、马桂官、张崇城几位[③]，但不知后四位是什么时候加入歌咏团的，因此不能确定他们是否参加了这次演播。今天所知的西南联大歌咏团成员大约就是这17位。

---

① 《西南联大歌咏团致昆明广播电台函》，云南省档案馆。

② 施载宣：《从群声歌咏队到联大歌咏团》，西南联大校友会编：《笳吹弦诵在春城》，云南人民出版社等1986年版，第335页。

③ 张世富：《西南联大的合唱团》，云南西南联大校友会编：《云南西南联大校友会校友通讯》（内刊）第27期，2007年8月，第7—8页。

联大歌咏团女声部全体团员 1940 年 8 月 31 日昆明广播电台演出后合影

联大歌咏团男声部全体团员 1940 年 8 月 31 日昆明广播电台演出后合影

（中间穿西服者为客席指挥郭可诹）

广播电台的播音让西南联大歌咏团声名远播。昆明南屏电影院是云南第一家设备完善的电影院，即将落成开幕。总经理刘淑清听了广播演唱，便邀请西南联大歌咏团去电影院开业典礼上演唱，所唱曲目和募集寒衣的广播演唱差不多。

1940 年 9 月 15 日晚，云南全省歌咏协会举办的合唱音乐会在云南省党部礼堂举行，西南联大歌咏团参加演出，演唱了《黄河大合唱》全曲。

当时，作曲家夏之秋谱写的《中国不会亡》、《思乡曲》等传遍四方，也是西南联大学生和歌咏团常唱的歌曲。夏之秋于1940年秋天来到昆明，西南联大歌咏团在昆中北院大教室举行了欢迎会，有许多同学前来参加。夏先生在会上介绍了创作《中国不会亡》的经历和心得，并亲自教唱这首歌。由于此前大家对这首歌已唱得相当熟练，加上作者现场传达的切身感受，所以唱得特别有力："中国不会亡！中国不会亡！你看那民族英雄谢团长，中国不会亡！……"歌声震荡屋宇，响彻校园，现场人心振奋，群情高昂。

《西南联大校歌》的曲作者张清常此时来校任教，歌咏团便请他来指导演唱。张清常认为一个合唱团不能光唱普及性的抗日歌曲，还应唱一些艺术水平较高的世界名曲，便介绍了奥地利作曲家舒伯特的《鳟鱼》并亲自教唱。三个星期后，张清常又指挥歌咏团唱校歌。得到作曲家的亲自指挥，大家练得非常认真。张清常的指挥相当细腻，一丝不苟，所以效果很好。在一次全校同学的集会上，张清常指挥歌咏团为师生们做了一次示范演唱。

"皖南事变"后，歌咏团中暴露了身份的共产党员和积极分子撤退到乡下隐蔽，群社停止了活动，学生自治会被三青团把持，工作没有什么特色，学生情绪低落。在这种氛围中，西南联大歌咏团停止了活动。

（五）师范学院的音乐教育

师范学院以培养中学师资为主要目标，一般要求中学教师德、智、体、美全面发展，所以对音乐教育比综合大学要重视一些。西南联大师范学院在1938年成立之时，院长黄钰生亲笔编写了院歌"春风熙熙时雨滋兮，桃李向荣实累累兮"，套用萧友梅所作《卿云歌》曲谱，意在勉励师生像春风时雨之于大地万物那样从事育人的工作，使桃李芬芳、果实累累。每天上课前举行升旗典礼时，师生都要一起唱。不过，因"实垒垒"不通行，没唱多久就取消了。"他还设计了一个类似营火会的活动，叫做'传播光明'，学生围着篝火边跳边唱'传播光明'的歌曲，教师把点燃的火把分给学生，形象地表现教师的职责是传授知识、传播光明，借以加强专业思想的教育。这一活动每年‘院庆’日（12 月 12 日，师院开始上课的日子）举行。”① 不过，师范的学制为五年，比普通专业多一年，西南联大的基础课又是各院系合上，师范生便大多转到文学院或理学院去了。1943 年以后，“院庆”就没再举行了。

教育学系开设“音乐教育”课，二、三、四年级必修，聘请专业老师授课。1939 年 10 月 3 日，西南联大常委会第 122 次会议议决：“聘刘振汉先生为本校教育学系音乐教员，并负责指导本校全体学生歌咏团事宜。”② 后由于班次增多，学校又加聘了一人。1941 年 10 月 15 日，西南联大常委会第 193 次会议议决：“聘顾仲琳先生为本大学师范学院音乐讲师，每周任课四小时。”③ “音乐教育”课的教学情况没有记载。刘振汉对“本校全体学生歌咏团”的“指导”情况也不见于回忆文章。但可以推知，1939－1940 年《西南联大校歌》的教唱是他负责的。校歌作者张清常来校后，他才让位于张清常。刘振汉对学校歌咏团体的指导似乎不突出，却应聘参与了昆明广播电台的音乐工作。“师范学院教育系音乐教员刘振汉，也被聘为负责电台同仁歌咏团及演播等事务的特约音乐指导。”④ 西南联大和师范学院附中、附小的各歌咏团体在昆明广播电台的演播获得成功，有他的一份功劳。

二、向外开拓的中期音乐活动

“皖南事变”撕破了国共两党的抗日民族统一阵线，两党的矛盾公开化，共产党人被迫撤退隐蔽，一些进步团体不得不停止活动，西南联大生龙活虎的局面一下子冷清了下来。当时最大的群众团体仍然是群社，群社在群众中的影响力也最大，从群社独立出来的那些专业社团仍然与群社保持着联系，而群社是共产党支持的组织，其骨干大多是共产党员。群社被迫停止活动，与它相关的社团如冬青文艺社、热风漫画社、腊月壁报社、戏剧研究社联大剧团等都一齐停止了校内的活动。国民党三青团则忙于

① 西南联合大学北京校友会编：《国立西南联合大学校史》，北京大学出版社 2006 年版，第 302 页。

② 北京大学等编：《国立西南联合大学史料》第 2 卷，云南教育出版社 1998 年版，第 110 页。

③ 北京大学等编：《国立西南联合大学史料》第 2 卷，云南教育出版社 1998 年版，第 202 页。

④ 闻黎明：《抗日战争与中国知识分子——西南联合大学的抗战轨迹》，社会科学文献出版社 2009 年版，第 220 页。

乘机占领阵地，抢夺学生自治会等机构的领导权，但其能力和作风则不足以服众，其力量也不足以组织开展各种文艺活动，除了戏剧方面有演出外，其他方面都没有活动了。一些政治倾向不很明显的社团，失去了先前的生态环境，骨干们的情绪受到影响，也不再开展活动了。西南联大歌咏团就是这时候停止活动的。社团活动停止，壁报也就停止了。壁报是西南联大最引人注目的风景线，社团大多办有壁报，社会、政治、经济、法律、外语、商业、文学、艺术、生活等各个方面的壁报都有，各种思想观点竞相发表，有的针锋相对，展开论争，真是百花齐放、百家争鸣，随时吸引着读者驻足观看。由于社团销声匿迹，壁报也相应地不再出版，西南联大校内的学生活动实际上处于瘫痪状态。走进西南联大，以前的活跃气氛消失殆尽，整个校园有如假期，冷落萧条。

然而，文艺是文明人心灵深处的地泉，只要人的精神还在，就会喷涌出来，任何力量也压制不住。校园环境恶劣，文艺爱好者就把目光转向社会，采取向外发展的策略，去校外谋求生存空间。文聚社在昆明创办文学刊物、冬青文艺社在《贵阳日报》开辟专栏就是典型的例子。戏剧的情况要特殊一些，进步社团匿迹后，联大剧团沉寂了不长时间又开始活动了。在音乐方面，西南联大歌咏团停止活动后，同学们和文学爱好者一样，采取向外拓展的策略，去校外开展音乐活动。

（一）西南合唱团的歌咏

校外音乐活动的地点在文林堂。那真是一个好去处，安全，隐蔽，离学校近，非常适合西南联大学生。文林堂是基督教的教堂，中国的政治之手无法伸到那里去。无论外界的政党斗争如何凶险，文林堂都保持着自己的格调。有的教堂还是一些政治风云人物的避难所呢。昆明的文林堂坐落在文林街西头，距离大西门仅有几十米，在街道南边的金鸡巷旁。从西南联大新校舍出门往西，过马路向南经凤翥街，东转龙翔街进大西门，走几十步即到，大约只需十分钟。从龙翔街的师范学院上去，就更近了，沿龙翔街向东上一段缓坡，进大西门，即到。若从西南联大学生住的昆华中学过去更近，约一百多米。因昆华中学南、北院分隔在文林街两旁，也可从新校舍南校区出东门，经城墙豁口，过文化巷或昆中北院前往，与走凤翥街路程差不多。所以，这个教堂太适合西南联大学生活动了。教堂由于建筑年代久远，已显陈旧，里面的设施也很简单，一间厅堂只小教室那么大，七八排木长椅可坐四五十人。

这里有一个西南合唱团，每周举行一次歌咏练习，时间都是晚上。1940 年，已有西南联大的学生马启伟、张世富、马桂官、麦信曾等在西南合唱团练唱。1941 年“皖南事变”后，团员几乎全是西南联大的学生了。因此，西南联大的同学及校外人士都称西南合唱团为“西南联大合唱团”。经过数十年人生风雨，麦信曾还收藏着当时所照的一张西南合唱团的照片。经过合唱团几位成员的回忆，他们是：

男高音　马桂官　李文渊　罗宗兴　关国钧　郑文达　方财政　马启伟　区大澄　詹应坤　黄鹤立　张世富

男低音　麦信曾　关俊熙　彭术玺　柏　全　郑文杰　罗宗明　罗成熙　焦沃南　官知节　邵曾扬

女高音　谭庆双　高训谥　李民惠　李民毅　林同珠　林同端　朱汝绮　黄敏贞　王　还　陆　慈　王亦贤　曾梅君　马佩伦　向　儒　车日湘　万　钧　钱茂年　陈艳梅　钱华年

女中音　李佩珍　邹德范　虞佩曹　余　新　余　成　黄洁玉　徐馥荣　陈玉英　董婉芬　罗翠玉　何梅生　薛慕兰　邹彤芬　林司桂　李雅楹　唐伟英　郝诒纯　罗宏孝①

这是一支相当整齐的队伍。张世富说：“事隔多年，成员的名单已记不全，记起来的也可能有错，但肯定的是绝大多数成员是联大同学，因此，联大校内同学与校外人士都习惯地称之为西南联大合唱团，成员中还有联大的老师，从总体上看这个合唱团的水平是比较高的。”② 他还说，自己参加了第一次练唱，但实际是合唱团的成立会，并没有唱歌。会上给合唱团定名“西南合唱团”，聘请马思聪为合唱团指挥，巫宝善为干事，练唱歌曲以艺术性歌曲为主。有人倡议把合唱团办成西南大后方最强、最

① 张世富：《不是专业胜似专业的篮球队与合唱团》，西南联大北京校友会编：《西南联大北京校友会简讯》（内刊）第 42 期，2007 年 10 月，第 103 页。

② 张世富：《不是专业胜似专业的篮球队与合唱团》，西南联大北京校友会编：《西南联大北京校友会简讯》（内刊）第 42 期，2007 年 10 月，第 103 页。

好、最有影响的合唱团。大家信心十足，热情很高。不过，“聘请马思聪为合唱团指挥”恐怕只是一种设想，因为马思聪当时不在昆明，甚至不在云南。马思聪是作为中山大学的教授随校迁来云南任教的。中山大学设在澄江。1939 年秋，马思聪应徐悲鸿之邀任中央大学音乐系主任，从澄江到昆明，乘飞机去了重庆。马思聪第二次到昆明，已是 1944 年了。所以，实际上担任指挥的是巫宝善。合唱团里有许多出色的歌手。张世富还说，这一次会议的时间是 1940 年。这是可信的。但合唱团的活动时间主要在 1941 年及以后了。关于最初练歌的时间和地点，张世富没有提及。

西南合唱团所唱的歌有约翰·施特劳斯的《蓝色的多瑙河》、意大利作曲家凡尔第的《胜利进行曲》、德国作曲家瓦格纳的《香客进行曲》、赵元任的《教我如何不想他》等中外名曲。合唱团还公演过德国作曲家亨德尔的著名清唱剧《弥赛亚》。这个曲目的演唱难度非常大，据说在大后方还没有哪个合唱团演唱过。由于西南合唱团里有多方面的人才，有独唱的，有伴奏的，大家的音乐素质都很高，所以能够胜任。

经过不长时间的练习，大家已比较熟练，达到了进行演出的要求。于是，合唱团与昆明最豪华的南屏电影院联系演出《弥赛亚》。南屏电影院经理刘淑清女士自然记得影院开业典礼上西南联大歌咏团的热情赞助和精彩表演，便慷慨允诺演出两个晚上。连演两个晚上，意味着少放四场电影。南屏电影院放映的多是外国名片，票房收入很高。可见，刘经理把对西南联大合唱团的好感和情义转移到以西南联大学生为主体的西南合唱团上了。

如果说上一次演唱《黄河大合唱》等只是庆典的部分内容，这一次演唱则是专门为《弥赛亚》而举行的。在电影院举办演唱会是一件稀奇事，观众很踊跃，电影院座无虚席。

这是西南合唱团的第一场公演，全团人员高度重视，下决心要演好。团员们化了淡妆，着装整齐地站在舞台中央，个个精神抖擞，聚精会神地等待大幕拉开。舞台经验不丰富的同学们多少有些紧张。然而，一演唱起来大家就忘了一切，一曲接一曲，唱了三个多小时，直到掌声长时间雷鸣般地响起。走出电影院，大家兴奋不已，深冬的寒风吹在身上也未能消减内心的热情，从晓东街出发，走了近一个小时才到学校，仍然兴致高昂。第二天演出，同学们已不那么紧张，但认真程度不减。由于较为放松，音色和表现力都更好。唱完，台下照样响起雷鸣般的掌声。有的观众已经是第二次来听，仍觉十分满意。安插在台下听效果的同学听到观众一派赞扬，感觉与有荣焉，合唱团成员们听了也十分高兴。据张世富回忆，这次演出的时间是1940年深冬。

首次演出成功，合唱团员个个兴奋不已。由于演出的是高难度的曲目，说明合唱团已接近“西南最好”了。大家信心倍增，练唱的兴致更高了。合唱团的名气也因这次演出大大提高，引来不少新同学加入。1941年以后，许多联大同学来这里练歌，西南合唱团真的变成“西南联大合唱团”了。

黎章民是1942年考入西南联大外文系的。那时，西南联大的文艺气氛还不是很活跃，酷爱音乐的他一时没地方唱歌，听到文林堂飘来的歌声，便走进去唱了起来，唱得很愉快。后来，他又约了傅冬菊、李志的、萧斧等外文系同学参加，正式成为西南合唱团成员。那时的指挥仍然是巫宝善。由于练唱的全是大学生，他们便唱英文歌，有亨德尔的《弥赛亚》选段、福斯特的《老黑奴》和《故乡的老亲人》、肖普的《可爱的家》等。他说：“有时甚至沉迷其中，唱得流连忘返。”① 后来，黎章民等组织了高声唱歌咏队，才没去文林堂唱歌。西南合唱团大约一直唱到抗日战争胜利之后。

（二）唱片音乐会

在以上同学参加合唱团的同时，另外一些同学则参加了唱片音乐会。

同样是文林堂，每周日晚举行唱片音乐会，欢迎喜欢的人去听。于是，周日晚教堂里便会聚集许多年轻人听音乐。那时没有录音机，放送音乐的是手摇留声机，播放时先上发条，上发条的摇柄需用手摇动，才能把发条上紧，以带动唱片转动，通常每分钟七十转左右，唱针把读出的数据传送到机器，而后转化为声音从喇叭播放出去。所用的唱片是胶制唱片，大而厚，每片两面，一面可放八到十分钟，需要专人负责播放。文林堂的唱片播放者是西南联大的学生。“一般的程序是：主持人先给留声机上好发条，然后拿起唱片，向听众念出唱片上印的曲目名称、乐章和作曲者、演奏者、指

① 章民：《“我们的歌声像……”——记高声唱歌咏队》，西南联大校友会编：《笳吹弦诵在春城》，云南人民出版社等1986年版，第416页。

挥者的名字，这才开始放送。”① 听众大多是西南联大的学生，其中理、工学院的又多于文、法学院的。播放的音乐主要是西洋古典音乐，如贝多芬的交响曲、巴赫的咏叹调、舒伯特的小夜曲等。虽然播放的声音不是十分真切细微，无法与今天的CD唱片和DVD唱片相比，但已是那时的最高水平了。外文系的黄沫和西奎安是文林堂的常客，他们常常听得心旷神怡，沉醉其中，不知归途，而收获的则是丰富的音乐知识和一生的享受。

> 联大没有音乐课，而文林堂每周一次的音乐会则起到了介绍和推广西方古典音乐的作用。在这里，我们陆陆续续听了欧洲17世纪至19世纪几乎所有音乐大师们的作品，等于修完一门欧洲音乐史。这对我们的学习是一个很好的补充，不但从中得到很好的休息和娱乐，而且培养了欣赏能力和对音乐的爱好，从此乐此不疲，终身受用不尽②。

黄沫是1944年才进入西南联大的。那时文林堂的唱片音乐会已经持续多年了，播放音乐的时间可能做过调整，因为他是周五晚上去听的。播放的内容也有小的变化，但主要内容依然为播放欧洲古典名曲。张清常1940年到昆明时，就常被文林堂的音乐声吸引并获得巨大的享受：“每逢周末晚上，那里便用留声机播放西洋古典音乐唱片，有时我深夜偶然路过那里，若断若续的贝多芬的交响乐每每将我吸引而不忍离去。实际上，那时的留声机唱片的声音既单薄又微弱，在院内屋里播放而在大街上听，即使是夜深人静时，所能听到的也只是交响乐里的一些最强音，要靠听者用自己的音乐修养来连缀它才成为乐章。由于听者专心致志地捕捉任何一点微弱的音符，精神高度集中，调动自己每一个脑细胞的最高功能，对乐曲的印象极其深刻。在战争年代，这就算是我，一个穷教书匠最高的精神享受了。”③

---

① 黄沫：《文林堂——联大回忆之一》，西南联大北京校友会编：《西南联大北京校友会简讯》（内刊）第46期，2009年10月，第72页。

② 黄沫：《文林堂——联大回忆之一》，西南联大北京校友会编：《西南联大北京校友会简讯》（内刊）第46期，2009年10月，第72页。

③ 张清常：《忆联大的音乐活动——兼忆西南联大校歌的创作》，北京大学校友联络处编：《笳吹弦诵情弥切》，中国文史出版社1988年版，第349—350页。

文林堂的音乐活动与西南联大的关系值得仔细书写，可惜材料太少，无法深入。但可以肯定的是，文林堂的欧洲古典音乐哺育了西南联大一级又一级学生，直到西南联大离开昆明。

一些同学则去另一个地方听唱片音乐，那就是学生服务处。学生服务处是基督教青年会创办的，宗旨是为远离家乡的贫困大学生提供服务，1942 年始建，1943 年完成并开始服务。服务处位于西南联大新校舍南区的一角，占地面积约一亩，设有阅览室、礼堂、茶室、淋浴房和理发室等。礼堂可容纳一两百人，供学生开会、放映美国新闻片、举办音乐欣赏会、开文艺晚会、举行演讲、演戏等。音乐欣赏会是用留声机播放唱片音乐。由于滇缅公路、驼峰航线的国际交通地位和美国援华第十四航空队驻扎昆明等关系，昆明在抗战时期具有重要的国际地位，美、英两国都在昆明设有领事馆和新闻处，美国红十字会也在昆明设立机构。当时在昆明的美国人及其物资相当多。学生服务处执行干事李储文时常出入美、英领事馆和新闻处，与其负责人保持着良好的关系，得到新闻片和唱片都比较容易。所以，服务处的礼堂每周举行一次唱片音乐会，每次播放不同的音乐。但由于唱片资源的关系，播放的仍然多为西洋古典乐曲。播放的程序与文林堂大致相同，主持人念唱片上的乐曲名、作者、演奏乐团、指挥者等，然后开始播放贝多芬的《田园交响曲》、舒伯特的《小夜曲》、柴可夫斯基的《1812 序曲》、马斯奈的《泰绮思冥想曲》以及肖邦的钢琴演奏曲等，一曲接一曲地播放。每次播放，听者不少，礼堂基本上座无虚席。大家静静地聆听唱机发出的美妙音乐，一曲终了，如梦方醒。1944 年入学的经济系学生戴宜生说“在联大二年，通过每周一次的唱片音乐会，基本上完成了西洋古典音乐的基础教育”①，并培养了对艺术音乐的兴趣，终生受益，即使在极其艰难的条件下都要设法聆听，所幸晚年也能有美妙的音乐伴随。戴宜生还满怀热情地谈到音乐带给他的人文主义、爱国主义精神，谈到音乐促进他接受革命，并促进了自己的工作和生活。在礼堂里听音乐的同学每年新旧交替，像戴宜生这样接受了西方音乐教育的同学还有很多。

所有从文林堂和学生服务处获得音乐滋养的西南联大学生都有这样一个共同心理：

---

① 戴宜生：《西南联大的音乐教育》，西南联大北京校友会编：《西南联大北京校友会简讯》（内刊）第 46 期，2009 年 10 月，第 73 页。

一生享用音乐，一生都怀念西南联大，每当听到那些西洋古典世界名曲，都会想起昆明和西南联大。戴宜生对比、分析了20世纪80年代以来毕业的大学生听西洋音乐的感受后，说："我总觉得他们熟悉西洋音乐，也就止于西洋音乐本身了，未从中得到'人文主义'的熏陶，这样就更显得联大唱片音乐会在那特定的年代、环境下的长处了。联大的音乐教育也需要有联大的环境啊。"① 黄沫说："音乐对人的记忆有个特别之处，就是当你第一次听到一首动听的乐曲时，这首乐曲总是同当时当地的环境一起溶入你的记忆，以后当你再听到这首乐曲时，当时的整体感受就会在记忆中重现。直到今天，每当我听到诸如舒伯特的小夜曲或舒曼的梦幻曲时，就会想起昆明温馨的夜晚，月光下寂静的文林街，新校舍的草地，还仿佛闻到夏夜花草的芳香哩！"② 这种教育虽然是在西南联大之外获得的，你能说它们不是"西南联大的"教育吗？

（三）教唱校歌

在西南联大的校园内，抗战歌曲从未停歇地回荡着，尤其在集会正式开始前，同学们往往轮番咏唱，激发出大家的豪情壮志，形成浓厚的抗战气氛。但此期最大的咏唱活动是教唱校歌。

《西南联大校歌》的产生是学校的一件新鲜事。学校对校歌的创作倾注了很大心力，历时近一年才完成。因此，学校非常重视，在学校里大力推行，还油印了歌单发给学生，要求每个学生都要会唱。音乐老师和唱歌能手就成为教唱的骨干，在各级学生中教唱，唱得彼伏此起，热火朝天。咏唱校歌一时成了西南联大的特色。在相当长的一段时间里，无课的时候就集中教唱，集会的时候大家群体高歌，课余时间也随处飘荡着校歌的声音。对学生而言，这不仅是一项任务，还是一种喜闻乐见的活动。因为校歌表达了学生的愿望，旋律又悲壮激昂，先沉雄顿挫继而坚定亢奋，能够借以抒发激情。所以，自从校歌诞生以来，咏唱校歌便是西南联大的一项重要音乐活动。

1940年秋，《西南联大校歌》的谱曲者张清常从浙江大学调来西南联大，任师范学

---

① 戴宜生：《西南联大的音乐教育》，西南联大北京校友会编：《西南联大北京校友会简讯》（内刊）第46期，2009年10月，第74页。

② 黄沫：《文林堂——联大回忆之一》，西南联大北京校友会编：《西南联大北京校友会简讯》（内刊）第46期，2009年10月，第72页。

院中文系讲师，学校便把教唱校歌的任务交给了他。他订正了校歌后，由学校出资铅印，师生人手一份，供大家掌握学习。由于这时在校生都会唱了，教唱工作只是在某种场合做些校正。教唱的主要工作对象是新生。于是，从下一年开始，所有入学的新生都由张清常教唱。新生进入西南联大，所学的第一首歌就是校歌。由曲作者亲自教唱自有其长处，发音很准，细节也很精确，感情把握更是恰当。同学们跟张清常先生学习，将校歌唱得很好。正如张世富所说，“我在张清常教授指挥下，唱他创作的歌曲，是我一生难得的经历和莫大的幸运”①。

西南联大的集会是比较多的。如社团活动、名人演讲、文艺晚会、戏剧演出、下乡宣传、夏令营、郊游等，形式多种多样。在这些活动中一般都会高唱校歌、抗战歌曲和国歌等。在会议开始时齐声歌唱，能够起到带动气氛、激发情绪、提高注意力的作用。所以，这种时候往往是唱歌的好机会。西南联大较为规范的集会是“国民月会”，一般每月举行一次。在国民月会的会议议程中就有唱校歌和国歌的内容。这种场合比较正式，同学们也唱得较为严肃、庄重。

为了唱好校歌，学校组织了校歌混声合唱队，集中全校歌唱得最好的学生五六十人，组成男女声四部合唱，由张清常指挥。队员包括西南合唱团的谭庆双、虞佩曹、陆慈、马启伟、官知节等。张清常指定自己在师范学院的学生谭庆双任队长，虞佩曹任副队长，由她们负责召集同学、通知事项等。合唱队演唱的是张清常创作的组曲《西南联合大学进行曲》（原名《敬献西南联合大学》）。张清常把罗庸所作的校歌歌词《满江红》分为三叠，在第一叠唱完后，由男高音独唱冯友兰所作的新体诗“拟校歌”，然后再分声部唱第二叠和第三叠。男高音独唱请生物系老师曹景熙担任。合唱队练习后，于1940年11月1日的校庆日活动上为校内、外来宾演唱。最佳作曲、最佳指挥加上最佳独唱和全校的最佳歌喉，演出深深折服了听众，结束时掌声雷鸣，经久不息。梅贻琦十分高兴，于演出后专门设家宴款待张清常和谭庆双。席间，梅贻琦夸赞说“还没有见过有哪个学校的校歌是以这样庄严、优美的形式来演唱的”，并关切地询问张清常：“你是个语言学的教师，怎么成为作曲者和指挥的呢？”② 可见，演唱获得了

① 张世富：《西南联大的合唱团》，云南西南联大校友会编：《云南西南联大校友会校友通讯》（内刊）第27期，2007年8月，第9页。

② 梅贻琦语，转引自《张清常文集》第5卷，北京语言大学出版社2005年版，第98页。

高度成功。

由于合唱队队员来自各个学院，课程安排的时间不一，大家又住得分散，每次集中不易，这一次演唱后就解散了。

校歌咏唱是西南联大的“全民大行动”。在西南联大，很少有哪一首歌像《西南联大校歌》这样普及到每一个人，被那么多师生演唱。而《西南联大校歌》普及的最佳时期是印发了铅印歌单的1941年及以后，即西南联大的中期。

（四）回声歌咏队

回声歌咏队成立于1941年，是师范学院学生们的一个歌咏团体，以1939年入学的同学为主，共有二十多位同学，由张清常任指挥。师范学院学生的音乐素质一般要高一些，喜爱音乐的人也较其他学院为多，这是职业要求的缘故。教育学系还聘了专职音乐教师，讲授乐理知识并教唱歌。所以，回声歌咏队的歌咏基础是较为扎实的。

回声歌咏队的发起人和队长就是教育学系的谭庆双。她自小喜爱音乐，对音乐敏感到记一段文章不如记一首歌曲容易的程度，连看两次同一影片就能演唱片子里的歌曲。进了大学，她仍然沉湎于音乐。此前，她为了使更多的同学热爱音乐，曾借来留声机和唱片，每周在师范学院举办一次唱片音乐会，播放世界名曲如贝多芬、莫扎特、舒伯特等人的作品。有一次，她还请张清常先生去讲解，以提高同学们的音乐素养。她在西南联大参加了多个合唱团，唱高音，在每个团都是主力骨干。大学毕业后，她在中小学教音乐，做了一辈子音乐老师。她是西南联大师范学院培养的音乐人才的一个典型代表。

回声歌咏队所唱的歌曲较多，“歌谱就有一门课程的讲义那么厚”①，主要有黄自的《旗正飘飘》、贺绿汀的《游击队歌》、刘雪庵的《长城谣》、根据德沃夏克的《来自新大陆交响曲》第二乐章改编的《念故乡》、根据唐尼采蒂的“O Italia Italia”改编的《我所爱的大中华》、约翰·施特劳斯的《蓝色的多瑙河》、柴可夫斯基的《花的圆舞曲》等。大家练习得很认真，演唱效果也好。

---

① 张清常：《忆联大的音乐活动——兼忆西南联大校歌的创作》，北京大学校友联络处编：《笳吹弦诵情弥切》，中国文史出版社1988年版，第351页。

歌咏队曾在师范学院院庆晚会和西南联大新年晚会上演唱，获得了大家的赞赏；还被邀请去昆明广播电台播音室演出，歌声随电波传向了四面八方。

1942 年初，回声歌咏队开了个除夕晚会后就愉快地结束了。

回声歌咏队并不是西南联大中期唯一的歌咏团体。据张清常说，法学院有一个名为“大风”的男声四部合唱队，所唱歌曲不多，他曾邀请其与回声歌咏队联合演唱过《我所爱的大中华》等。但当时能够公演的歌咏队似乎不多，水平较高、唱得出色的大约只有回声歌咏队一个。而全校性的歌咏团体则没有。这种情况与“皖南事变”后的校园整体气氛一致。由于师范学院在龙翔街有一个单独的院子，形成了“独立王国”，所受政治压力不太明显，所以有开展活动较为出色的歌咏组织产生。但我们也要看到，回声歌咏队仅存在了一个学期。而在新校舍，是难以产生有影响的歌咏队的。即使有，也只能是大风男声四部合唱队这样的内部组织。

但是，在西南联大中期的新校舍校园里，学生的歌声并没有完全停止，抗战歌曲仍在不断传唱，其中《西南联大校歌》最为普及。只是由于政治形势的关系，许多同学不得不向外拓展音乐活动的空间罢了。

三、转换方向的后期音乐活动

“皖南事变”带给西南联大的压抑感直接来自重庆方面。1941 年 2—3 月间，三民主义青年团中央组织处处长康泽两次到昆明，企图逮捕共产党员学生，幸好学生们撤离得早，暂时也没有任何行动。康泽也遭到以龙云为首的云南省政府及地方名士的抵制，难以开展大规模的行动。学校则向教育部提出，要求维护民主自由的传统。康泽只好把国民党学生集中起来训一通话，要求他们有效地维护党国利益，实际上则不了了之。风声过后，撤离的学生陆续返校，但仍采取“长期隐蔽”的策略，活跃的校园气氛在很长时间内未能恢复。1942 年举行了抗议孔祥熙家人在香港大撤退时用飞机运洋狗的“倒孔”大游行，但游行结束后仍然一派安静，文艺活动仍然处于平静状态。1943 年秋季开学后，新校舍校园里出现了《耕耘》和《文艺》两份壁报，开启了西南联大后期蓬勃向上的风气，文艺活动渐渐兴起，校园的歌声更加清脆嘹亮，也渐有歌咏团体组成。

（一）劳军工作与僧音社

基督教青年会军人服务处组织了慰问部队工作队，即劳军工作队，以西南联大学生为主体，适当吸收其他大学的学生和中学生。1944 年暑假参加劳军工作队的同学中，有几位曾在文林堂西南合唱团唱歌的男生。他们在劳军时为战士们演唱，获得了热烈的掌声。战士的反响促进了他们对自己音乐能力的自信。新学期开学后，大约有七八个相对固定的男同学经常聚在一起，快快乐乐地唱歌。由于全是男生，他们戏称自己为“僧音社”。转眼到了期末，基督教青年会再次组织学生去建水劳军，他们几位又报名参加。组成劳军工作队的 15 人都有一技之长，大多喜爱文艺，经过简单筹划便组织了一台文艺演出，演出的节目主要是短剧和唱歌。

唱歌的主力是黎章民、陈月开、李凌和周锦荪等，他们都是僧音社的成员。黎章民是指挥，陈月开是金嗓子男高音。尽管“善歌者”不算多，但实力不薄。黎章民负责教工作队全体人员唱歌。演出合唱曲时，黎章民任指挥，僧音社社员在合唱队中起引领作用，陈月开有时还穿插独唱。每次演出，第一个节目必定是齐唱，劳军工作队的 15 人全部上场。当时，日本军队已打进了贵州，西南危机加剧，“保卫大西南”成为响亮的口号，所以工作队演唱的第一支歌必定是新歌《保卫大西南》，号召“西南八千万民众，战斗总动员”，“保卫大西南”。这首歌节奏感强，铿锵有力，每次演出都激动人心。还有另一首每次演出必唱的新歌《卢沟桥事变小调》：“自从卢沟桥事变起，人人的心中只想杀敌”，“抗战七年多啊，越打越有主意，建立了抗日根据地，平原也能打游击”，我们“抢鬼子的枪，夺鬼子的炮，男女老少，都武装好”，弄得鬼子“电话不灵，铁道不通，叫鬼子兵，一步也不能动”，“敌人凶，我们更蛮，打不走鬼子咱更没有完”！这首歌每次唱起来都酣畅淋漓，满怀豪情。大家还演唱苏联歌曲和新疆民歌等，也总能提起观众的浓烈兴趣。廖瑞群经常表演一支独唱曲《站岗放哨李大妈》，生活趣味浓厚，歌声高亢嘹亮，总是感动全场，博得一次次雷动的掌声。慰问后期，大家还分头到连队去教唱《保卫大西南》，并组织了连队间的歌咏比赛。可以说，歌咏节目在慰问中具有极大的亲和力和普及作用，对于鼓舞广大官兵的战斗情绪很有效，较好地实现了劳军的目的。所以，歌咏活动在慰问工作中成效最为突出。

劳军回来，僧音社继续在课余练歌。歌声引来了新成员的加入，队伍扩大到十几个人。歌咏在艺术中是最“可以群”的品种，唱的人越多，歌声越洪亮。为了让大家知晓练歌的时间和地点，僧音社每次练歌都写一张通知，贴在宿舍墙上。无意间，通知还起到了宣传的作用。有的同学按照时间、地点寻来，加入学唱。来参加的同学越来越多，僧音社便相对固定了时间和地点。僧音社以唱抗日歌曲为主，《大刀进行曲》、《打回老家去》、《毕业歌》、《义勇军进行曲》、《大路歌》等是常唱的曲目，苏联歌曲《青年歌》、《喀秋莎》、《光明赞》、《华莎工人歌》、《夜莺曲》等也是他们演唱的曲目，有时还唱颇具民间风味的《朱大嫂送鸡蛋》和《幽静的岸滩》（苏格兰民歌）等。当然，《西南联大校歌》也是他们常唱的歌曲。

僧音社没有演出过，他们追求心灵的愉悦，可以说是一个为唱而唱的组织。在西南联大后期音乐活动中，僧音社是一个开端，它开启了后期音乐组织的先例，并且以其为基础，发展成了高声唱歌咏队。僧音社虽然没有取得大家公认的成绩，但在西南联大后期的音乐发展过程中是有一定地位的。

（二）向演唱艺术歌曲发展的高声唱

参加僧音社的同学越来越多，还有一些女同学也参加了进来，不得不改了一个大众化的名称——“高声唱歌咏队”。人多了，练歌的时间、地点也需要固定才便于活动。1945 年 3 月 10 日，在新校舍南区三号教室里，歌咏队宣布更名，负责人为黎章民和严宝瑜，并规定每周二、五在该教室练歌。所练的歌曲，除抗日歌曲外，增添了更为广泛的内容，且风格多样，以满足同学们的不同兴趣。例如，唱反映青年愿望的《红莓草》和《青春舞曲》，表达不屈不挠精神的《跌倒算什么》，表现军民关系的《朱大嫂送鸡蛋》，描述民间疾苦的《黄河小调》、《农家苦》、《苦命的苗家》；唱豪壮激越的《满洲囚徒进行曲》、《胜利进行曲》、《黄河大合唱》和外国的《青年歌》、《我们是熔铁匠》、《我们的歌声》；唱优美舒缓的《插秧谣》、《垦春泥》和《静静的顿河》、《我流浪遍了四方》、《哥萨克之歌》、《红河波浪》；唱抒情民歌《都达尔和玛丽亚》、《红彩妹妹》和外国的《萝雷莱》、《幽静的岸滩》；也唱中外填词歌曲《太平年》、《张大嫂》、《光明赞》、《胜利之歌》、《建设民主新中国》、《我所爱的大中华》等。而舒模的《大家唱》则相当于一首“引歌”，每次练歌前都要唱，“歌声一起，就好像传来我们歌咏队集体的亲切召唤”①，大家便迅速聚拢唱起歌来。从以上所唱曲目看，高声唱歌咏队已经不是单纯的战歌式的歌咏队，而是兼具多种风格、能唱具有一定难度和艺术水准的歌曲的歌咏队了。

由于具备了这样的歌咏素质，高声唱歌咏队曾代表学校参加昆明各大学联合举行的歌咏演出。在 1945 年 5 月 1 日晚举行的“五四”纪念晚会上，高声唱歌咏队集体合唱的《五月的鲜花》与《民主青年进行曲》、男声小合唱《读书郎》和对口唱《河边对口曲》，受到热烈欢迎。当晚，歌咏队还联合昆明合唱团和哈哈合唱团共同演唱《黄河大合唱》，邀请徐守廉担任指挥，获得了全场喝彩。词作者光未然和音乐家赵沨亲临指导，均给予赞扬。这次演出使高声唱歌咏队声名传扬。昆明音乐界在南屏电影院举行冼星海悼念音乐会时，高声唱歌咏队也应邀参加了演唱。这说明，高声唱歌咏队正在向艺术性歌曲演唱的道路上迈进，并且显示出了较高的水平和一定的成熟性。

（三）《茶馆小调》的传唱

《茶馆小调》是当年昆明的“流行歌曲”。它不但在昆明的艺术界流行，在西南联大和大学生中流行，还在昆明知识界流行，在昆明大街小巷流行，并从昆明流行到外省和延安，随复员三校师生一路流行到京津、到全国。中华人民共和国成立前，它常挂在一些大学生的嘴上。60 年后，当年在校的王景山先生还能把歌词默写出来。这是因为《茶馆小调》写出了国统区沉闷的政治压力下人民群众的共同感受和愿望。

1945 年初，新中国剧社从桂林撤退到昆明。他们原以为在这个对外交通的首站之地会有更多的民主自由的空气，殊不知昆明也和国统区其他城市一样，专制黑暗，压抑沉闷。家家茶馆都挂着“莫谈国事”的告示，茶馆里的人个个小心翼翼，神色紧张。一天，费克、曹珉夫妇和好友樊赓稣（笔名长工）照旧去新中国剧社所在地景虹街背后的小茶馆休息，费克呆呆地望着周围的茶客，不停地抽烟，突然他忍不住抱怨起“天气”来：“鬼天气，叫人像在蒸笼里一样难受！……樊赓稣，你的文学根底不错，写点歌词吧，我想写曲子。”② 樊赓稣连连点头。两天后，樊赓稣递给费克一份歌

① 黎章民：《唯民文存——黎章民著译自编集》，自印，2006 年，第 630—632 页。

② 费克语，转引自王景山：《西南联大和〈茶馆小调〉》，《炎黄春秋》2003 年第 10 期。

词。费克读着，强烈的创作冲动让他手中的纸都抖了起来。又过了两天，曲子谱成，找人试唱，觉得不错，但结尾尚不能表现出大家心中的积愤。费克听取了意见，在结尾处加上"哈哈哈哈，满座大笑"等语，拿给樊赓稣看，担心"有些冒险"。不意樊赓稣加以肯定，说："即使流血牺牲，我们也要这样拿出去！"① 再过了一天，费克谱成全曲，一首风格独具的歌曲就诞生了。其歌词是：

晚风吹来天气燥啊，东街的茶馆真热闹。
楼上楼下客满座啊，"茶房！开水！"叫声高。
杯子碟儿叮叮当当叮叮当当叮叮当当响啊，
瓜子壳儿辟里啪啦辟里啪啦满地抛啊，
有的谈天，有的吵，有的苦恼有的笑，
有的谈国事啊，有的就发牢骚！
只有那茶房的老板胆子小，
走上前来细声细气说得妙：
"诸位先生，生意承关照，
国事的意见千万少发表。
谈起了国事容易发牢骚啊，
引起了麻烦你我都糟糕！
说不定一个命令你的差事就撤掉，
我这小小的茶馆贴上大封条。
撤掉你的差事不要紧呀，
还要请你坐监牢。
最好是今天天气哈哈哈哈……
喝完了茶来回家去睡一个闷头觉！"
哈哈哈哈，满座大笑：
"老板说话太蹊跷。

① 樊赓稣语，转引自王景山：《西南联大和〈茶馆小调〉》，《炎黄春秋》2003年第10期。

闷头觉，睡够了，

越睡越糊涂啊，越睡越苦恼！

倒不如干脆大家痛痛快快地谈清楚，

把那些压迫我们、剥削我们、不让我们自由讲话的混蛋，

从根铲掉！"①

这首歌词暴露了国民党统治时期的言论不自由和人民精神的压抑，反映出大家积蓄已久的愤懑之声。曲谱吸取民间说唱音乐的格调，充满机智、诙谐、嘲讽的情调。词曲均通俗显豁，配合恰当，老百姓也喜闻乐见。

新中国剧社初到昆明，受到西南联大和云南文艺界的热烈欢迎。西南联大师生为其提供了许多帮助，双方合作开展了一些演出活动，结下了深厚的友谊。1945 年 5 月 18 日，西南联大文艺社举办高尔基逝世九周年纪念晚会，邀请新中国剧社参加。新中国剧社准备演唱《茶馆小调》，文艺社将它安排为压轴戏，演出的情景令人震撼。据曹珉回忆，"到《茶馆小调》唱毕，全场的情绪达到最高潮，人们都坐不住了，先是拼命鼓掌、欢呼，后来又喊口号、唱歌，形成了震撼天地的怒潮"②。王景山说："从《茶馆小调》在联大晚会上一露面，昆明各大、中学纷纷来人向新中国剧社讨取歌谱，或请剧社派人去教唱。"③《茶馆小调》便传开了。

晚会之后，高声唱歌咏队练唱的歌曲就是《茶馆小调》。由于这首歌描绘了昆明社会的实际，反映了大家的心理诉求，而且与西南联大争取民主自由的思潮相吻合，演唱时大家融化在其中，仿佛自己置身茶馆，在听、在说、在喊，所以，唱得投入，唱得会心，唱得痛快，唱得"燃烧"。大家又把《茶馆小调》带到同学中间，带到校园的各个角落，和同学们一起泄愤似的唱。

新中国剧社还创作了《五块钱》、《你这个坏东西》等歌曲。这些歌曲也是高声唱

---

① 长工词、费克曲：《茶馆小调》，一二·一运动史料编写组编：《一二·一运动史料选编》(下)，云南人民出版社 1980 年版，第 251—253 页。

② 曹珉：《情思缕缕念费克》，转引自王景山：《西南联大和〈茶馆小调〉》，《炎黄春秋》2003 年第 10 期。

③ 王景山：《西南联大和〈茶馆小调〉》，《炎黄春秋》2003 年第 10 期。

歌咏队喜欢唱的歌。

1945年7月，基督教青年会组织“暑期服务队”去石林县圭山一带宣传抗日，高声唱歌咏队的陈月开、陈端芬等骨干也参加了。他们在劳动之余教彝族青年唱《茶馆小调》、《五块钱》、《你这个坏东西》等歌曲。歌声拉近了彼此之间的距离，服务队的工作得以顺利开展。基督教青年会组织另一支劳军工作队去建水慰问滇军暂编第二十二师，高声唱歌咏队的骨干严宝瑜等参加了，同样把《茶馆小调》、《五块钱》、《你这个坏东西》等带到建水演唱，还教官兵们唱。后来，这些歌曲便由官兵们带到云南各地。而高声唱歌咏队复员北上，则把它带到北大、清华、南开三校以及全国更多的地方。严宝瑜在一篇文章中说，复员路上大家听到闻一多被杀害的噩耗，在悲痛中唱起了《送葬歌》，“最后，我们到达了目的地北平，第二天便在那时的国会街礼堂练唱《你这个坏东西》、《古怪歌》”①。后来，由高声唱歌咏队分化组合而成的北大沙滩合唱团、清华大家唱歌咏队、南开南星合唱团还在演出中唱过《茶馆小调》。

《茶馆小调》的创作者是新中国剧社，但关于《茶馆小调》的传播，西南联大及高声唱歌咏队则起了极大的作用。

（四）歌咏与“一二·一”运动

西南联大重启于1943年的民主自由运动，经过1944年的推动，到1945年“五四”时达到最高潮。师生们通过各种渠道发出自己的声音，呼吁国家实行民主政治，建立联合政府，召开政治协商会议，校园文艺思想也空前活跃，会议和演出频繁。与此同时，反动派加紧了对于知识分子的防范，把大学作为监督的对象，把西南联大作为控制的重点。1945年10月3日，杜聿明执行蒋介石的密令，解决了政治上的异己力量——龙云，云南的形势变得险恶起来。11月25日晚，昆明四所大学学生自治会联合召开时事报告会，请西南联大和云南大学的教授演讲。高声唱歌咏队集合队伍进入会场，在草地上席地坐下，高唱充满战斗激情的歌曲，周围的同学也跟着唱，会场气氛十分热闹。最后，大家集中起来反复练唱初学的新歌《我们反对这个》。报告会开始不

① 严宝瑜：《“一二·一”反内战运动中的西南联大“高声唱歌咏队”和四烈士〈送葬歌〉》，《音乐研究》2001年第2期。

久，学校外面的马路上突然发出枪炮声，震动了耳膜，子弹从会场上空飞过，“嗖嗖”有声。这时，《我们反对这个》的歌声从听众群中升起，回荡在会场上空：

> 我们反对这个！这违反人民进攻人民的事！要告诉你的父亲和祖母，要告诉你的姐妹和兄弟……告诉种田的、做工的、当兵的和全世界人民，我们反对这个①！

这是高声唱歌咏队的队员竭尽全力从心底发出的怒吼。同学们用歌声对抗枪声，以信心战胜恐惧，对于壮大与会者的胆量、稳定会场秩序发挥了积极的作用。

高声唱歌咏队的多样性和艺术性发展方向由此改变。

在罢课斗争中，歌咏起到开路的作用。一开始，高声唱歌咏队分为两队，到街头去宣传。后来，越来越多的宣传小组到街头、学校、工厂去宣传，高声唱歌咏队便化整为零，分散到各个小组中去。宣传中，歌咏是必不可少的，因为歌曲本是宣传品，又能吸引听众来接受其他宣传内容。《茶馆小调》、《五块钱》、《凭良心》、《民主是哪样》、《不要打、不能打、不准打》是常唱的歌曲。适合当时宣传演唱的歌曲毕竟不多，高声唱歌咏队便将《南风歌》、《民主凤阳花鼓》等填上新词来唱。为了有针对性地进行宣传，高声唱歌咏队还开始创作新歌，《告同胞》、《告士兵》、《大家不买中央报》等就是在这时产生的。“一二·一”惨案发生后，高声唱歌咏队又创作出《凶手，你逃不了》、《安息吧，死难的同学》、《“一二·一”死难烈士挽歌》、《送葬歌》等歌曲。演唱这些歌的，不光是高声唱歌咏队的队员，还包括西南联大中宣传过“一二·一”运动的同学。可以想象，在那段时期，昆明城里城外有多少西南联大学生在歌唱这些曲子啊！

在“四烈士”大出殡的仪式中，歌咏的作用更值得大书一笔。由于云南省当局不准呼口号，歌咏便是送殡队伍发出的唯一声音。高声唱歌咏队事先印了《送葬歌》歌单，集中练习过，并教部分同学唱过。1946 年 3 月 17 日出殡那天，队员们把歌单散发给来宾，把来宾分成许多大组，队员分头到各组去教唱。到中午出殡时，来宾差不多

---

① 龚纪一：《一二·一诗选》，人民文学出版社 1983 年版，第 226 页。

会唱了。送殡队伍分为四支队伍出发，高声唱歌咏队队员也分成四队，每队又分成许多小组分散在队伍之中，在大街上带动队伍咏唱悲伤低沉的《送葬歌》。三万人的行列，缓缓行走在昆明的街道上，“天在哭，地在号”的歌声此起彼伏，响遍全城。这是多么壮观的歌队！这情景不仅当时仅见，几十年间也是罕见的。参唱的人数虽然不算太多，但当时的昆明城不大，而占全城人口十分之一的人组成的长长送葬队伍穿行城中，满城上空都荡漾着歌声。这是西南联大最大的一次歌咏，一次性唱歌的人数甚至超过了校歌咏唱。

这之后，同学们要准备考试结业，没有再举行大的活动，包括歌咏活动。

（五）结业典礼上的校歌咏唱

西南联大是一所战时大学，因全民抗战而成立，抗战胜利后也就完成了其使命，该结束回返了。抗战结束，师生们希望早日回去，学校开始做复员的准备。但是，交通、校舍等都是问题，蒋介石又指示不急于迁校，学校遂把迁校时间定在1946年春夏之间，但准备工作却在积极进行。1946年3月2日，梅贻琦邀请一些教授商量建立西南联大纪念碑一事，决定由冯友兰撰写碑文。其他结业工作包括结业典礼上的校歌演唱亦在安排中。

由于1942年那次校歌演唱获得了成功，张清常想继续采用组曲形式。但这时的情况与先前不一样——西南联大胜利结束了。针对这一情况，他准备对校歌做最后的完善，把它写成一首完满的《西南联大进行曲》。他在原有校歌《满江红》三叠和勉词的基础上，前面加“引”，后面加“凯歌”。“凯歌”从冯友兰撰写的《国立西南联合大学纪念碑碑文》末尾的“铭”中摘出，“引”也请冯友兰来作。张清常把“引”和“凯歌”谱上曲，构成了引子加五个乐章的完整的《国立西南联合大学进行曲》。进行曲写成后，他将其交给师范学院附中歌咏队练唱。一方面，附中本是西南联大的一部分；另一方面，张清常担任过附中歌咏队的指挥，对附中歌咏队很了解，感觉少年儿童的心灵与艺术的真善美更加一致。小朋友们意识到这是西南联大校歌的最后一次演唱，而且又将在那样庄重而有历史意义的场合，对着许多大人物和学者名流咏唱，练习得非常认真。1946年5月4日，结业典礼在西南联大图书馆举行。典礼末尾，附中歌咏队用他们那纯真优美的歌声把《西南联大进行曲》演唱得尽善尽美。

西南联大宣告结束了，《西南联大校歌》却久久回荡在校园上空。

青年的歌声是不会停止的。无论在如何艰难困苦的环境中，歌声都是青年生活的一部分。但是，历史往往记述那些有代表性的人和事，群众性的歌咏活动则未见诸史册。这是本文以歌咏团体为主题描述西南联大音乐活动历程的原因。在写作过程中，笔者的心灵一直沉浸在西南联大的历史情景之中，脑子里总是回荡着西南联大校园里随时飘扬着的歌声。

（作者单位：西南民族大学）

"国家五四"与政治革命的潜流

——《每周评论》"国内外大事述评"专栏研究

高　强

摘　要：《每周评论》的"国内外大事述评"专栏向外主要关注巴黎和会与各国政局新貌，对内则瞩目于南北议和消息。在关注巴黎和会时，《每周评论》总是站在国家的立场上发言，结果便在《新青年》"个人五四"的基础上，增添了"国家五四"的维度。《每周评论》对南北和会的报道，又在"公理战胜强权"的希望破灭后，证明了"开会讲道理"一途的不可信，进而引发了"站起来直接解决"的呼声，对外的失望所引发的"国家五四"到此则由对内的失望导向了"政治革命"的维度。与此同时，《每周评论》中占据"国外大事述评"半数的有关各国实施新政及爆发独立运动、革命运动等事件的报道，对"政治革命"思路的形成更富激发之力，催生了解构殖民宰制、反对军阀统治的具体革命指向，并将平民劳动者"包装"成了革命的重要力量。结果，《每周评论》的"国内外大事述评"便成了促发、强化"国家五四"与"政治革命"思潮流脉的一股重要潜流。

关键词：《每周评论》；"国内外大事述评"；"国家五四"；政治革命；思想潜流

引　言

"国内外大事"属于国内外新闻的重要成分。初创时期的报刊便开始出现"国内外大事"的身影，只不过当时的"国内外大事"与"国内外新闻"的记载还非常零碎，不成系统，更有甚者，不是照搬照抄官方的文件，便是些诸如饮食、斗殴、拆梢等徒以充塞篇幅的“‘聊斋’式之社会消息”①。这种情形在甲午战争后有了极大改观，因为国势衰颓，有识之士纷纷起而寻觅变革强国的举措，而报纸杂志被人们赋予了兴民兴国的巨大功用。梁启超的《论报馆有益于国事》一文即为这方面的代表。文章认为，一个国家的强弱取决于该国的通塞情况，而中国之所以受侮，正因为“不通”之病，而在梁启超看来，报馆则是“去塞求通”的首选。为了更好地补益于国家，梁启超进而强调报馆应当“广译五洲近事”，如此读者才会“知全地大局，与其强盛弱亡之故，而不至夜郎自大，坐眢井以议天地矣”；应当“博搜交涉要案”，如此读者方能“知国体不立，受人嫚辱，律法不讲，为人愚弄，可以奋厉新学，思洗前耻矣”②。所谓“五洲近事”、“交涉要案”云云，正是“国内外大事”的别称。在外部环境的刺激与内部知识分子的鼓吹的合力之下，报纸杂志的重要性得到了人们的广泛认同，国内外新闻大事的登载也不再受到小觑，而被人们用心经营，甚至专门为其开辟专栏。

不过，由于民国初年的报界竞争激烈，很多报社受到人力、财力等条件的限制，既要考虑新闻的“速”，也要考虑新闻的“博”。这种种原因，使得当时的国内外新闻大事多是将从其他报刊、通讯社得到的材料加以综合而成，真正实地的访稿寥寥可数，以至于各个报刊“互相转录”③ 几成常态。另外，国内外新闻大事在初始阶段只是以其原本样态被加以记载，因此多被称为“国内外大事记”或“国内外消息”等。后来，读者的主体意识大大增强，不仅想知道国内、国外发生了怎样的重大事件，更关心事件的性质，以及它对中国前途的影响。加之，报纸杂志自身也逐渐看重国内外大事与自己主张的关联性，而非仅仅将其当作纯粹的中性意义上的消息予以传播。这

---

① 戈公振：《中国报学史》，上海古籍出版社 2014 年版，第 272 页。

② 梁启超：《论报馆有益于国事》，《时务报》第一册，1896 年 8 月 9 日。

③ 戈公振：《中国报学史》，上海古籍出版社 2014 年版，第 272 页。例如，由《外国公报》更名而成的《中外纪闻》在第一期《凡例》中便申明：“本局新印《中外纪闻》册首恭录阁抄，次全录英国路透电报，次择译外国各报，如《泰晤士报》、《水陆军报》等类，次择录各省新报，如《直报》、《沪报》、《华字报》、《维新报》、《岭南报》、《中西报》等类，次译印西国格致有用诸书，次附论说。”（强学书局公订：《中外纪闻凡例》，《中外纪闻》，1895 年 12 月 16 日。）曾与张季鸾并称中国报界“双杰”的陶菊隐先生回忆，1916 年他在《湖南民报》工作时，因为该报缺少资金，派不出特派记者，没有专电，他便“每天收集北京及各地报纸的精华，融合写成一篇《国内大事述评》，登在紧要新闻（国内新闻）的头条”，这种别出心裁的格局，在当时是国内首创，很受欢迎。（陶菊隐：《记者生活三十年》，中华书局 1984 年版，第 11 页。）

样一来，"国内外大事记"便被"国内外大事述评"所取代，人们把从各处搜集来的材料加以精选和增删，用自己的观点重新综合整理，使国内外的新闻大事"为己所用"。《每周评论》的"国内大事述评"、"国外大事述评"就是采用"述评"形式刊载国内外新闻大事的专门性栏目。那些数量众多的新闻述评，无疑成了《每周评论》自我思想宣传的重要阵地。

作为"五四"时期最具影响力的报刊之一，目前学界关于《每周评论》的研究成果十分丰硕，对《每周评论》的创刊缘起、作者群等话题都有较为详尽的梳理，而《每周评论》与马克思主义在中国的传播尤其受到重点关注①。但是，已有的研究很少集中探讨《每周评论》的"国内大事述评"和"国外大事述评"这两大专栏。事实上，这两大专栏密切勾连着当时的中外政治思想动向，是深入认识"五四"思想文化发展更迭的重要窗口，值得详加解析。《每周评论》中的"国外大事述评"共有 64 篇，其中关于巴黎"和平会议"的报道有 27 篇，余下最多的是各国实施新政、进行选举以及爆发独立运动、革命运动的事件报道，共有 30 篇，其中德国内政现象的报道 8 篇，英国选举及国事报道 7 篇，日本内政消息 4 篇，俄国革命、朝鲜独立、匈牙利新局面和波兰国情问题等报道各 2 篇，埃及革命、爱尔兰独立、菲律宾独立事件报道各 1 篇；"国内大事述评"共有 34 篇，除 4 篇关于国防军、1 篇关于烧烟土、1 篇关于蒙古独立、1 篇关于反对 8 年公债的文章以外，都是对于南北议和的最新动态的报道。由此可见，《每周评论》向外主要关注巴黎"和平会议"与各国新貌，对内则重点瞩目于南北议和，内、外两面共同促使《每周评论》在《新青年》的基础上兴发出了"国家五四"与"政治革命"的新思潮。

一、巴黎和会消息与"国家五四"的发生

《每周评论》创刊之际，正值第一次世界大战结束、巴黎和会即将召开之时。由于中国隶属战胜国一方，而和平的呼声也在全世界涌动不息，因此，正如人们反复谈到

① 关于《每周评论》的研究综述，可参见吴晓：《〈每周评论〉研究的回顾与展望》，《党史文苑》2016 年第 12 期；刘洋：《国内学术界关于〈每周评论〉的研究现状述评》，《独秀论丛》2020 年第 2 期。

的那样，当时的中国可谓举国欢庆，一种强烈的乐观、希望之情流溢于整个民众之中。《每周评论》的创刊即是第一次世界大战之后世界乐观前景的产物，它因应、追随着世界思想主潮，以“主张公理，反对强权”为宗旨①。人们普遍认为当时召开的巴黎和平会是改变中国乃至世界不良处境的“千载一时之机”，“凡前此弱国久受压制，颠连无告者，皆将得所控诉，在正义明星庇荫担保之下，回复其自由而发展其本能”②。既然巴黎和会被赋予了如此巨大的希望，故而有关此次会议的消息便占据了《每周评论》“国外大事述评”的“半壁江山”。

正如人们对巴黎和会抱有莫大之希望那样，《每周评论》的“国外大事述评”一开始报道、谈论巴黎和平会议时，也满是赞词。例如，巴黎和会中由美国总统威尔逊提议组建的“国际大同盟”事宜正陆续得到讨论，“法首相已经通告法国国际大同盟协会长哲学家布尔若谓平和会议内，或须组织一个委员会，研究国际大同盟这个题目。将来委员会成立时就请布尔若代表法国”。《每周评论》在记述此事时，欣喜地看见国际大同盟已经被当作此次和平会议“最首要之问题”，进而满口称赞、满心希望地说：“国际大同盟之功用不是一两句话可以说清楚的，它的目的是维持世界上国际间的秩序，预防将来的战争。这个与我们中国关系更大。大同盟果然成立，那秘密条约、不正当的借款、过分的军备、强国的跋扈，都不能够存在的。列强果能赞成这个大同盟，从此以后，人道有了光明，民治可以普遍了。”③

当时的美国总统威尔逊拥护和平，提倡国家平等，反对秘密外交，因而大受国人尊崇，俨然成为中国的“救星”，并被陈独秀赞许为“现在世界上第一个好人”④。对于这位“好人”的一言一行，《每周评论》的“国外大事述评”不但予以重点关注，还不吝赞词。如其记述威尔逊抵达巴黎后的情形时说：“威尔逊总统到巴黎后每天有演说，每段演说都有精湛之语。答谢法总统、答谢苏尔朋大学、告合纵国军士都是极好的。这次到伦敦，人民欢迎者二百余万人异常踊跃。他的演说益加多益觉忙碌。”⑤ 称

① 只眼（陈独秀）：《发刊词》，《每周评论》1918年12月22日第1号，第1版。

② 梁启超：《为请求列席和平会议敬告我友邦》，梁启超著、夏晓虹辑：《〈饮冰室合集〉集外文》（中册），北京大学出版社2005年版，第724页。

③ 《国外大事述评·平和会议及国际大同盟》，《每周评论》1919年1月19日第5号，第1版。

④ 只眼（陈独秀）：《发刊词》，《每周评论》1918年12月22日第1号，第1版。

⑤ 《国外大事述评·多忙之威尔逊总统》，《每周评论》1919年1月5日第3号，第1版。

威尔逊的演说常有"精湛之语"是赞颂之情的明确表露。而威尔逊总统之所以受到伦敦人民的踊跃欢迎，正因为他主张和平、反对霸权；威尔逊总统的演说又无一不是对和平公理、人道正义的阐扬强调。因此，对威尔逊所受欢迎和忙于演说的实事陈述，也暗含着对威氏本人的敬意和对和平正义的期许。在报道威尔逊的苏尔朋大学之演讲时，《每周评论》如此记载："美总统在二十一日受苏尔朋大学（即俗所谓巴黎大学）名誉博士衔，授名誉博士于外国人，实为此次特有之创例。美总统的答谢词说教育是启发人的精神的，这次战争是两种文化的战争。一种文化利用科学把良心失去，把学问上道德的拘束都除去，专用人的心理对于种族做坏事。另一种文化记着人类高尚的遗传，记着向来人类为正义为自由的奋斗，自由战胜，就是后一类文化的精神，弥漫于世界了。所以现今讨论和平的代表不是人类的主人，是服役人类的，那国际大同盟就是把全世界人类道德的势力成一种组织的活动。"说"授名誉博士于外国人，实为此次特有之创例"，看似无关痛痒，实乃给威尔逊总统的正面形象加码。而威尔逊演说的内容又句句不离人类正义、世界和平，如此报道本就是对威尔逊的礼赞，以及对和平正义的热忱希望。紧接着，报道者更是明确评论说："我想这种宣言可以把和平会议的空气洗清，把会议的精神提高，虽然是野心的政府听了这高尚的议论也要略加踌躇的。"①

《每周评论》的"国外大事述评"反复报道关于巴黎和会及威尔逊总统的一系列振奋人心的消息与事件，无疑助长了本就激动兴奋的国人的乐观与希望。但随着和会的进行，种种缺陷纷纷暴露出来，《每周评论》"国外大事述评"随后关于巴黎和会的报道便日益微词不断。

首先，主持巴黎和会的诸强国根本不是心往一处使，而是各怀鬼胎，各自谋取自身的利益最大化。《每周评论》的"国外大事述评"对于克里孟梭辞职和富姆海港之争的报道便体现了这一点。在克里孟梭辞职事件的报道中，《每周评论》写道："此刻巴黎和平会内最有势力的英美法三国的代表，是鲁意乔治、威尔逊，同克里孟梭。但是这几个人在和平会内的宗旨，各不相同。"其中，法国方面一直心怀"一种报仇的意

① 《国外大事述评·威尔逊总统在苏尔朋大学之演说》，《每周评论》1918 年 12 月 29 日第 2 号，第 1 版。

思”，并总是竭力设法打压德国，使其没有能力再同自己作对；为了达成目的，法国方面甚至主张采用“极严酷的手段”，此乃典型的“军国主义的意思”。至于美国的宗旨，“是在将来世界的和平同幸福，不在一国的目前利益”[①]。因而，美、法双方从一开始便冲突不断，直至此次引发了克里孟梭以辞职相威胁。本来欧战的结束和巴黎会议的召开，在时人看来证明了“军国主义”的破产，“用兵力侵略土地镇压人民的时代，已经过去了。现在纵然不说大同主义，不说弭兵主义，照德国战败的情形看起来，就算将来战争仍不能免，也不是军国主义军阀执政的国家能得最终胜利的了”[②]。然而，克里孟梭辞职既说明西方强国之间存在着巨大的利益矛盾，也表明“军国主义”破产这一愿望本身的“破产”。

关于富姆海港之争，则源自意大利方面的要求。为了弄清意大利为何如此看重富姆海港，《每周评论》在报道此事时还把富姆的历史和现在的情形叙述了一番。富姆当地的人民有一大半是意大利人，从拿破仑时代开始即反复被各国掌管。意大利建国之初，打算建设一个民族国家，把在欧洲北部所有意大利人居住的地方完全包括在内。当时的欧洲各国却表示反对，意大利为各国所迫，只得“忍气吞声建设一个不完全的意大利民族国”。但是，意大利须臾未忘“本来的宗旨”，时常想找机会来实现建设完全意大利民族国的目的。此番意大利加入欧战，怀揣的目的即是“想并吞奥国北面几块有意大利人的地方而已”[③]。《每周评论》对富姆之争的评述，再次显现出诸强国借和会之机大谋私利的实情。除此而外，由于在富姆问题上不能得到满足，意大利代表便扬言：“如缔结和约的时候，不把富姆让给意大利，他们决定退出和平会。”[④] 这使得和会的气氛骤然紧张起来，中国向大会提交的一系列问题“亦甚有影响”[⑤]。同时，意大利退出后，日本方面立马抓住机会，也以退出相威胁，给裂隙渐露的巴黎和会火上浇油。显而易见，如果日本果真跟随意大利退出，巴黎和会肯定会破裂。在意大利首相

① 《国外大事述评·克里孟梭辞职的原因》，《每周评论》1919年3月30日第15号，第1版。

② 只眼（陈独秀）：《欧战后东洋民族之觉悟及要求》，《每周评论》1918年12月29日第2号，第2版。

③ 《国外大事述评·意大利力争富姆海港》，《每周评论》1919年4月6日第16号，第1版。

④ 《国外大事述评·意大利力争富姆海港》，《每周评论》1919年4月6日第16号，第1版。

⑤ 王芸生编著：《六十年来中国与日本》第7卷，生活·读书·新知三联书店1981年版，第309页。

退会的情况下，为了留下日本，美国方面也开始松口，采取"牺牲中国，满足日本对山东的要求"的策略来保障和会的顺利进行①。这才是《每周评论》要详细报道意大利富姆之争的缘由，也是此则报道背后所隐含的焦虑所在。

就在巴黎和会上各列强明争暗斗，互不相让，为追求自身利益而罔顾和平大义的当口，中国代表团也内讧频起。内外交困，噩耗频发，严重妨害了中国在巴黎和会上的成效。对此，《每周评论》予以了详尽报道："我国委员在和平会议的席次，忽然把顾维钧列在第二，忽然又把王正廷列在第二，因此委员间就不能毫无意见……似此怎能不叫几个苦心孤诣的委员在议席上垂头丧气呢?""我国专使和五位委员，常常在细小的事上各生意见，一件事也没有进行，恐怕山东问题又要断送在他们的手里了!""巴黎的各委员各名士不是避嫌，就是'吃醋'，不是你打电报说人家不是，就是我打电报替人家辩诬。闹来闹去，只是'闹家窝子'。"② 中国代表团内部乱糟糟的关系，在此得到了淋漓的揭示。可以说，纠纷与争吵，伴随着中国代表团始终。其中，既有南北芥蒂、政见分歧的折射，也有大量的个人恩怨夹杂其间。受此影响，本就阻碍重重的中国巴黎和会要求越发希望渺茫。

当中国代表团就山东问题与英、美、法三国交涉失败后，中国代表团向三国会议提出了一份书面抗议，说："中国之来列席和会，所倚仗者为威大总统一九一八年一月八日宣示国会之十四项原则，及嗣后历次宣示之各原则……中国亦倚仗各国以彼此顾全荣誉之精神，辟世界之新时代，而创设万国和会（即国际同盟，引者注）。而中国尤所倚仗者，则以所争之事无不平允公道。今结果如此，实为痛切失望。"③ 倚仗威尔逊，可为了满足自身的政治需要，中国成了被美国放弃的牺牲品，威尔逊的和平意见十四条则成了"不可实行的理想"④；倚仗各国彼此顾全荣誉，可各国却相互勾结、暗中谋利；倚仗公道，可政治利益却主宰了一切。三个"倚仗"，最终导致了三重破

---

① 邓野：《巴黎和会与北京政府的内外博弈：1919 年中国的外交争执与政派利益》，社会科学文献出版社 2014 年版，第 87 页。

② 《国内大事述评·外交上种种的噩耗》，《每周评论》1919 年 4 月 20 日第 19 号，第 1—2 版。

③ 王芸生编著：《六十年来中国与日本》第 7 卷，生活·读书·新知三联书店 1981 年版，第 322 页。

④ 只眼（陈独秀）：《随感录·威大炮》，《每周评论》1919 年 2 月 9 日第 8 号，第 3 版。

灭，后来的五四运动则是大希望和大失望合力作用下“引起有热力的反动”[①]。而《每周评论》的“国内外大事述评”对这种大希望和大失望均有导引之力，故而完全可以将之视作五四运动的潜在推手。另外，以《新青年》为主体的知识分子倡扬个性价值、自由独立等新思想，提供了某种“个人五四”的维度；而《每周评论》的“国内外大事述评”在关注巴黎和平会议时，总是站在国家的立场上发言，其评述的最终落脚点也在于反对别国强势，并寻求改善中国处境的措施。换言之，国家而非个人才是《每周评论》“国内外大事述评”的言说中心。最终，在《新青年》“个人五四”的基础上，《每周评论》的“国内外大事述评”便增添了“国家五四”的维度。

二、南北和会报道与政治革命的出场

欧战结束后，西方列强卷土重来，谋划如何在中国发展自己的势力，要求打破日本独霸中国的局面，因而共同对中国进行调停劝告，希望中国南北停战、和平统一。另一方面，国内也反对南北战争，要求实现和平统一的呼声日渐高涨。这种国内外形势的联动作用，使得就在巴黎和会如火如荼进行之际，中国内部也召开了一次南北和会。此次南北和会便成了《每周评论》报道国内大事时重点关注的动向。

南北和会即将召开之际，整个社会，特别是厌恶战争、渴望和平的广大民众欢欣异常，对此次议和满怀期待。南北和会与巴黎和会，一度为中国人民展现出了内、外两个光明的前景。但与对巴黎和会的评述不同，《每周评论》对南北和会的报道从一开始便不那么乐观，而且一直在挑南北议和的刺儿。

《每周评论》一出场即在第 1 号推出了三篇关于南北和会的报道，且三篇报道都对此次议和大泼冷水。第一篇名为《和平会议的代表》，该报道首先对北方代表全由政府指派，因而无法独立发表意见的情况深表不满，认为“托政府委员去议论国家根本问题是这回和平会议的根本错误”；其次，针对南方迟迟未派定代表的原因，报道指出：“南方军政府于本月十六日特开政府会议，提议选派代表的事，只因北方军队尚在攻打

① 胡适：《纪念“五四”》，《独立评论》1935 年第 149 期，第 6 页。

陕闽鄂三省的护法军，这个问题不解决就是北方不肯讲和的铁证，所以尚未正式派遣代表。"[①] "托政府委员议论国家根本问题"而"无法独立发挥意见"暗示了南北和会只是被政治家们利用来满足自身意愿的，所谓的"和议"只是南北双方追求各自利益最大化的一个手段。而北方一直没有放弃攻打陕闽鄂三省的护法军，致使南方代表尚未正式派遣代表，又一次证明了"和议"的假象。关于北方军队停止攻打陕闽鄂三省，尤其是陕西的停战问题，日后更成为影响南北和会顺利进行的一大障碍。无论如何，《每周评论》对南北和会的第一则报道已然隐约地表征出南北和会的危机。

紧接着，《每周评论》又报道了南北和会的两大阻碍。阻碍一："秦闽鄂三省的南军本是护法军的支队，各处靖国军本部曾经南方承认，总副司令于右任、张钫也曾受南方任命的，怎能坐看北军指为土匪，听他攻击而不救呢？惟钱能训近日致西南的电报尚说军政府是'庇匪'，说陕闽军是'公敌'。这样偏执，到底能算得真心希望和平吗?"[②] 阻碍二："自从段祺瑞去年通电宣布以北洋派统一中国而后，北系的督军团就联络一气，这回到京又有戊午同袍社之组织，后此因为名目不大特别，又改用参战同志社，推段氏为首领。他们有这种团体，所以处理国事就同他们处理家事一样，旁人是不能过问的。这种行为就连这位无所不容的徐世昌先生也看不过去。所以，对于主战派和野心家的武人要求派员参预南北议和的事大不以为然。"[③] 阻碍一依然是关于陕闽鄂停战问题，阻碍二则是裁军问题。裁军主要针对的是参战军。参战军是皖系军阀借口参加第一次世界大战而组建的军队。第一次世界大战结束后，参战的主张自动完结，为了留存下这支部队，段祺瑞政府便将之更名为边防军或国防军。南北和谈中，南方代表指出，欧战终了，参战军已无存在的必要，并指出国内政治纠纷不已的局面多为武人作梗造成的，所以，和谈一开始，南方即提出要裁撤国防军。但是，段祺瑞政府一直把参战军视作命根子，信奉"有兵则有权"的道理，因此，在裁撤参战军这一点上北方政府是绝不答应的。同时，南方虽然口口声声主张裁兵，但暗中又在紧锣密鼓地扩充军队。互有矛盾、彼此争执的南北双方在裁军问题上体现出了同样的

① 《国内人事述评·和平会议的代表》，《每周评论》1918年12月22日第1号，第1版。
② 《国内大事述评·和平会议的阻碍一》，《每周评论》1918年12月22日第1号，第1版。
③ 《国内大事述评·和平会议的阻碍二》，《每周评论》1918年12月22日第1号，第2版。

心理，“裁他人之军都不会反对，而一旦要裁自己的军队，无论理由正当与否都会极力反对”①。这种完全出于自身利益考虑的和谈意向是注定不会达成任何协议的。

第一次世界大战结束，在人们看来即表明军阀主义的失败，因此反对军阀、裁撤军队成了人们理所当然的价值取向。陈独秀便认为，欧战之后，国民对内的觉悟和要求“是抛弃军国主义，不许军阀把持政权”②。受此影响，《每周评论》关于南北和会的报道多次关注和会中的武人裁兵之争，并就武人大行其道、各自拥兵自重的现象大发批评之音。如《每周评论》第 2 号的国内大事述评报道了各方面对于南北和平会议的意见，提出“废除督军、裁减军队两项已为全国一致的意见，这个问题不能决定，所谓和平会议恐怕一个大钱也不值了”③。《每周评论》第 4 号的国内大事述评报道“北京中西新闻记者对于时局的意见”时，也对“武人问题”予以了特别强调：“应照各国成例，使陆军归中央直辖。凡袁世凯时代所定的督军巡阅使镇守使护军使等官职，概行取消。各省政权，完全操于省长之手，省城内不准驻留军队。治安的责任，归警察担任。凡军事独立的机关，如国防军等，亦一律取消，并在北京设立裁兵善后局，以安抚被裁的军人，使有相当的职业。”④ 这些反对武人当政、要求裁兵的观点的集束式报道，本身便成了《每周评论》自身观点的一部分。它一方面让读者留意国内外的政局大事，无形中强化了人民个体的凝聚力和关心国家命运的热忱，为类似“五四”事件这样的全国性事件奠定了基础；另一方面，连篇累牍的报道既增加了裁兵问题在公众面前的“曝光度”，报道本身对裁兵的拥护、对武人的批驳又向民众灌输了武力有罪的思想，两者的合力是日后五四运动中“反对军阀”呼声的重要导源。

在裁军之外，国会问题是南北和会双方的另一大主要分歧所在。所谓国会问题，简单来说，即到底是北京的安福国会合法，还是广州的非常国会合法。围绕着这

---

① 贾德威、刘会军：《安福国会与1919年南北议和》，《民国档案》2014年第3期，第89页。

② 只眼（陈独秀）：《欧战后东洋民族之觉悟及要求》，《每周评论》1918 年 12 月 29 日第 2 号，第 2 版。

③ 《国内大事述评・各方面对于和平会议的意见》，《每周评论》1918 年 12 月 29 日第 2 号，第 1 版。

④ 《国内大事述评・北京中西新闻记者对于时局的意见》，《每周评论》1919 年 1 月 12 日第 4 号，第 1 版。

一主题，会谈的核心便是“南北两个国会，保留哪一个与取消哪一个”①。与南北各方在裁军问题上各有考虑、互不相让的情形类似，南辕北辙的利益需求也使得和谈双方在国会问题上有着不可调和的主张：南方不肯放弃旧国会，北方亦同样坚持新国会，而且各有坚持的原则与理由。结果，南北双方在国会问题上当然难以达成一致，南北和谈也因此走向破裂。有鉴于此，《每周评论》的“国内大事述评”再也无法心平气和地报道南北和会，终于怒不可遏地批评道，南北和会所争的“不外乎权利两个大字罢了”，“横竖是没有代小百姓说话的”②。

1918年岁末，《申报》的年终时评在展望来年的政局走向时说，新年将有“两大希望”，“一为世界之和议，一为中国南北之和议也”，前者“可以改革中国对于世界之地位”，后者“可以改革中国自己之地位”，并认为两个和议均为“中国新旧递嬗之枢机，苟得善果，于中国前途关系甚大也”③。这里所说的两个和议，即为巴黎和会与南北和会。作为中国最具影响力的报纸之一，《申报》的这番言论很大程度上代表了举国上下的普通认同与期待。但与巴黎和会一样，被赋予了极大希望的南北和会很快也暴露出大量弊病——“把我们人民当作猪宰，拿我们的血肉骨头，喂饱了那些文武豺狼”的“宰猪场式政治”④有增无减，大失落紧接着大希望汹涌而来，令人悲愤不已。

巴黎和会与南北和会都尝试以会议谈判方式解决困局，但最后两皆失败。因此，陈独秀方才痛心疾首地高呼“两个和会都无用”，认为南北和会“重在党派的权利”，巴黎和会“各国都重在本国的权利”，两者的实质均为“分赃会议”，“与世界永久和平人类真正幸福，隔得不止十万八千里”，由此所得的教训是“非全世界的人民都站起来直接解决不可”⑤。巴黎和会的失利摧毁了“公理战胜强权”的盼想，南北和会的破裂又证明了“开会讲道理”一途的不可信，对力量和行动的推崇开始胜出并主导着思想界的取向，陈独秀“站起来直接解决”的呼声便是这一思路的典型体现。而所

---

① 邓野：《巴黎和会与北京政府的内外博弈：1919年中国的外交争执与政派利益》，社会科学文献出版社2014年版，第120页。

② 《国内大事述评·上海和议的情形》，《每周评论》1919年4月13日第17号，第1版。

③ 《民国七年终之希望》，《申报》1918年12月31日，第2版。

④ 常（陈独秀）：《随感录·宰猪场式的政治》，《每周评论》1919年4月20日第18号，第4版。

⑤ 只眼（陈独秀）：《随感录·两个和会都无用》，《每周评论》1919年5月4日第20号，第3版。

谓“直接解决”，实乃采取革命手段的预兆。对外的失望所引发的“国家五四”到此则由对内的失望导向了“政治革命”的维度。而五四运动正好“代表着向政治的回归”，“标志着一种新级别的公共行动”[①]。换言之，“政治革命”是五四运动的重要面向，它与巴黎和会所促发的国家层面的失落与反抗同等重要。对内对外的双重失望一道推动了五四运动的步伐，以往大多只关注一个和会与一重失望的“五四”研究思路显然是不完善的。

三、国外政局新貌与革命取向、革命主体的确立

《每周评论》“国内大事述评”关于南北和会的报道最终促使了“政治革命”思路的形成。与此同时，《每周评论》中占据“国外大事述评”半数的有关各国实施新政及爆发独立运动、革命运动等事件的报道，对“政治革命”思路的形成更富激发之力，并进一步催生了革命的具体指向和主体力量。

《每周评论》中的“国外大事述评”除了重点关注巴黎和会的消息外，还大量报道了世界各小国的独立革命事件。如第 4 号的《波兰之奋发》一文在报道了波兰如何共和、怎样将德军尽数赶走的过程后，评论道：“这并不是天道循环……这实在是因为波兰人久蓄独立之念，竭力鼓吹，所以才到今天。假使波兰没有平日的努力，也就没有今天独立了。”[②] 第 7 号又报道了爱尔兰的独立，并对“爱尔兰人自己解决”政治难题的行为深表赞赏[③]。对波兰人努力奋斗因而迎来今朝独立的颂扬，以及对爱尔兰自己解决政治问题的表彰，最终都立足于对中国的激励，波兰、爱尔兰等国的革命道路便成了中国欣羡与追赶的目标。这一点在有关朝鲜独立运动的报道中，有着更加清晰的表现。

《每周评论》第 13、14 号连续两期重点报道了朝鲜独立的消息。报道首先转载了朝鲜国内青年独立团和独立国民团的两个宣言书的内容。两个宣言、两大团体皆平声

① ［美］沙培德：《战争与革命交织的近代中国（1895—1949）》，高波译，中国人民大学出版社 2016 年版，第 176 页。

② 《国外大事述评·波兰之奋发》，《每周评论》1919 年 1 月 12 日第 4 号，第 1 版。

③ 《国外大事述评·爱尔兰之独立》，《每周评论》1919 年 2 月 2 日第 7 号，第 1 版。

静气，想凭公理正义唤起人类的同情。然后，报道又简略描述了宣言独立后的朝鲜的情况：“自独立已经发见，日本当局才去用兵力镇压。捉去的人数有一千名，内中学生和教士居多。各处妇女，也有许多被捉的。项城北铁路干线两旁，有美以美会所设的道学堂，也被日本宪兵糟蹋，捉去许多学生。他们两个宣言书中，一个说‘为自由流血，至最后之一人而止’；一个说‘勇猛精进，须至最后一人鞠躬尽瘁而后已’；天道教会长被捉后也说‘我抱定主义，断不怕死’。想生死存亡，也是他们所不顾的了。日本政府已经想把武治的总督，换个文治的总督，这仍是敷衍的办法。看他们独立团的意思，恐怕所争的并不止是这件事。现在汉城车夫，已经同盟罢工；各街的电车，也有一半停止。北部各城的老百姓，也多同巡警冲突。”① 独立宣言的平心静气、有理有据，宣言发表后当局的强力镇压，运动者在镇压中的冷静、勇敢与坚持，三者并置对照，使得独立运动正大光明的形象被强势凸显出来。

第二篇关于朝鲜独立运动的报道首先描绘了“各地方独立时候的情状”，进而又一次以对照手法罗列、描绘了当局捉拿、辱杀人民的残忍情状与人民的勇毅表现，独立首领被审问时镇静、无畏的表现，以及朝鲜劳动界强劲的罢工景象。由此可见此次朝鲜独立活动的三种特别色彩：“（一）以学生平民的资格，公然排队出游，不做秘密的行动；（二）拿演说去传布独立的主义，不拿武力去强迫人家独立；（三）任凭日本军警怎样打杀，仍然守着纪律，一点不乱。”② 几种现象、场面的并行报道和对比评述，使得“生气和杀气相冲，公理和强权苦战”的运动过程跃然纸上，朝鲜独立运动的形象愈发生气淋漓、发人深省。

在国内的南北和会与国外的巴黎和会都显露出众多危机之际，五四运动已经是“山雨欲来风满楼”了，此时朝鲜所爆发的“三一”独立运动不能不引起同为患难者的中国知识分子的强烈共鸣。可以说，朝鲜独立运动为中国人民树立了进行反帝政治革命运动的榜样，实是“开世界革命史的新纪元”③。具体而言，朝鲜人民不畏强暴、不怕牺牲的斗争精神让中国人民印象深刻，中国人民通过朝鲜独立运动加速了认清帝国主义本质的思想觉醒进程，朝鲜独立运动“用民意，而不用武力”，平民出游示威，全

① 《国外大事述评·朝鲜独立的消息》，《每周评论》1919年3月16日第13号，第2版。
② 《国外大事述评·朝鲜独立活动的情状》，《每周评论》1919年3月23日第14号，第1版。
③ 只眼（陈独秀）：《朝鲜独立运动之感想》，《每周评论》1919年3月23日第14号，第2版。

国到处罢课、罢市、罢工等反帝救亡的行动方式极大地启迪了中国人民；朝鲜独立运动还使中国人民深刻感受到了全世界范围内被压迫民族寻求解放的历史潮流已经到来，增强了直接行动的紧迫感，坚定了政治革命的决心与信心①。凡此种种，都在后来的五四运动中有着鲜明的演绎。因此，可以说，朝鲜“三一”独立运动对五四运动的爆发产生了巨大的促进、启示作用。《每周评论》“国外大事述评”关于朝鲜独立运动的全面持续报道及其倡导的政治革命诉求，正是这一促进、启示效力的重要流脉。

在朝鲜之外，日本的政局是《每周评论》“国外大事述评”另一个重点关注的对象。当时，素来鼓吹平民政治的吉野博士在日本组织了“黎明会”，积极传播平民思想，组织青年运动。《每周评论》对其宣扬的“新潮流”加以了揄扬。而日本最顽固的宪法家上衫慎吉和最崇拜皇室的政治家内田良平，都拼命维护日本国体，并拥护“顽迷思想的集合团体”“皇国青年会”。“黎明会”便专与“皇国青年会”相对抗，标举“扑灭逆着世界大势的顽迷思想，打破资本家的跋扈，铲除武人政治的地盘”等三大目的，大张旗鼓地倡扬平民政治，“不独自己活动，且想叫社会上个个人都去活动”，“这种实行，这种活动……在日本政治思想史上，真成了一个绝大的纪念了”②。除“黎明会”之外，日本当时的普通选举运动也是《每周评论》“国外大事述评”报道的焦点。《每周评论》夸赞说，由京都劳动者开始的普通选举运动“在东方可真算是破天荒”，值得认真研究。此次运动先在京都开会，请了尾崎行雄来演说，会场秩序整齐，丝毫没有扰乱的状态，“足可见这般劳动者程度之高”。之后，神户的工人也召开大会，请尾崎行雄演说，鼓吹工人应获得普通选举权。至此，《每周评论》又极其自然地将视野转向国内，评述道：“我们都知道要平民政治，但是我们自己不去同当局者要求，没有得到的时候的。”③

从朝鲜独立运动反对殖民统治、提出民族独立，到日本“黎明会”反对军阀专制、主张民主政治，再到日本普通选举运动的劳动者起而要求政权平等，一路而来，《每周评论》“国外大事述评”的报道清晰地勾勒出了一个对外反对殖民宰制、对内反对军阀

① 张德旺、谢治东：《朝鲜三一运动对中国五四运动的影响》，《哈尔滨工业大学学报（社会科学版）》2000年第4期。

② 《国外大事述评・日本政治思想的新潮流》，《每周评论》1919年2月2日第7号，第1版。

③ 《国外大事述评・日本劳动者之自觉》，《每周评论》1919年2月23日第10号，第1版。

专制的革命取向。

在确定革命方向的同时，实施革命的主体也在《每周评论》“国外大事述评”关于各国劳农界动向的报道中落实了下来。由于第一次世界大战中中国实行的是“以工代兵”的参战策略①，所以，第一次世界大战结束后，劳工的地位在国人眼中急遽攀升；而巴黎和会失败后，中国人眼中的“西方”又从一个美好的整体分裂成了“优劣兼具的复合体”，中国的学习榜样也由欧美逐渐转向了“新俄”②。俄国当时爆发的十月革命又正是以平民为主体的。置身如此语境之中，《每周评论》“国外大事述评”便依靠持续的报道暗暗将平民劳动者“包装”成了革命的实施主体。

匈牙利在俄国之后实施平民革命，“目的在实行社会主义和共产主义”，并由劳农派组建了新政府。《每周评论》在报道匈牙利新政府的消息时特意转录了新政府成立后的宣言书：“我们平民，现在已经得到政权了。从今以后，劳动阶级，绝不肯做有产阶级的奴隶。现在救亡的法子：经济上只有实行社会主义和共产主义，政治上只有实行平民阶级独裁团。”看似客观的转录，其实已经蕴含了《每周评论》自身肯认平民革命的主观态度。于是，在报道宣言内容之先，《每周评论》开宗明义地说道：“匈牙利的新政府，三月十二日已经成立。成立的时候，国内秩序一点也没有扰乱，因为这个革命，由于国民同情，不是用武力战胜的。新政府成立后的各种消息，很有可以叫人注意的，所以把他写出来。”③ 因为劳农具备压抑已久的强烈的反抗性，彼此之间又较为团结，其数量也异常庞大，使其成了革命的重要力量，所以，《每周评论》接着详尽报道了各国劳农界的势力情况。其中就有“俄国劳农政府的组织”情况，报道说：“现在俄国的一切事业，都在劳农政府支配之下了”。关于“匈牙利新政府中劳农的势力”情况，报道说：“匈牙利的新政府，就是劳农兵三界所组织的。所行的制度，是平民阶级独裁制。革命政府掌行政的职权，议决法律和执行法律的大权，都在劳动会农民会兵卒会的手里。组织劳农阶级的军队，抵抗资本家和罗马尼捷克贵族的反动。又和俄英

① ［美］徐国琦：《中国与大战：寻求新的国家认同与国际化》，马建标译，上海三联书店 2013 年版，第 121 页。

② 罗志田：《西方的分裂：国际风云与五四前后中国思想的演变》，《中国社会科学》1999 年第 3 期。

③ 《国外大事述评·匈牙利新政府的消息》，《每周评论》1919 年 4 月 13 日第 17 号，第 1 版。

美法意奥等国的劳农，暗中连合，一致对抗资本家。”对此，《每周评论》明确表示，“这也可算是匈牙利的劳农扬眉吐气的日子了”。关于“巴维利亚劳农政府的宣言”，报道认为，巴维利亚的劳动共和政府抱持着“把资本主义和军国主义，一齐打消；把旧政府旧社会，一齐废掉”的主张。这种风潮，业已传到奥地利和德国境内去了，由此“也可以知道劳农势力的雄大了”。有关各国劳农情形的报道，强化了劳农在国人心中的分量，凸显了劳农的巨大革命潜力。所谓“自俄国布尔什维克主义战胜后，欧洲劳农两界，忽生最大的觉悟，人人出力和资本家决斗，他们的势力，已经征服了好几国。因为这种革命，在政治史上算得顶有价值的事体”①，就是指此而言。而这也是《每周评论》之所以对各国劳农态势青睐有加的原因。

综上所述，《每周评论》的“国内外大事述评”通过貌似纷杂、客观的对国内外事件的报道，在促使“国家五四”出场之余，还潜移默化地引导出了“政治革命”的思路，革命的对象既包括帝国主义也指向军阀武人，平民劳动阶级则是革命所依靠的重要力量。不过，此时《每周评论》提倡的“政治革命”还不能与“阶级革命”划等号。它既不号召以一个阶级来推翻另一个阶级，也不认同诉诸你死我活的暴力革命这种方式。因此，在报道俄国革命的消息时，《每周评论》特意警示道：“过激派错处是用平民压制中等社会，残杀贵族及反对者。反对过激派的千万不要用中等社会压制平民残杀平民才是。若是压制残杀的政府也是不能长久的。”②

结　语

“五四”前后，国家开始取代个体，成为时人言说立论及观照问题的枢纽，革命潮流也在国内外局势的刺激之下澎湃开来，在舆论界影响颇大的陈独秀对于这方面的问题进行了许多前瞻性的思考③。《每周评论》的“国内外大事述评”专栏则是较为集中展现陈独秀相关思考却久被忽视的平台。关于“五四”的相关研究，常常着重关注个

① 《国外大事述评·各国劳农界的势力》，《每周评论》1919年4月20日第18号，第1版。

② 《国外大事述评·俄国包围过激派之运动》，《每周评论》1919年1月12日第4号，第1版。

③ 参见王锐：《寻找“新的政治”——“五四”前后陈独秀对于国家问题的思考》，《探索与争鸣》2019年第5期。

人自由、个性解放、家庭革命等话题。《每周评论》的“国内外大事述评”则启示我们，“国家”问题也是时人谈论、关注的中心话题，并且越到后来，对于个人层面的关注便越来越偏向、侧重于国家层面的论述。“国家五四”既是“个人五四”的发展延伸，更是对“个人五四”的修补和完善，只有将这两种思想面貌合而观之，方能把握“五四”的全貌。“国家五四”与“政治革命”的出场很明显应归因于以《每周评论》为代表的报纸杂志论说的鼓吹，但是，《每周评论》“国内外大事述评”的暗中促发、补助之功也是无法否决的。前者可视为造就“国家五四”与“政治革命”思潮的主流，后者便是补益、增强此一流脉的一股潜流。

1919 年 6 月 11 日，陈独秀因在北京街头散发《北京市民宣言》的传单被捕入狱。李大钊也避难出京。胡适则接办了《每周评论》的编辑工作。胡适一上来就于第 26 期取消了原刊头，代之以“杜威演讲录”五个特大号字，并从此期起，取消了“国内大事述评”、“国外大事述评”专栏，对于反映当前政治斗争的报道和评论文章也一概取消，转而大谈文化启蒙、思想改造等《新青年》式的“较基本的问题”①。虽然“国内外大事述评”被取消了，但它召唤出来的“国家”与“革命”的思想命题却就此在中国落地生根，并在嗣后生长壮大开去，就连胡适也不得不很快放弃了只谈“较基本问题”的主张，主动参与到“国家”与“革命”话题的讨论之中。

（作者单位：西南交通大学人文学院）

① 胡适口述、唐德刚译：《胡适口述自传》，华文出版社 1992 年版，第 214 页。

儿童文学研究专栏

“儿童文学本质”论的学术位移
——新时期“探索性少年小说”的论争再审视

黄熙雅

摘　要：20 世纪 90 年代初期，“儿童文学本质”论的学术位移始自一场有关新时期“探索性少年小说”“成人化”倾向的争鸣。本文从论争的历史语境、发展主线、内核与影响入手，分析朱自强的《新时期少年小说的误区》和吴其南的《错位的批评——读新时期少年小说的误区》等批评对儿童文学本质研究的推动作用。学界对少年小说本体意义的把握从“文学”的小说转变为“儿童”文学的小说，折射出儿童文学从追求“文学性”为先转向基于“文学性”立场且强化“儿童性”的革命性位移。这种位移不仅带来了新的研究和价值取向，还助推学者们深入思考儿童文学的本质。

关键词：探索性少年小说；新时期；儿童文学；儿童性；文学性

一、回溯：“探索性少年小说”生发的历史语境

“探索性少年小说”的蓬勃发展是 20 世纪 80 年代末期最引人注目的儿童文学创作现象之一。1987 年，《儿童文学选刊》首度以“探索性作品”为名推出专题栏目，收录小说《鱼幻》（班马）、《一岁的呐喊》（金逸铭）、《飞》（陈丽）与童话《那神奇的颜色》（冰波）等 4 篇儿童文学代表作。该栏目强调探索与创新之于儿童文学写作的重要性，具有试验与批判色彩，对当时的儿童文学创作产生了较大影响。由此，一场关于新时期“探索性少年小说”的争鸣于 20 世纪 90 年代初期逐步爆发。

这场围绕“儿童文学本质”何为的讨论受到历史因素的助推。在“十七年”儿童

文学的发展历程中，“教育工具”论被视为重要理论话语。鲁兵“教育儿童的文学”的观点代表了“教育工具”论的基本思想，即儿童文学受制于意识形态并从属于教育。鲁兵认为，以往学界对儿童文学的阐释，诸如“写儿童的文学”、“以儿童为本位的文学”、“娱乐儿童的文学”等，都忽略了“教育”二字，掩盖了“儿童文学作为教育工具的实质”①。可见，“十七年”间的儿童文学理论话语指向文学与外部的关系，具有简单化和功利化倾向，忽视了读者对象的特殊性，使得阶级与教化成为儿童文学的重负。此后，儿童文学所蕴含的教育作用是否被狭隘化，是否仅仅等同于“教育的工具”，成为学界争议不休的命题。

1978 年以来，在改革开放带来的思想解放浪潮下，文学作品蕴蓄的儿童情趣及审美作用受到重视，“教育工具”论的权威被质疑。新时期，中国儿童文学的生态焕然一新。1978 年 10 月，江西少年儿童出版社（今更名为二十一世纪出版社）召开“庐山会议”；次年 10 月，“中国文学艺术工作者第四次全国代表大会”顺利举行。各类学术活动对研讨儿童文学价值功能问题起到了举足轻重的作用。儿童文学创作站在反拨“教育工具”论的视角，研究亦聚焦“教育性”和“文学性”对儿童文学的推动与制衡。例如，1976 年，林良在《儿童文学的“文学性”》中揭示了儿童文学本质属性的盘旋交错，即“儿童文学创作必须饱含着‘文学性’，儿童文学创作可能洋溢着‘教育性’”②；《儿童文学札记二题》（周晓，《文艺报》1980 年第 6 期）明确指出儿童文学是“文学”，从根本上否定了“教育工具”论③，昭示了此后强化儿童文学“文学性”的研究走向。20 世纪 80 年代初期，“儿童文学是文学”这一“新潮”命题引领着少年小说冲击“教育工具”论的樊篱，释放了儿童文学创作被禁锢已久的生产力。出于对长久以来创作传统的质疑，围绕儿童文学是否需要遵照一般文学的创作规律、不同年龄层次儿童的接受特征等话题的探讨新见迭出。儿童小说所凝结的思想也更显新颖、厚重。但是，此时少年小说中的儿童往往“作为集体群像的符号标记出现”④。描摹爱哭的男孩不是男子汉、工读生难以融入校园环境、儿童行为与主流意识形态差异等问题的儿

① 鲁兵：《教育儿童的文学》，少年儿童出版社 1982 年版，第 2 页。
② 林良：《浅语的艺术》，福建少年儿童出版社 2017 年版，第 53 页。
③ 朱自强：《“三十”自述·儿童文学的本质》，二十一世纪出版社集团 2015 年版，第 328 页。
④ 金莉莉：《文学叙事与儿童阅读研究》，光明日报出版社 2020 年版，第 89 页。

童小说层出不穷。王泉根将20世纪80年代的少年小说划分为帮助小读者认识“初级阶段”社会世相的“问题小说”、描绘两代人心灵碰撞和理解的“代沟小说”、平衡青春期紧张情结的“身边小说”、礼赞少年勇敢走向人生之路的“小小男子汉小说”和剖析失足少年命运的“工读生小说”等类别①，体现出儿童文学叙事对社会问题的投射。其间，成人救赎儿童的心态导致了儿童个体形象的失语，儿童人物的叙事意义也被宏大的主流话语掩盖。

20世纪80年代中后期，“探索性少年小说”以对“内宇宙”、“外宇宙”的深入探索呈现儿童被遮蔽的主体性。1986年9月，江西少年儿童出版社在江西庐山召开“新潮儿童文学丛书”编委会，树立了“让儿童文学回归艺术的正道”② 这一写作风向标。会议集结诸多意气风发的原创新势力，助推“新潮儿童文学丛书”出版，集中呈现了新时期儿童文学对于回归“文学性”的探索。此后，儿童文学作品愈发关切儿童作为社会个体的精神面貌与心路历程。就写作技巧来说，作家往往不再采用宏大的群像视角，转而凭借“我”这一个人化叙事展开创作。于是，此前儿童形象的失语状态在新时期“探索性少年小说”中得以改观，作品的接受视阈有所拓宽，作家与儿童对话的天平亦臻于平衡。

简而言之，新时期的儿童文学试图摆脱“教育工具”论的束缚，不仅竭力彰显儿童文学作为“文学”的艺术本性，还在追求“教育性”与“文学性”的平衡中回归“儿童本位”。然而，正因对“文学性”的推崇，部分作家痛苦、复杂的心理书写与鲜明的自我倾向招致了学界对其“成人化”创作倾向的批评。由此，一场针对新时期“探索性少年小说”的论争于20世纪八九十年代之交逐步展开。在对儿童文学是“文学”、儿童文学是“儿童”的文学的酌量中，“文学性”与“儿童性”的双向关系成为“探索性少年小说”的焦点问题。相较新时期儿童文学向“文学性”的回归，20世纪90年代初期学界对“探索性少年小说”的批判与被批判，以“儿童本位”论为核心，展现出儿童文学基于“文学性”立场且强化“儿童性”的革命性位移。

---

① 王泉根：《现代中国儿童文学主潮》，重庆出版社2000年版，第209页。

② 张秋林：《开风气之先　挟时代之潮——“二十一世纪”的儿童文学出版三十年》，《编辑学刊》2017年第1期，第13页。

二、论争：“探索性少年小说”的批判与被批判

20世纪八九十年代之交，学界反思了儿童文学创作的历史传统，反省了过去被当作阶级斗争武器和教育工具的儿童文学。在从强调“教育工具”论到贴近“文学”本身、从宏大的群像叙事到关注儿童个体精神的转向之中，一场备受瞩目的争鸣应运而生。这场论争，以朱自强的《新时期少年小说的误区》①（下文简称“《误区》”）对班马、刘健屏、曹文轩、常新港等作家的批评为导线，聚焦“探索性少年小说”的审美标准问题。1990年，《当代作家评论》发表了《误区》的节选，引起轩然大波。同年11月，在规模盛大的“90上海儿童文学研讨会”上，中青年儿童文学作家、评论家们就《误区》展开讨论，不少学人持强烈的批评态度②。此后，少年儿童出版社发行的《儿童文学研究》杂志（该刊于1999年并入《中国儿童文学》季刊）积极响应热点，在1991年刊行的第2期中发表了《误区》的全文。批判《误区》的文章随即于同年刊登，以《错位的批评——读〈新时期少年小说的误区〉》（下文简称“《错位》”）③和《批评武器和批评方法的双重失误——评〈新时期少年小说的误区〉》（下文简称“《失误》”）④为代表。随后，朱自强发表《新时期儿童文学理论的误区——吴其南的儿童文学观质疑》（下文简称“《质疑》”）⑤以回应上述批评。众多学者关于“探索性少年小说”的讨论在20世纪90年代初期激烈碰撞，形成了一场思维不断交锋的学术盛宴。着眼于《误区》的主要内容如下：

> 当我们把儿童文学置于文学这个大系统中思考儿童文学的本体意义时，“儿童文学首先（着重号为原文注，下同）是文学”这个命题则无疑是错误的。正确的

① 朱自强：《新时期少年小说的误区》，《当代作家评论》1990年第4期，第91页。

② 方卫平：《中国儿童文学理论批评史》，明天出版社2006年版，第333页。

③ 吴其南：《错位的批评——读新时期少年小说的误区》，《儿童文学研究》1991年第3期。

④ 金燕玉：《批评武器和批评方法的双重失误——评〈新时期少年小说的误区〉》，《儿童文学研究》1991年第6期。

⑤ 朱自强：《新时期儿童文学理论的误区——吴其南的儿童文学观质疑》，《儿童文学研究》1993年第1期。

则应该是“儿童文学就是儿童的文学”。即是说，在儿童文化大系统里强调文学性，在文学大系统里强调儿童属性，这才能把握住儿童文学的本体意义①。

朱自强就儿童文学的“文学”属性与“儿童”属性展开批评，以新时期“探索性少年小说”的“成人化”倾向为批判对象。其核心观点在于儿童文学“文学性”与“儿童性”的对立统一。旧有的引路旗帜——“儿童文学首先是‘文学’”应当替换为“儿童文学首先是‘儿童’的文学”，即在儿童文化系统里强调“文学性”，而在文学大系统中强调“儿童性”。面对曹文轩提出的“我们的少年小说变得越来越像小说”是一件幸事（曹文轩，《儿童文学选刊》1989 年第 3 期），朱自强加以反驳，批判“一些少年小说变得越来越不像少年小说了”。据《误区》的观点，新时期“探索性少年小说”重视审美表达以致“文学性”过于膨胀，“儿童性”却被挤压在角落，实属忽视儿童文学本体意义之举。学界应当反思“探索性少年小说”愈发贴近小说本体的审美特质而忽视“儿童性”的时代潮流。

就具体作品而言，《误区》批判《鱼幻》过于强调审美性，忽视儿童读者感受。《鱼幻》（班马，《当代少年》1986 年第 8 期）突破了传统少年小说的创作技巧。全文以“你”为主人公诉说所见所闻，以淡化的情节来表达青春期少年“对生活亦真亦幻而又杂乱无序的心态”②。如：“你一眼就识出了蓝底白十字的挪威旗”；“你老喜欢琢磨那些海轮的漂亮外形”；“这大鱼的影子总是不离你”。变幻莫测、缥缈含混的第二人称叙事表现了成人向儿童诉说经历的神秘感，冲击了新时期传统少年小说的艺术格局。班马表示，“陌生”的江南文化意境加以“陌生的传达方式”，“正是我所要表现的”③。而《鱼幻》这般缺乏传统意义上的审美明晰性，势必会招致评论家的争议。朱自强在《误区》中进行了鞭辟入里的批评，认为《鱼幻》无论是儿童还是成人都难以读懂，这种“无视少年读者”的探索对于儿童相当“危险”。

其次，《误区》认为，《我要我的雕刻刀》“从面向儿童转而面向成人”，其冷峻、深沉的书写既不受儿童喜爱，也缺乏对成人的警醒作用。《我要我的雕刻刀》（刘健

① 朱自强：《新时期少年小说的误区》，《当代作家评论》1990 年第 4 期，第 91 页。

② 王泉根：《20 世纪中国儿童文学经典》，北京师范大学出版社 2004 年版，第 411 页。

③ 方卫平：《1978—2018 儿童文学发展史论》，少年儿童出版社 2020 年版，第 47 页。

屏,《儿童文学》1983年第1期)站在教师的视角探讨应如何看待儿童个性这一教育命题。面对喜爱雕刻的章杰,身为教师的"我"没收了他的雕刻刀。可当见到曾同为"我"学生的章杰父亲,"我"意识到自己是一把让学生失去棱角的"锉刀"。教师把雕刻刀还给章杰的结局突显了作家鲜明的自我意识。《误区》批评这类聚焦于自我表达的作品,认为《我要我的雕刻刀》"连真正的儿童生活都难以找到",其深沉的成人风格属实与儿童生活相背离。例如,在故事之初,"我"虽然站在批评章杰的立场,却情不自禁地流露出对他的欣赏——"太与众不同"、"活泼而又沉静"、"倔强而又多情"。"我"的口是心非是作家急于流露主观意识使然,并不符合情节推进意义下人物真实的心理活动。

其三,《误区》批评《古堡》夸大其词,"架空儿童与真实生活"。《古堡》(曹文轩,《少年文艺》[江苏]1985年第1期)围绕大山脚下的两个14岁少年展开。两位主人公听说山顶有座古堡的传闻,突破饥饿、困倦乃至相互埋怨的考验,千辛万苦地攀上山顶,却发现古堡并不存在。二人本沮丧不已,又因他们是世上第一个知道山顶上并无古堡的人而重展笑颜。《古堡》的情节在新时期颇有新意,以少年寻古堡之旅喻人的追梦旅程,蕴藉了面对挫折应勇往直前、保持达观的人生态度。《误区》认为《古堡》中的两个少年总的性格是"虚假"的。故事中的攀山越岭并不贴合生活中14岁的农村少年出于好奇的举动,反而更像神话里夸父逐日的伟大壮举,少年主人公被视为哲理的替身和诗化的英雄。两位农村少年完全脱离了符合现实生活的儿童特征,凝结为作家按照个人意愿构想的"想象儿童"。

此外,《误区》批评《独船》是一部作者陷入偏狭、自私心理的作品。《独船》(常新港,《少年文艺》1984年第11期)以对父子误会与丧子之痛的描写寄寓了作家面向"外宇宙"的困惑。面对由父亲和王猛的私人恩怨带来的污辱与歧视,石牙质问:"为什么把恨都发泄在他身上?就因为自己是父亲的儿子?"最终,石牙为救王猛而溺亡,父亲纵使幡然悔悟亦无可奈何。《独船》探入人性深处,呈现出一场囿于缺乏交流和漠视儿童尊严的亲情悲剧。狭隘、偏执的父亲形象突破传统,在新时期儿童文学的美学意义上具有创新性。在《误区》以前,学界围绕《独船》的审美实验功能展开了一定的讨论。1987年,方卫平承认《独船》在"拓宽少年朋友的审美感受阈"层面的积极意义[①]；1989年，王泉根认为少年文学可以有成人化的因素，《独船》可被视作在儿童文学审美创造实践中的突破[②]。与前人观点相悖，《误区》虽然认可《独船》中因父亲对石牙尊严的污辱而酿就的悲壮感，但是犀利批判其中对个人不幸的哀怨源于常新港对自身命运的怨天尤人。

在整个评论界为班马、刘健屏、曹文轩、常新港等作家拍案叫绝之时，《误区》基本否定了他们的创作，指出其过度追求"文学性"，导致作品"无视少年读者"、"面向成人"、"架空儿童与真实生活"，并"陷入偏狭、自私心理"。其言语态度激烈，吴其南评价其有"横扫千军，敢言人之未敢言的气势"[③]。鞭挞《误区》的观点随之涌现。反对《误区》者认为，不应以"成人化"膨胀为由，全盘否定新时期"探索性少年小说"对儿童文学创作范式与审美价值的探索意义。

吴其南的《错位》主要从以下几个方面展开反驳：其一，《误区》忽视了儿童文学的隐含读者的存在与价值。1990年，吴其南的《近年少年儿童文学中的隐含读者》[④]一文探讨了隐含读者的定义，认为其意指一些文学修养较高、有相当文学欣赏经验的读者，大多为成人，也包括儿童。他认为通过"恢复隐含读者的主动性"可体现儿童文学蓬勃的生命力，即读者应主动参与阅读与审美，挖掘文字背后关乎暗示、省略、象征等写作手法的真切感受与深层含义。在隐含读者对儿童文学具有重要价值的理论支撑下，《错位》阐明，班马、常新港、曹文轩等作家并非如《误区》所言"无视少年读者"，而是在探索一种儿童文学作家与读者对话的新方式。而朱自强用儿童在平均数意义上的标准去要求藏匿在整个作品体系背后的隐含读者，才是真正的"错位"。事实上，朱自强在2009年关于双重读者的论断中承认了隐含读者对丰富儿童文学作品内涵的重要影响力，认可儿童这一隐含读者在儿童文学创作中发挥着巨大的力量，并承认深挖读者意识对于激发儿童文学艺术所具备的可能的意义[⑤]。

---

① 方卫平：《少年文学的自觉与困惑——兼及〈独船〉及其讨论》，《文艺评论》1988年第3期，第49页。

② 王泉根：《"成人化"与少年文学审美创造》，《当代文坛》1990年第3期，第28页。

③ 方卫平：《中国儿童文学理论批评史》，明天出版社2006年版，第335页。

④ 吴其南：《近年少年儿童文学中的隐含读者》，《浙江师大学报》1990年第4期。

⑤ 朱自强：《儿童文学的双重读者结构及其对创作的影响》，《昆明学院学报》2009年第31卷第4期，第18页。

其二,《误区》并未考虑少儿读者审美接受能力的偏差。儿童的审美感受力不恒定。新时期"探索性少年小说"的开疆辟土在一定程度上意味着作家对少儿读者审美接受的包容。部分少儿读者文思敏捷,有较为深厚的文学功底。这批读者的存在代表着儿童文学尚需为之努力的审美方向。在承认部分儿童具有较高审美能力的前提下,《错位》认为常新港等人的探索性作品能够满足这类读者的阅读需要。此外,受制于作家的创作取向及写作功底,这类高度重视艺术表达的作品往往只是一类文学的冰山一角,并不会对儿童文学的整体面貌造成撼天动地的影响。倘若这类作品不复存在,渴望较高审美体验的儿童便失去了接触最贴近其阅读取向的作品的机会。因此,儿童文学应当对满足儿童精神需要但审美标准各有特点的作品加以宽待。

其三,《误区》要求艺术形象要与儿童的生活形态相契合,即艺术逻辑要遵照生活逻辑,这"很让人难以苟同"①。《错位》认为,《误区》的艺术逻辑与生活逻辑发生了"错位",进入艺术的生活应该符合艺术逻辑。但是,"在运用形象思维进行文学艺术创作时,也必须结合逻辑思维,必须注意使艺术真实与生活真实、历史真实辩证统一,使艺术逻辑符合生活逻辑和历史逻辑"②。艺术逻辑符合生活逻辑才能更好地发挥文学源于生活、展现生活的审美价值。《误区》中艺术逻辑不能背离生活逻辑的观点更贴近21世纪的文学艺术立场。但考虑到20世纪90年代初期,儿童文学迈入摒弃"教育工具"论、发扬"儿童"的文学这一新型创作观的阶段,《误区》对生活逻辑的重视能够推动新时期"探索性少年小说"中"文学性"面向儿童生活的回归,不无其历史必要性。

其四,《误区》对作品的解读方式存在"错位"。以曹文轩的短篇小说《古堡》为例,两位登顶的少年虽因未能寻到古堡而流泪,却以达观的心性释然于有幸看到不同的风景。这篇极具象征意味的作品内含对人在追梦路上饱经磨难,结果却可能与初心相异,是否还应勇往直前的考量。《误区》批评《古堡》中14岁少年的性格十分"虚假",为了诗化的美"脱离少年生活",显得"大而空洞",具有"成人化"倾向。《错位》加以反驳,认为朱自强把少年小说创作的突破当作"成人化"来批判,面临着对

① 吴其南:《错位的批评——读新时期少年小说的误区》,《儿童文学研究》1991年第3期。

② 《生活逻辑与艺术逻辑》,《戏剧丛刊》2002年第6期,第1页。

不同类型作品解读的“错位”。换言之，朱自强用写实主义的解读方式挑剔《古堡》这样的象征主义作品，本身就面临一种文学欣赏的“误区”。象征意味浓厚的作品往往采用非理性的写作策略，与力求描摹真实生活的现实主义文学风格相距甚远。虽然象征主义文学创作的确不应忽视美与梦幻的生活来源，但这并不意味着曹文轩等人的作品便华而无实、毫无价值。相反，《古堡》一类小说以新颖的构思与创造性的幻想突破了传统儿童文学的现实主义桎梏，能够为20世纪90年代的儿童读者带来全新的审美体验。

除吴其南、金燕玉外，其他评论家也从不同方面对《误区》加以批驳。针对《误区》中提出的两个问题——“像《独船》这样带有浓重的悲剧性，甚至会使成人产生战栗感的作品，适合给孩子们看么？儿童文学有必要书写某些似乎只有成年人才能理解的深邃的人生内容吗”，曾镇南在《从〈独船〉想开去》中肯定地回答，生活本身是深不见底的，描写一种“深邃的人生内容”有助于加强少年文学的“深度、力度、生命力”[①]。也有评论家与朱自强所持观点相似，如余衡认为多数少年读者的真实阅读水平与《鱼幻》相去甚远，《鱼幻》太过“精致”，“精致到只配由你们大人来读”[②]；郑晓河同样把《鱼幻》探索的“失败”归咎于大小读者均难以读懂该作品。可见，晦涩的人生内容能否在文学作品中呈现给儿童读者，成了20世纪90年代初期儿童文学界颇受争议的命题。

总体观之，1990年至1993年前后，关于新时期“探索性少年小说”的论争在儿童文学学术界产生了深远影响。自《误区》以来，学界针对“探索性儿童文学”这一新型创作范式的特质展开研究。《他们开辟了少儿文学的新边疆——“探索性”少儿文学之探索》（吴其南，《温州师范学院学报》1991年第2期）阐明，“探索性儿童文学”“在美学理想上反映着以生命意识的强化为主要特征的审美思潮的崛起，在艺术表现上反映着具有现代特征的艺术意识的复归”[③]。这一观点可用于总结“探索性少年小说”相关争鸣对于儿童文学美学视野的开拓意义。此外，论争带来了学界对儿童文学的读者范围及其文体边界等命题的深入思考。诸多学者认同“探索性少年小说”视审美能

① 方卫平：《1978—2018儿童文学发展史论》，少年儿童出版社2020年版，第44页。

② 方卫平：《1978—2018儿童文学发展史论》，少年儿童出版社2020年版，第47页。

③ 王泉根：《现代中国儿童文学主潮》，重庆出版社2000年版，第745—746页。

力较强的少年读者为主要阅读对象，体现出超前的审美感受力。同时，这一文体凭借对“文学性”的深挖突破了儿童与成人的屏障，儿童文学的疆域得以进一步开辟。当然，以《误区》为代表，学界也对“探索性少年小说”的“成人化”倾向加以反思。20 世纪 90 年代初期学界对“探索性少年小说”的批判与被批判，对儿童文学创作与研究的发展进程具有重要推动作用。

三、影响：“儿童文学本质”论的革命性位移

上述争鸣以探讨“探索性少年小说”的审美标准为契机，彰显了在“儿童”的文学这一纲领下儿童文学可以具备多元的审美取向。从根本上讲，《误区》、《错位》、《失误》、《质疑》等批评都以儿童文学创作是否尊重儿童读者感受为出发点，促使 1990 年以降的中国儿童文学不仅强调“文学性”，还更加重视“儿童性”的回归，即充分明确以“儿童本位”论为核心的创作及研究取向。

继新时期作家对“内宇宙”、“外宇宙”的探索后，论争之后的儿童小说写作明显受到市场环境的影响，作家在商品性与艺术性平衡中开展创作实践。《误区》推动儿童文学突破“成人化”写作的危机，转而回归童年美学，呼应了儿童文学面向读者与面向市场的时代诉求。在创作主题上，审美取向相异的作品秉持滋养儿童心灵这一共同目标，皆被儿童文学接纳。较 20 世纪 80 年代聚焦于突破黑暗现实等旧有的创作禁区而言，论争以降的儿童小说创作侧重展现当代少年在日常生活中独特的生存方式，涵盖校园友谊、亲子关系、自我封闭、肥胖困扰等贴近儿童心灵的话题。在创作风格上，儿童文学既可以是具有现实性的，如从女儿生活写起的自传性长篇小说《女儿的故事》（梅子涵）；又可以是充满想象力的，如具有浪漫色彩的《根鸟》（曹文轩），新奇、瑰丽的《一百个中国孩子的梦》（董宏猷）。儿童小说的语调则产生了从严肃到幽默、从功能主义到游戏精神的转变，出现了以走入少儿心灵为本的态度书写的《男生贾里》、《女生贾梅》（秦文君）等幽默小说。就文体界定而言，受惠于论争对新时期儿童观格局的冲击，20 世纪 90 年代中期，对儿童小说这一文体的认知从追求“文学性”为先转向基于“文学性”立场且强化“儿童性”，即儿童文学是“儿童”的文学。一言以蔽之，相较于新时期的创作，以少年小说为代表的“探索性儿童文学”更多地表现

出审美感受力的超前性、问题意识的成熟性与艺术形态实践的有益性。然而，如何使少年读者更加亲近少年小说，摆脱探索性作品的陌生感，仍是一个值得思考的命题。此外，儿童文学的生存空间问题也亟待关注。

在研究层面，20 世纪 90 年代初期关于“探索性少年小说”的论争不仅为儿童文学带来了新的研究方向，还助推学者深入思考儿童文学的本质。较之 20 世纪 80 年代对“文学性”的回归与对“儿童性”拓展的初探，90 年代的学界进行了“一系列执著儿童文学自身本体精神的学术话语与基本观念的探讨和建设”①，形成了重视儿童文学是“文学”与儿童文学是“儿童”的文学双重观念的学术氛围。对儿童文学的“三大层次”、“两个门类”、“三大母题”等本体话题的探讨应运而生。学界不仅涌现了“儿童文学作家要塑造未来民族的性格”（曹文轩语）等深入人心的创作观，还出现了《儿童文学的本质》（朱自强，少年儿童出版社，1997 年）等专著，以“儿童本位”论为基石探寻儿童精神的本体与儿童文学的本质。不过，偶有杜传坤等学人彻底批判“儿童本位”论，对“儿童”的文学之理解在 20 世纪 90 年代尚未达成共识。

综上所述，20 世纪 90 年代初期关于新时期“探索性少年小说”的论争把文学创作和理论争鸣推进到了更高的学术层面，具有鲜明的学术史意义。自论争以来，学界对少年小说本体的把握从首先关注小说的“文学”意义转向“儿童”的文学，是儿童文学本质意义在学术史层面的革命性位移。曾在《误区》中被朱自强批判的作家常新港表示，“多年之后，我不得不佩服朱自强先生的眼光和文学视野，他作为一个学者的真知灼见，让我冷静下来，可以看清自己儿童文学的‘局限’”。不言而喻，听惯了赞美的青年学人因《误区》的出现得以倾听严厉的批评，这并不是件坏事。学者梅子涵同样认可《误区》的学术价值，认为“朱自强以自己放在事情的距离之外的纯粹的状态，站在了思想的前沿”②。毋庸置疑，《误区》言辞激烈且部分观点稍显偏激。朱自强本人后来也反思了《误区》写作中“草率和鲁莽这一点是可以肯定的”，提及批评应注意“语气、用语”，且要对作家的整体创作进行更为全面的研究后再下结论③。但是，《误区》所引起的广泛学术讨论，也助推了理论界对儿童文学本体的殚精竭思——

① 王泉根：《新时期儿童文学研究》，河北少年儿童出版社 2004 年版，第 1 页。

② 朱自强：《“三十”自述·儿童文学的本质》，二十一世纪出版社集团 2015 年版，第 22 页。

③ 朱自强：《“三十”自述·儿童文学的本质》，二十一世纪出版社集团 2015 年版，第 22 页。

儿童文学究竟何为？正因唇枪舌剑均敏锐地围绕儿童文学本体展开，触及此前的理论盲区，20 世纪 90 年代的学人对儿童文学的本质才有了更为深刻的认识。

结　语

总体观之，由新时期“探索性少年小说”的批判与被批判开启的 20 世纪 90 年代儿童文学，在反思中进步。回顾以《误区》相关批评为代表的历史情境，代入当时学者面临的严厉鞭挞，90 年代学者对儿童文学发展的热忱令人震撼不已。令人欣喜的是，针对此前《误区》指出的诸如“成人化”倾向等问题，90 年代的儿童文学在发展过程中基本有所纠偏。正如方卫平所言，“当代儿童文学作家艺术理想与当代少儿读者接受行为之间的良好美学联系的建立将永远是一个不断探索、调整和相互适应的过程”①。对儿童文学本体的界说也是一个不断建构的动态历程。因此，受制于文学内部与外部的变革，“儿童文学本质”论的革命性位移在瞬息万变的当下如何寻求作者与读者间崭新的、平衡的对话姿态，有待进一步阐释。

（作者单位：北京师范大学文学院）

① 方卫平：《开拓新的接受空间——关于近年来探索性少儿文学作品的思考》，《宁波师院学报（社会科学版）》1993 年第 2 期，第 53 页。

中国儿童戏剧创作的困境和突围策略

尚思乔

摘　要：近年来，中国儿童戏剧发展迅速。但在研究领域，儿童戏剧长期处于边缘地位。纵览中国儿童戏剧的发生与发展，其创作仍存在诸多困境，诸如：儿童戏剧选材审美无章可循；引进外国儿童剧难以符合中国少年儿童的成长语境；儿童戏剧创作中教育功能与娱乐功能存在冲突；市场化、产业化及传播媒介革新对儿童戏剧创作倾向的倾覆等等。据此，本文尝试找寻到中国儿童戏剧创作的突围策略，即儿童戏剧创作者需树立正确的儿童观，挖掘符合儿童认知发展规律的题材，合理运用与舍弃技术手段，创作国际语境下、富有时代气息的中国儿童戏剧。

关键词：中国儿童文学；中国儿童戏剧；创作；困境；突围策略

引　言

什么是儿童戏剧？它可以被简易地拆分为“儿童”与“戏剧”，即“以儿童为观众，适合于儿童接受能力和欣赏区域的融合了文学、音乐、美术、舞蹈等多种艺术形式的综合性舞台艺术”。儿童戏剧要兼顾戏剧与儿童的双重特点，尊重戏剧与儿童的双重规律[①]。具体来说，它具有浓郁的游戏意味，单纯而有趣的戏剧冲突，动作化、口语化、个性化的人物语言以及儿童生活化题材等特点。但儿童戏剧不只是“儿童”与

① 翟云：《儿童文学》，复旦大学出版社2020年版，第251—258页。

“戏剧”的简单相加。儿童剧中的“儿童”，限定的是表演者还是观众？儿童剧必须由儿童演员出演吗？童话剧可以被等同于儿童剧吗？儿童剧选材必须符合儿童经验、反映儿童生活吗？这些问题从演出受众、演员构成、作品内容、作品形式等方面将儿童戏剧从戏剧中区分出来，但划分标准并未统一。一派学者认为“儿童剧是由内容决定的”①。在此概念下，纵然是成人演员扮演孩子，亦需要作者站在儿童的立场、以儿童的观点和角度去观察儿童世界；作品反映儿童的心理状态、尊重儿童的思维逻辑和情感思想并充满儿童情趣，便不妨碍其成为儿童剧。另一派学者则以演出受众作为分类标准。如在20世纪六七十年代之前的西方，凡是给儿童看的戏剧统称为儿童戏剧（Children's Theatre）。总结种种定义划分，本文认为，儿童文学和其他文学之间的差别主要是其突出儿童性的这一特质，儿童戏剧的要求亦然，即儿童戏剧值得作为单独门类考量是因它在戏剧的基础上尊重童趣。

被马克·吐温誉为“20世纪最重大创造之一”② 的儿童戏剧，在西方国家诞生较早、发展较快、理论研究较为扎实，并逐渐出现“工具论”和“本质论”两种主流研究取向，从而发展出了四种主要流派——创造性戏剧、戏剧教学、剧场教育和治疗性戏剧③。具体来说，创造性戏剧（Creative Drama）是20世纪二三十年代美国戏剧教育的先驱威尼弗雷德·沃德提出的一种戏剧样式，以教育家杜威的“儿童中心理论”为基础，以培养儿童的创造力与批判思维能力为主要目标，是一种符合儿童接受能力与审美趣味的戏剧样式；戏剧教学（Drama in Education）是由印度儿童英语教学专家提出，并将戏剧剧场的技巧应用于课堂的一种方式，换言之，戏剧教学是以教学为目标、戏剧为方法的教学模式，并未强调儿童的审美趣味；剧场教育（Theatre in Education）是将剧场艺术作为学习的工具，由专业演员帮助儿童进入戏剧的世界；治疗性戏剧（Remedial Drama）是以亚里士多德在《诗学》中对古希腊悲剧的功能界定为基础的一种“利用戏剧为手段达到一定心理治疗目的”④ 的心理治疗方式，再通过戏剧活动、角

① 中国儿童戏剧研究会主编：《儿童戏剧研究文集》，中国戏剧出版社1987年版，第113页。

② 范煜辉：《回顾与反思：儿童戏剧的发生期》，《浙江师范大学学报（社会科学版）》2012年第5期，第45页。

③ 木亚赛尔·托乎提：《浅析儿童戏剧教育在国内外的发生与发展》，《戏剧之家》2018年第7期，第32页。

④ ［古希腊］亚里士多德：《诗学》，陈中梅译，商务印书馆1996年版，第63—73页。

色扮演、即兴表演等方式让演出者和观赏者都有不同程度的情感净化和宣泄。

儿童戏剧研究，无论在中国还是欧美国家，都是在20世纪才逐渐建立起独立的学科地位，与中外戏剧研究的深度、广度相比，无论理论研究或是创作实践都长期处于边缘地位。中国儿童戏剧近年来虽有发展，但仍存在诸多问题。本文尝试发现、总结问题，并提出解决办法。究竟中国儿童戏剧发展的基本状貌如何？困扰中国儿童戏剧创作的主要问题有哪些？我们应采取何种可行的突围策略？

一、中国儿童戏剧发展的基本状貌

（一）儿童戏剧在中国的发生

儿童戏剧源于20世纪初的西方，曾任儿童少年戏剧国际协会主席的奈丽·麦凯瑟琳（Nellie McCaslin）把儿童戏剧的发生定在了1903年①，但被更广泛认可的标志性事件是1904年英国浪漫主义作家詹姆斯·马修·巴利（James Matthew Barrie）发表童话剧剧本《彼得潘，不肯长大的男孩》。直至20世纪30年代，学校、学院和大学开始在儿童戏剧的发展中发挥重要作用，美国教育戏剧协会（AETA）也于彼时成立，对日益增长的兴趣领域给予专业认可，并批准对该主题进行认真研究。之后不到十年，Children's Theatre Conference成为美国教育戏剧协会（AETA）的一个主要部门，为儿童戏剧的课程、工作坊和研究生课程提供技术培训支持。于中国而言，话剧、歌剧等西方艺术形式直至19世纪末、20世纪初才传入中国。基于周作人的相关论述，“儿童剧是西方舶来品的论断深入人心”②。而程式如提出“儿童戏剧在我国古代早已有之”③，认为某些古代剧作中以儿童生活为题材的作品和以儿童为观众的影戏棚，是包括儿童演剧和儿童观剧在内的中国儿童剧早期现象。宋敏根据内容与作用将中国古代儿童戏剧分为三类：第一，对成人戏剧的模仿，其中包括由儿童出演和儿童

① 范煜辉：《反思西方儿童戏剧学科边界的确立》，《文艺争鸣》2013年第2期，第134页。

② 马亚琼：《中国儿童戏剧研究现状与问题探究》，《湖南科技学院学报》2016年第37期，第30页。

③ 程式如：《儿童剧的由来与发展》，中国戏剧出版社1994年版，第124页。

角色（比如，《小放牛》借牧童与村妞表达成人情感）两类，但其适应成人观众的审美趣味且主要观众是成人，因此，这些剧目不是儿童戏剧；第二，以娱乐儿童为目的的戏剧，如《西游记》、《封神榜》等根据民间神话、传说、寓言等编写的剧目，由于民间神话通常表现超自然的英雄故事以及巫术、灵怪、动物崇拜、植物崇拜等观念，与儿童思维中的原始思维同构对应得十分贴切，因而，民间神话一直是古代儿童喜闻乐见的主要戏剧内容（应当指出的是，这一类戏剧虽然受到儿童观众的喜爱，但其主要观众是成人而非儿童，因而以今天的儿童观来看，不能算作儿童戏剧）；第三，帮助儿童修身养性的戏剧，从成人的世界观出发向儿童灌输封建礼教，虽然戏剧本身具有一定的教育意义，但其内容与涵义完全超出了儿童的接受和理解能力，不符合儿童的审美情趣，甚至在某些方面与儿童对世界的认识相悖①。综上所述，中国古代儿童戏剧主要包括两种类型：一是儿童自我选择的适合儿童欣赏的儿童戏剧，如由民间神话、传说、寓言改编成的戏剧作品；二是儿童被动接受的戏剧作品，如上述第三类以灌输教育为目的的戏剧。但无论哪一种戏剧形式，它们的主要观众都是成人而非儿童，都是“非儿童本位”的儿童剧。因此，本文认同任德耀关于“我国历史上，找不到专为儿童写作、演出的儿童剧”② 的观点。

现代意义上的“儿童戏剧”理论根基，是新文化运动中对“人”的发现。它引领妇女解放以及“儿童”的发现，让社会各界关心儿童成长、正确造就新一代成为共识③。中国共产党成立后，中国社会主义青年团在党的领导下发布《儿童共产主义决议案》，把培养下一代作为主要任务之一。儿童戏剧团体在党的直接关怀下成长为抗战救国宣传中不可或缺的强大力量。从第一次国内革命战争到“九一八”、“七七事变”……在国家民族的危亡时刻，革命儿童戏剧蓬勃发展。例如，翟秋白在苏区创办了高尔基戏剧学校，接收山区农民子弟兵与红军战士家属，学习革命知识与戏剧、文学等。而1935年在陕西瓦窑堡成立的人民抗日剧团，则是中央宣传部和教育部直接领导的儿童戏剧团体。此外，还有小小剧团、昆明儿童剧团、团囡剧团等，也是拥有强大抗日救国力量的儿童戏剧队伍。

① 宋敏：《中国儿童戏剧发展史（1919—2010）》，上海大学博士学位论文，2018年，第56—59页。
② 任德耀：《中国儿童文学大系儿童剧》，希望出版社2009年版，第6页。
③ 胡红兵：《儿童剧编剧理论与实战技巧》，中国戏剧出版社2019年版，第8—14页。

(二) 不同历史时期下中国儿童戏剧的创作主题流变

欲梳理中国儿童戏剧创作中主题的发展变化，首先需将中国儿童戏剧进行时期分析。以往的研究鲜有这样的作为。本文将参照文学大系的断代方法和儿童文学的分期依据，借鉴前人对中国儿童戏剧史的研究，得出中国儿童戏剧创作中儿童观的转变，并结合剧目创作实践对题材的选择倾向，形成植根于研究者、适用于创作者的中国儿童戏剧分期划分。据此，本文将研究不同历史时期下儿童观变化与中国儿童戏剧的创作母题流变的联系。

马克思在《黑格尔法哲学批判》中提出“经济基础决定上层建筑，上层建筑反映经济基础”① 的辩证理论，对应到社会与文学的关系上得以看出，政治、经济等组成的社会环境深刻地影响着文化、艺术、哲学思想的发展。从这个角度看，用朝代更替和社会转型作为文学的断代依据，似乎是最合适的标准。事实上，就中国古代文学乃至世界文学而言，用政治层面的标准划分文学史的时期已是约定俗成。然而，也有学者对中国现当代文学分期的依据提出了异议，其中对新旧文学的分水岭的不同切分法便是样例。例如，传统的中国现代文学史研究将“第三个十年”（1937—1949 年）的文学按照政治区域划分为“解放区文学”、“国统区文学”和“沦陷区文学”，这是政治上满目疮痍、社会动荡的低迷期，却是中国现代文学史上的转折期，亦是儿童戏剧开拓与发展的第一个繁荣时期。

中国的儿童戏剧自“五四”时期登场，迄今已有百年历史。李涵主编的《中国儿童戏剧史》将中国现当代儿童戏剧发展划分为五个时期：形成时期（20 世纪初—1949 年）；初步繁荣时期（1949—1966 年）；复苏到丰收时期（1977—1982 年）；进一步发展时期（1983—1989 年）；丰收与忧虑并存时期（1990—2000 年）②。这种划分方式得到了主攻中外话剧史的曹树钧等学者的认可。胡红兵在此基础上将“形成时期”继续细分为“初始期”和“发展期”。据此，中国现代意义上的儿童戏剧大致被分为初始期、发展期、兴盛期、低潮期、恢复期和鼎盛期六个阶段。本文总结了不同时期中国

---

① ［德］马克思、恩格斯：《马克思恩格斯全集》第 3 卷，人民出版社 2002 年版，第 11 页。

② 全国艺术科学规划领导小组办公室编：《国家社会科学基金艺术学项目成果选介汇编（第 1 辑）》，文化艺术出版社 2003 年版，第 204—206 页。

儿童戏剧的时代背景与创作特点，详见下表：

中国儿童戏剧概况简表（1919 年～21 世纪）					
	时代背景	主题、内容	表现形式	作家作品	组织
初始期	五四运动	表现爱与美，歌颂光明、善良和一切美好；以浪漫主义、唯美主义、乐观主义为主导，童话剧、神话剧居多，现实题材较少	诗剧、歌舞剧，以独幕剧为主	开山之作为郭沫若的《黎明》，“近代歌舞之父”黎明晖创作《葡萄仙子》、《小小画家》	无
发展期	20 世纪 30 年代～1949 年	展现现实主义、英雄主义的“民族救亡”时代最强音，“儿童本位”被搁置，转而强调政治、宣传、教育性	话剧（与成人戏剧的边界模糊）	董林肯的“街头剧”《难童》、《小间谍》、《小主人》、《表》	中国第一个儿童剧团——昆明儿童剧团；1947 年 4 月 10 日在上海成立中国第一家公益性、教育性儿童剧团——中国福利基金会儿童剧团
兴盛期	1949～1966 年，党的“双百方针”和“二为方向”	革命历史题材与现实主义题材居多；相较战争时期，更加关注儿童的审美特征，弘扬优秀传统文化（融合中国民间传说与神话故事）	话剧和童话剧，叙事技巧逐渐完备	革命历史题材——王镇《枪》；现实主义题材——张天翼《蓉生在家里》、任德耀《小足球队》、葛翠林《草原小姐妹》、刘厚明《小雁齐飞》；童话剧——任德耀《马兰花》、老舍《宝船》	1956 年成立中国儿童剧院；1957 年中国福利基金会儿童剧团更名为“中国福利基金儿童艺术剧院”
低潮期	1966 ～ 1976 年，极“左”思潮	突出政治宣传，强调“高台教化”；简单的人物形象，口号式的革命语言，伪现实主义作品	革命样板戏	无经典佳作传世	很多剧团被迫解散
恢复期	1976～1996 年，改革开放	童话、神话、科幻、中国古典、外国经典等多元化选择；向儿童本位回归，更加关注当下儿童新的生活、新的问题和新的追求	开始借鉴国外的一些艺术表现手法	1978 年，邵冲飞、朱漪、王正、林克欢编剧，耿震、朱漪、邵冲飞导演的《报童》；秦培春编剧，任德耀、刘安古导演的《童心》	民营儿童戏剧院团开始创建

续表

中国儿童戏剧概况简表（1919 年～21 世纪）					
	时代背景	主题、内容	表现形式	作家作品	组织
鼎盛期	21 世纪以来	突出时代性，关注现实生活；儿童环保、成长等主题都在作品中得到体现；国际交流日益频繁，官方和民间的儿童戏剧交流不断增加，促进各国儿童戏剧的创作、运作、交流，取长补短，进一步推动儿童戏剧的发展	更多利用现代科技手段、多媒体舞台表现形式；公益性演出日益增多，打破剧场的空间限制，让儿童戏剧融入他们的生活	中国福利基金会儿童艺术剧院创作的国外题材作品《泰坦尼克号》、中国儿童艺术剧院的《西游记》、《十二生肖》等取材于中国传统文化的本土儿童剧，形成国际性融合态势	2000 年，文化部举办全国儿童剧观摩演出；2005 年，文化部主办第五届全国儿童剧优秀剧目展演；2011 年，中国儿童艺术剧院主办的“首届中国儿童戏剧节”在中国儿童剧场隆重开幕

（三）21 世纪中国儿童戏剧的观演方式创新

儿童戏剧的发展史也是一部儿童观的发展史，或者说变异史①。多媒体舞台技术革新与对教育的重视升级，推动了儿童戏剧表现形式的多元化发展。21 世纪以来，投影影像、LED 电子显示屏、全息数字影像技术、综合声光电、AR 与 VR 技术等纷纷走入剧场，在丰富视听的同时改变了戏剧节奏，拓宽了舞台空间，也颠覆了观演关系。

一方面，全球互联促进了不同文化间的碰撞与融合，新媒体技术的革新丰富了儿童戏剧的观演方式。游戏作为儿童认知世界的一种途径，早就为儿童剧舞台实践所重视。21 世纪的儿童戏剧更是以“沉浸式”的概念将儿童体验的三种特殊形态（身体体验、游戏体验和审美体验）② 有机地统一起来，更加符合儿童审美趣味的游戏性和互动性，在体验中完成儿童的自我形成、自我表现、自我调控与自我完善。这既体现在舞台设计中的夸张与张扬上，又体现在表演过程中演员与观众的互动与参与上。例如，由真实故事改编的儿童剧《希望之光》的演出，让每一位观众都能代入角色中的情感与氛围，增强了沉浸式的体验。

① 宋敏：《中国儿童戏剧发展史（1919—2010）》，上海大学博士学位论文，2018 年，第 29 页。

② 伍香平：《儿童体验论》，浙江大学出版社 2021 年版，前言第 2 页。

另一方面，网络新媒体技术的迅速普及，让儿童获取信息的途径更多元、便捷，也使儿童成为更“挑剔”的观众——这对儿童戏剧创作者提出了新的挑战，同时也带来了新的机遇。2022 年出台的义务教育艺术课程标准，将戏剧纳入义务教育体系，更为儿童戏剧的发展提供了土壤。课程标准中戏剧（含戏曲）学科内容包括“表现”、“创造”、“欣赏”和“融合”四类艺术实践，涵盖十项具体学习内容，要求通过具体的学习任务组织教学。这既可以培养儿童成为更好的观众与演员，也对儿童戏剧创作在内容与形式上的创新提出了更高的要求。

二、中国儿童戏剧创作存在的主要问题

儿童戏剧多数是由成人作家为儿童创作的，创作者秉持何种儿童观直接影响着选材和审美的倾向性。引进外国儿童剧是把双刃剑，在拓宽选材范围与表现形式的同时，也冲击着中国本土儿童戏剧的原创力。并且，生搬硬套外国的剧目难以符合中国少年儿童的成长语境，甚至可能与中国现行的社会制度与教育目标相背离。在儿童戏剧的创作中，对教育属性与娱乐功能的选择仍存在冲突。此外，市场化、产业化以及传播媒介的革新也影响着儿童戏剧的创作倾向。

（一）创作者群体的儿童观不同导致儿童戏剧的选材和审美无章可循

由于中国古代的传统儿童观并未发现“儿童”独立存在的价值，儿童的人格和精神都受到“父为子纲”之伦理制度的压迫与抹杀。此时期，无论儿童自我选择（民间神话、传说、寓言改编）与被动接受（以灌输教育为目的）的戏剧作品，都是“并非专为儿童所作且主要观众为成人”的儿童剧。直至明末清初对封建纲常进行批判，才促成了传统儿童观向现代儿童观的转变。讨论儿童观的转变，不得不提到“儿童本位”。承载着“五四”时期的反封建启蒙思想，以美国教育家杜威的“儿童中心论”为基础，出于对几千年来无视儿童独立人格的封建儿童观的痛恨，一些接受了近代西方资产阶级民主主义思想影响、率先闯入儿童文学领域的先驱者——胡适、周作人、鲁

迅、郭沫若、郑振铎等，提出了“儿童本位论（胡、周、郭、郑）”、“幼者本位说（鲁迅)”①。可以说，中国的“儿童本位”思想的提出，深刻影响着中国现代儿童文学的发生与发展。

“五四”时期在中国产生的“儿童本位”思想，虽与杜威“儿童中心论”的观点有不谋而合之处，但两者之间亦有着明显的区别。具体来说，杜威在其教育论著《学校与社会》中指出，教育变革是“一场和哥白尼天体的中心从地球转到太阳那样的革命，在这种情况下，儿童变成了太阳，教育界的各种措施围绕着这个中心旋转，儿童是中心”②。实用主义哲学思想影响下的杜威“儿童中心”教育思想有明显的指向性，即发展儿童的各种社会潜能，旨在让儿童更好地应对未来社会的职业需要。而中国儿童本位观念的根源则是对新文化运动的延续，其“儿童本位”思想具有明显的反封建意识，是对“五四”时期“人的发现”这一历史命题的更深层次扩展，以发现儿童、了解儿童、教育儿童为目的，欲培养其成为健全的人。由于此思想产生于“五四”时期，其面对中国悲惨的社会状况与贫弱的国家现实便具有明显的功能主义倾向——意在培养有深切的社会责任感的新一代国民，而并非像杜威一样将对儿童的培养指向职业性与社会性教育。

虽然中国现代意义上的儿童戏剧发展是在儿童本位的概念提出之后的 20 世纪 30 年代，但由于日本侵华战争的社会背景和民族救亡的时代最强音吞噬了“儿童本位”在儿童戏剧中的地位，儿童戏剧与成人戏剧的边界变得十分模糊。1949 年中华人民共和国成立以后到 1966 年“文化大革命”开始之前，由于党的“双百方针”和“二为方向”的提出，相较于发展时期，儿童戏剧作品更加关注儿童的审美特征，儿童本位的思想得到彰显。值得注意的是，在此阶段，童话剧也有了自己的一席之地。受社会文化背景影响，“文化大革命”十年是儿童戏剧的低潮期。戏剧作品运用简单的人物与口号式的革命语言创作出伪现实主义作品，忽略了儿童的审美趣味，过分强调政治宣传功能。1976 年“文化大革命”结束，熬过了极“左”思潮影响下低迷的十年，中国儿童戏剧迎来了恢复时期。其创作内容更加关注当下儿童的新生活、新问题和新追

① 罗培坤、左培俊：《儿童文学创作与研究》，华中师范大学出版社 1994 年版，第 21 页。

② 杜威：《杜威教育文集》，人民教育出版社 2008 年版，第 42 页。

求，向儿童本位回归。改革开放让一些国外的艺术表现手法走入了中国创作者与研究者的视野，为作品的主题和选材增添了多元化的选择。进入21世纪，中国儿童戏剧迎来了鼎盛时期。题材更加突出时代性，关注现实生活，也更加贴近当代儿童的成长主题；形式则利用更多现代科技手段，打破剧场空间的限制，让儿童戏剧与儿童生活更加贴近与融合。但此种“鼎盛”也充斥着虚假繁荣的市场乱象。

纵览中国儿童戏剧发展，不同历史时期由于创作者群体所持儿童观的不同，选材倾向也在变换与反复。每位创作者虽为个体，但同一时期的创作者群体也会受到来自社会背景、文化思潮等方面的影响而达成相对一致的儿童观。作家群体没有达成对于儿童观的共同理解，则无法确定评判儿童戏剧优劣的标尺。在儿童戏剧多元化、市场化发展的今天，作者的儿童观对于整部作品表达的能动性被放大了，没有统一的、正确的儿童观会让儿童戏剧无论是选材还是审美特质皆呈现为失范的状态。

（二）对外国儿童剧的盲目引进难以符合中国少年儿童的成长语境

改革开放让中国与世界互通，国外的舞台技术与儿童戏剧题材开始与国内互通交流。以此为契机，当代中国出现了一些借鉴甚至照搬国外儿童戏剧作品或把外国童话、小说改编成戏剧的趋势。然而，中国与外国面临的社会现实不同，亟待解决的社会矛盾不同，传递于儿童剧创作的表达便大相径庭。中国儿童文学与儿童戏剧创作面临共同的现实主义焦虑。中国无论社会制度还是教育目标都有着独特性，直接生搬硬套外国剧作难以适配中国少年儿童的成长语境。例如，由瑞典女作家林格伦的作品《长袜子皮皮》改编的童话剧，描写了一个航海家的女儿阳光却又叛逆地向别人介绍她的父亲是海盗，拒绝福利院收养，坚决要独立生活。这样的设计可以鼓励儿童的独立精神，并让儿童认识到自我奋斗的必要性。但反叛父母并不符合中国传统文化所推崇的“孝道”，而且未成年人不顾个人的实际能力，盲目效仿独立生活，显然也不可取。又如，中国儿童艺术剧院出品的儿童剧《卖火柴的小女孩》取材于安徒生童话，并加入《践踏面包的女孩》、《老路灯》、《孩子话》、《祖母》、《废物》等童话中的人物和情节，编织出新的演绎。虽然编剧为贴近中国儿童的生活，将原作中的时间点从圣诞前夜改为中国的除夕夜，但情节中对彼岸世界的宣扬却难以抹去基督教意识；在情节安排上也类似于《圣经》中“异文”的叙事手法，以相似的段落反复出现，推动观众对于彼岸世界的向往。因此，由于外国创作者所处的社会文化背景不同，导致其作品传递的价值观与信仰观念难以符合中国少年儿童的成长语境。

（三）儿童戏剧创作中教育功能与娱乐功能仍存在冲突

戏剧演出和功能的实现，很大程度上依赖于戏剧的传播与观众的接受。长期以来，传统戏剧之所以能够活跃在人们的生活当中，就在于它通过各种渠道和媒介进行传播，因此，传播是戏剧生存的方式①。20世纪初，随着科学技术的发展和进步，现代传媒技术不断涌现，并无孔不入地渗透到社会生活的各个层面。著名媒介研究学家尼尔·波斯曼的著作《娱乐至死》，用媒介的发展史介绍了世界可怖的演变，即人们愈发沉迷于快速获得碎片化、富有冲击力的信息。于是，图像、电视的产生冲击着传统纸媒，儿童对图片、音频、视频的依赖也冲击着儿童文学读物与儿童戏剧的创作。

近年来，用票房成绩评判儿童戏剧创作是否成功似乎成了一种趋势。成人们常以剧场内儿童情绪反应的热烈程度，作为戏剧好坏的简单判断，或者单纯以是否拥有吸引眼球的教育口号为标准。充满热闹气氛、歌舞、追逐、缤纷色彩，或拥有表面上吸引家长的教育主题，很容易被误以为就是好的儿童剧的标准。在此前提下，创作者的创作重心开始不自觉地向娱乐性倾斜。诸如在票房上大获成功的《Hi，可爱》儿童剧编剧邹静之在接受采访时强调，制作的最大追求是娱乐功能，即让儿童高兴，并获得快乐的观赏效果。娱乐至上、市场至上的商业逻辑是否符合儿童剧创作的初心？本文认为，答案一定是否定的。人性中的惰性并非儿童或成人的专利。在儿童戏剧创作中过分迎合儿童对于快速消费快感的需求，对于他们的成长无疑是不利的。

儿童戏剧的创作，一方面力求让作品葆有儿童性，另一方面又催促着儿童社会化的成长进程。当创作者意图顺应儿童审美情趣时，现实却是每一张门票都要由家长买单。而家长对儿童戏剧的要求难免带有教育属性的偏见，这便使儿童戏剧创作中的教育功能与娱乐功能产生了难以调和的矛盾。

（四）市场化、产业化及传播媒介革新对儿童戏剧创作倾向的影响

产业化的儿童戏剧日益集中扎向一线大城市，在其他地区的发展则受到了前所未

---

① 黄纯：《晚清民国时期广州粤剧城市化研究》，中山大学出版社2018年版，第248页。

有的限制。据大麦网2021年的儿童剧演出数据显示，上海、北京分别成为消费力最强和演出最多的城市，而深圳、杭州、成都等新一线城市也逐渐成为儿童剧演出的消费热门地。“所有的城市都存在着基本的特征，即人口和经济活动在空间的集中。用经济学的术语来说，城市是一个坐落在有限空间地区内的各种经济市场——住房、劳动力、土地、运输等等——相互交织在一起的网状系统。”① 在市场经济时代，儿童戏剧不得不向其他艺术形式一样纳入商品消费的轨道。在市场的催化下，儿童戏剧的地域发展愈发呈现差异化趋势。明星演员、IP效应带来的流量，阻碍了作家的原创热情，也限制了题材创新。相较于未经市场检验的创新型题材与中国作家的原创作品，那些成熟的明星和卖座的IP仿佛更受资本的青睐。

多媒体视听技术滥用，消解了儿童的想象力。促成此类市场乱象，一方面是因为媒体宣传抓人眼球的需求，另一方面是因为创作者自身对儿童观众认知理解与审美能力的矮化。面对影视对戏剧市场的挤占，儿童戏剧从来没有在社会中落伍，真正打败儿童剧的是创作者以为创作易如反掌的心态②。

时任中国儿童艺术剧院院长的周予援曾断言：“儿童戏剧过去、现在、未来，永远不可能完全地市场化……市场是要求利润最大化的。如果以市场化为准绳，就会造成儿童剧团创作和演出的偏颇，片面追求赢利性和娱乐性，而忽视了儿童戏剧所应该具有的教育功能、人文关怀、感染力、启发性和知识性等等。儿童戏剧强调非赢利性，因为儿童戏剧从根本上说，还是一项公益事业。作为儿童戏剧的工作者，我们必须高于市场、引导市场、培育市场。”③

儿童戏剧目前的市场也如同其面对的儿童本体一样，正处于不成熟与待成长的关键期，引导和培育是比利用更重要的事情。面对市场化、产业化及传播媒介革新对儿童戏剧创作倾向的影响，儿童戏剧的创作者应坚守一定的教育性、审美性与非赢利性。

---

① ［英］K.J.巴顿：《城市经济学：理论和政策》，上海社会科学院部门经济研究所城市经济研究室译，商务印书馆1984年版，第14页。

② 王添强：《儿童剧事业的发展，还需要哪些层面的努力》，《东方娃娃·保育与教育》2020年第12期，第17页。

③ 卢巍：《让儿童戏剧与时代同行——访中国儿童艺术剧院院长周予援》，《中国戏剧》2007年第9期，第31页。

三、中国儿童戏剧创作的突围策略

发现了中国儿童戏剧创作存在的主要问题，便可以有靶向、有准心地做出改变。下文尝试提出四种突围策略。

（一）儿童戏剧创作者需树立正确的儿童观

儿童观决定了儿童文学的上限。通过梳理在中国的不同历史时期，儿童戏剧创作的审美倾向与作家群体所持儿童观的对应关系，不难发现，创作者所持儿童观的不同，直接影响着作品选材的倾向。在21世纪的第一个十年，部分儿童戏剧作家越发注重“儿童”的本体地位。他们以儿童的视角开掘儿童的内心世界，从写“事”向写“人”转变，改变了以成人的视角创作儿童剧的现象①。多数成人作家对于儿童戏剧的创作逐渐不再采用俯视的姿态，而变成了平视，以对等的目光去观察和呈现儿童的世界。然而，作品是否符合儿童本位的思想也并非评判儿童观正确与否的唯一标尺，不同历史时期政治、经济等外部环境对创作题材审美倾向的局限性不可忽略——每一个独立的创作者都无法脱离他所处年代的历史文化特性，都一定程度地被当时的社会文化思潮所影响。对“儿童本位”的极端认识——忽视少年儿童责任、反爱国主义教育的儿童观——也是不可取的。周作人曾在1921年和1923年撰文反对《儿童报》上的“国耻号”和《小朋友》上的“提倡国货号”，“周作人将‘儿童本位’矮化、窄化了，并将少年儿童与国家、民族分割开来。事实上，没有国家、民族作为依傍，‘儿童本位’便是乌托邦。……当新文化和新文学只遵从‘儿童本位’这一儿童观，且将‘儿童’单纯、善良、自然、美好的天性理想化、孤立化、西方化，极易误入歧途并出现误导情况”②。另外，由于儿童自身的三观未建立完全，一味盲目地迎合儿童的审美趣味也将让市场被一些哗众取宠、低俗媚俗的作品影响了判断力。因此，儿童戏剧创作者的儿童观的确立是动态的，且存在博弈性。

---

① 宋敏：《中国儿童戏剧发展史（1919—2010）》，上海大学博士学位论文，2018年，第250页。

② 张国龙：《中国新文学少年儿童形象塑造的价值旨归》，《中国社会科学》2021年第7期，第94页。

（二）创作国际语境下富有时代气息的中国儿童戏剧

随着20世纪80年代以来大众文化的兴起，流行文化、时尚元素逐渐辐射至青少年儿童群体。他们之中流行的暗语密码也被市场所左右。例如，歌手陈奕迅演唱的流行歌曲《孤勇者》通过短视频平台的传播，迅速在小学生群体中流行起来，成为大众文化侵入儿童文化的案例。如今的儿童戏剧也主动迎合儿童受众的审美需求，将表现形式主动向流行化与时尚化倾斜。就像音乐剧作曲家安德鲁·劳埃德·韦伯的经典剧作《摇滚学校》，引用流行歌曲、摇滚乐、爵士乐等大胆而叛逆的音乐形式来迎合儿童在新世纪的审美诉求。值得注意的是，全盘西化也是不可取的。我们或可让中国优秀传统文化、传统戏曲等元素，通过具有巧思的编排走入儿童的生活，建设新的、流行的儿童文化。我国的创作者也可以借鉴《摇滚学校》的创作经验，既继承中国传统艺术中的写意手法和丰富的假定性，又结合儿童喜爱的国际语境下的流行文化来讲好中国故事，塑造中国的童年精神。

（三）纵览中国儿童戏剧选材，探索符合儿童认知发展规律的选材

始于20世纪初“五四”时期的中国现代儿童戏剧，以郭沫若的童话剧《黎明》为诞生标志，以黎锦晖的《小小画家》与《葡萄仙子》为顶峰。可以说，萌芽期的中国儿童戏剧选材偏好童话改编，贴近儿童的现实生活。进入抗日战争时期，儿童戏剧多以现实性题材宣扬爱国思想。中华人民共和国成立后的新时期儿童戏剧的题材大幅度拓宽，校园生活、社会生活、科技幻想、童话剧等主题的作品纷纷涌现。进入21世纪以来，部分儿童戏剧有意淡化了政治说教的倾向，而更加追求戏剧本身的艺术审美价值与娱乐功能。儿童戏剧的教育功能曾经被提高到神圣的地位，但在更丰富的题材与技术呈现下，其艺术审美价值进一步被强调。虽然童话剧《长袜子皮皮》、儿童戏剧《柠檬黄的味道》（邱建秀编剧，《剧本》2006年第3期）等作品都有各自的教育内涵，但这些剧目都不是生硬的说教，而是通过趣味性的编排，让人物的成长贴近于儿童生活，让戏剧作品成为儿童喜闻乐见的艺术生活享受，而非强迫儿童进入又一个枯燥乏味的课堂。

（四）合理运用与舍弃技术手段

舞台表现中的“技术美”是戏剧中必不可少的形式美，但真正的内核永远是剧作

中爆发的情感、无限的想象力和儿童的创造力。北京儿童艺术剧院打造的儿童剧《魔山》结合了场地表演、幕景、玩偶、魔术、多媒体展示、烟花与游戏等众多技术手段，赚足眼球，成为技术与商业的狂欢，而非作品自身具有相应的价值。无论任何时代，戏剧人才对人文美的追求都将是第一要义①。丰富的技术手段可以吸引孩子的兴趣，以更好地吸收作品中传达的内容。何为合理运用技术手段，取决于创作者对作品娱乐性与教育性之间平衡度的把握，换言之，也可以理解为形式与内容的调和。更新的技术、更丰富的表现形式可以为合适的内容添彩，但徒有形式、没有内容的作品，终不能传承。

结　语

作为概念的儿童戏剧起源于西方，但中国自古也有适合儿童观赏的戏剧、戏曲作品。在“五四”时期，以儿童为本位的儿童观确立后，儿童戏剧有了自己的根基。爬梳不同历史时期中国儿童戏剧的创作主题流变，可发现创作者的儿童观是不稳定的，且直接影响了选题审美的秩序。这也引发了本文对中国儿童戏剧创作存在的主要症结的思考，除创作者群体对儿童观缺乏共识外，还存在对外国作品盲目引进不符合中国儿童成长语境、教育性与娱乐性难以平衡、市场化对儿童戏剧创作的影响等问题。针对以上问题，本文提出相应的突围策略：第一，作家群体要树立正确的儿童观；第二，尝试在国际语境下创作契合中国童年精神的原创作品；第三，了解中国儿童戏剧史，选择符合儿童认知发展规律的题材；第四，合理运用和舍弃技术手段。21世纪以来，儿童戏剧的创作和理论研究都迎来了机遇和挑战。如何与国外的优秀作品与技术互通有无，并保持自身的特色、适应本国儿童的成长规律，需要所有儿童戏剧人不断探索。

（作者单位：北京师范大学文学院）

① 王婉婉：《中国传统色彩与西方话语框架——管窥中外儿童戏剧的共融与差异》，《戏剧文学》2017年第6期，第61页。

发生期的艰难探索

——论清末民初儿童文学自发的文体建构

王雯昕

摘　要：清末民初是中国儿童文学的发生期，是中国现代儿童文学史不可或缺的部分。本文以文体为切入点，旨在用崭新的视角回顾清末民初儿童文学的艰难探索。首先，钩沉文学史料，聚焦外部环境和文学自身，分析该时期儿童文学文体建构的文化语境。其次，从宏观和微观层面出发，通过建立作品数据库和细读文学文本，阐述该时期儿童文学在文体格局和内部体式上的革新，探讨儿童文学的文体建构状貌。最后，探究清末民初儿童文学文体建构的局限性，即不完善的宏观格局和不彻底的内部体式变革。清末民初儿童文学文体实现了扩容和突破，但这是大时代裹挟之下的被动发生，“儿童品格”不突出，其建构仍处于自发状态，未实现自觉的现代性蜕变。

关键词：清末民初；儿童文学；文体；自发；建构

中国儿童文学究竟发轫于何时？这是儿童文学界一个争论不休的话题，最占上风的无疑是“五四”说。严格来看，“儿童文学”这一概念确实是在“五四”时期才得以确立，但事物的发展从来不是一蹴而就的。清末民初，具有现代意义的中国儿童文学伴随着时代的脉搏，登上了历史的舞台，拉开了百年中国儿童文学的帷幕。现有的清末民初儿童文学研究多聚焦于作家群体的兴起、创作的丰富、理论研究的勃兴和儿童期刊的出现，而关于儿童文学文体建构的宏观研究则较为匮乏。本文以文体为切入点，将文体看作一个立体的系统，从文化维度和艺术维度分别探究清末民初儿童文学文体建构的生成原因和呈现形态，进而分析该时期儿童文学文体建构的局限，最后总结该时期儿童文学文体建构的自发性。全文旨在以一种崭新的视角回顾清末民初儿童文学在发生期的艰难探索，并挖掘其在中国现代儿童文学史中的独特价值。

一、革旧与求新：清末民初儿童文学文体建构的文化语境

“凡一代有一代之文学。”① 没有哪一种文学样态是从真空中生长起来的，政治、经济、思想等都潜移默化地影响着一个时代文学的最终样态。当然，文学之独特性在于它拥有相对的独立性，能够在历史的大浪潮之下循着文学的自身规律，拓出一条清晰的发展脉络。文学如此，儿童文学亦然。欲探讨清末民初儿童文学的文体建构，势必要了解该时期的文化语境。

清末民初，中西文化和新旧事物进行着激烈的碰撞，现代化的闸门被打开，社会环境和文学内部均呈现出革旧求新的气象。正是在这样的特殊语境下，具有现代意义的儿童文学开始冒头。

首先，在“数千年未有之变局”的时代背景下，文学与政治同脉相连，都发生着前所未有的震动。19 世纪中后期，外国侵略者的坚船利炮轰开了中国紧锁的大门。在民族危机的刺激下，一代仁人志士开始寻找救国的各种途径。在一次次的变法与失败中，他们认清中国落后的根本原因在于国民素质的低下。在对戊戌变法的反思中，梁启超指出“求文明而从精神入，如导大川，一清其源，则千里直泻，沛然莫之能御也”②，要变革中国，就必须从根源入手，先实现国民的思想启蒙。故清末的十余年间，展开了广阔的改造国民、启蒙开智的运动。儿童是国民的一员，更是未来的主人翁，当仁不让地成为了“新民”的重点关注对象。在救亡图存和政治启蒙的时代诉求下，文学成为一种工具，艺术性退居其次，儿童文学也成了思想宣传的利器。在众多体裁中，小说以其通俗性和战斗性，诗歌以其感染力和群众性，具备了其他文体所没有的优势，更有利于实现传播启蒙思想的目的。因此，儿童小说和儿童诗歌成了当时儿童文学中最活跃的两种文体，出现了大批翻译儿童小说与创作儿童诗歌的热潮。

其次，西方的入侵引发了中国的政治危机，但客观上也带来了中西文化的碰撞和

① 王国维：《宋元戏曲考》，中国戏剧出版社 1999 年版，序第 1 页。

② 梁启超：《国民十大元气论》，《饮冰室合集・文集》第 2 册，中华书局 1941 年版，第 62 页。

儿童观的重塑。在中国数千年的封建社会中，儿童被视作“缩小的成人”，不被认可和尊重。清末，卢梭的《爱弥儿》、《民约论》和其他教育学、心理学、儿童学、社会学著作的输入，使西方现代的儿童观源源不断地进入我国。以梁启超为代表的知识分子对中国传统儿童观进行反思，并引领了近代儿童观的塑造，主要呈现出以下两个特点：第一，鼓吹儿童的平等权利和独立的社会地位。梁启超1901年在《清议报》上发表了《卢梭学案》，认为“彼儿子亦人也，生而有自由权，而此权，当躬自左右之，非为人父者所能夺也”①，将儿童从成人的桎梏中解脱出来，使其成为独立的个体。第二，确认了儿童的价值。梁启超的《少年中国说》表达了对儿童的无上礼赞：“少年智则国智，少年富则国富，少年强则国强，少年独立则国独立，少年自由则国自由，少年进步则国进步……”② 新儿童观的建立，为中国现代儿童文学的诞生奠定了思想基础。但这种儿童观诞生于现代民族国家意识建构，不可避免地沾染上了浓厚的政治气息。故该时期的儿童文学作品携带了较强的政治功利性。

再次，在救国保种的思潮之下，儿童观的更新也推动着教育进行改革。晚清民初的教育制度逐渐走向僵化，“旧学”已成强弩之末，打造“新学”迫在眉睫。有识之士们提出了一系列变革主张，即颁布新的教育制度、出版新的教科书、提倡新的教育思想等。王国维、梁启超、蔡元培等人大力倡导西方的“美育观”，让儿童文学中的审美特性得到了更多的关注。美育重视情感和艺术的熏陶，因此，“学堂乐歌”这类情感色彩浓烈、糅合了多种艺术的文体在该时期得到推崇，尤为兴盛。此外，教育改革的热潮还推动了新的刊物类型和小说类型的出现——教育刊物和教育小说，为少年儿童提供了新的阅读资源。

最后，在对文学的考察中，媒介是一个容易被忽视的因素。实际上，作为一种文学传播的工具和手段，它深深地影响着文学的变革。从20世纪末开始，中国的报刊业和出版业迅速发展，中国由此走进了“大众传播”的时代③。连载报刊的出现，为儿童文学的创作与发行提供了重要的平台，使之得以集中刊登和广泛传播，其中以儿童小

① 梁启超：《饮冰室合集・文集之六》，中华书局1936年版，第101页。

② 张建青：《晚清儿童文学翻译与中国儿童文学之诞生》，复旦大学博士学位论文，2008年，第39页。

③ 冯光廉：《中国近百年文学体式流变史》（上），人民文学出版社1999年版，第29—30页。

说最甚。此外，连载报刊的重要特点是随写随刊，摆脱了传统的讲唱形式。书面载体的兴起，使儿童小说开始由“讲说化”向“阅读化”转型，逐渐挣脱古典小说的叙事限制，向更灵活、更多样的叙事模式发展。

综上，政治的启蒙、文化的碰撞、教育的改革和大众媒介的兴起，都为清末民初儿童文学的文体变革提供了历史的契机。但是，“真正促动小说体式变革的深层原因还在于传统小说体式自身的局限和小说日益扩大的社会功能之间的矛盾”①。社会环境的变动是文学革新的外因，其根本内因是古典文学及艺术传统的腐化与枯萎。

中国古典文学经过千百年的沉淀，已经形成了一套固定的模式，缺乏足够的活力来满足时代的新需求。以小说为例，传统小说作为茶余饭后的消遣，注重文本的故事性，其语言形式、艺术手法都呈现出明显的封闭性。这无疑对作家的创作形成了极大的束缚，也让作品逐渐扁平化，无法与中国日益复杂的社会生活和人们愈发动荡的精神世界相契。又如诗歌，曾取得很高的成就，但到了近代，也走向了僵化。诗歌中充斥着陈词滥调、无病呻吟，所使用的词汇和现代口语严重脱节。诗歌在格律上的种种限制，也极大地挫伤了诗歌的活力，阻碍了更真实的情感表达。此外，诗歌在古代是知识分子的专属，与平民百姓的趣味相隔绝。显然，在清末民初的启蒙语境下，古典小说与诗歌的艺术形式和文化定位都是不合时宜的。越来越多的知识分子尝试突破旧有的文体规范，借鉴西方文学的艺术模式，为新的立意寻找更合适的文学体式。除了“启蒙”，“儿童”也是该时期不可忽视的关键词。一些文学家在看到儿童文学的政治功利性之余，也看到了文学作品的儿童性在儿童阅读中所发挥的重要作用。传统的文体如小说、诗歌，并不是专门为儿童服务的，在儿童性的呈现上难免有所欠缺。作家要想更好地贴近儿童的心灵，引起儿童的共鸣，就需要新的文体来实现。

在旧有文体规范逐渐僵化的环境下，文学自身的发展需求，促使清末民初具有改革意识的文学家对新文体进行发掘。这可以概括为两种途径。第一种是开拓新的文体资源，以童话和儿童戏剧为代表。这两种体裁是从西方引进的，颇受儿童的喜爱，为“五四”时期儿童精神的张扬奠定了良好的载体基础。第二种是对旧文体进行改造，主要体现在“小说界革命”和“诗界革命”这两次文学革新运动上。这两场“革命”既

① 冯光廉：《中国近百年文学体式流变史》（上），人民文学出版社 1999 年版，第 27 页。

改变了当时的文学观念，又革新了当时的文学体式，引发了儿童小说和儿童诗歌在叙事、语言等方面的形式变动。当然，这两场“革命”并没有从根本上撼动古典小说及诗歌的艺术模式，只是学习了外国文学中的一些皮毛进行局部改良，且更注重内容而非形式，造成了该时期儿童文学体式变革的不彻底性。

二、扩容与突破：清末民初儿童文学文体的建构状貌

在时代呼唤和文学发展需求的双重推动下，清末民初儿童文学开始了稚嫩而崭新的文体建构。从文体格局的宏观呈现到文体内部的微观变革，可以清晰地看到，该时期的儿童文学文体的建设尚未成熟，但已经开始对古代蒙学读物进行一定程度上的“破”，并对即将诞生的“五四”儿童文学进行一定程度的“立”。该时期文学体裁的扩容和内部体式的突破，完成了中国现代儿童文学破土而出之前的蓄力。

本文参考了王泉根的《百年中国儿童文学编年史》，胡从经的《晚清儿童文学钩沉》，张治、李广益、李献雅、武田雅哉、Helena共同整理的《中国近代科学幻想小说重要创作与翻译年表（1900—1925）》以及知网的相关论文，并借助国内特大型文献数据库“全国期刊索引”中的“晚清期刊全文数据库（1833—1911）”、“民国时期期刊全文数据库（1911—1949）”，运用文献和数据库的检索，完成了以文学体裁为分类标准的清末民初儿童文学作品统计。

经统计，清末民初儿童文学的文体格局呈现以下三个特点：第一，儿童文学体裁一共有六种，为小说、诗歌、童话、寓言、故事和戏剧。此外，还有一些体裁界限不明确、具有混杂性的儿童文学作品。第二，在这些儿童文学体裁中，儿童小说最多，儿童诗歌次之，其后是童话、寓言和故事，儿童戏剧则最少。需要说明的是，由于各种体裁的篇幅特点和发行方式不同，仅仅以发表的数量来衡量各种体裁所占的比重是不科学的，故本文的结论还考虑了儿童文学各类体裁的作者、发表年份、刊载物和出版社的数量。第三，从总体上看，该时期的儿童文学作品以翻译为主，原创作品较少，但具体到各类文学体裁，情况则有差异。儿童小说和童话以翻译为主，儿童诗歌和儿童戏剧以原创为主，寓言和儿童故事则表现为翻译和原创并重。

清末民初儿童文学的文体建设处于在混沌中摸索的阶段，每种文学体裁的建设呈

现出各自的特点。在“小说界革命”和“诗界革命”旗帜之下，该时期儿童小说和儿童诗歌的建设最为出彩，主要表现为投身其中的翻译家及作家数量最多，社会关注度和影响力也最大，但其政治性和思想性远远高于艺术性。相较之下，童话作为一种崭新的文体，保留了更多的幻想性和趣味性，较好地彰显了儿童文学的审美特征。该时期的寓言开始成为一种独立的文学体裁，其蕴于诙谐之中的尖锐性是其他文学文体无法比拟的。儿童故事则以传奇性、知识性见长。从西方引进的儿童戏剧发展最为薄弱，数量最少，属于主题先行，在艺术处理上相当粗糙。总的来看，清末民初儿童文学受制于政治语境，有很强的工具性，其“儿童品格”尚不突出。但也正因处在这一特殊的历史节点，儿童文学得以在波涛汹涌的大文学环境下，从文本内部迸发新的活力。下文以儿童小说和儿童诗歌这两种文体为例，体察该时期儿童文学内部体式的变革。

清末民初时期的儿童小说呈现出与“旧小说”相异的“新小说”色彩，尽管主要是在思想内容上展现出新风貌，但文学是一体的，其文学体式也实现了一定的突破，在结构、叙事和体制上进行了新尝试。

第一，该时期的部分儿童小说突破了古典小说的结构原则。古典小说强调以完整的故事情节作为小说结构的主体，结构的中心是“事”而不是“人”①。而在近代小说中，情节的完整性不再那样重要，在故事和人物的关系上，重心开始从“事”转移向“人”。这就使得越来越多的作者致力于刻画小说中人物的性格和心理，小说从“情节小说”逐渐走向“性格小说”、“心理小说”。如梁启超的政治小说《新中国未来记》，在中国小说史上属于别开生面之作。小说的叙事部分写得很粗糙，不仅没有实现完整的故事叙述，甚至只写了前五回就戛然而止。小说的出彩之处则在于塑造了两个政见相左、但共谋中国美好未来的代表新兴资产阶级的理想人物，两人激烈的思想交锋正是全文的高潮。

第二，该时期的部分儿童小说在叙事模式上较古典小说有了较大的改变。古典小说在叙事上大多采取全知全能的“零聚焦”叙事视角、单线索的叙事结构和顺序的叙事方式，叙事追求清晰明了。与古典小说相比，近代小说的叙事模式更加灵活，一些

① 冯光廉：《中国近百年文学体式流变史》（上），人民文学出版社 1999 年版，第 9 页。

小说的叙述者已经融入叙述过程，成了整个叙事本身的参与者或旁观者，出现了以第一人称进行叙事的小说，如包天笑的《馨儿就学记》和《苦儿流浪记》。小说以孩童的口吻进行叙说，拉近了作品和小读者的距离，使小说更加真实可感。此外，近代小说开始采用更复杂的叙事结构和更多元的叙事顺序，为小说的叙事模式注入了新的活力。林纾的《黑奴吁天录》和《块肉余生述》分别采用双线索交叉叙事和主干与枝节相连、但又突出主线的“锁骨观音”式结构①，颇具创新性。梁启超对西方的倒叙写法大为赞赏，称“观其一起之突兀，使人堕五里雾中，茫不知其来由。此亦可见泰西文字气魄雄厚处”②。他的《十五小豪杰》就大胆地使用了倒叙，开头引用了一段洋洋洒洒的诗词，将在海面上漂流的15个少年径直带到了读者面前，而少年们的来历、出身和漂流缘起直到第三回才交代清楚。当然，该时期倒叙手法的运用还比较生硬，作者常常忍不住出面加以解释，削弱了倒叙手法的效果。

第三，该时期的部分儿童小说在叙述体制上也有所创新。传统古典小说有几种固定的叙述体制：短篇小说以文言小说“唐代传奇”和白话小说“宋元话本”为代表；长篇小说以章回体小说为代表，常使用“话说”、“看官”、“下回分解”等字样，实行分卷分目，用工整的偶句作回目。清末民初的一些儿童小说突破了古典叙述体制的束缚，不再套用古代的固定格式，开始减少叙述头绪，简化叙述体制。如周桂笙的《飞访木星》，开头直接叙述自己在芝加高街头所看到的景象，故事切入很快，没有多余的过渡语。小说的叙述体制从程式化走向自由化，为自由奔放的童心书写提供了更广阔的空间。

与儿童小说情况相似，该时期的儿童诗歌也携带了“新派诗”的气息。“新派诗”是在梁启超、黄遵宪等人的号召下逐渐兴起的。尽管它与“五四”时期的“新诗”不同，并没有彻底挣脱旧体诗的格律束缚，但新词语、新思想的灌入，也自然地带来了诗歌语体和风格的改变。尤其在儿童诗歌这一特殊文类中，儿童独特的心理特点和认知能力对诗歌的体式解放提出了更高的要求。

一方面，清末民初的儿童诗歌在语体上呈现出文白掺杂、雅俗并行的特点，表现

① 冯光廉：《中国近百年文学体式流变史》（上），人民文学出版社1999年版，第25页。
② 饮冰子、披发生：《十五小豪杰》，上海广智书局1904年版，第8页。

出口语化、通俗化的发展趋势。清末民初的学堂乐歌处于诗歌语言的转型期，夹在古典诗歌和“五四”白话新诗之中，有较强的糅杂性。古典诗歌多用文言，而梁启超、黄遵宪等人意识到“言文不一致”对启蒙民众的巨大阻碍，便提倡在诗歌中使用口头白话，以供大众欣赏和吟唱。学堂乐歌的对象主要是青少年，甚至蒙童，他们的生理和心理特征更要求歌词体现出浅近通俗、朗朗上口的特点。例如曾志忞的《老鸦》：“老鸦老鸦对我叫，小鸦真正孝。老鸦老了不能飞，对着小鸦啼。小鸦朝朝打食归，打食归来先喂母，自己不吃犹是可，母亲从前喂过我。”① 尽管夹杂了一些古语词，但全诗总体上呈现出平直晓畅、妙趣横生的特点，其鲜活朴素的口语让童真童趣得到了充分释放。黄遵宪的《幼稚园上学歌》亦是如此。李叔同的乐歌则表现出雅俗并济的特点，既保留了古典诗歌的雅韵，又采用了西式曲调，将诗歌含蓄隽永的意境美与简洁质朴的语言美结合在一起。代表作《送别》采用了大量古典意象，继承了古诗的节奏与体式，突出环境的营造，平易自然，即便是知识储备较少的儿童，也能从其中品尝出与友人分别之时的黯然神伤和对友人真挚的祝福之情。

另一方面，清末民初的儿童诗歌在一定程度上突破了古典格律的限制。古典诗歌在句式、平仄、对仗、押韵、节奏等方面有着严谨的规则，而清末民初兴起的学堂乐歌受到西洋音乐与日本乐曲的影响，把一些散文因素注入诗歌结构之中。单音节词向双音节词的转变，以及介词和助词的大量使用，都在一定程度上破坏了诗歌的古典节奏和形式，使其逐渐呈现出“非律化”的特征。这种“非律化”首先表现在打破了诗歌固定的句式。传统的诗歌有四言、五言、七言和杂言，但该时期的学堂乐歌在字数和句数上有着较大的弹性。如沈心工于《学校唱歌二集》收录的《燕燕》，单个诗句有两个字、四个字、五个字、六个字甚至十个字的，随意洒脱。正是这样自由的句式，使儿童对燕子的关切得以更自然地流露。其次，“非律化”表现在该时期学堂乐歌对节奏感的再划分。李叔同的《春游》保留了七言的格式，但是传统的节奏已经被打破。诗歌每一句话都拥有不同的节奏，建构出自然明快的节奏感。诗歌的第一、三、四句在节奏上是对称的，分别为“二二三”、“二二二一”、“二二一二”。而第二句“游春人/在/画中行，万花/飞舞/春人下”，前半句节奏是“三一三”，后半句节奏是“二

① 梁启超：《饮冰室诗话》，朝华出版社2017年版，第138页。

二三”。富于变化的节奏，与春游时人们喜悦、欢快的心情更加吻合。最后，“非律化”表现在该时期的学堂乐歌不再沿用严格的对仗。传统格律诗要求上、下两句对仗且平仄相反，词性、句型、语法结构都要一致。清末民初的儿童诗歌尽管并未舍弃对仗，但逐渐褪去了那种刻板和古腐，追求更轻松、更灵活的对仗，这样的诗歌也更易于儿童吟唱。

综上，清末民初儿童文学作为“五四”儿童文学的先声，从外部到内部开启了具有开创性的文体建构。从宏观来看，该时期儿童文学的文体不仅有了极大的扩容，出现了小说、诗歌、童话、寓言、故事、戏剧六种文体并存的局面，而且各种文学体裁的发展各有所长。它们之间形成了一种奇妙的张力，彼此相异，却又彼此联系，在共性和个性的交织中为清末民初的儿童文学画下了浓墨重彩的一笔。从微观来看，该时期的儿童文学在体式革新上跟随古典“旧”文学向现代“新”文学转变的脚步，从内部迸发出新的活力，实现了一定的体式突破，在小说和诗歌中尤为凸显。当然，该时期的文体建构仍然是不成熟的，带有很强的自发性。

三、不完善与不彻底：清末民初儿童文学文体建构的局限性

作为发生期的文学，在政治语境的种种限制下，尽管清末民初儿童文学已经在中国现代儿童文学的文体建构的道路上迈出了艰难的第一步，但这一步并不是颠覆，而是一种过渡时期的尝试和摸索，具有很大的局限性。只有清晰地认识到这种局限性，才能对该时期的文体建构有一个更全面、更辩证的认知。

从宏观格局来看，清末民初的儿童文学文体建构并不完善，存在着不全面、不均衡的缺陷。其一，该时期的儿童文学出现了小说、诗歌、童话、寓言、故事、戏剧六种文体，虽然是对古代儿童文学文体种类的极大丰富，但仍然是不全面的。儿童散文、图画书、报告文学这些文体尚未出现，在种类上还存在较大的空白和发展空间。此外，该时期的文体有一定的混杂性，童话常常与寓言、短篇小说混在一起，各文体之间还没有清晰的界限。如孙毓修的《童话》丛书，虽然以“童话”为名，但这里的“童话”只是“童子之话”的缩写，并未形成独立的文体概念，书中收录了童话、寓言、小说等多种文体。《寓言报》也并非专载寓言，还设有小说、笑话、演说等诸多栏

目。这种不全面和混杂性，主要是由于清末民初儿童文学处于刚起步的阶段，基础薄弱，经验匮乏，资源有限，还未能建构起种类完备、边界清晰的儿童文学体系。

其二，该时期的儿童文学存在着文体极不均衡的现象，小说和诗歌的数量可以占到所有儿童文学体裁的百分之七十，童话、寓言、故事和戏剧加起来仅占总数的三成。而且，该时期儿童小说和诗歌的关注度和影响力也远远高于其他文学体裁。这种现象的产生与当时的政治语境有着密切联系。在救亡图存的社会大旗下，文学必须要为政治服务。因此，尽管该时期的儿童文学在一定程度上考虑了儿童的接受心理，但其政治启蒙的社会功利性还是压倒了一切。儿童小说和诗歌在政治舆论工具的承担上具有各自的优势，自然得到了更多改革家的倡导，而童话、寓言这类幻想性、趣味性较浓的文体蕴含了较为纯粹的儿童文学审美品格，但也容易削弱文学的教化色彩和启蒙功用，只能退居其次。这种不均衡，折射的是特定历史语境对儿童文学本真的一种不得已的扭曲，是一种必然，亦是一种缺憾。值得注意的是，这种不均衡在该时期的原创儿童文学中更为凸显。除了儿童诗歌有大量的原创作品，其他体裁基本以翻译为主，原创数量少且质量参差不齐。特别是童话，作为从国外引进的叙事文体，初来乍到又基础薄弱，甚至没有真正意义上的原创作品，均是从外国的童话作品翻译而来。即便是诗歌创作活动的兴盛，也不能归功于诗人为儿童写作的自觉意识的萌发，更多受制于“熔铸新理想以入旧风格”的要求。当时的“诗界革命”仍要求诗歌符合古典的格律句式，这为外国诗歌的翻译带来了很大的困难。梁启超在翻译拜伦的《哀希腊》时谈道：“翻译本属至难之业，翻译诗歌，尤属难中之难。本篇以中国调译外国意，填谱选韵，在在窒碍，万不能尽如原意。”① “中国调”和“外国意”之间的难以调和，让诗人只好知难而退。

从文本内部来看，清末民初的儿童文学体式革新是不彻底的，还未彻底挣脱古典文学的艺术藩篱。事实上，近代的文学革命所“革”的核心仍是文学的精神和内容，改革家欲借蕴含于新文学中的新思想来吹起社会的新风，而体式变化是为前者服务的，还处在一种朦胧的状态中。此外，“文学的发展作为一个有承续关系的流动的历

① 郭延礼：《中国近代翻译文学概论》，湖北教育出版社 1998 年版，第 91 页。

史过程，是不能用单纯的理论切割泾渭分清的”①。文学的发展是螺旋上升而非线性前进的，孕育新文学的土壤中必然混杂着旧文学的养分。可以说，时代环境的特定诉求和文学自身的发展规律都决定了清末民初儿童文学的体式变革是粗糙的、不彻底的，并没有在文学形态上实现质的转变。

首先，该时期儿童文学文体变革的局限之处表现在对传统体制的沿用上。对于当时大多数文学家而言，无论是小说还是诗歌，其外在体制都是确定的，因为古典文学已经把沉淀百年的文学形态“定型”给了他们。他们所需要做的只是将新的时代精神注入陈旧的体制中，实现“旧瓶装新酒”。因此，尽管有部分文学家对小说体制进行了一定的突破，但当时的儿童小说大多还是套用了古典小说章回体和笔记体的格式。创刊于1902年的《大陆报》的《警世奇话》一栏中，《众兽选王》、《小狮争荣》、《枭雄安在》等篇目都属于笔记体小说。梁启超的《十五小豪杰》与《新中国未来记》、披发生和红溪生的《海底旅行》、冷血的《明日之战争》、荒江钓叟的《月球殖民地小说》等大量儿童小说则继承了分章回叙事的传统，其中一些小说还严格遵循了章回体小说分回标目且题目对仗工整的特点，如披发生和红溪生的《海底旅行》。此外，该时期的儿童小说大多还是遵循了古典小说重视情节、以线性时序组建结构的模式。儿童诗歌在该时期亦是如此，尽管有了一些体式改革的尝试，但在格律这一体制的要求下依然受到限制，残留了许多古典诗歌的痕迹。这一点可以从诗歌的句式、押韵、节奏等方面得以窥见。

其次，这种局限性还表现在文言语体的大量使用上。尽管清末民初时期，一些有识之士为了启迪民智，举起了“崇白话而废文言”的大旗，由此兴起了近代的白话文热潮，但文言并没有退出历史的舞台。该时期的儿童小说、童话、寓言都不同程度地保留了文言色彩，其中又以儿童文言小说最盛。正如学者陈迪强所说，“尽管白话文运动日见发展，提倡白话小说者也日见增多，可文言小说不但没有销声匿迹，反而大行其时，甚至可以说揭开了文言小说发展史上最后但也是最辉煌的一页。这是中国小说史上的一个谜”②。该时期大量的儿童小说是用文言或浅文言写作的。儿童小说的先驱

① 冯光廉：《中国近百年文学体式流变史》（上），人民文学出版社1999年版，第11页。

② 陈迪强：《清末民初文言小说的传统与新变》，《沈阳师范大学学报（社会科学版）》2017年第41卷第5期，第89页。

者梁启超在翻译《十五小豪杰》时就说："原拟依《水浒》《红楼》等书体裁，纯用俗话，但翻译之时，甚为困难。参用文言，劳半功倍。"① 鲁迅在1903年译介《月界旅行》时，开始也"初拟译以俗语"，可又觉得"纯用俗语，复嫌冗繁"②，最后还是选择了文言。该时期用文言写作小说的典范当属林纾。他坚持用古文翻译了大量可以划归儿童文学范畴的外国小说，包括《美洲童子万里寻亲记》、《块肉余生述》、《贼史》、《爱国二童子传》、《鲁滨孙漂流记》等小说，被誉为"中国以古文笔法译西洋小说的第一人"③。此外，清末民初从西方引进的童话、寓言以及故事也常常用文言加以改写。如周桂笙的《新庵谐译初编》、周作人的《安乐王子》、张赤山的《海国妙喻》、奚若的《天方夜谭》等，都使用了浅近程度不一的古文。以古文译儿童文学的弊处是很大的。古文深奥诘屈，与儿童的心灵有着天然的隔阂，无形中会削弱作品对儿童的吸引力。赵景深就批评过周桂笙的童话翻译，"况且童话的特点，就在于小儿说话一般的文章，现在他用古文腔调说起来，弄得一点生趣也没有了"④。

总的来看，清末民初儿童文学的文体建设在实践层面上仍然是不成熟的，无论是儿童文学体裁的不均衡、不完善，还是在体制和语体上的传统残留，都预示着该时期儿童文学文体建设尚未形成完备的文体建构体系，仍有很长的路要走。"五四"儿童文学正是基于这一发生期中呈现的种种不完美，实现了中国现代儿童文学真正的腾飞。

结　语

"晚清时期的儿童文学如同繁星璀璨的夜空，呈现了一片绚烂多彩的景象。"⑤ 清末民初时期，一批先行者积极投身于中国儿童文学的事业中，留下了艰难跋涉的轨迹。他们当中，既有诸如林纾、李叔同之类的受传统儒家教育成长起来的旧知识分子，又有诸如梁启超、黄遵宪之类的为推翻封建制度四处奔走的资产阶级维新派，还有诸如

① 严家炎：《20世纪中国小说理论资料》第1卷，北京大学出版社1997年版，第13页。
② 鲁迅：《鲁迅全集》第10卷，人民文学出版社2005年版，第164页。
③ 阿英：《晚清小说史》，江苏凤凰文艺出版社2017年版，第249页。
④ 赵景深：《童话评论》，上海新文化书社1934年版，第184页。
⑤ 胡从经：《晚清儿童文学钩沉》，少年儿童出版社1982年版，第2页。

鲁迅、茅盾之类的“五四”新文学的奠基人。他们身份不同，地位不同，思想不同，却在清末民初这一历史节点上完成了精神的共鸣和交响，以各自的方式为中国现代儿童文学的萌芽和发生灌入了珍贵的养分，实现了中国现代儿童文学初步的文体建构。但受制于历史的局限性和文学发展的渐进性，该时期的儿童文学文体建构是大时代裹挟之下的被动发生，存在着不完善和不彻底的缺陷，且“儿童品格”不突出，带有强烈的政治宣传色彩。因此，其文体建构仍具有明显的自发性，未能完成自觉的现代性蜕变。但这颗稚嫩的种子，为“五四”儿童文学扎下了深深的根。在一代又一代阳光雨露的滋养下，总有一天，它会长成参天大树，为千千万万的中国儿童提供心灵的庇佑和润泽。

（作者单位：北京师范大学文学院）

纯文学研究

半殖民体验下的“性”与“女性”[①]

——论郁达夫“沉沦”时期创作的矛盾性

梁 芹 魏 巍

摘 要：“性”与“女性”作为解读郁达夫作品的关键词之一，在反封建的话语中被反复讨论。在半殖民地半封建社会里重视“反封建”性只是郁达夫作品的一方面，人们往往忽视了半殖民体验对其创作的影响。半殖民的现实体验使得郁达夫对待两性问题既不是传统的卫道士，也不是一个完全接受西方/日本文化成长起来的现代主义者。他既希望颠覆传统，却又回归了传统；既想逃离“支那人”的身份，却又强行植入“被殖民”的意识；既在“沉沦”，也在“复仇”。由此，半殖民体验使得郁达夫笔下的两性书写变得矛盾而复杂。

关键词：半殖民体验；郁达夫；“性”与“女性”

郁达夫第一本小说集《沉沦》以大胆而露骨的身体描写成为“五四”创作空间的异质因子，在得到学界肯定的同时也一度招来谩骂。此后，《茫茫夜》、《春风沉醉的夜晚》、《茑萝集》、《她是一个弱女子》、《迟桂花》等作品依旧延续这一创作风格，小说中的主人公在两性关系中艰难徘徊，在压抑中表达欲望的诉求。“性”与“女性”也就贯穿了这一时期郁达夫小说创作的始终，成为学者介入郁达夫小说研究的一个重要维度。学界从国家、社会、个人、风景等层面对郁达夫笔下的两性书写作了较为全面的延伸解读，但这些解读却忽略了身处半殖民地半封建社会的郁达夫在文学创作中所表

① 本文系重庆市社会科学规划项目“中国现代文学的半殖民体验研究”（2022NDYB141）、西南大学创新研究2035先导计划（SWU Pilot Plan 016）的阶段性成果。

现出来的“半殖民体验”，以及在半殖民语境下创作的矛盾性：他既以“性”与“女性”来“反封建”，又从男权视角构建“封建话语”；既有反殖民的心理诉求，却又在“性”与“女性”的叙事中植入“被殖民”的意识；既在“性”与“女性”中“沉沦”，也通过这一叙事来“复仇”。这些矛盾性如果抛开半殖民体验来讨论，是不可能得到深入阐释的。

一、半殖民体验下“反封建”的矛盾性

自郁达夫第一部小说集《沉沦》发表后，其大胆的自我暴露和赤裸裸的抒情描写招来诸多谩骂，有人甚至认为其作品伤风败俗、淫秽至极。郁达夫也在《鸡肋集》的题词里回忆了当时的情形：“《沉沦》印成了一本单行本出世，社会上因为还看不惯这一种畸形的新书，所受的讥评嘲骂，也不知有几十百次。”[①] 另一方面，《沉沦》也受到很大一部分青年的热捧，销行量达到两万余册，让这位初出茅庐的青年作家很快进入大众视野，也让评论界开始关注这位“独特”的作家。

对于郁达夫笔下的“性”与“女性”，20 世纪二三十年代的研究者主要集中讨论《沉沦》“是不是不道德的文学”以及文本中的“灵肉冲突”。针对《沉沦》“是不是不道德的文学”，周作人最先为其正名，以“仲密”为笔名在《晨报副镌》“文艺批评”栏发表了评论文章。他认为所谓不道德的文学有三种，而《沉沦》属于第二种——非意识的不端方的文学，虽然有猥亵的因子而并无不道德的性质。此外，他还评价“《沉沦》是一件艺术品”[②]。可以说，20 世纪 60 年代以前对《沉沦》中“性”描写的评价多是“蜻蜓点水”，并没有过多深入，直到 20 世纪 80 年代许子东的《郁达夫新论》，才从人的自然天性、社会意义及美学角度对《沉沦》及之后作品中的“性”描写作出一个较为全面的积极评判。此后，不少研究者从各个角度对《沉沦》进行深入剖析，吴晓东关注到《沉沦》中的疾病叙事一方面关涉着民族国家意识的生成，另一方

① 郁达夫：《鸡肋集》题词，《郁达夫全集》第 10 卷，浙江大学出版社 2007 年版，第 301 页。

② 仲密：《沉沦》，王自立、陈子善编：《郁达夫研究资料》（下），天津人民出版社 1982 年版，第 305—308 页。

面则讲述了一个现代的感性自我如何诞生的故事①；沈庆利、张普安则从心理学的角度探究《沉沦》背后的“文化恋母”现象。尽管研究成果颇丰，但也存在着论述上的不足。总体上来说，既往研究从“反封建”的角度去探析郁达夫“沉沦”时期作品中的两性问题，却忽略了文本中的“封建话语”；过多地讨论其“反封建”话语，却无视半殖民体验对郁达夫创作的影响。

黎锦明早年就认为，“今日公开的性的讨论，那神圣的光，是《沉沦》启发的；今日青年在革命上所生的巨大的反抗性，可以说是从《沉沦》中那苦闷到了极端的反应所生的”②。此后，这便成为学者解读郁达夫两性话题常常引用的观点。如“郁达夫的爱欲书写现代文学借‘欲’的敞开，对人性压抑作了深刻批判，达到了对旧文化的批判和新文化的铸造，张扬了生命的本能力量”③。郁达夫前期所描写的性苦闷，其目的是用来“揭露、批判封建文化专制和封建士大夫虚伪的伦理观，揭穿他们口头上仁义道德、骨子里男盗女娼的恶德丑行”④。创作于“五四”时期的《沉沦》在时代主题的影响下开始“关注人的本来欲望”以及对“自由爱情”的追求，由此，倪婷婷认为“《沉沦》应该是五四时期打破传统道德压迫最有代表性的文本”⑤。无疑，从“反封建”的角度来阐释郁达夫笔下的“性”与“女性”，自有其内在逻辑并顺应了“五四”时期的话语体系，但在“反封建”的同时，学界却无视郁达夫在书写两性关系时以男权视角看待女性、压抑女性的问题。

在“五四”这个主张自由与平等的时代，众多作家笔下的青年男女开始逃离封建的城堡，走向社会，追求自由。新青年以“出走”的反叛个性向传统礼教发起猛烈的冲击，并借此在文学中表达启蒙的诉求。“五四”作家极力宣扬自由，却忽略了平等，特别是在两性问题上。这一点在众多现代文学尤其是女性作家如凌叔华、苏青、张爱玲等的创作中表现得尤为突出。她们笔下的新女性虽走出了家门，能够和“‘新之

---

① 吴晓东：《中国现代审美主体的创生——郁达夫小说再解读》，《中国现代文学研究丛刊》2007 年第 3 期。

② 黎锦明：《达夫的三时期：〈沉沦〉—〈寒灰集〉—〈过去〉》，陈子善、王自立编：《郁达夫研究资料》(下)，天津人民出版社 1982 年版，第 332 页。

③ 竺建新：《自然·酒·爱欲书写——论郁达夫的生命意识》，《名作欣赏》2009 年第 14 期。

④ 黄裔：《郁达夫与传统理欲观》，《福建师范大学学报》2002 年第 1 期。

⑤ 倪婷婷：《再论五四文学中性爱意识的局限》，《首都师范大学学报》2019 年第 3 期。

子’共享着自由、民主、科学的知识氛围与文化实践，但在以男性为中心的问题思考上，女性仍然必须要经过男性知识分子的视域期待，各种的表述策略，或所鼓吹的自由和解放的话语，去进行个人身体的自由解放。换句话说，女性的觉醒，必须通过男性主体呼唤，甚至允许，才有可能产生”①。而郁达夫作为男性作家，也同样忽视了两性关系中的平等，尽管作品中大胆的自我暴露呼应了自由的主题，但无法诠释平等的原则。小说叙事是建立在男性对女性的欲求基础上的，女性在郁达夫笔下基本上都是作为被观赏、被欲望的对象而存在。正如米利特所说，“两性之间的关系……是一种支配和从属的关系。在我们的社会秩序中，尚无人认真检验过，甚至尚不被人承认（但又十足制度化了）的，是男人按天生的权力对女人实施的支配”②。

郁达夫笔下的女性一直作为“他者”而存在，是被赋予“性”符号的欲望对象。在“沉沦”时期的作品中，女性往往没有姓名，而是以妓女、侍女、妇女等群像方式出现，并以“暴露的身体”满足男性欲望。作品中男主人公最迷恋的是女性那纤细的玉手、肥美的大腿以及高耸的乳房，如《沉沦》中“房东女儿那一双雪样的乳峰！那一双肥白的大腿”，“妓女红色围裙下那肥白的大腿”；《南迁》中“那妇人天天洗漱的时候，总把上身的衣服脱得精光，把她的乳头和胸口露出来”③；《空虚》中“除去了手的曲线，向前便是胸部，诶诶，这胸部的线条，这胸部的线条”④。此外，作品中男性对女性充满无限的意淫与身体凝视，如《海上通信》中梦见一个年轻少女和“我”同舱，在梦中便“硬要求她和我亲嘴”；《归航》中主人公对一个十八九岁的少女从上到下、从内到外、从视觉到嗅觉进行全方位的身体打量，只见少女那“卷烫的头发”、“短短的围裙”、“从袖口显现出腋下的黑影”、“胸前的乳头”以及“下体的香味”。这些行为让女性成为男性凝视下的欲望载体，将女性具化为“性”符号并转为景观欣赏，由此构成了郁达夫“性”与“女性”叙事下的“封建话语”。也正是这种意淫与凝视将本带有启蒙意味的性书写染上了一层“新时代”的封建色彩。

---

① 辛金顺：《中国现代小说的国族书写——以身体隐喻为观察核心》，台湾秀威资讯科技股份有限公司2015年版，第199—200页。

② ［美］凯特·米利特：《性的政治》，钟良明译，社会科学文献出版社1999年版，第38页。

③ 郁达夫：《南迁》，《郁达夫全集》第1卷，浙江大学出版社2007年版，第120页。

④ 郁达夫：《空虚》，《郁达夫全集》第1卷，浙江大学出版社2007年版，第181—182页。

现实中，郁达夫对待两性问题也展露出明显的男权意识。他虽主张个性解放、自由恋爱，但在思想上歧视女性，在行动上向往传统文人骚客那般风流倜傥。在日本留学期间，郁达夫早已与孙荃有了婚约，但面对孙荃，郁达夫的态度向来不是很好，在日记中称她为“女奴隶”。哪怕面对自己钦慕已久的王女士，郁达夫偶尔也会有出言不逊的时候，称其为“祸水”。这也许是一时气话，但也显示出他潜意识里对女性的偏见与歧视。从与孙荃定下婚约到成为结发夫妻，郁达夫从未停止过对爱情的向往，在日本、北京、上海、广州等地都有异性相伴。在日本生活期间，后藤隆子是他钦慕的对象。起初两人之间的交流是关于代买书籍。郁达夫 1917 年 6 月 10 日的日记中记载道：“……购纸印数事。隆子嘱代买《寮歌集》四册，为之奔走半日。……告以已为定妥《寮歌集》。”此后，在长期交往中，郁达夫对隆子“……如痴如醉，觉一日心忐忑不能定。……私怨隆儿何以不以家系、学籍事问予……总为女儿含羞，不易动问故耳……坐立不安，觉总有一物横亘胸中，吞之不得，吐又不能，似火中蚁，似圈中虎。……已为 Venus 所缚矣!”① 回国之后，郁达夫身边的女性也不绝如缕。“和黄女士上山玩半天”，“和石君洪君白薇女士及陈震君又上电影馆看《三剑客》”，电影散场后酒还没有醒，在送白薇女士回家路上便产生了“危险的幻想”，告别之后因为回不了学校便来到陈塘的妓窟，“和两个年轻的疍妇，隔着一重门同睡”②。郁达夫对某些女性有时候会因性冲动带有非分之想，但大多还是保持距离，尽管带有绅士的味道，却多少有点为所欲为。直到后面遇到王映霞，郁达夫便深深坠入爱河而变得专一起来。他在日记中写道：“遇见了杭州的王映霞女士，我的心又被她搅乱了”，并希望“求得和她做一个永久的朋友”。尽管孙荃劝郁达夫“谨慎为人”，“殊不知我又在为女士所颠倒”，在王女士特别的殷勤下，郁达夫彻底沦陷，并放言“若再把机会放过，即我此生就永远不再能尝到这一种滋味了，干下去，放出勇气来干下去吧!”③ 往好的方向说，这是传统文人的风流，也可以说是现代自由观念的结果，但往坏的方面说，这也反映出郁达夫内心的封建观念——对一夫多妻制的留念。

郁达夫在两性问题上表现出传统两性观念（主要是男性传统观念）上的保守“性”

① 郁达夫：《丁巳日记》，《郁达夫全集》第 5 卷，浙江大学出版社 2007 年版，第 5 页。
② 郁达夫：《病闲日记》，《郁达夫全集》第 5 卷，浙江大学出版社 2007 年版，第 54 页。
③ 郁达夫：《村居日记》，《郁达夫全集》第 5 卷，浙江大学出版社 2007 年版，第 76 页。

与西方/日本文化冲击所造成的现代“性”的对立。在没有留学日本之前，郁达夫接受的仍是传统儒家学说，在两性问题甚至婚姻上仍接受传统的“父母之命，媒妁之言”。到了日本后，他受到西方/日本文化的冲击，对待两性问题愈加开放。在《秋柳》一文中，郁达夫借于质夫的口直言：“要是在外国的咖啡店里，那我就可以把那媳妇儿拉了过来，抱在膝上。也可以口对口接送几杯葡萄酒，也可以摸摸她的上下。”① 从生活现实到文章表达，郁达夫都表现出既不同于传统卫道士也不完全属于西方/日本文化拥护者，既渴望现代又心系传统的撕裂感。在两种文化的撕扯下，他对两性问题呈现出既传统又现代的矛盾性。殖民西方/日本让中国人睁了眼去接受西方/日本的技术、文化，从而不再以“天朝上国”自居，然而，脱胎于封建社会的现实并不能让其时的国人具有超越现实的认知。既传统又现代的文化认知可以说是半封建半殖民文化所孕育的必然产物。

二、半殖民体验下“身份意识”的矛盾性

郁达夫笔下的主人公在日本留学期间除了花天酒地就是寻花问柳，对于爱情的渴求有时会达到丧失理智的程度。就如《沉沦》中的主人公所言，“知识我也不要，名誉我也不要，我只要一个安慰我体谅我的‘心’，一副白热的心肠！从这一副心肠里生出来的同情！从同情而来的爱情！我所要求的就是爱情！”② 无论这女人是美是丑，他想拥有的只是“异性的爱情”！但对于他们而言，身处日本是无法得到性满足的，就好比“被阉割”一样。正如史书美所说，“作为种族和民族意义上的他者，留日的中国男性知识分子在性方面遭到了疏远，并通过一种焦虑性神经症来显示了自身在性欲上的不满足，于是他们变得神经质、内省、自我贬低、自我否定甚至会自杀。对于‘五四’知识分子来说，一系列的原因导致了他们心理上的焦虑性神经症状态：民族的从属地位、种族的劣等地位和性方面的被阉割”③。史书美的这一说法无疑和詹明信关于第三

① 郁达夫：《秋柳》，《郁达夫全集》第1卷，浙江大学出版社2007年版，第345页。

② 郁达夫：《沉沦》，《郁达夫全集》第1卷，浙江大学出版社2007年版，第47页。

③ [美] 史书美：《现代的诱惑：书写半殖民地中国的现代主义（1917—1937）》，何恬译，江苏人民出版社2007年版，第156页。

世界文本总是以民族寓言的形式来投射一种政治的论断具有异曲同工之妙，但问题在于，“被阉割”的状态只是一种表征，从民族寓言的角度来说，这一表征充满着诸多不确定性。比如当中国在西方/日本的侵略过程中沦为半殖民地的时候，这一过程本身是否就意味着“被阉割”？而郁达夫笔下的中国人在日本女性面前所承受的耻辱感，本身就不是“性无能”的表现，而是想要而不可得的表现。

郁达夫将作品中主人公面对“性的苦闷”的原因无不归结为“弱国子民”的悲哀，看起来似乎为詹明信和史书美的论断提供了必要的证据。日本人将中国子民称呼为“支那人”。在中国人的耳中，“支那人”三个字从外国人的口中说出比“亡国民”三个字还难听，是难以忍受的。在此影响下，既有留学生不能忍此“污名”，希望通过“同化”、模糊“支那人”的身份，像日本男人那样光明正大地拥有爱，也有留学生备受折磨，因愈发得不到爱而忧郁。《两夜巢》中“头发种种，带着金丝眼镜”的青年学生由于在外国居住多年，相貌也同外国人一样，而与他同学、同乡的那个“乳白色的半开化人”因为多晓得外国语、多知晓外国事，“所以他们两人最怕被人知晓他们是中国人”。当容样举止与语言都带有中国人气味的“阳明学者”与外国警察进行沟通时，他们认为这是在外国“出丑”，便逃之夭夭。在他俩的理解中，那些“在外国地方将中国人的短处显出来，就是同不爱国的人一样，就是最大的国耻”①。通过“同化”的方式，既可以展现出他们“洁净明亮，聪明豁达”的形象，还可以让他们将“支那人”的自卑隐藏起来。有了外国人的“神色”，他们在两性问题上也更加自信，“头发种种”的少年可以将“嘴唇”贴近一个端庄的十七八岁的少女的“嘴唇”，还可以伸手抱住她；而那个“乳白色的半开化人”则恣意地同一个清瘦的下女说笑。通过“同化”，他们在下女面前实现了像日本男人一样光明正大地和女子谈笑风声并得到爱的满足，但只要有人提到“支那人”三个字，他们就变得软弱而无能。在日本乡镇，穿着中国服饰的少年会引来当地群众围观，有人便说“我以为是什么东西，原来是一群支那人”，而那少年一听到这三个字，无法忍受，便回到旅店里将“头脑包藏在外套中间，杀声抑气，呜呜咽咽的哭起来了”②。无论他们如何费尽心思地“变成”外国

① 郁达夫：《两夜巢》，《郁达夫全集》第1卷，浙江大学出版社2007年版，第3页。

② 郁达夫：《两夜巢》，《郁达夫全集》第1卷，浙江大学出版社2007年版，第5页。

人，内心依旧无法摆脱“支那人”的身份意识。

那些极力摆脱“支那人”身份的留学生通过语言、着装与行为举止的改变，简单地说，通过伪装，进而在外国人面前改变了自己的身份，从而与外国人达成了表面上的身份平等。反观那些不做任何改变的国人，则无法做到同异国女子亲热说笑，哪怕看一眼异国女子便害羞，也无法得到异国女子的青睐。这无疑是詹明信关于第三世界国族叙事的隐喻性例证。或许，也只有从这一点来说，才能理解郁达夫在《沉沦》结尾对祖国富强起来的呼喊。

“性的苦闷”在长期积压下似乎会让肉体变得虚弱无力，在精神上也表现得更加神经质。《沉沦》中的主人公便是如此。他面对迎面走来的女学生，呼吸便开始急促起来，看到身边三个日本同学对女学生热情问候，内心似乎觉得“是他自家同她们讲了话似的”，便害羞得跑回宾馆自嘲自骂地说：“你这卑怯者!”在反复纠结中，他又开始神经质般的叫起来：“诶！诶！她们已经知道了，已经知道我是支那人了，否则她们为何不来看我一眼呢!”[①]“支那人”三个字其实并没有通过女学生的口说出来，只是他的臆想。在半殖民创伤意识下，作为战败国的集体创伤意识已经将“支那人”刻进了他的骨子里，以一种近乎癫狂的状态扭曲了其意识，而这种被扭曲了的意识，正是殖民西方/日本在战胜中国之后带给国人的低人一等的半殖民体验的结果。

当妓女问他“府上是什么地方”时，这一提问又把他拉到“断头台”上，“原来日本人轻视中国人，同我们轻视猪狗一样。日本人都叫中国人作‘支那人’，这‘支那人’三字，在日本，比我们骂人的‘贱贼’还更难听，如今在一个如花的少女前头，他不得不自认说：‘我是支那人’了”[②]。其实妓女的提问可能出于打开话题的目的，而敏感的主人公却误以为连底层的妓女也在轻视自己。所以，公开“支那人”的身份对于文中的主人公而言又像处了一次刑，本来打算通过合理渠道来宣泄欲望，最后却让他在妓女面前也无法得到性满足。“支那人”的身份对于他而言，俨然是“梦魇”，既无法得到性满足，还在他者的眼光中逐渐圈禁自我、抑制自我，最终走向死亡。

① 郁达夫：《沉沦》，《郁达夫全集》第1卷，浙江大学出版社2007年版，第46页。

② 郁达夫：《沉沦》，《郁达夫全集》第1卷，浙江大学出版社2007年版，第70页。

不光是文本中的少年遭受“支那人”身份所带来的“性苦闷”，生活中的郁达夫也一样。其自传中谈到公园里那些无邪的少女都是服从男子的，但是在父兄的熏陶下，便不能维持常态，保留人对人的好感。所以，“支那或支那人的这一个名词，在东邻的日本民族，尤其是妙年少女的口里被说出的时候，听取者的脑里心里，会起怎么样的一种被侮辱、绝望、悲愤、隐痛的混合作用，是没有到过日本的中国同胞，绝对地想象不出来的”①。就在这篇自传里，郁达夫随后说到“因为二十岁的青春，正在我体内发育伸张，所以性的苦闷，也昂进到了不可抑止的地步”，来到所受日本国民轻视虐待相对较少的东乡区域，随便找了一个妓馆选了一个肥白高壮的花魁卖妇，“于狂歌大饮之余，我竟把我的童真破了”②。肉欲的宣泄固然和青春期的生理需求有关，但一旦把这种宣泄与在日本所感受到的屈辱联系起来，这种肉欲的宣泄立马就变成了一种民族主义式的表达：你侵犯我的国土，我便侵犯你的女人。然而，这种民族主义式的表达毕竟是低层次的，经不起历史推敲的。真正的爱国不是依靠寻花问柳、花天酒地来落实的，而应该建立在脚踏实地认真学习科学本领的基础之上。尽管这种简单而实用的爱国情怀尽人皆知，却又被学界视若无睹。

“‘支那人’这一名词负载着国族的耻辱，连结着甲午战争后中国成为战败国的历史创伤记忆，这也是中国现代留日作家现代性体验的‘支那’之痛。”③ 这种痛在郁达夫的笔下则表现为“性的苦闷”、“爱的伤害”，但是在其他留日作家那里则表现为不同方面。郭沫若在《行路难》中描写了中国留学生在日本的生存危机，日本房东不肯将房子租给中国人，同时还以“支那人”称呼、侮辱中国人，并表现出极端的恶意，他们“说‘支’字的时候故意要把鼻头皱起来，说‘那’字的时候要把鼻音拉出一个长顿”④。在向恺然的《留东外史》中则体现为精神施压，日本的下级军官面对中国留学生洋洋自得地宣称吞并中国的理论。鲁迅在《藤野先生》中则展现了留日学生在人格尊严方面受到日本同学的无视，因为“中国是弱国，所以中国人当然是低能儿”，在日

---

① 郁达夫：《雪夜》，《郁达夫全集》第4卷，浙江大学出版社2007年版，第307页。

② 郁达夫：《雪夜》，《郁达夫全集》第4卷，浙江大学出版社2007年版，第308页。

③ 辛金顺：《中国现代小说的国族书写——以身体隐喻为观察核心》，台湾秀威资讯科技股份有限公司2015年版，第249页。

④ 郭沫若：《行路难》，《郭沫若全集》第9卷，人民文学出版社1985年版，第282页。

本学生眼中，中国学生“分数在六十分以上，便不是自己的能力了”，因此鲁迅当时的成绩也被“合理”地误会为“得了教员泄露出来的题目”①。由此可见，“支那人”身份对当时的留日学生无论在心理还是生理上都造成了极大的创伤，而他们被歧视也是半殖民体验下的必然产物。

三、半殖民体验下“两性关系”的矛盾性

郁达夫既“沉沦”于两性中的暧昧状态，也在国家观念影响下仇视殖民西方/日本女性，“暧昧”与“仇视”的对立状态在郁达夫“沉沦”时期的创作中表现得十分明显。“女性”对于郁达夫及其作品中的主人公而言只是满足其欲望的工具，他们在欲望中无限“沉沦”，而当欲望无法得到满足时，就将“性苦闷”的根由归结到民族、国家的贫弱上面，奈何贫弱的祖国无法解救这些被“支那人”身份折磨的留日学生。因此，在殖民西方/日本面前，如果没有自身强大的精神支撑，走向“沉沦”甚至最终自杀便是必然的结果。

在《沉沦》的结尾处，郁达夫发出了“祖国呀祖国，我的死是你害我的，你快富起来罢！强起来罢！你还有许多儿女在那里受苦呢”② 的呼喊。在一些研究者看来，这种吁求是爱国主义的体现。但这显然是值得怀疑的。在小说文本中，主人公发出这一吁求的原因是“没有爱情的生涯”便同死灰一样，“世上的人仇视我、欺辱我”，连“自家兄弟也排挤我”，所以《沉沦》的结尾与其说是一种爱国主义的表达，毋宁说是对现实不满、失望的激越情绪的宣泄，更是以弱国子民的身份在殖民西方/日本受到精神压抑，进而造成性苦闷的绝望悲鸣。就如郁达夫在《忏余集》序文中所说，“我的抒情时代是在那荒淫残酷，军阀专权的岛国里过的。眼看故国的陆尘，身受到异乡的屈辱，与夫所感思，所经历的一切，剔括起来没有一点不是失望，没有一处不是忧伤，同初丧了夫主的少妇一般，毫无力气，毫无勇毅，哀哀切切悲鸣出来的，就是那一卷当时惹起了许多非难的《沉沦》”③。

① 鲁迅：《藤野先生》，《鲁迅全集》第2卷，人民文学出版社2005年版，第393页。

② 郁达夫：《沉沦》，《郁达夫全集》第1卷，浙江大学出版社2007年版，第70页。

③ 郁达夫：《忏余独白》，《忏余集》，上海天马书店1933年版，第5页。

郁达夫及其作品中的主人公作为留学生本应该苦学知识，“师夷长技以制夷”，实现复兴国家的目标，但他们除了感时叹事、优哉游哉，就是为男女之事郁郁寡欢，甚至到求死的地步。《两夜巢》中的留学生都过得很小资，在旅店有人好吃好喝地供着，和下女谈情说爱，没事再开开茶话会；《圆明园的一夜》中的主人公除了喝酒，还沉溺于男女之事，苦闷自己“连说上几句亲密话的对象也没遇到一个”①；《银灰色的死》中的Y君困于经济上的压力，在爱妻去世后成日借酒消愁，后来他爱慕的静儿也将嫁与他人，他在“生的苦闷”与“性的苦闷”的双重压迫下走向了死亡；《胃病》里，主人公的身体经受着病痛的折磨，但有时“竟把自己病忘了”，反倒想起“世情的浮薄”来，W君到医院探望“我”的时候也不忘记求爱，奈何自己是“将亡的国民”，爱而不得便又让他痛哭起来，甚至有了自杀的冲动；《南迁》则描述了伊人的静养生活，在养病期间赏赏风景、做做祷告，对一同养病的“O姓学生”产生情愫却无法得到爱。可以说，“沉沦”时期的郁达夫并没有真正将自身遭遇与民族国家的未来发展联系到一起，他关心自己远甚于当时那个贫弱的民族国家，只有在欲望得不到满足的时候，才会将自身处境与国家命运联系在一起。

学界将郁达夫的颓废书写大多归因于内因与外因的双重作用，即“率真的气质，忧郁的性格，纤敏的感情，构成了郁达夫‘颓废’倾向的主观内因；时代桎梏下的病态呻吟以及‘世纪末思潮’和近代人道主义思想的影响是其外因”②。在“五四”这个激进的时代，郁达夫的颓废作为一种异质状态的存在，很多研究者对其评价都比较正面，如早期李初梨评价郁达夫是“摩拟的颓唐派，本质的清教徒”③。这种正面的评价为后来的研究者看到“颓废”背后的反抗意义提供了思路，田仲济就谈到“郁达夫的伤感颓废，不完全是消极的，也是对当时丑恶现实的反抗”④。进入21世纪后，研究者们开始关注到“颓废”倾向背后的“现代性”问题，这也成为这一时期研究者关注的热点议题。例如，罗滋池就讨论了“‘颓废’作为一种美学因素对中国文学追求现

① 郁达夫：《圆明园的一夜》，《郁达夫全集》第1卷，浙江大学出版社2007年版，第22页。

② 许子东：《郁达夫新论》，华东师范大学出版社2014年版，第148页。

③ 郭沫若：《论郁达夫》，见陈子善、王自立编：《郁达夫研究资料》（上），天津人民出版社1982年版，第96页。

④ 田仲济：《郁达夫的创作道路》，见陈子善、王自立编：《郁达夫研究资料》（上），天津人民出版社1982年版，第519页。

代性的过程中产生的作用”；此外，他还认为“‘颓废’是表达他革命情绪的一种形式”①。无论郁达夫的颓废是革命性的还是“现代性”的，学界都没有正视面对西方/日本殖民侵略，国家亟需摆脱这种半殖民状态的现实处境，因此，郁达夫的颓废无疑是消极的存在。同时，在内忧外患的时代背景下，郁达夫表现出来的颓废印证了享乐主义与性的苦闷远大于民族/国家的生存问题。

作品中的主人公虽在“沉沦”，但有时也会想起“复仇”，其动因往往是受到殖民西方/日本的歧视或侮辱而无法得到“女性”的爱，也只有在这种时候，他们才会想起苦难的祖国，产生“复仇”的冲动，如《沉沦》中的主人公两次想要复仇的原因都是因为自己受到日本人的歧视以及经受着爱而不得的苦恼。郁达夫复仇的途径是将女性置于民族国家的话语中，让女性成为主人公复仇的工具。在《苏州烟雨记》中，郁达夫谈道：“我是两性问题上的一个国粹保存主义者，最不忍见我国的娇美的女同胞，被那些外国流氓去作践。我在外国留学时代的游荡，也是本于这主义的一种复仇的心思。我现在若有黄金千万，还想去买些白奴来，供我们中国的黄包车夫苦力小工享乐啦!”②从郁达夫的话语来看，他在日本沉沦堕落的原因是希望通过“作践”日本女性的方式来达到复仇的目的，这似乎为他在日本沉迷酒色提供了合理解释，也为他承受着“支那人”那“无法想象”的痛苦还去找日本女人泄欲提供了合理解释。

女性问题在某种程度上与民族国家想象变成了同构关系。然而，郁达夫的民族国家态度在面对中、日不同国别的女性时出现了巨大分歧。“我的朋友有一次说：‘我们中国亡了，倒没有什么可惜，我们中国的女性亡了，却是很可惜的。现在在洋场上作寓公的有钱有势的中国的人物，尤其是外交商界政界的人物，他们的妻女，差不多没有一个不失身于外国的下流流氓的，你看这事伤心不伤心哩!’”③ 郁达夫认为“中国女性要是被外国人蹂躏而亡了”比“国亡”更可惜，对比一下《沉沦》结尾处面对被日本女性歧视而产生的“性苦闷”，主人公高呼“国家富强”，此刻的郁达夫则明确将女性地位置于国家利益之上。这种面对中日女性产生“国亡”与“国强”的不同结论，正是源于日本作为殖民宗主国，让生活在日本的留学生从精神到肉体都经历着

① 罗潋池：《颓废与文学——论郁达夫“不端方的文学”》，《湖北社会科学》2010年第9期。

② 郁达夫：《苏州烟雨记》，《郁达夫全集》第3卷，浙江大学出版社2007年版，第51页。

③ 郁达夫：《苏州烟雨记》，《郁达夫全集》第3卷，浙江大学出版社2007年版，第51页。

“被殖民”的欺压与歧视，所以他在面对日本女性时才会将“性苦闷”与民族/国家相勾连，而当他面对正在受苦的中国女性时，就可以不再考虑殖民与被殖民的身份差异。因此，郁达夫更关注的是同一国族的现实处境，而不是性与爱情。如《茫茫夜》中生活贫苦的海棠，于质夫承诺不会去侵犯她的肉体；《春风沉醉的夜晚》中受工厂压榨的陈二妹，主人公对其付出的感情更多是怜惜而不只是为了满足自己的肉体欢愉。这样，面对同样处于被殖民状态下本国女性的时候，女性这一具有国族寓言象征的载体就变得毫无意义了。

“女性”被置入民族国家想象，在晚清时期就已出现，当时维新派所提倡的“费缠足，兴女学”将女性从封建礼教中解放出来以提倡新女性。显然，晚清在受到现代西方的冲击时，也尝试将女性整合进民族/国家话语体系中，希望通过女性的新变，借此想象一个现代的民族/国家。同样，女性的新变也意味着“女性身体从封建家庭的私领域，被推到强种保国、民族存亡的公领域。这样的位置引渡和转移，可以窥见女性身体在国族的话语下，纯粹被充当为一种工具，以置入近代民族国家的建构之中”。同样，到了“五四”时期，“女性身体也在五四自我解放的启蒙话语里，被编入一则国家寓言之中，而成了以男性话语为主导的国族符号之一”①。女性在近代的不同时期被给予不同的定义，因此，辛金顺认为“新女性不过是男性启蒙/革命者所构建的国族空间里的符号，她们的被设置与编述，都是按照不同时期，对国族需求而被建立的”②。但“沉沦”时期被郁达夫引入国族话语体系的“女性”并不同于“五四”时期的“新女性”。其特殊性在于，在意识到国家的“沉沦”与半殖民现实处境后，被殖民国家与殖民西方/日本的女性，由于国家地位的区别，在不同的国别叙事中承载了不同的功能。在面对殖民日本的女性时，郁达夫的小说表现出一种你征服我的国土，我便以征服你的女性作为象征性的“复仇”手段，尽管这种手段最后都如飞蛾扑火。而在面对本国女性的时候，女性则不再承载民族国家想象的功能，尽管同样会被作为男性主人公欲望的对象，但因为同处于被殖民国家，她们不再是“复仇”的欲望对象。这使得其作

---

① 辛金顺：《中国现代小说的国族书写——以身体隐喻为观察核心》，台湾秀威资讯科技股份有限公司2015年版，第197—198页。

② 辛金顺：《中国现代小说的国族书写——以身体隐喻为观察核心》，台湾秀威资讯科技股份有限公司2015年版，第221页。

品在很大程度上充满着怜悯而不是仇恨。

结　语

两性书写虽然贯穿了郁达夫创作的始终，但留日期间与归国后呈现出明显差别。留日时期的“女性”书写更多地被赋予“性符号”以及作为“象征性”的“复仇”工具，归国后创作的《迷羊》、《她是一个弱女子》、《迟桂花》等作品中的女性则更多成为男权视野下的“他者”。特别是《她是一个弱女子》，郁达夫“一方面，以讽喻文体宣扬着对女性的憎恶，另一方面，又通过所掌握的叙事权威戏弄、压抑着女性的声音”①。所以，郁达夫笔下的两性书写并不局限于学者所主张的“反封建”，还带有“新时代”的封建色彩；同时，“性”与“女性”的话题在不同国别语境、不同时期所表达的内容也不同，不能概而论之。

对于郁达夫“沉沦”时期笔下的“性”与“女性”，固然可以放在“五四”的大环境中去讨论其中的“反封建”、“现代性”以及“色情美学”等话题，但对其解读不能局限于此。在“五四”这个特殊时期，中国早已沦为半殖民地半封建社会，生活在这个时期的知识分子也必然经历着殖民西方/日本带来的痛苦。对于有过留日经历的郁达夫而言，在殖民宗主国日本生活的几年，他作为半殖民国家的子民，已然将“被阉割”的半殖民体验内化于心，从而变成了他的创作源泉。

（作者单位：西南大学中国新诗研究所）

① 徐仲佳：《他者及其性政治叙事策略——论郁达夫的女性书写》，《文学评论》2009年第5期，第33页。

一次体验与欣赏：卞之琳及其《慰劳信集》①

高博涵

摘　要：从20世纪30年代开始，卞之琳便是一个注重观察“十字街头”、愿意尝试多地体验、注重自我世界与外在世界交换的人。这种自性，决定了其延安之行捕捉阅历、体验人生的视角。《慰劳信集》以延安体验为基础，着重描写具体的人与事，并着意于局部的意象呈现，使小细节与大时代相互印衬，让“相对”的抒写主题有了新的生发空间。20世纪30年代，卞之琳诗歌已完成从自我裹挟式表达到审美式欣赏的风格转换。借助延安体验与慰劳信写作，卞诗又实现了从审美式欣赏到旁观体验式欣赏的突变和尝试。

关键词：卞之琳；《慰劳信集》；体验；欣赏

《慰劳信集》是卞之琳诗歌中特别的存在，很多论者认为，卞之琳诗歌在此出现了很大的转向。“作者投入了革命斗争，思想感情起了变化”②，“在内容上完全打破了个人熟悉的生活圈子，改变了过去的题材”③，“在大时代的变局中，洗尽了颓态，获得了新生”④。“诗人运用明快的语言、直接的方式，表达对解放区新生活的赞美，与以往注

① 本文系国家社科重大项目“抗战大后方文学史料数据库建设研究”（16ZDA191）的阶段性成果。

② 臧克家：《“五四”以来新诗发展的一个轮廓》，《克家论诗》，文化艺术出版社1985年版，第162页。

③ 唐祈：《卞之琳与现代主义诗歌》，见袁可嘉、杜运燮、巫宁坤编：《卞之琳与诗艺术》，河北教育出版社1990年版，第35页。

④ 江弱水：《卞之琳诗艺研究》，安徽教育出版社2020年版，第52页。

重智性思考，借助于意象暗示来对人生社会加以深层次探询的创作截然不同。”[①] 尽管因为慰劳信体的要求，诗歌语言发生了变化，但这种“转向”的讨论仍旧更偏向于题材层面。在艺术特征上，论者更多看到了卞诗的传承：“这时期的诗作，在题材和视野方面的确开阔了，但仍保留卞之琳诗作的特色：含蓄、凝练、意象深远”[②]；“一贯的从容不迫的态度，一贯的由小见大、由实入虚的手法，才使得这部诗集经得起时间的考验”[③]。“变”与“不变”可以说是每个诗人诗歌写作发展中的特质，但如果继续沿着“题材”与“艺术”的划分来论述，易使对《慰劳信集》的评价割裂为两端。不论《慰劳信集》被认作应时代而生的政治抒情诗，还是被认作艺术上的延续之作，最重要的仍是回到《慰劳信集》和卞之琳本身。其生发与突变，自然会呈现其本来的脉络，在此之上，才有讨论该诗集价值的新的可能。

一、从“十字街头”到延安

1938年8月，卞之琳与沙汀夫妇、何其芳一行四人，从成都出发前往延安。在《雕虫纪历》自序中，卞之琳曾有如下回忆：

> 大势所趋，由于爱国心、正义感的推动，我也想到延安去访问一次，特别是到敌后浴血奋战的部队去生活一番（这和当年敌军日益深入我国而我出于好奇心反过去转到人家的本土看看住住，自然完全不同了）。由于何其芳的积极活动、沙汀的积极联系，我随他们于1938年8月底到了延安[④]。

抗战改变了国人的生活状态。对于卞之琳而言，同样也不可能再做“私人的一时好梦”[⑤]。从雁荡山到上海，再到武汉，到成都，卞之琳的抗战轨迹也同样是大后方迁

---

① 苏光文主编：《中国现代无产阶级文学研究》，重庆出版社2004年版，第291页。

② 谷旭：《夜看〈雕虫〉——漏水屋读书记》，见榕树文学丛刊编辑部编：《一九八〇年第二辑 诗歌专辑》，福建人民出版社1980年版，第250页。

③ 江弱水：《卞之琳诗艺研究》，安徽教育出版社2020年版，第56页。

④ 卞之琳：《雕虫纪历（1930—1958）·自序》增订版，人民文学出版社1984年版，前言第8页。

⑤ 卞之琳：《雕虫纪历（1930—1958）·自序》增订版，人民文学出版社1984年版，前言第7页。

徙式的，但前往延安，则是他个人主动的选择。在这段回忆中，我们可以注意“爱国心”、“正义感”、“访问一次”、“去生活一番”等语言表达。如果说“爱国心”、“正义感”是每个国人面对日军侵华的普遍情绪，那么，“访问一次”、“去生活一番”则是在普遍情绪之上的体验姿态。也即是，对于卞之琳而言，奔赴延安并非皈依信仰，也不是寻找前途，而是基于爱国心的一次人生体验。所谓体验即在于经历本身，这种经历是以往所没有的，并且一旦收获了体验感，体验的过程便可以结束。这一切，均与卞之琳的延安之行密切吻合。1939 年 8 月，在经历了一年的延安体验后，卞之琳经西安回到四川。

1938 年，卞之琳时年 28 岁。彼时彼刻，他为什么会产生访问一次延安的愿望？不难看出，这种愿望与卞之琳 20 世纪 30 年代的情思状态颇有不同。当时，延安确实吸引着很多人的目光。“陕甘宁边区是一个民主的抗日根据地。”① “来自全国各地的爱国人士、青年学生、知识分子，以及来自海内外的华侨学生、国际友人等纷纷来到延安。”② “‘七·七’事变后，许多革命的文艺工作者和文艺青年先后从天津、上海、武汉等地来到延安。”③ 但若将卞之琳的转变笼统归结于抗战带来的爱国热情，方向虽不错，却似有简化之嫌。毕竟，在面对大的时代变化时，具体的个人仍持有独属于他的态度与感受，“在普泛的‘感时忧国’之外，具体的个人因素不可忽略”④。并且，恰是因为抗战与大后方的非常态体验，更激发了文学创作者多样的情思与创作状态。在以往的研究中，卞之琳被突出为努力化欧化古、注重相对观念的学院派诗人形象⑤。这的确是诗人的重要属性，但并不意味着诗人是一个只知书本不知书外世界的人。如果说“象牙塔”是对学院派的代指，那么，在 20 世纪 30 年代的诗歌中，卞之琳的“十字街头”体验依然十分丰富，包括对京城市井的观察与感受、对个体民众的刻画以及旅居

---

① 齐礼：《陕甘宁边区实录》，延安解放社 1939 年版，第 5 页。

② 王纪刚：《延安 1938》，太白文艺出版社 2018 年版，第 1 页。

③ 艾克恩编著：《延安文艺史》，河北教育出版社 2009 年版，第 50 页。

④ 李超宇：《在个体与时代之间——试论卞之琳的战时写作》，《现代中文学刊》2019 年 1 期，第 8 页。

⑤ 按照江弱水的说法，卞之琳 1930—1939 年这一阶段的诗歌可分为前期（1930—1934）、中期（1935—1937）、后期（1938—1939）三个部分（见江弱水：《卞之琳诗艺研究》，安徽教育出版社 2020 年版，第 15—16 页），本文也认同这种划分，突显化欧化古、相对观念的诗歌显然是中期的诗歌作品。

保定、日本等地的体验。这里列举一些相关诗歌片段：

可怜门里那小孩，/妈妈不准他出来，/让我再来喊两声：/小玩意儿，/好玩意儿……/哎！又叫人哭一阵。（《叫卖》）①

你可以听到自己的脚步声/在晚上七点钟的市场/（这还算是这座古城的心呢。）/难怪小伙要打瞌睡了，/看电灯也已经睡眼朦胧……（《古城的心》）②

长安丸载来的海西客/夜半听楼下醉汉的尺八，/想一个孤馆寄居的番客/听了雁声，动了乡愁，/得了慰藉于邻家的尺八，/次朝在长安市的繁华里/独访取一枝凄凉的竹管……（《尺八》）③

《叫卖》是诗人求学北平时期的作品。有意思的是，大学在读的卞之琳所写的并非校园生活，而是北平的市井街头。这是一首模拟卖货郎的口吻写成的短诗，卖货郎谋生路的叫卖、小孩童心中的渴望、普通家庭的生活场景、20 世纪 30 年代北平市井的流动与寂寞，在诗中异常鲜活，而这背后，又有一双诗人的眼睛在看，并表达自己“看”的感受。1933 年，卞之琳从北京大学毕业，开始了自由职业的生涯，并以北平为根据地，到处体验人生。是年秋，卞之琳“被曹禺拉去保定育德中学接代他教课”④。写于保定的《古城的心》，呈现出诗人游走于街头的感觉，听自己的脚步，逛晚上七点的菜市场，看小伙和电灯一起打着瞌睡。1935 年，诗人客居日本，便有了《尺八》一诗，尽管这首诗充满了相对的诗性空间，但这种相对绝非凌空虚蹈，而是源于卞之琳真切的日本街头体验：“那时候我正在早稻田附近一条街上”，“忽听得远远地，也许从对街一所神社吧，送来一种管乐声，如此陌生，又如此亲切，无限凄凉”，“在茫然不辨东西中，我油然想起了苏曼殊的绝句”⑤。在日本街头听到尺八的吹奏而衍生出的感慨促使卞之琳写下了《尺八》一诗。“相较于叙写久远而厚重的线性历史，卞之琳在创

① 卞之琳：《三秋草》，上海新月书店 1933 年版，第 12 页。
② 卞之琳：《汉园集》，上海商务印书馆 1936 年版，第 192 页。
③ 卞之琳：《十年诗草》，桂林明日社 1942 年版，第 28—29 页。
④ 卞之琳：《星水微茫忆〈水星〉》，《卞之琳文集》中卷，安徽教育出版社 2002 年版，第72 页。
⑤ 卞之琳：《尺八夜》，《卞之琳文集》中卷，安徽教育出版社 2002 年版，第 6 页。

作时偏爱捕捉瞬间的动态空间情境。”① 这种动态空间情境是身心体验感受到的真实情境，而最终指向的仍是体验式的人生与抒写态度。这与纯心灵化的表达存在差异：体验式的态度更侧重对外部世界的反映与感受，而心灵化表达则更侧重对内部自我世界的发现和思索。尽管在1935年之后，卞之琳写出了更为审美化的《断章》、《距离的组织》等篇目，但《断章》中“桥”、“楼”、“风景”所营造的画面，明显具备“十字街头”感，而《距离的组织》叙述的仍是自我世界与外在世界的关系，当“友人带来雪意和五点钟”时，略显魔怔的自我世界顿时被拉入外在世界，并在外在世界中确立了自己的位置，找到了彼此的关联。

从20世纪30年代开始，卞之琳便是一个注重观察“十字街头”、愿意尝试多地体验、注重自我世界与外在世界交换的人。这并非被动的命运，而是诗人的主体自觉。正如陈世骧的趣言所说，“即使现在有人告诉我，卞之琳正在南极，和企鹅们在一起，或是寄居在高加索，我都不会太惊讶。因为他从不属于任何地方”②。在与之对应的诗作中，城市的街头环境、具体的人、文学与哲学的韵味融为一体。实际上，从这一时期开始，诗人就已经确立了自己的写作视角：注重对“十字街头”的观察体验，并最终升华为自己的文学思考。这一视角在以后的诗歌写作中依然存在。1937年改变了若干学院派作家的运命，卞之琳也汇流于此。不同的人奔赴延安的状态并不相同，“有的是以工作者的姿态投身于民族抗战运动，有的是以学习者的身份希望学成后尽快走向抗日战场，有的是以追求光明者的身份寻找答案，有的是以观察者的身份进行考察……”③ 而卞之琳20世纪30年代的生活与写作状态最终决定了他的自性——他仍旧喜于观察，喜于体验。那么，在“爱国心、正义感”的大背景下，属于卞之琳的态度必然是去延安“访问一次”、“生活一番”。他自述中的“一次”、“一番”正是体验与观察的姿态证明。他想看看与成都完全不同的大后方，想去采访、了解、感受，想随军。延安对于卞之琳而言，正是一个充满期待的崭新的“十字街头”。这种捕捉阅历、丰满人生的姿态，其实正带有学院派作家的纯粹韵味。在延安行中，当慰劳信的

---

① 任杰：《空间转换与艺术主体的精神嬗变——论卞之琳的延安书写》，《中国文学研究》2021年第4期，第156页。

② 陈世骧：《一个中国诗人在战时》，陈越译，《现代中文学刊》2011年第1期，第95页。

③ 王纪刚：《延安1938》，太白文艺出版社2018年版，第1—2页。

形式应运而生，卞之琳的“十字街头”体验找到了与之合拍的表达方式。

二、小细节与大背景

1938年，《抗战文艺》刊出《文协为征集慰劳信紧急启事》：“本会顷接重庆市妇慰会寒衣募制委员会宣传部来函，谓该会第一期募集寒衣一万件，献给前方将士，虽已大部完成，惟每件寒衣中须附慰劳信一封，借致慰问，并作鼓励，甚盼本会会员与本刊读者踊跃书写。”① 慰劳信是与物资慰问同在的精神慰问，是文艺界为抗战尽力之处。在《〈十年诗草〉重印弁言》中，卞之琳曾回忆，1938年秋后，文艺界发起了写“慰劳信”的活动，身在延安的他便即时写了两封慰劳诗歌；回到西南大后方，又继续进行了慰劳信的抒写，所写均是自己耳闻目睹的真人真事②。可见，卞之琳的《慰劳信集》与延安之行密切相关，是在延安体验之中和体验之后响应文艺界号召所抒写的诗歌，所写的内容并非虚构，而是真实的。这种真实存在几个维度：人事的真实、体验的真实、感受和回味的真实。当真实事件落于笔端，文字呈现出的是诗人视角和表达中的真实。那么，《慰劳信集》展现出的真实，又具备怎样的个性特征？

《慰劳信集》收诗20首，每一首都有具体的刻画对象，包括战场上的神枪手、地方武装战士以及普通的工人、农民、劳苦者，还包括政治领袖、领军的司令。因是信件体，拥有明确的抒写对象是一个必然的要求，有的指向一类人，如《给修筑飞机场的工人》、《给一切劳苦者》，有的则对接到个体的人，如《给一位政治部主任》、《给一位刺车的女子》。这即从指向上带来抒写的具体性。值得注意的是，在此基础上，卞之琳更擅于抓取与之对应的局部细节性意象，“《慰劳信集》的诗歌创作往往从小处的意象入手，甚至有意化大为小”③。请看如下几个例子：

① 中华全国文艺界抗敌协会：《文协为征集慰劳信紧急启事》，《抗战文艺》1938年第2卷第8期，第123页。

② 卞之琳：《〈十年诗草〉重印弁言》，《卞之琳文集》上卷，安徽教育出版社2002年版，第4页。

③ 王泽龙、张皓：《〈慰劳信集〉与卞之琳诗歌风格的转变》，《兰州大学学报（社会科学版）》2019年第5期，第152页。

在你放射出一颗子弹以后，/你看得见的，如果你回过头来，/胡子动起来，老人们笑了，/酒窝深起来，孩子们笑了，/牙齿亮起来，妇女们笑了。(《给随便哪一位神枪手》)①

不唤你，发明的，起来发挥/三点一直线的冲锋战术：/嘴上一块肉，筷上一块肉，/眼睛钉住了盘里另一块——（《给一位政治部主任》)②

动员了，妇女的手指，/为了战士的脚跟。/一边用针线穿鞋底，/还爬梳川流的行人。/可怜山路上多石子，/难为你把线子缝紧。(《给一位刺车的女子》)③

一位神枪手，他放出去一颗子弹，这时若他回过头，便会看见后方的期待。前两行诗已充满具体的画面感。但接下来的刻画更为精细了，诗人对焦的不仅是老人、孩子、妇女，更是“胡子”、“酒窝”、“牙齿”，这三个局部细节性意象使得画面有了进一步聚焦；“胡子”是“动起来”的，“酒窝”是“深起来”的，牙齿是“亮起来”的，细节意象的动态感又使得画面更加真实可触。“三点一直线的冲锋战术”原本是打仗中使用的表达，诗人在这里用诗歌的形式进行了混搭式对接，直接切换到“嘴上”、“筷上”、“眼睛”里的“肉”，使得一些冰冷无情的事情有了一种幽默。而实际上，这位政治部主任并不常吃到肉。一块、一块的肉本来已是局部细节性意象，在与“嘴”、“筷”、“眼睛”的配合中，局部感和具细感更加明显了。为前方战士纳鞋本来是常见的后方景象，也是女性参与抗战的常规图景，但在诗人笔下则具化为“手指”和“脚跟”，川流的行人也具化为手中针线的爬梳。

不难看出，专注于局部细节的写法，与卞之琳20世纪30年代的创作有着整体的衔接关系。《叫卖》中的“小玩意儿”与“好玩意儿”、《古城的心》中的“脚步声”与“电灯”、《尺八》中凄凉的竹管，均是此类由体验入观察、由观察入细节的表达。这给人一种切实感——切实的经历、切实的体验，“《慰劳信集》的精神尽管是支援抗战的，却没有当时抗战诗歌一味慷慨激昂的擂鼓之声，而多从小处着眼，侧面描写各阶

① 卞之琳:《慰劳信集》，桂林明日社1940年版，第7页。
② 卞之琳:《慰劳信集》，桂林明日社1940年版，第15页。
③ 卞之琳:《慰劳信集》，桂林明日社1940年版，第27页。

层人物生活细节”①。这样来写抗战诗歌，的确可以祛除宏观歌颂的大与空。不过，必须注意的是，尽管局部细节的刻画是《慰劳信集》显而易见的特征，却并不是《慰劳信集》唯一的特征。换句话说，从整体上看，《慰劳信集》的局部与细节恰是被置于一个大的画面背景中，才得以凸显其“局部”、“细节”特征。再来看几组诗句：

> 每一颗子弹都不会白走一遭，/后方的男男女女都信任你。/趁一排子弹要上路的时候，/请代替痴心的老老少少/多捏一下那几个滑亮的小东西。（《给随便哪一位神枪手》）②
>
> 母亲给孩子铺床总要铺得平，/哪一个不爱护自家的小鸽儿，小鹰？/我们的飞机也需要平滑的场子，/让它们息下来舒服，飞出去得劲。（《给修筑飞机场的工人》）③
>
> 交给了你们来放哨，/虽然是路口太重要，/打仗的在山外打仗，/屯粮的在山里屯粮，/算贴了一对活封条。（《给放哨的儿童》）④
>
> 你们辛苦了，血液才畅通，/新中国在那里跃跃欲动。/一千列火车，一万辆汽车/一齐望出你们的手指缝。（《给修筑公路和铁路的工人》）⑤

《给随便哪一位神枪手》是这方面的典型作品，从“子弹”到“神枪手”到“男男女女”，局部细节性意象与个体的神枪手、群体的男男女女形成了交互对照的关系，并最终抵达对群体的关照。正如汉乐逸所说，“这些诗的一个明显特点是，人的关系尤其是群体关系或亲族关系在其中扮演了主要角色”⑥。这样的写法明示或暗示出强烈的时代感：那几个“滑亮的小东西”虽然细微，却寄托着千万男男女女对抗战胜利的希望，“小东西”与群像性的男男女女成为“小”与“大”的直接对照，两者又最终通过

① 龙泉明：《中国现代主义诗歌在40年代的调整与转化》，《文艺理论研究》2002年第6期，第67页。

② 卞之琳：《慰劳信集》，桂林明日社1940年版，第8页。

③ 卞之琳：《慰劳信集》，桂林明日社1940年版，第9页。

④ 卞之琳：《慰劳信集》，桂林明日社1940年版，第17页。

⑤ 卞之琳：《慰劳信集》，桂林明日社1940年版，第42—43页。

⑥ ［美］汉乐逸：《发现卞之琳：一位西方学者的探索之旅》，李永毅译，外语教学与研究出版社2010年版，第66页。

"神枪手"得以系连。《给修筑飞机场的工人》使用了"小鸽儿"、"小鹰"等意象，"把孩子叫做小动物，'小鸽儿，小鹰'，乃至小猫，小狗，这当儿，母亲心里充满着欢喜；再加上'自家的'三个字，欢喜之外，更露着骄傲，正如说'我的心肝'、'我家的宝贝'一样"①。母亲给小雏铺床，亲昵与欢喜俱在。重要的是，传递出人人可感的家常氛围。这种家常画面与飞机场工人为飞机铺路形成了直接的比拟关系，家用词汇的"小"与军用词汇的"大"产生了浑然的关联，读者在庞然的天空与大地间找到亲昵的可触碰的日常情感，"大"也就因"小"有了感知的依托。《给放哨的儿童》是一首轻快有趣味的诗，局部细节性的"路口"与"山外"、"山里"形成了对照，让读者感受到儿童放哨背后的大背景，以及大背景中具体的儿童。《给修筑公路和铁路的工人》一诗展现的是更为庞大的时代图景，此种题材的诗歌极易落入大而空的窠臼，但在卞之琳的处理中，群像的"一千列火车，一万辆汽车"最终与"一齐望出你们的手指缝"对接，个体的视角和感受瞬间被强化，庞大的时代图景就具体到个人的体验中去了。当读者随着笔触感受望出手指缝的感觉，诗歌的体验感与《断章》在桥上看风景的"你"颇有同种风韵。

卞诗的抒情方式一直富于特色，《慰劳信集》也不例外。"这部诗集令人感觉兴趣的，不在题材而在怎样处理题材。"② 从整体上看，《慰劳信集》大时代背景中的局部细节刻画是其抒情方式的重要特征。并且，细究之，"大"与"小"之间正是一种相对的关系。正如姜涛所说，"在坚持'小'的原则的同时，释放'大'的关怀，'小'与'大'之间的辩证转化，对于迷恋相对性主题的诗人来说，是不成问题的"③。请看这两段诗句：

> 如果你睡了。睡眠更可贵：/案卷里已经跋涉了一宿。/"起身号。那我要睡了，"你说，/问明了是什么角声在吹。(《给一位政治部主任》)④

---

① 申乃绪：《读卞之琳诗一首》，《国文杂志》1943年第1卷第4、5期，第12页。

② 闻家驷：《评卞之琳的慰劳信集》，《当代评论》1941年第1卷第15期，第222页。

③ 姜涛：《小大由之：读卞之琳40年代的文体选择》，《巴枯宁的手》，北京大学出版社2010年版，第194页。

④ 卞之琳：《慰劳信集》，桂林明日社1940年版，第15—16页。

劳苦的人仙！/五分钟死生，/千万颗忧心。（《给空军战士》）①

在这里，睡眠的具细表达与宏大的军队跋涉联系在一处，军队起身的宏大状态与个体的“睡”形成对照，五分钟死生与千万颗忧心也形成了个体短暂时空与群体的长久关注的对照。在《慰劳信集》中，因抗战的背景原因，场景的宏大达到了很高的高度，与局部细节的刻画形成了比以往作品更大的张力关系。基于卞之琳擅长的观察与体验，抗战的大背景又为卞之琳诗歌的写作提供了新的尝试与拓展空间，而卞之琳的《慰劳信集》也为抗战主题的诗歌增添了更为丰富的元素。

三、一次旁观体验式欣赏

卞之琳一以贯之地体验着人生并抒写诗歌，具细意象的捕捉令他的诗歌充满了体验感，抗战与延安又给予其诗歌崭新的背景与空间。这均是从连贯和传承的角度思考卞之琳诗歌的衍变特征。而进一步看，一个善于观察世界、由体验生发诗意的诗人，其诗歌的创作风格也会随着年龄和时代的更迭而发生变化。那么，卞之琳一以贯之的观察与体验，在进入抗战阶段后，又会衍生出怎样的新风格？对比20世纪30年代的卞之琳诗歌，又会产生怎样的对照关系？

观察与体验是卞之琳诗歌中呈现出的重要要素。在诗集《三秋草》中，直接观察世界的作品信手拈来：

只说，“我真想到外边去呢！”/虽然我自己也全然不知道/上哪儿去好，如果朋友/问我说，“你要上哪儿去呢？”/当我们低下头来看台底下/走过了一个骑驴的乡下人。（《登城》）②

茶馆老王懒得没开门；/小周躲在屋檐下等候，/隔了空洋车一排檐溜。/一把伞拖来了一个老人——/“早啊，今天还想卖烧饼？”/“卖不了什么也得走走。”

---

① 卞之琳：《慰劳信集》，桂林明日社1940年版，第49页。

② 卞之琳：《三秋草》，上海新月书店1933年版，第39页。

(《苦雨》)①

五点钟贴一角夕阳，/六点钟挂半轮灯光，/想有人把所有的日子/就过在做做梦，看看墙，/墙头草长了又黄了。(《墙头草》)②

这三首诗恰好是三个不同的观察体验角度。《登城》将强烈的个体姿态与城市画面并列描摹，当抒写到“一个骑驴的乡下人”时，诗人的人世迷茫感便与20世纪30年代的荒城北平形成了自然的对接关系。《苦雨》则是隐去诗人姿态的戏剧化、非个人化式的诗歌作品，在刻画“老王”、“小周”、“老人”的过程中，写出了空寂城市的普通的生活感，有谋生的不易，有生活的玩味，有普通人情世态的烟火感。而《墙头草》则在对墙头草的观察与描摹中，直接加入了诗人的强烈批判，虚度华年的悲哀与批判感呼之欲出。在卞之琳前期观察、体验世界的作品中，无论是直接表达心绪、借物言志，还是进行纯粹的场景画面描写，均可以察觉到一个姿态鲜明的抒情主人公——“我”。这个“我”富于强烈的情感心绪，拉动着整个诗歌的行进。卞之琳因观察体验而生的姿态被推至诗歌的前端。并且，抒情主人公的姿态尚是一种不稳定的状态。它左突右冲，无论是直接显现还是尝试隐藏，皆流露着强烈的存在感和探索感，表达着多重维度的触角和未来诗歌抒写的多种可能性。这即是一种自我裹挟式的诗歌表达。尽管这种裹挟并不纠缠也并不虚无，但一触即能发生痛点。这种抒写可以说是青春式的，但带有很强烈的卞之琳的本体特征。

到了1935—1937年，其作品的表达内容与风格都有了较为明显的转变：

我要有你的怀抱的形状，/我往往溶化于水的线条。/你真像镜子一样的爱我呢。/你我都远了乃有了鱼化石。(《鱼化石》)③

鸟吞小石子可以磨食品。/兽畏火。人养火乃有文明。/与太阳同起同睡的有福了，可是我赞美人间第一盏灯。(《第一盏灯》)④

① 卞之琳：《三秋草》，上海新月书店1933年版，第14页。
② 卞之琳：《三秋草》，上海新月书店1933年版，第43页。
③ 卞之琳：《十年诗草》，桂林明日社1942年版，第93页。
④ 卞之琳：《十年诗草》，桂林明日社1942年版，第99页。

> 空灵的白螺壳，你，/孔眼里不留纤尘，/漏到了我的手里/却有一千种感情……（《白螺壳》）①

这一时期的诗歌不再着重于现实生活的直接呈现与描写，而更多进入了一重化境——水中的化境、远古的化境、螺壳中的化境，早期的观察与体验开始转换为经验，融合进诗歌的化境。与这重化境抒写相对应的，则是抒情主人公姿态的转变：抒情主人公已经不再左突右冲，而是融化为经验，退隐到诗歌语言的深处。尽管作品中仍大量使用“你”、“我”，但正如诗人自己所言，“这时期的极大多数诗里的‘我’也可以和‘你’或‘他’（‘她’）互换”②。这种互换即形成了文学语言的距离，在距离的把控中，最终烘托出文学的审美式表达与欣赏：鱼已化石，远古的原始诗意与某一刻的顿悟，白螺壳的空灵，以及这种空灵与一只人类手掌的心灵碰撞……至此，卞之琳诗歌完成了从自我裹挟式表达到审美式欣赏的风格转换。这种审美式欣赏的风格是卞之琳诗歌最突出的风格，也是后人评价中艺术价值最高的风格。

抗战爆发之时，卞之琳仍游走于祖国各地，这是他“私人的一时好梦”。可以设想，如果时局安稳，卞之琳会继续游走，继续将观察体验融入他的“一时好梦”，并创作出更多《鱼化石》式的作品，将20世纪30年代的诗歌风格继续融会贯通。但家国运命忽而改变了这一切，卞之琳的行动轨迹发生了变化，其诗歌创作也突然迎来了新的契机。在如何评价《慰劳信集》这一问题上，向来有着不同的声音，但突变感是确定的。“卞之琳的《慰》集当时发生的影响，可用一个字‘变’来概括。”③ 从内容的判定上，大多数研究者将《慰劳信集》归结为政治抒情诗，也可以说，卞诗从审美式欣赏走向了抗战的主题抒写。而从写作风格上看，这种转换就更加复杂而奇妙——借助这个契机，卞诗实现了从审美式欣赏到旁观体验式欣赏的突变和尝试。

何为旁观体验？卞之琳身赴延安是体验，深入延安的生活是体验，随军的行程是

① 卞之琳：《十年诗草》，桂林明日社1942年版，第124页。

② 卞之琳：《雕虫纪历（1930－1958）·自序》增订版，人民文学出版社1984年版，前言第3页。

③ 杜运燮：《捧出意义连带着感情——浅析卞诗道路上的转折点》，见袁可嘉、杜运燮、巫宁坤主编：《卞之琳与诗艺术》，河北教育出版社1990年版，第87页。

体验。其间，卞之琳获取的是属于自己的感受与判断。更重要的是，卞之琳在这个过程中获取了一种延安情境。在这个情境中，他能够鲜活而具体地打磨出属于他的延安诗歌。但《慰劳信集》的别致之处在于，诗人并没有直接抒发自己的情感，而是更多托出其对他者的旁观：

> 山沟里是顽抗的困兽。/夺他们的马呀，你着急。/也得算工夫结了果，/你扑下去骑转了一匹，/马后就奔来一头骡。(《给一位夺马的勇士》)①
>
> 你们就这样一天要来回三十次，/滴着黑汗。洞顶也滴着黑汗，/像峨嵋一个山洞里滴着燕子矢。(《给山西某一处煤窑的工人》)②
>
> 早不该疏忽了铁丝网，/网上通不通电流！/冲散了试验的急智，/齐涌上一个指头——(《给一位特务连长》)③

既然是问候他者的信件体，诗行中必然出现对他者的直接描写，并应具体而有细节。夺马的勇士如何夺马，煤窑的工人怎样工作，一个连长如何用手指探电网，均有着非常细致的刻画，同时在刻画中也表达着诗人的旁观姿态。这样的他者在《慰劳信集》中类型多样，包括工人、战士、儿童、群众、领袖等。“他对抽象的思想观念的玩索，已让位给对具体的活生生的人和事的欣赏。”④ 这是饶有趣味的碰撞：如此确实、有针对性地大面积抒写他者，并非卞之琳自然生发的诗兴，而是呼应慰劳信运动产生的结果，可以说，仅是一种响应而非自创。但这种“主题先行”恰与卞之琳一贯善于观察的诗思形成了奇妙的对接。在观察他者、体验生活方面，卞之琳早已拥有充足的抒写经验。与之同时，以往诗作中的欣赏视角也与慰劳信结合出了一种奇妙的表达状态：文学的审美距离与慰劳的赞颂、问候形成了自然的衔接关系，欣赏的视角与当时的政治要求达成某种统一。在不需要暴露、讽刺的维度里，这种赞颂与问候如此自然流畅、具体亲切，丝毫不曾有“主题先行”带来的空洞与概念化，并且，旁观的姿态

① 卞之琳：《慰劳信集》，桂林明日社 1940 年版，第 29—30 页。
② 卞之琳：《慰劳信集》，桂林明日社 1940 年版，第 32 页。
③ 卞之琳：《慰劳信集》，桂林明日社 1940 年版，第 51 页。
④ 江弱水：《卞之琳诗艺研究》，安徽教育出版社 2020 年版，第 54 页。

也使得诗人的情感变得清澈，不再执拗于自我的诘问，专注于对他者的抒写与对话。值得注意的是，旁观、体验、欣赏——这样的表达形态，恰恰囊括了卞诗1930－1934年、1935－1937年两个阶段的诗歌特色，既有“十字街头”的观察体验，又有“象牙塔”的审美欣赏，糅合出旁观体验欣赏式的表达形态。而从表达对象层面上看，《慰劳信集》也形成了从独语到对话体的鲜明转换。正如刘祥安所说，“每一首诗中，诗人都对另一些人展开对话：独立、自尊而不居高临下；虔敬、诚挚而不自贬卑微；亲切、家常而不乏风趣”①。如若对比早期诗歌中自问自答的“到底是丢了什么呢，/丢了什么呢”② 以及有问无答的“朋友，我们不要学老人，/谈谈话儿吧……”③ 就会发现，《慰劳信集》的信件体必然为卞诗打开一种新的抒写可能。

当然，《慰劳信集》的出现，以及出现后形成的融合与突变，并不一定意味着卞诗在此实现了艺术的集大成与飞跃。《慰劳信集》更像一次际遇的偶然，在偶然中发生转变，并带来另一重方向与新鲜感，实现了卞诗另一个向度的尝试。它更像是一次花火闪现，而这本身也符合观察和体验的诗眼：在人生旅途中，因时代和情怀触碰一次延安，融合出一首首“慰劳信”，为体验和欣赏增添更多的可能。

（作者单位：重庆师范大学初等教育学院）

① 刘祥安：《卞之琳　在混乱中寻求秩序》，北京出版社、文津出版社2007年版，第76页。

② 卞之琳：《中南海》，见诗集《三秋草》，上海新月书店1933年版，第8页。

③ 卞之琳：《西长安街》，见诗集《三秋草》，上海新月书店1933年版，第28－29页。

四川五君与“南方性竞猜”①

胡　亮

摘　要：“四川五君”是五位四川或重庆诗人，亦即柏桦、张枣、欧阳江河、翟永明和钟鸣的共同称谓。张枣本为湘人，曾经居于重庆。本文爬梳了这个称谓的产生、摇摆、演变和定型，揭示了五位诗人之间的影响通道，细读了他们的部分早期作品（主要为20世纪80年代的作品），试图将他们各行其是的写作理解为“南方性竞猜”的不同答案，进而指认了“四川五君”作为当代诗人群落的文学史乃至文化史意义。

关键词：四川五君；新诗；20世纪80年代；南方性；汉语性

一、临时性命名与暂时性定名

江湖闾巷所谓“四川七君”或“四川五君”，单就称谓而言，一开始就自带临时性或应急性特征。五位或七位当事诗人，几乎谁也不愿跻身于——或自困于——这个“半虚构公社”。到如今，甚至，他们谁也不愿再提及这段小历史。“七君”或“五君”的老大哥——亦即钟鸣——的态度，也许具有一定的代表性。他说：“我们当时，在内部，很自然，也很明确地约定过不搞‘流派’。”② 钟鸣，1953年生于成都，1971年入伍（在沈阳），1974年随部队开赴镜泊湖（在牡丹江），1977年考入西南师范学院，

① 本文系教育部课题“百年新诗学案”（17JJD75002）的中期成果。

② 钟鸣：《危险的批评》，未刊稿，2016年。下引钟鸣，凡未注明，亦见此文。

1982年分配到四川师范学院，1984年调入四川工人日报社。钟鸣的早年经历颇为传奇，对其写作，算是一种长期补给。这是后话不提。却说“半虚构”，也就意味着“半真实”——不然，又何来钟鸣所谓“内部”？这会是个什么样的“内部”？把握好个中分寸，可谓至关重要，否则将难以得到基于或邻于真相的立论。

那么，“四川五君”正式出场于何时何处？1986年10月24日，《深圳青年报》。10月21日至24日，《深圳青年报》携手安徽《诗歌报》，刊出“1986现代诗群体大展”。这个大展虽说热闹，但钟鸣似乎看不起，后来直呼其为“诗歌的工业博览会”①。与这种态度相反，当时，孙文波则颇有积极性。孙文波，1956年生于成都，童年时待过陕西华阴，1970年就读于成都铁二局第一中学，1973年下乡（在广元），1976年入伍（在绥德、西安及兰州），1979年转业到四川建筑机械厂（在成都），1987年辞去公职，1996年移居北京，2013年客居深圳洞背。孙文波一人牵头组稿，终于组团参加了“大展”。《深圳青年报》所刊出的“四川五君小辑”包括五个小文件——其一，流派自述，亦即《五君说》（未署名）；其二，成员介绍，计有欧阳江河、柏桦、翟永明、孙文波和钟鸣；其三，欧阳江河作品，亦即短诗《日暮远足》；其四，翟永明作品，亦即短诗《黑房间》；其五，孙文波作品，亦即短诗《少女陆梅的故事》。欧阳江河，1956年生于四川泸州，童年、少年时待过大凉山、渡口②及新都，1972年迁居重庆并就读于第二十一中学，1975年下乡（在巴县），1977年入伍（在成都），1986年转业到四川省社会科学院，1993年暂居美国，1997年定居北京，2014年调入北京师范大学。柏桦，1956年生于重庆，1975年下乡（在巴县），1977年考上广州外语学院，1978年入校就读，1982年分配到中国科技情报所重庆分所，同年调入西南农学院（在重庆），1986年考入四川大学（从龚翰熊读硕士），因拒绝上课，1987年被退学，1988年调入南京农业大学，1992年为自由撰稿人，2004年调入西南交通大学（在成都）。翟永明，1955年生于成都，1976年下乡（在新都县），同年考入成都电讯工程学院，1977年入校就读，1981年分配到西南物理研究所（在成都），1986年辞去公职，1990年暂居美国，1992年回到成都，1998年经营白夜酒吧。白夜酒吧先在玉林西路，后迁窄巷

① 钟鸣：《旁观者》，海南出版社1998年版，第762页。

② 亦即攀枝花。

子，乃是成都的“左岸”，是诗人和艺术家——包括“七君”——所偏爱的一个“亚文化场域”。据孙文波回忆，《五君说》由他执笔，征询过欧阳江河的意见。这份文件寥寥数语，看起来平淡无奇。“严格说，我们几个人算不上流派，只不过平日里我们交往甚密，彼此是很好的朋友，在四川，外人便戏称我们为‘四川七君’（另两位仁兄张枣、廖希，一个去西德了，一个去了香港）。我们只是默认而已。”① 张枣，1962 年生于长沙，1978 年考入湖南师范大学，1982 年分配到株洲工业学校，1983 年考入四川外语学院（在重庆，读硕士），1986 年赴德国，1990 年考入特里尔（Trier）大学（读博士），后转入图宾根（Tübingen）大学，2005 年回国并任教于河南大学，2007 年调入中央民族大学，2010 年病逝于图宾根。廖希，1963 年生于成都，1979 年考入西南师范学院，1983 年分配到成都西乡路中学，1985 年移居香港（后来当了一名导演）。细心的读者想已看出，《五君说》说漏了嘴，居然说出了“七君”——也就是说，“五君”的正式出场，意外地隐含着“七君”的非正式出场。如果从发生学——而非文献史——的角度来看，“七君”早于“五君”无疑，后者不过是由前者缩减或砍削而得。这个问题，暂且撂下，后文还将详述。

然则，“四川七君”正式出场于何时何处？1988 年 9 月，《中国现代主义诗群大观》。这个“大观”，来源于并丰富了“大展”。《中国现代主义诗群大观》所收录的“四川七君小辑”包括四个小文件——其一，柏桦作品，亦即短诗《秋天的武器》；其二，孙文波作品，亦即短诗《十四行诗》；其三，艺术自释，亦即《我们的几句话》（未署名，亦由孙文波执笔）；其四，成员名单，计有欧阳江河、柏桦、翟永明、钟鸣、张枣、廖希和孙文波。“五君”，终于复原为“七君”。而对孙文波，钟鸣仍然啧有烦言道：“‘四川五君’在其得主从未承认署名有否意义的情况下，摇身一变，又成了‘四川七君’——入伍者任意报名，任意命名。”② 这几句话尤其是后半截，说得有些重，但是组稿者——或有关编稿者——还真得认领这份“任意”。一方面，一会儿自称“五君”，一会儿自称“七君”；一方面，“五君”入“大展”，未刊出柏桦和钟鸣作品，“七君”入“大观”，未刊出欧阳江河、翟永明、钟鸣、张枣和廖希作品。这也反

① 《五君说》，《深圳青年报》，1986 年 10 月 24 日，总第 185 期。

② 钟鸣：《旁观者》，海南出版社 1998 年版，第 762 页。

过来表明，孙文波的积极性，或未得到所有当事人的知晓、响应或配合。据柏桦回忆，从头到尾，无人相告，他迄未见到“大展”的样报与“大观”的样书。柏桦曾戏称孙文波为“神行太保”。难道后者就没有骑着自行车，到四川大学研究生宿舍去找过前者吗？要知道，那可是一辆著名的自行车。

却说廖希移居香港（一个突然的花花世界），很快就放弃了写作——这个事件给两种称谓，即“七君”或“五君”，都带来了意想不到的尴尬——称谓沿用上的尴尬，以及，成员锁定上的尴尬。如果不新提“六君”，而是沿用“五君”，那么，多出来的一位诗人应该是谁？从狭隘的文献史——而非更正派的历史——来看，多出来的这位诗人，或为钟鸣，或为孙文波。1989 年 1 月，《汉诗》终刊号印行，卷三“静安庄五子”所收录的诗人依次为翟永明、柏桦、欧阳江河、孙文波和张枣。这个“五子”，缘于“五君”，只是用张枣取替了钟鸣。“五子”后来又被称为“巴蜀五君子”，流行于百度。钟鸣认为这乃是孙文波所为。“五君”，出自社交上的客气；“五君子”，出自道德上的标榜或讽刺。钟鸣就曾引孔颖达的定义“贱不义而贵有德，故曰君子”，来讨论此类命名在语义上的正值或负值。而在此前后的一系列文献史逐渐锁定“五君”或“五君子”，最终用钟鸣取替了孙文波。1988 年 11 月至 12 月，杨小滨莅成都。1989 年 3 月，他刊出纪行短文《君子、汉子、胡子、痞子等等》，称“君子是指欧阳江河和翟永明。他们和钟鸣、柏桦、张枣被称为‘五君子’”[①]。据杨小滨回忆，这个名单，当时很有可能来自欧阳江河。1994 年，张枣撰成博士论文《现代性的追求》，认为“后朦胧诗”大体上分为两支，一支为“纯诗”，一支为“生活诗”或“口语诗”，“纯诗”的“代表性人物包括‘四川五君子’：钟鸣、翟永明、张枣、柏桦和欧阳江河”[②]。这篇论文以德文写成，由图宾根大学出版，并未及时给汉语世界带来影响。1995 年，经张枣促成，由苏桑娜·葛塞（Susanne Göße）翻译，德国荷尔德林协会出版诗合集《中国杂技：硬椅子》（*Chinesische Akrobatik——Harte Stühle*），作者为“四川五君子”，所收录的诗人依次为柏桦、张枣、翟永明、欧阳江河和钟鸣。这个选本出口转内销，双语对照，来头很大，以至于孙文波逐渐被视为无涉于“五君”。诸如此类的结果（人选

① 杨小滨：《君子、汉子、胡子、痞子等等》，《文学角》1989 年第 2 期，第 54 页。

② 张枣：《现代性的追求：论 1919 年以来的中国新诗》，亚思明译，四川文艺出版社 2020 年版，第 289 页。

的变化、排序的调整）既令人遐想，又令人困惑，不免还令人莞尔。其中之微妙与阴差阳错，或涉人事，或关天命，或为珍惜羽毛（有你无我），或为争夺“蹲位”（有我无你），犹待当事人备述原委，笔者也便没有兴致再作详考。

二、回溯到《大拇指》……

如果从徐敬亚的深圳，逆溯到廖希的香港，就会找到关于“七君”的更早起源。廖希与钟鸣，1979 年就相识于西南师范学院。1985 年 8 月，廖希移居香港，并带走若干同仁诗稿。临行，钟鸣嘱他“为大家打开刊发作品的通道”。1986 年 7 月 15 日，经廖希和叶辉促成，香港文学报《大拇指》推出“四川诗人小辑”，刊有欧阳江河的长文《受控的成长》，钟鸣的短诗《日车》和《村庄》，孙文波的短诗《冬至》和《小寒》，柏桦的短诗《下午》和《道理》，翟永明的短诗《预感》和《边缘》（节选自组诗《女人》），廖希的短诗《异地》和《构思的天气》，欧阳江河的短诗《天鹅之死》和《少女之死》，还有彭逸林、子午（郭绍才）、谷风（何卫东）、游小苏和胡小波（胡晓波）的诗。却说《受控的成长》，本来由钟鸣执笔，后改由欧阳江河执笔。据廖希回忆，他确曾致信钟鸣，约请后者起草配套评论。据钟鸣回忆，他已拟好标题和思路，欧阳江河却主动请缨代劳。据孙文波回忆，钟鸣心虽不甘，也顺水推舟，“便同意转由他写”，“叙之思路”，“连写好的那截也给了他”。欧阳江河最终竣稿，分为两个部分：第一部分，由北方诗人——比如北岛、芒克、杨炼和江河[①]——叙及南方诗人，由南方成名诗人——比如黄翔、舒婷、骆耕野、傅天琳、李钢——叙及南方半成名或未成名诗人，又从南方缩小到巴蜀，终于逼近了此文的良苦命意，“四川真正引人注目的是欧阳江河、翟永明、钟鸣、柏桦、张枣、廖希、孙文波等诗人”[②]；第二部分，次第论及欧阳江河、柏桦、翟永明、钟鸣、廖希和孙文波（孙文波叨陪末位，或亦释放出某种信号）。虽然此文并未详论张枣，却已锁定一份包括张枣的七人名单。很快就有“外人”，或即杨远宏，戏称他们为“四川七君”。时当 1986 年 8 月，或 9 月，略早于

① 亦即“于友泽”，而非“欧阳江河”。除了此处，本文中“江河”均指“欧阳江河”。

② 欧阳江河：《受控的成长》，《大拇指》，1986 年 7 月 15 日，第 218 期。下引此文，不再注明。

“大展”无疑。

如果当年是成都或重庆刊物——而非香港刊物——推出“四川诗人小辑”，换言之，如果廖希并无摆渡举荐之功，很难想象他能名列“七君”。后来转而提出“五君”，两套名单果然都不包括廖希。这并非世俗所谓过河拆桥，实因廖希为诗虽早，才力偏弱，而又志不在此。“七君”先缺廖希，再减孙文波，可能包含两方面考量：一方面，取齐作品之水准；一方面，尊重历史之渊源。20世纪70年代末期、80年代初期，柏桦、翟永明、欧阳江河、钟鸣及张枣已先后结成密友，陆续写出重要或比较重要的作品。孙文波为诗较晚，待到水落石出，已是90年代。为了洞见前孙文波时代的某种幽微，笔者乐于举出比《大拇指》或《深圳青年报》更早的两份刊物——其一，成都的《次生林》，创办于1982年4月，编辑为释极乐（亦即钟鸣），插图为张华，木刻为健忠，装订为山山①、诗筠和晋西，刊有江河的短诗或小长诗《雪夜》、《黄昏：印象和情绪》、《无题》和《变奏：二十世纪》，翟永明的短诗《蒲公英》、《昨夜，我有一个构思》，钟鸣的短诗《跳房》、《没有意义的片断》、《红茶菌》和《飞鸟》，以及柏桦的短诗《致秋天》、《表达》；其二，重庆的《日日新》，创办于1985年5月，顾问为彭燕郊，主编为柏桦和周忠陵，编委为张枣、江河、彭逸林、柏桦、周忠陵和陈乐陵，刊有欧阳江河的短论《关于现代诗的随想》和短诗《少女之死》、《背影里的一夜》，张枣的短诗《镜中》、《维昂纳尔：追忆逝水年华》、《那使人忧伤的是什么》和译文《论诗人》②，柏桦的短诗《春天》、《惟有旧日子带给我们幸福》、《夏天还很远》和短诗英译 *Name*、*Something Else*③。两份刊物都很短命，各出一期，共有作者还有成都游小苏、重庆彭逸林和广州吴少秋。两份刊物的全部作者，请注意，均不包括廖希，也不包括孙文波。而孙文波，从边缘到绝缘，如今也不愿牵扯到“五君”或“七君”。

① 亦即小说家裘山山。

② 原作者为荣格（Carl Gustav Jung）。

③ 据柏桦回忆，*Name* 由张枣翻译，*Something Else* 则由二人合译。

三、偶然性与必然性

“七君”或为偶然，“五君”则属必然。“‘五君’从一开始很多方面是相似的，比如年龄接近，而且时间、地点都让大家汇集到一起。”① 钟鸣所谓“年龄”、“时间”和“地点”，不可或缺，却都是非文学因素、外部因素或偶然因素。只有“智力”、“知识谱系”和“趣味”，至关重要，才算是文学因素、内部因素或必然因素。“岳飞杀张飞”，好看，但是两者没交集。“张翼德怒鞭督邮”②，两者有交集，但是不好看（这个油腻督邮，又岂是张飞对手）。“五君”各有奇招，大体上看来，或无向度上的相似，却有程度上的相当。故而诗人际会，其势难免，节日临近，不醉无归。比如，1984 年 2 月，在成都，柏桦与欧阳江河再次见面。又如，1984 年 3 月，在重庆，柏桦与张枣再次见面。再也不会等到第三次见面，他们争分夺秒，很快就陷落于决斗般的对话：隐秘，庆幸，心心相通，狂喜立等可取，动辄三百回合。1993 年，经张枣促成，德国荷尔德林协会出版了《柏桦、张枣、欧阳江河诗选》。2008 年 3 月，张枣曾忆及与湖南的绝缘、与四川的会心：“我认为我文学活动中最重大的事件，就是遇到了柏桦。通过他，后来遇到了欧阳江河、钟鸣、翟永明。”③

多少人事交集已然随风而逝，但“五君”却留下了难以湮灭的文字姻缘。以《受控的成长》而论，据欧阳江河、钟鸣和孙文波回忆，关于钟鸣和廖希的论述出自钟鸣之手，关于孙文波的论述就出自孙文波之手，其余文字出自欧阳江河之手。欧阳江河在文中自居首位，钟鸣大为不满，说“他天生是个笼罩在自己金黄色（或阴影）中的人”④。尽管充满了这样那样的不快，也不能否定，这是一种集体书写。其显性作者，乃是欧阳江河；隐性作者，则是钟鸣和孙文波。集体书写，在彼时巴蜀，可谓如火如荼。“张枣争改我的诗，我也争改他的诗，既完善对方又炫耀自己，真是过眼云烟

① 钟鸣：《“旁观者”之后》，《诗歌月刊》2011 年第 2 期，第 47 页。
② 《三国演义》第二回。
③ 颜练军、张枣：《“甜”——与诗人张枣一席谈》，《星星》（理论版）2008 年第 11 期，第 34 页。
④ 钟鸣：《旁观者》，海南出版社 1998 年版，第 862 页。

的快乐呀!”① 比如柏桦的短诗《名字》，写于1985年，最后四行曾经张枣大改：“你的名字是一个声音/像无数人呼吸的声音/当你走进这一座城市/你的名字正从另一座城市逃离。”钟鸣的短诗《鹿，雪》，写于1987年，开头两行亦经张枣小改：“你还在怨述什么，你的眼光触及后/它们就再不结对成群逡巡雪地。”柏桦的短诗《在清朝》，起句则经欧阳江河小改。原句为“在清朝/安闲的理想越来越深”，改句为“在清朝/安闲和理想越来越深”，一字之改，脱胎换骨。柏桦之所以写出《在清朝》，缘于他在欧阳江河书房，读到了费正清（John King Fairbank）的《美国与中国》。欧阳江河之所以写出短诗《手枪》，缘于他在钟鸣书房，读到了麦克卢汉（Marshall Mcluhan）的《传播工具新论》。据钟鸣回忆，欧阳江河五次借走此书，又被他五次索回。这算得上是两个痴人的一桩逸闻。却说从知识谱系的角度来看，《美国与中国》是欧阳江河和柏桦的一个公因数，正如《传播工具新论》是钟鸣和欧阳江河的一个公因数。《传播工具新论》之要义在于，将传播工具视为“人之延伸”。欧阳江河对此颇有心得——“枪变长可以成为一个党/手涂黑可以成为另一个党”，前者是指西班牙长枪党或黎巴嫩长枪党，后者是指起源于意大利西西里岛和法国科西嘉岛的黑手党。至于既有芳名又有骂名的庞德（Ezra Pound），可以肯定，乃是柏桦、张枣、欧阳江河和钟鸣的一个公因数。为何这么讲？1985年5月，柏桦曾郑重谈道：“艾兹拉·庞德把孔子箴言‘日日新’三个字印在领巾上，佩戴胸前，以提高自己的诗艺。”② 同年10月30日，张枣选译出庞德的《诗章》，并提议在重庆图书馆举办一场庞德诞辰一百周年纪念会。1986年，欧阳江河为庞德写过一首悼诗。1989年，钟鸣主编的《象罔》为庞德出过一期专集。但是，很显然，他们迷恋的是不同的庞德。至于相互赠送或借用诗文之标题，在他们这里，更是眼花缭乱。比如，柏桦的短诗《白头巾》，标题来自张枣。这个标题可谓丝丝入扣，表明张枣已然领会——并有意突出——此诗的神秘主义氛围。钟鸣讲过邓南遮（Gabriele d'Annunzio）与金鱼的逸事，经张枣临时动议，他们与欧阳江河各写出一首《邓南遮的金鱼》。钟鸣的文论《秋天的戏剧》，沿用张枣旧题。钟鸣有一篇小说，张枣有一首诗，均沿用赵野旧题《春秋来信》。柏桦的回忆录《左边——毛泽东时代的抒情

① 柏桦：《左边》，江苏文艺出版社2009年版，第125页。下引柏桦，凡未注明，均见此书。

② 柏桦：《编者的话》，《日日新》，1985年5月，第1页。“日日新”出自《大学》“苟日新，日日新，又日新”。《大学》传为曾子所作，或为秦汉儒家伪托。

诗人》，正标题出自柏桦，副标题则出自钟鸣。钟鸣的回忆录，亦即《旁观者》，便只好另取标题。两个书名儿按需分配，凫胫鹤膝，也算是各有所宜。

由此可以看得很清楚，成都与重庆，如切如磋已成风尚（只有翟永明相对疏离，她超脱到简直找不到人影）。此种风尚，也算提醒：为何会有“五君”？“年龄”、“时间”和“地点”所至也，亦“智力”、“知识谱系”和“趣味”所至也。世间离合，岂非因果？虽然钟鸣咬定为“偶然相遇”①，但是，“偶然”只是海面，“必然”才是冰山，海面可以遮掩——却不可抹杀——任何一座冰山。当然，还应该换个角度来看问题——很难想象成都或重庆其他诗人，比如杨黎、胡冬或李亚伟，在主观上会有任何积极性，在客观上会有任何可能性，能够如鱼得水般地加入前述集体书写。对面无缘，咫尺天涯。

四、南　方

那么，“七君”或“五君”，可有开宗立派的动机？至少，自我标榜的欲望？钟鸣当初起草《受控的成长》，本有两个着眼点　　亦即“控制论”和“南方性”。由于文章未成，到如今，已然很难还原他的初衷。“控制论”或即“语义控制”，已被欧阳江河局部采用。然则，“南方性”何谓？后来，钟鸣引梁启超作答：“北人好经世之想，南人好颓靡。”再则，“南方性”何为？后来，钟鸣也有过自答：“求证南方（或外省）和北方诗歌真正的差异。”仅仅是求证“差异”吗？非也。钟鸣当然是在强调南方——尤其是巴蜀——在趣味或吸引力上的胜出或脱颖而出。他所提出的这两个概念，亦即“南方”与“南方性”，在本文卒章的时候还将谈到。“五君”却早就通过写作，彼此相异的写作，逼近了这两个概念的语义边界。也许，这就是身份自觉。比如，1976 年 4 月，北岛写出《回答》；1981 年 10 月，柏桦写出《表达》。前者当众表达，后者自问自答；前者棒喝，后者呢喃；前者斩钉截铁，后者欲说还休。后来，大约是在 2000 年，张枣就曾据此并谈两位诗人：“一北一南，一前一后，他们作为角色

① 钟鸣：《偶然相遇》，未刊稿，1986 年。

确实有某种对称。”[①] 这就说得比较客气。

回过头来接着说欧阳江河。他最终写成《受控的成长》，谈及诗人面临的四重受控——亦即“外部控点”、“特定的文学传统”、“读者”和“诗人自己的个人经历”。那么，诗人当如何应对？既要团结，又要斗争。此类普适性观点，不足于自揭某种“集体身份”。但是，且慢！此文已然锁定一份七人名单，紧接着，就有非同寻常的“准宣言”：“他们在各自不同的探索中体现出一种共同的努力，亦即创造一种语言的直接现实，与非语言的现实及一切形式的控制相对抗”，“事实上许多南方诗人在任性地挥霍个性的同时，已经越来越清晰地感到彼此的天性里有一种不可能被挥霍掉的共同特质”，“这种中心空虚的共同素质，对于每个南方诗人在自己以外很难找到栖身之地的狂想、怪癖、疾病和自恋，能够无止境地加以容纳”，“鸟儿的飞翔无疑是唯我独尊的，但天空依然能以四方离散的宽大方式聚合它们。同样，南方诗人的聚合将以保留和充分发扬个性为前提”。这些文字——或者说观点——迂回盘旋于“个性”与“共性”的两极，与其说展示了欧阳江河的聪明，不如说揭示了“七君”或“五君”的内心矛盾。什么矛盾呢？一方面，寄望于集团式的攻伐力量；一方面，醉心于个人化的写作秘境。欧阳江河——他是否具有代表性另说——在理论上求得了矛与盾的民主性，然则，也就在事实上褫夺了开宗立派的可能性。

孙文波所撰《我们的几句话》，较于欧阳江河，写得更加老实（虽说也是左右开弓，两头说话）。“七君”作为一个诗群，孙文波认为，虽说是“基于情感上的认同”，但也有“在对待诗歌上的某种趋向性态度”。什么态度呢？其一，“探索更为广阔的诗的表现领域”；其二，“注重对语言、形式以及结构的本体改造”；其三，“现代诗如果要真正获得它不朽的地位，它就不单单要揭示出人类当代精神的复杂性，它还应该在进行自身前趋性关照的同时，仍然注重寻找人类精神存在的历时的一致性”[②]。这正是青春口气，正是20世纪80年代的口气，好高骛远，动辄“人类”，动辄“不朽”，总是想把诗人推上思想家的悬崖。“我们的几句话”？那么，“我们”是谁？据孙文波回忆，除了欧阳江河，其他诗人并未过眼这份文件。所谓“我们”，既非“七

① 张枣：《销魂》，见柏桦：《左边》，牛津大学出版社2001年版，第3页。
② 徐敬亚等编：《中国现代主义诗群大观》，同济大学出版社1988年版，第374页。

君”，亦非“五君”，已是无可辩驳的事实。后来，钟鸣借不同机会——回忆录、论文或访谈——多次挖苦过孙文波。

“七君”或“五君”，要说共同点，谁都无意于占山称王打群架。“说穿了，这是个很无聊的问题（诗歌为什么需要一个团体呢？一个团体为什么又非要有长老呢?）”[①] 钟鸣所谓“长老”，或即暗指欧阳江河。“我们五个人，都很挑剔，很敏感——说穿了，不会去干傻事。”[②] 钟鸣所谓“傻事”，或即暗指孙文波。其实呢，孙文波和欧阳江河，亦并未抢夺过钟鸣所谓“兔皮帽”（既然这顶帽子纯属乌有）。由此或可断言，“五君”便如“七贤”，便如“八怪”，便如“九叶”，诗群也，而非诗派也。诗群，亦即柏桦素来热衷的“小圈子”，“一来可以安慰你的心灵，二来可以刺激你立即重新认识到自己的品质”[③]。“五君”在某个阶段，颇为缱绻，可谓形散神不散，后来才逐渐趋于交恶（也是为了鸡毛蒜皮，或口舌上的以讹传讹）。而欧阳江河的长诗《悬棺》，完稿于1984年，如同提前两年就已写好的神秘预言：“那么，唯一的群体将在唯我独尊中形成。各种颜色、各种花饰的衣裳经由纹身与皮肤相混。人头与众兽之头经由闪成一片的刀刃相混。食物与饥饿经由斋戒相混。花园与悬棺经由轮回相混。”而今仔细读来，不免相顾骇然。

五、左边的柏桦，右边的柏桦

“五君”如果就是诗派，下文必将面对这样一个主要问题——五位诗人的共同点何在？如果只是诗群，先前的一个次要问题就将上升为主要问题——五位诗人的差异性何在？现在可以避谈共同点而直面差异性（亦即个人性）了。那就挨个儿来谈。首先，还是来谈柏桦。1989年12月26日，为纪念毛泽东的诞辰，他写过一首《1966年夏天》。“瞧，政治多么美/夏天穿上了军装。”1966年，柏桦只有10岁。就在那个热风鼓荡的夏天，他被举行了一个仪式——有个不认识的红卫兵女生，把像章别上了他的左胸。“无涯的自由来了。”他决定立即开展革命行动，于是冲进了一个厕所，抢走了

① 钟鸣：《旁观者》，海南出版社1998年版，第888页。

② 钟鸣：《“旁观者”之后》，《诗歌月刊》2011年第2期，第40页。

③ 柏桦致杨政信，1989年8月22日。

一个正在上厕所的中年男性的绿色军帽。此后一个时期，他在街头——或梦中——遭遇了武斗、热血、尸体或美人的裸体。他很快就熟读了毛泽东的政论散文名篇，又用几天背下了后者的全部诗词。那个时候，柏桦是个什么模样？“面带孤寒，个子瘦小，宛若逗号”——他后来写回忆录，曾勾勒出这样一帧少年自画像。却说“军装”、“绿色军帽”，穿上去容易，戴上去容易，脱下来可能就比较麻烦。据钟鸣回忆，他多年后陪同柏桦去看望一个文人兼军人，柏桦换上那人的军装，戴上那人的军帽，去逛了一大圈。这“军装”，这“绿色军帽”，难道就不是柏桦从“回忆”里一掏就掏出来的吗？

从20世纪70年代末期到80年代末期，柏桦由重庆而广州，而重庆，而成都，而重庆，而南京，可谓萍踪不定。此前，毛泽东的思想和语言，以其迷人的明快，影响柏桦可谓至大至深。而在这个阶段，先在广州，后在成都，柏桦又受到两次电击：一次来自波德莱尔（Charles Pierre Baudelaire），一次来自帕斯捷尔纳克（Boris Leonidovich Pasternak）。前者所引导的法国象征主义，后者所引导的苏联阿克梅主义，传授柏桦以颤抖，以升级版的颤抖，以及青春期的痛苦、孤寂和欲望。就是在20世纪80年代，诗人写出一系列作品，不断触及一批曾经的热词，如“运动”、“鲜血”、“钢铁”、“枪响”、“白热”、“火热”、“真理”、“红军”、“斗争”、“极端”、“口号”、“纸老虎”、“暴力和广场”、“革命”、“同志”、“群众”、“公社”、“阶级”、“人民”、“意识形态”、“政治武装”、“红色娘子军”、“起义”、“左翼”或“像章”。这个小词典曾经为巨人、诗人和广大人民群众所共有，具有至高无上的流通性，接通过每一支钢笔的神经。诗人把这个小词典从“政治学”的60年代和70年代，携入了“经济学”的80年代。这到底意味着什么，是公共话语的惯性还是隔夜茶的派生性口感，是词的原罪还是人性的基因与基因变异，是集体无意识（collective unconsciousness）还是滑稽模仿(parody)？这是两码事，还是一码事呢？不管怎么样，诗人掉入或收藏了一个大海。什么大海？奥威尔（George Orwell）所谓“新语”的大海——诗人一边享受（多么趁手啊）一边挣扎（担心被淹死），看起来，使用了一种有点儿古怪的泳姿，获得了一种有点儿扭捏的抒情性。但是，很快，奇迹似乎发生了——那种超级大喇叭式的公共话语，忽而转换为耳机式的私人话语。也可以把话反过来说，诗人创造了个人文体，却也能溯源到作为通用文体的某种政治抒情诗。1987年12月，诗人写出《琼斯敦》：“孩子们可以开始了/这革命的一夜/来世的一夜/人民圣殿的一夜/摇撼的风暴的中心/已厌倦了那些不死者/正急着把我们带向那边。”诗人在写什么，中国革命吗？非也。他在写一个可怕的旧闻，一个发生在太平洋彼岸的极端事件：1978 年 11 月 18 日，914 名公民，在圭亚那热带丛林集体自杀。所谓通用文体，居然通用到了美国，也就逐渐转化为个人文体。

柏桦后来也有谈到，他的写作经历过一个“集权化的抒情时期”：“趁着青春之胆，百无禁忌，只想一吐为快，不知言说之难。”① 要谈此种特征，势必谈及他的两个小丛书：一个是“夏天小丛书”，一个是“老虎小丛书”。前者至少包括《再见，夏天》、《光荣的夏天》、《群众的夏天》和《夏天，啊，夏天》，后者至少包括《震颤》和《春天》。两个小丛书也有合体，至少包括《海的夏天》和《或别的东西》。这些杰作，此起彼伏，读来令人恍惚，最终便也大悟——“老虎”不过是“夏天”的尖牙，“夏天”不过是“老虎”的急性子，两者建立了显而易见的互文性(intertextuality)。“老虎”和“夏天”，都是信仰，都是迷狂，都是疾病和怪癖，都是冒烟而发抖的生命。来读《夏天，啊，夏天》：“宣誓吧，腼腆的她/喘不过气来呀/左翼太热，如无头之热。”两个小丛书相加，等于一个大丛书，或许可以直接称为左边丛书。既有左边丛书，就有右边丛书。两者之间的缓冲，就是最特殊的《夏天还很远》。这件作品写于 1984 年冬天，单就标题来看，似应归入夏天小丛书，而从内容来看，则应归入右边丛书。全诗第一节从右边出发——“看树叶落了/看小雨下了”，看似停靠在左边——“夏天还很远”；第二节从右边出发——“巨大的宁静如你干净的布鞋/在床边，往事依稀、委婉”，看似停靠在左边——“夏天还很远”；第三节从左边出发——“左手也疲倦/暗地里一直往左边”，看似停靠在左边——“夏天还很远”；第四节从左边转向右边——“再不了，动辄发脾气，动辄热爱/拾起从前的坏习惯/灰心年复一年/小竹楼、白衬衫/你是不是正当年”，看似停靠在左边——“夏天还很远”。仔细揣摩诗人用意，“夏天还很远”，与其说是有所指望，不如说是有所提防；提防“夏天”，庆幸“夏天还很远”。左边下马，右边上马，诗人松了一口气，而并非刻意玩一把“自反”(self－negative)。至于右边丛书，至少包括《惟有旧日子带给我们幸福》、《家居》、《秋天》、《民国的下午》、《在秋天》、《望气的人》、《李后主》、《在清朝》和

① 柏桦：《自序》，《往事》，河北教育出版社 2002 年版，第 6 页。

《苏州记事一年》。来读《望气的人》：“菜田一畦，流水一涧/这边青翠未改/望气的人已走上了另一座山巅。”左边是一种声音，右边是一种声音。前文所述《受控的成长》早已论及这样两种声音——“一种是强烈的、危险的”，“一种是安静的、朴素的”；一种预示着“裂痕、侵入、栅栏”，一种预示着“镇静、宽容、克制和遗忘”。如今来看，更是明了——左边丛书对应着青春、夏天、下午、此时此刻、尖锐、急躁、强硬、悬崖、母亲、北方、现代、重庆或半个成都，而右边丛书对应着外援、秋天、夜晚、昔日或古代、凉爽、安闲、软弱、深渊、父亲、南方、传统、江南或另外半个成都。就某种程度而言，后者乃是对前者的交错、安抚、纠正、治疗或暂时的平定。诗人被古典会诊，药方已开出，他将由安闲逐渐转向隐逸、享乐与颓废。“右边更先锋!”——在一个下午，在成都，诗人甚至对笔者如是辩称。

1988年，对于柏桦来说，堪称转折：3月，处女诗集《表达》面世[①]，像是一个小结；8月，调入南京农业大学，像是一个小序。南京生涯才起头，20世纪80年代很快就要扫尾。1988年10月，柏桦写出《往事》；1990年12月，写出《现实》；1993年2月，又写出《选择》。从这三件作品可以看出，诗人或已逐渐化解左、右之冲突，习得了高级的节制，并获得了低级的自由。诗人自己也认为，可算是“找截干净”。此典见于何处？明代散文高手张岱，叙柳麻子说书，先言其“描写刻画，微入毫发”，再言其“找截干净，并不唠叨”[②] 也。这个柳麻子，巧了，也是在南京。却说张枣正好对“祖国”害了相思病，故而，极是艳羡柏桦的南京道：“尤其是你又生活在江南这个神秘的地方，你今后一定能从精神境界上升华这里的山川人物的。”[③] 可是，柏桦写罢《选择》，很快就废然搁笔。来读《现实》：“而冬天也可能正是夏天/而鲁迅也可能正是林语堂。”再来读《选择》：“年轻时我们在规则中大肆尖叫/今天，我们在规则中学习呼吸。”诗人揖别左边，写作如球滚停。由此也可以反证，写作的任务不是一举消弭——而是一刀一刀地解剖——既有特色亦有烈度的内在冲突。左与右，对诗人来说，还会有几个来回。1994年，钟鸣撰成《畜界，人界》。1995年，柏桦译出《毛泽东诗词全

① 柏桦：《表达》，漓江出版社1988年版。

② 《柳敬亭说书》，张岱：《陶庵梦忆》卷五。

③ 1991年5月22日张枣致柏桦信，柏桦：《橘颂：致张枣》，江苏文艺出版社2022年版，第294页。

集》。两书均由柏桦作序，前序借以盛赞毛泽东散文体，后序专门盛赞毛泽东诗词。而在更早的1989年，诗人还曾表露过对“小集体主义”的迷恋——“我如果顺利，明年将去美国，如果走不了，我将再不过平庸的日子，我可能要选择一地办‘公社’”[①]。钟鸣后来也证实了此事——“他突然有天跑到我这里来，发挥了一通公社理论，他想说服我，到农村建立公社”[②]。柏桦没有走，公社没有办。可是，多么令人好奇——这会是一个什么样的“公社”呢？托尔斯泰式的“晚年毅然出走”？“流浪——远方——未知——或对永生的渴盼”[③]？

六、张枣的“两只右手”

“他是我八十年代所遇到的最有诗歌天赋的人。”[④]——这样来评价柏桦，真个是，不惜四面树敌。这句狠话出自谁口？答曰：张枣。张枣本是长沙少年郎，因读研究生，不意作了重庆诗客。时在1983年9月，延及1986年6月。他在长沙，在株洲，已然孤独得要命，而在重庆，却奇迹般地遇见了高级知音。这个高级知音，必须是柏桦。当时，柏桦住在北碚，西南师范学院；张枣住在沙坪坝，四川外语学院。这样一对双子星座，1983年10月，初次见面于四川外语学院；1984年3月，再次见面于西南师范学院。谁也来不及反应过来，这将成为重庆——乃至中国——当代文学史上的一桩大事。张枣后来回忆道：“我猛然获得了一面无形的镜子，窥到了自身潜能，唤醒了亡命于诗歌的勇气。”柏桦后来回忆道：“我明显感觉到了张枣说话的冲击力和敏感度，他处处直抵人性的幽微之境，似乎每分每秒都要携我以高度集中之精神来共同侦破人性内在之秘密。”张枣给柏桦留下什么印象？漆黑的大眼睛闪烁着惊恐、警觉、敏感和疯狂，嘴和下巴则洋溢着自信、雄浑、有力、骄傲、优雅和性感。1984年4月，通过柏桦，张枣识得周忠陵。后者为张枣油印了《四月诗选》，又油印了《苹

① 柏桦致杨政信，1989年8月22日。

② 钟鸣：《旁观者》，海南出版社1998年版，第869页。

③ 柏桦：《张枣》，《今天》2010年第2期，总第89期，第26—27页。本节及下节所引柏桦，凡未注明，均见此文。

④ 张枣：《销魂》，见柏桦：《左边》，牛津大学出版社2001年版，第1页。本段下引张枣，均见此文。

果树林》。周忠陵也是传奇人物。据柏桦回忆，他长得像东欧人，患过小儿麻痹症，住在西南农业大学后面的一座农舍，一边靠打字为生，一边随苏丁之父学习美学，后来还与柏桦联袂编印过《日日新》。这是闲话不提。却说柏桦与张枣，相差六岁；北碚与沙坪坝，相距三四十公里。这算什么问题呢？诗神已经下凡，乐园开始建筑，虽说两个地点，实则一个方寸。这样两个天才，各怀绝技；这样两个明星，暗通款曲。他们不断举办秘密而扣人心弦的“谈话节”。来看张枣的后怕——“我相信我们每次都要说好几吨话，随风漂浮；我记得我们每次见面都不敢超过三天，否则会因交谈而休克、发疯或行凶”。来看柏桦的确信——“诗歌在三四十公里之间传递着它即将展开的风暴，那风暴将重新形塑、创造、命名我们的生活——日新月异的诗篇——奇迹、美和冒险”。这是一个如此精密而巧妙的安排，谈话节也是互助社，互助社也是决斗场，柏桦和张枣借助对方安度了各自的危机——写作，思想，还有生活或生存的危机。

如果笼统地将柏桦和张枣称为抒情诗人，无异于黑旋风的“排头儿砍将去”[①]。不是吗，柏桦也把北岛称为抒情诗人。1994 年，张枣写出一个十四行诗组《跟茨维塔伊娃的对话》。来读第一首：“你继续向左，我呢，蹀躞向右。”这个“你”本来是指“茨维塔伊娃”，也不妨用来影射“左边的柏桦”或“英雄主义的北岛”。如与柏桦相比，北岛只是一个过渡性诗人，而与张枣相比，柏桦也是一个过渡性诗人。张枣既不是殉道者，也没有革命后遗症。他不要北岛的高分贝，也不要柏桦的加速度。那么，他要什么呢？他要“两只右手”，他要“蹀躞”、“甜慢”、“圆润”、“轻盈”、“清丽”、“流转”和“健康”。张枣已然大异于北岛或柏桦，并不具有某种宿命的双重特征或过渡性特征。

从 1983 年 9 月到 1986 年夏天，在重庆，张枣忽而写出一批杰作，至少包括《镜中》、《何人斯》和《秋天的戏剧》。据柏桦回忆，1984 年深秋或初冬，张枣来他家，带着刚写出的《镜中》和《何人斯》。张枣踌躇[②]于《何人斯》，却忐忑于《镜中》。柏桦何许人也？他一眼看出《镜中》将会“轰动大江南北”，又一口咬定《镜中》奠定了张枣“作为一名大诗人的声誉”。来读《镜中》：“只要想起一生中后悔的事/梅花便落了

① 《水浒传》第四十回。

② “踌躇”有两义，此处取其“得意”之义。

下来/比如看她游泳到河的另一岸/比如登上一株松木梯子/危险的事固然美丽/不如看她骑马归来//面颊温暖/羞惭。低下头，回答着皇帝/一面镜子永远等候她/让她坐到镜中常坐的地方/望着窗外，只要想起一生中后悔的事/梅花便落满了南山。”这件作品或可从四个方面来谈，亦即小学[①]的讲究、古典的化用、角色的设置与歧义的缠绕。从“梅花”之“梅”，到“后悔”之“悔”，两个字既有相同的韵母，亦有相同的偏旁。这种“能指”（signifiant）滑动音形并茂，绘声绘色，既带来了听觉意义上的回荡，又带来了视觉意义上的叠加。两个汉字，一片繁响。而“一株”作为数量词，一般来说，适用于“松木”而不适用于“松木梯子”。“一株梯子”，怎么讲得通？诗人却偏要将错就错，“一株松木梯子”似乎唆使读者将“梯子”栽回了“南山”。江弱水还曾举出更加极端的例证。“现在一切都在灯的普照下/载蠕载袅，啊，我们迷醉的悚透四肢的花粉”出自张枣的《蝴蝶》——诗人偏爱蝴蝶。这首蝴蝶诗，大约成稿于20世纪80年代末期。“载蠕载袅”出自《围城》，乃是钱锺书的生造词，意为“一边蠕动，像蛆，一边袅升，像鸟”。江弱水认为，“蠕”与上行中的“普”协韵，“袅”与上行中的“照”协韵[②]。此其一也，亦即小学的讲究。全诗至少用了三个旧典，即“梅花”、“皇帝”和“南山”。按照傅汉思（Hans Hermannt Frankel）的研究，“梅花”对应着“宫闱生活”[③]。南梁简文帝萧纲作过一篇《梅花赋》：“梅花特早，偏能识春。”“皇帝”，无疑对应着“宫闱生活”，也就对应着“梅花”。至于“南山”，对应着“隐士”或“隐居生活”。东晋陶渊明，作过一组《饮酒》：“采菊东篱下，悠然见南山。”“南山”，本指庐山，却被张枣从九江搬到了重庆。可以这样说，“梅花”、“皇帝”和“南山”接通了无穷的传统，既有宫闱的传统，也有江湖的传统，亦即张枣所谓“原型的汉语人和集体记忆”[④]。此其二也，亦即古典的化用。全诗计有两类角色，亦即显性角色与隐性角色。显性角色就是“她”和“皇帝”，隐性角色——或缺席角色——就是“我”。三个角色，关系复杂。“我”并没有出现，却是不在场的在场，却是“看她”和“登上一株

① 亦即文字学、训诂学和音韵学。

② 参读江弱水：《诗的八堂课》，商务印书馆2017年版，第73页。下引江弱水，亦见此书。

③ 参见［美］傅汉思（Hans Hermannt Frankel）：《梅花与宫闱佳丽》，王蓓译，生活·读书·新知三联书店2010年版。

④ 黄灿然：《访谈张枣》，《飞地》第3辑，海天出版社2013年版，第112页。下引张枣，凡未注明，均见此文。

松木梯子”的主体。“她”是中心人物，先“游泳”，再“骑马”，归来后“面颊温暖，/羞惭。低下头，回答着皇帝”。那么，“她”就是一个傅汉思所谓“宫闱佳丽”，此诗乃是一首具有代拟意味的“宫体诗”？且慢，这个“皇帝”十分可疑，极有可能乃是“我”的自喻。可参读海子的《秋》：“秋天深了，王在写诗。”“王”，当然就是“我”的自喻。如果“皇帝”即“我”，全诗就只剩下了两个角色。既然“皇帝”乃是自喻意义上的假皇帝，那么，“她”定是现实生活中的真少女，比如诗人时常谈到或写到的“娟娟”（湖南师范大学的一个女生）。此其三也，亦即角色的设置。到底是两个角色，还是三个角色，也许永远不会有定论。可见角色的设置，已经带来语义的小分岔。至于叙述时态的设置，还将带来语义的大分岔。从“只要想起一生中后悔的事”的口气来看，“抒情主体”不当是年轻的“作者”，而应是垂暮的“老者”或“隐士”，也就是说，“抒情主体”与“作者”发生了严重错位。但也有另外一种可能，“作者”就是“抒情主体”，就是“老者”或“隐士”，只不过在当前假想了自己的未来，又在未来假想了自己的过去①（发生过或来不及发生的“过去”）。因而，此诗既有可能是“过去时态”，又有可能是“将来时态”，还有可能是“将来过去时态”。三种时态，歧义纷呈。倘若译成英文，不免令人头疼。此其四也，亦即歧义的缠绕。至于《镜中》的结句“只要想起一生中后悔的事/梅花便落满了南山”，堪比唐人钱起《省试湘灵鼓瑟》的结句“曲终人不见，江上数峰青”，两者都从“有我”滑向“无我”，而“无我之境”正是中国古典诗代代相传的口诀。前述诠释会不会是艾柯（Umberto Eco）所谓“过度诠释”（overinterpretation）？所体现的是“作者意图”，还是“读者意图”呢？笔者坚持认为，当是“作者意图”无疑也。

从1986年夏天到1990年，在德国，张枣再次写出一批杰作，至少包括《刺客之歌》、《木兰树》和《灯芯绒幸福的舞蹈》。《木兰树》很少被提及，处境寂寞，却为笔者特别宝爱。这件作品计有两个角色，亦即“我”和“她”，“她”就是“木兰树”。一般来说，“我”是“抒情主体”，“她”是“抒情客体”。比如，应该这样来开篇——“我”梦见了，或看见了，或浇灌了“木兰树”。但是，诗人反弹琵琶，促成了“主体的客体化”，也促成了“客体的主体化”。人自失为受者，树自立为施者。“木兰树低下

① 可参读西渡：《时间中的远方》，《读诗记》，东方出版中心2018年版，第236—248页。

额安祥地梦着/她梦见幽魂般的我蹑立在她的面前。”“木兰树”用“她”的眼睛，不费吹灰之力，就胜任了“抒情主体”。宾作主时主还宾，“我”的眼睛也就被彻底废黜。那么，“她”看见了什么？“我蹑立在她的面前”，“我手上的一壶水”，“我在厌恶自己，哦/深深的厌恶，这血，这神经，毛孔，这对/耳朵的样子和狭窄的心”。“主体的客体化”，其结果就是“我”的小丑化。“我”是个什么模样？“幽魂”、“蹑立”、“毒药”、“狭窄”……“客体的主体化”，其结果就是“她”的神圣化。“她”是个什么模样？“安详”、“窥不出一丝儿恐惧”、“醒悟”、“回忆”、“舞蹈”……那么，“她”看清了什么？“我分明只是一个人”，“我曾倚窗眺望别的人”。“人”与“木兰树”差异何在？后来，诗人回答过这个问题，“我们丢失了安详的表情”[①]。既然如此，岂能容许“人”进入“木兰树”的梦境？难道不是引狼入室？“于是她佯装落下花，或者趁青空/飘飘而来的一阵风，一声霹雳，舞蹈着将我/从她微汗的心上，肌肤上，退出去。”“她”对“我”的清退，也如此优雅。这是神圣化的极致。“她”曾经把“我”定义为“人”，现在，“我们”可以把“她”定义为“自然”。如果说《镜中》呈现了“她”与“梅花”的相互取悦，那么《木兰树》就呈现了“我”对“我”的厌恶，以及“木兰树”对“我”的拒绝。前者是中国式的天人合一，后者是西方式的天人交战（却又披上了看似曼妙的中国式外衣）。结果会怎么样呢？后来，张枣有过反问：“鹤、绿色和诗歌怎么会过去呢？”[②] 从这个意义来讲，《木兰树》是对人类中心主义（anthropocentrism）的否定，堪称中国当代自然文学（nature writing）的隐秘之源。《木兰树》脱稿于1988年4月27日。到了1989年，柏桦忽而对友人说：“张枣最近写出非常好的诗，我第一次受到震动，第一次觉得恐怕要不如他了。”[③]

七、“对话性”与“汉语性”

张枣最为独到、最为核心的诗学机密，一个是汉语性，一个是对话性，前者是对翻译体的矫正，后者是对抒情诗的突围。抒情诗具有几乎变态的独白性，而对话

---

① 颜练军、张枣：《“甜”——与诗人张枣一席谈》，《星星》（理论版）2008年第11期，第49页。

② 张枣语。白倩、张枣：《环保的同情，诗歌的赞美》，《绿叶》2008年第5期。

③ 柏桦致杨政信，1989年8月22日。

性，意味着艾略特（Thomas Stearns Eliot）的所谓“非个人化”。是的，诗人总是致力于促成一种“轻细的对话”——比如《何人斯》，乃是“我”与“你”的密语；《秋天的戏剧》，乃是“我”与“他们”、“你”或“柏桦”的群岛式交谈；《木兰树》，乃是“木兰树”与“我”的眼神交换（虽然并不愉快）；《灯芯绒幸福的舞蹈》，乃是“舞者”与“观者”的对话（两个角色还兴致勃勃地交换过人称）；《刺客之歌》，乃是“我”与“太子”的对话。为了让对话更加普及，更加泽被苍生，诗人还将自己代入各种“历史名词”，亦即几乎过了期的“能指”（signifiant）。是的，他用“我”扮演了很多“他者”（the other），或者说，为“我”找到了很多“面具”，比如楚王面具、罗密欧面具、梁山伯面具、隐名骑士面具、天鹅面具、吴刚面具、宙斯面具、德国间谍或士兵面具。诗人曾借若干作品，发出了不同“声音”，发明了不同“调式”和“复合调式”，举办了并非来自生活的“双角色谈话节”或“多角色谈话节”。这可以参读《楚王梦雨》、《历史与欲望》、《在夜莺婉转的英格兰——一个德国间谍的爱与死》和《德国士兵雪曼斯基的死刑》。就在完成上述作品前后，1990 年，他写出八行诗组《断章》。来读第二十首：“是呀，宝贝，诗歌并非——//来自哪个幽闭，而是/诞生于某种关系中。”1996 年，诗人又写出十二行诗组《云》。来读第一首：“我站在这儿，/而那俄底修斯[①]还飘在海上。/在你身上，我继续等着我。”两件作品，毫不迟疑，都出示了一种对话诗学。这是诗人扔出来的西瓜皮，每个研究者都想踩出新花样。还是钟鸣说得有意思，“对话毕竟不光是技巧问题，而是关怀和自由的张力”[②]。可知此种对话诗学不仅源于古代的知音传统，或亦源于近现代以来的民主传统。

前面谈了对话性，现在来谈汉语性。张枣曾游弋于多个语种，却对汉语独具慧眼与信心——“我不知道当今还有哪门语种，比汉语更适合生成综合的记忆和伟大的诗歌”。但是，诗人并未拘泥于古典，或原教旨主义，而企图在某个边陲争取到汉语的独立与自治。比如，诗人促成了“传统性”与“陌生化”的相互鼓励。“任何方式的进入

① 今通译为“奥德修斯”，是荷马（Homer）史诗《奥德修纪》的主角。

② 钟鸣：《秋天的戏剧（关于诗人对话素质的随感）》，《秋天的戏剧》，学林出版社 2002 年版，第 20 页。

和接近传统，都会使我们变得成熟、正派和大度。”① 担心为传统所欺，离开或否定传统，在诗人看来乃是没有本事的表现。高手在“母语的细节”中，也能求得“陌生化”。诗人渴欲再次发明汉语的“古意性”，故而“传统不是在后边而是在前方”。又如，诗人促成了“抒情性”与“客观性”的相互鼓励。“艺术中的客观性与抒情性可能是同样正确、同样重要，更可能的就是它们应被理解为同一双鞋呢。”② 听起来似乎有点儿奇怪，就像两匹野马，同时指望一个骑手来驾驭。诗人真还找到了此种绝技，好比忽入仙境，兴奋地对友人耳语：“诗的中心技巧是情景交融。”③ 又如，诗人促成了“赞美性”与“正派”的相互鼓励。“人类的诗意是发自赞美，而不是发自讽刺。”④ 诗人庆幸于汉语与生俱来的“赞美性”，毫不吝惜地把“讽刺”的任务分派给散文。但是，请注意，诗人已经把“正气”作为“独辟蹊径”，也作为“赞美性”的背景音乐。又如，诗人促成了“汉语性”与“非汉语性”的相互鼓励。“我的内心交织着许多声音：长沙话，四川话，普通话，还有几门外语，像有好几股真气在回荡，最后变成一个虚构的调式和语感。”汉语只剩下了一座废墟，而要修复汉语的“诗意”，反而必须采补“外语”或“洋气”⑤，“既是象形人，也是拼音人”⑥，或者说“用上等纯精的汉字来摹临（mimesis）西语的‘空无，虚无，乌有’”⑦，以期臻于“古今不薄，中西双修”的境界——究其实呢，这也是个对话性问题。可见张枣既是汉语的鳏夫，又是西语的快婿；既是卧底的间谍，又是取经的和尚；既是国际的旅客，又是语际的刺客。来读《刺客之歌》：“那凶器藏到了地图的末端/我遽将热酒一口饮尽。”诗人正是这个

---

① 张枣：《作者的话》，见唐晓渡、王家新编：《中国当代实验诗选》，春风文艺出版社 1987 年版，第 109 页。

② 1987 年 5 月 12 日张枣致柏桦信，柏桦：《橘颂：致张枣》，江苏文艺出版社 2022 年版，第 285 页。

③ 1987 年 4 月（或 5 月）张枣致柏桦信，柏桦：《橘颂：致张枣》，江苏文艺出版社 2022 年版，第 283 页。

④ 张枣语。白倩、张枣：《环保的同情，诗歌的赞美》，《绿叶》2008 年第 5 期。

⑤ 颜练军、张枣：《“甜”——与诗人张枣一席谈》，《星星》（理论版）2008 年第 11 期，第 42 页。本段下引此文，不再注明。

⑥ 敬文东：《抵抗流亡——张枣三周年祭》，《当代文坛》2013 年第 9 期。

⑦ 1994 年 7 月 10 日张枣致钟鸣信，张枣著，颜炼军编：《张枣诗文集》4，四川文艺出版社 2021 年版，第 66 页。

语言学意义上的“亡命之徒”①。以上语言学态度或人文主义原则，或深或浅，也可见诸柏桦、欧阳江河、翟永明和钟鸣。张枣已竟或未竟的事业，汉诗的沧桑正道，也许都在于此——“发明一种母语”或“发明一种自己的汉语”。

张枣对汉语或汉语性的迷恋，颉颃于他对精确度的迷恋。两种迷恋，不可自拔，既转移了对痛苦或孤独的注意力，又易如反掌地转移了对名利的注意力。除了诗歌，他不求报酬。他直言“不屑于成功”，甚至“故意去对自己成功的可能性进行捣乱”。欲为诗人，先为赤子也，不过此关，或堕阿鼻地狱也。愈是眄视世俗之成功，愈能轻取艺术之成熟。张枣诗艺之迅速臻于化境，《镜中》正是铁证，《木兰树》亦是铁证。也就难怪江弱水说得如此肯定——“二十世纪中国现代诗人中，一前一后，有两位顶尖的技巧大师，一位是卞之琳，一位是张枣”；也就难怪柏桦说得更是铁板钉钉——“张枣用字比我更加精致，此点颇像卞之琳；而在用字的唯美上，我则始终认为他是自现代汉诗诞生以来的绝对第一人”。

八、欧阳江河之悖论与玄学

当年柏桦主编《日日新》，曾把张枣列为头条；钟鸣主编《次生林》，则把欧阳江河列为头条。诗内诗外，各有因果。却说柏桦识得欧阳江河，居然，还早于识得张枣。1982年8月，在重庆兵站，“彭逸林刚作完介绍，欧阳江河就滔滔朗诵起杨炼的诗歌，他高昂着头，走来走去，激动得像一个‘黑色普希金’”。就某个阶段或方面而言，北岛算是柏桦的“义兄”，而杨炼则是欧阳江河的“半父”（这是笔者的生造词）。美学义兄，美学半父。欧阳江河早期传统观（亦即所谓“新传统主义”）、史诗冲动，显然接收了杨炼的基因。而在钟鸣看来，这恰是北方的基因。前文曾提及的《悬棺》，可以说，乃是欧阳江河向杨炼的致敬。这部长诗，犹如天书，其主旨一边言说“悬棺”，一边言说“花园”，最终却将两者混为一体，以至于逐渐分不清何谓“悬棺”、何谓“花园”。这不是笔者的绕口令，而是作者的诡辩术。来读全诗大结局：“那

① 1995年9月21日张枣致钟鸣信，张枣著，颜炼军编：《张枣诗文集》4，四川文艺出版社2021年版，第72页。

么，这个启示将是唯一的启示：葬花之人也在埋葬自己，置身花园即是置身于悬棺。这唯一的启示与诞辰俱来，留末日独去。/界限并不存在。”“悬棺”意味着死亡，“花园”意味着生命。全诗费力地诠释了作者的早期诗观：“诗是一种奇怪的自悖现象：它是完美的生命形态，同时占有死亡的高度。”① 佛家的不二法门、道家的五行说，以及黑格尔（Hegel）的唯心辩证法，在诗人的坩埚中，被搅拌成一种混合物。这种混合物叫做悖论，看起来，似乎有点儿吓人。诗人所撰《受控的成长》自揭过他的小配方——“悬棺和花园在葬仪两侧并置如一个悖论”——若干年以后，当诗人去印度拜谒泰姬陵，就会亲眼目睹这个悖论，并将写出长诗《泰姬陵之泪》。这是后话不提。却说为了与这个悖论相匹配，诗人起用了一种孤品般的“杂语”——文与白相混、古与今相混、诗与非诗相混、语法与反语法相混、松与紧相混、荒凉感与奇幻感相混。“捕捉文体，犹如捕捉一线生机。”② 对于这个作品，历来毁誉参半。柏桦礼貌地表示为作者松了一口气，张枣感到吃惊，钟鸣则认为这是南方性并不彻底的明证。欧阳江河的蝶变，诚然，将以摆脱杨炼为前提。但是《悬棺》自有其规定性意义，比如，悖论修辞从此成为诗人的空气，成为他一直带在身边的带花边的拳套。《悬棺》动笔于 1983 年，完稿于 1984 年。其间，诗人还将《悬棺》的一个局部——“很深的渴意来自水，海的未来仅有一滴”，敷衍成一首小诗《天鹅之死》，“天鹅之死是一段水的渴意”。不会晚于 1987 年，诗人曾说：“水是用来解渴的，火是用来驱寒的——这些都与诗无关；要进入诗就必须进入水自身的渴意和火自身的寒冷。”

欧阳江河具有多重身份，他的手摸过枪，他的耳朵听过无数钢琴曲。枪和钢琴曲，不可避免地反作用于他的诗人身份。1985 年 11 月，他写出《手枪》；1986 年 4 月，写出《肖斯塔科维奇：等待枪杀》；1988 年 11 月，写出《一夜肖邦》。《手枪》，可以暂时称为“咏物诗”。来读第一节：“手枪可以拆开/拆作两件不相关的东西/一件是手，一件是枪/枪变长可以成为一个党/手涂黑可以成为另一个党。”任何士兵都会首先察觉到“手枪”的“所指” （signifié），亦即“单手发射的短枪”③。他们都会拆手

① 欧阳江河：《作者的话》，见唐晓渡、王家新编：《中国当代实验诗选》，春风文艺出版社 1987 年版，第 131 页。本段下引欧阳江河，亦见此文。

② 钟鸣：《旁观者》，海南出版社 1998 年版，第 865 页。

③ 《现代汉语词典》第 6 版，商务印书馆 2012 年版，第 1196 页。

枪，这不是什么问题，无非是拆成这样一堆配件——枪管、套筒与套筒座、闭锁突茎、击针与击针簧、击锤、扳机、击发机座、枪管连接轴。所有配件，彼此服务。诗人却首先察觉到“手枪”的“能指”（signifiant），亦即“shǒu qiāng”。他不用手，只用眼睛和耳朵，把“手枪”拆成“手”和“枪”——这是词根拆分法，小窍门在于“能指断裂”。然后，诗人又从“枪”出发，递进到“长枪”和“长枪党”；从“手”出发，递进到“黑手”和“黑手党”——这是词根派生法，小窍门在于通过“能指滑动”带来“所指发酵”。来读第二节：“而东西本身可以再拆/直到成为相反的向度/世界在无穷的拆字法中分离。”“东西”，呼应了上文“两件不相关的东西”。两个字连用，“东西”，“泛指各种具体或抽象的事物”①；两个字分用，“东”和“西”，“成为相反的向度”。此种“能指”层面的“拆字法”，却导致了“所指”层面的“世界的分离”。这就是诗人的秘密——“词”追“物”，“物”追“词”，“词”追“词”，“物”追“物”，“词”气喘吁吁，“物”也气喘吁吁，“词”还原为绝对虚构，“物”也几乎沦落为绝对虚构。并非针对欧阳江河，钟鸣曾说：“大家玩的都是哈姆雷特式的离间计——从词到词，最后还是词。”②“手枪”不是趋于解体，而是趋于变性，“要扣响时成为玩具”。可参读稍早的《蛇》：“火焰的舌头，水的腰。/首尾之间，腰在延长。/所有的词语中，一个词在延长，/在耽误，引伸，蠕动。”亦可参读稍晚的《我们》：“众词向心，心向无起源的歧义。/他对此涂一片鸦，写一树枯枝，/寥寥数笔天气便冷了下来。”前者算是自“物”至“词”，后者算是自“词”至“物”。可知《手枪》如此，《蛇》亦如此——几乎注定的“咏物诗”，眼睁睁地被写成了“反咏物诗”。

如果说《手枪》并不是“咏物诗”，那么《一夜肖邦》定然是“游仙诗”。这个术语，借自郭璞。“游仙诗”游于何处？不是身外之名山，就是心中之真理——玄学、哲学、诗学或艺术美学。如果游于心中之真理，“游仙诗”亦即西人所谓“冥想诗”（meditative verse）。且看欧阳江河，如何来求得理趣？《一夜肖邦》做了一道关于音乐的算术题，先是一道加法——从“把已经弹过的曲子重新弹奏一遍”到“一遍一遍将它弹上一夜”，再到“可以把肖邦弹得好像弹错了一样”；再是一道减法——从“只弹

① 《现代汉语词典》第6版，商务印书馆2012年版，第310页。

② 钟鸣：《新版弁言：枯鱼过河》，《畜界，人界》，上海人民出版社2010年版，第7页。

旋律中空心的和弦”到“只弹经过句”，到“只弹弱音”，到“把肖邦弹奏得好像没有肖邦”，再到“把肖邦弹奏得好像没有在弹”。到了 1994 年 8 月，诗人似乎自释了这件作品：“我承认我一直在努力寻找一个弹错的和弦，寻找海底怪兽般耸动的快速密集的经过句中隐约浮现的第十一根手指。”① “第十一根手指”，不是为了肖邦，而是为了弹出真理。为了说清这个问题，还得引来老子名句：“为学日益，为道日损，损之又损，以至于无为，无为而无不为。”② 所谓“为学日益”，亦即加法也；所谓“为道日损”，亦即减法也。加法的“和”越来越大，只是“学”的有限外形；减法的“差”越来越小，才是“道”的无穷真身。《一夜肖邦》欲抑先扬，最终用减法逼近了老子所谓“道”，或康德（Immanuel Kant）所谓“本体”，或冯友兰所谓“静默的哲学”③。从这个意义上讲，减法就是乘法，故而诗人说“书写和弹奏是一道乘法，在等号后面，是飞来飞去的慢动作蝴蝶”。诗人顾左右而言他，堪比禅宗公案——僧问巴陵显鉴禅师：“如何是提婆宗?”巴陵云：“银碗里盛雪。”④ 到了 1998 年 9 月，诗人写出《毕加索画牛》，又做了一道关于美术的减法题——“那牛每天看上去都更加稀少”，“先是蹄子不见了”，“跟着牛角没了”，“牛皮像视网膜一样脱落”，“露出空白之间的一些接榫”，“只是几根简单的线条”。《毕加索画牛》是对《一夜肖邦》的深度重写，故而江弱水对前者的精湛解读，也可以移用于后者——比如说，《手枪》只是“多言少中”，《一夜肖邦》才是“少言多中”，《手枪》只是“止于技之诗”，《一夜肖邦》才是“进于道之诗”。至于江弱水引来的冯友兰——“一个完全的形上学系统，应当始于正的方法，而终于负的方法”以及他的发挥——“什么叫‘正的方法’? 一化为多，将繁喻简也。什么叫‘负的方法’? 多化为一，将简喻繁也”，很显然，反而更适用于《一夜肖邦》而非《毕加索画牛》。因为《毕加索画牛》只用了“负的方法”，而《一夜肖邦》兼用了加法和减法，亦即“正的方法”和“负的方法”。在江弱水看来，诗中哲学，只是一种“弱哲学”（weak philosophy）或“软哲学”（soft philosophy）。哲学太强，太硬，也就

---

① 欧阳江河：《蝴蝶　钢琴　书写　时间》，《谁去谁留》，湖南文艺出版社 1997 年版，第 265 页。本节下引欧阳江河，亦见此文。

② 《老子》章四十八。

③ 冯友兰：《中国哲学简史》，北京大学出版社 2013 年版，第 324 页。下引冯友兰，亦见此书。

④ 胡兰成：《禅是一枝花》，上海社会科学院出版社 2004 年版，第 47 页。

意味着诗的退缩。故而哲学的捷报，并不确然意味着诗的捷报。单单以诗而论，《一夜肖邦》毕竟输给了《毕加索画牛》，因为后者不仅呈现了“哲学”或“美学”，还呈现了“画家”和“批评家”的对诘，以及“美学和生活伦理学”的较量。

欧阳江河的新诗方法论，如上所述，乃是语言本体论或经验本体论。他用一种伏尔泰（Voltaire）所谓的“铁面具”，替换了柏桦式的“激动”，替换了张枣式的“情景交融”。这个“铁面具”，后来，被敬文东指认为“反抒情”和“唯脑论”——“早已把面具的厚度增加到了无穷大。面具后面的真面目再也没人能够看清”①。这个话就是说，在欧阳江河这里，“心的原则”已然逊位于“脑的原则”。然而这种荒寒，岂是人力所及？理论推演具有“绝对性”，而诗学实践又具有“不彻底性”（反而美妙）。欧阳江河其实达不到——哪怕他很想达到——敬文东所否定的那种“境界”。来读《肖斯塔科维奇：等待枪杀》：“一次枪杀永远等待他/他在我们之外无止境的死去/成为我们的替身。”德国军队包围了莫斯科，而肖斯塔科维奇仍然不慌不忙地指挥着音乐会。故而这件作品，堪称“枪”与“音乐”的悲剧性混响。肖斯塔科维奇是我们的替身，而我们，也是肖斯塔科维奇的替身。两者都是历史，都是现实，怎么能说诗人全然置身事外？如果说这件作品借道于异域典故，那么，诗人另有一批作品则体现为直接的介入性、驳杂的叙事性，“越来越具有一种异质混成的扭结性质”②。1989 年 10 月，诗人写出《快餐馆》。这件作品预告了诗人的巅峰期，也预告了诗人的 90 年代——1990 年 4 月，他写出《咖啡馆》；1990 年 9 月，写出《傍晚穿过广场》；1992 年 4 月，写出《计划经济时代的爱情》；1993 年 2 月，又写出《关于市场经济的虚构笔记》。诗人继续冒犯着自恋、抒情性、轻盈、唾手可得的好诗、反智主义和语言上的共名时代，将写作导向了鲁迅所谓“煮牛的大金鼎”——三颗头颅都在里面追逐，撕咬，呻吟，根本分不清彼此，“只能将三个头骨都和王的身体放在金棺里落葬”③。鲁迅用小说调侃了“一元”之恶习，欧阳江河用新诗重申了“多义”之夙愿。揭不下的“铁面具”，这样看

① 参读敬文东：《从唯一之词到任意一词：欧阳江河与新诗词语问题》，《诗歌与人》，2017 年 11 月，总第 47 期，第 69 页。

② 欧阳江河：《自序》，《谁去谁留》，湖南文艺出版社 1997 年版，第 5 页。

③ 鲁迅：《铸剑》，《鲁迅全集》第二卷，同心出版社 2014 年版，第 304 页。

来，就是似乎随时可以撕开的“纸手铐”[①]。

九、翟永明之问：“我们都是男/女性?”

柏桦、张枣和欧阳江河结识于重庆，而在此前，欧阳江河已与翟永明和钟鸣结识于成都。对于所谓“五君”而言，与重庆相比，成都更具有发生学意义。这是闲话不提。却说与四位男诗人相比，女诗人翟永明更有组诗和长诗的创作冲动。1984年，她写出《女人》（多达20首）——4年后出版同题诗集[②]；1985年，写出《静安庄》（共有12章，对应12个月）；1986年，写出《人生在世》（共有11首）；1987年，写出《死亡的图案》（共有7首）；1988年，写出《称之为一切》（共有10首）；1989年，又写出《颜色中的颜色》（共有11首）。诗人一度醉心于小说，而生性疏懒，难以下定动笔成篇的决心。而其组诗和长诗，“都是在完成我对小说结构的理解和尝试”[③]——若是失败，只是诗之失败；若是成功，当是诗与小说之双重成功。作为组诗和长诗之间的小憩，诗人偶亦作短诗。大约是在1988年前后，她写出《年轻的褐色植物》、《我策马扬鞭》和《土拨鼠》[④]。组诗也罢，长诗也罢，短诗也罢，诗人都力图呈现一种“女性话语”（female discourse）。按照在西方由来已久的观点，“话语”（discourse）或“语言”（language）为男性所专有。“历史”（history）的两个词根，合起来就是“他的故事”（his story）。翟永明却要撤换一个词根，用“她”代替“他”，将“历史”改写成“她的故事”（her story）。“她”是个什么模样？白玫瑰的嘴唇，黑葡萄的大眼睛，浑身散

---

① 这个词既见于钟鸣，又见于欧阳江河，笔者则反其意而用之。“大概就在那时，我讲了‘纸铐’的故事（来自北方一位小说家），还天花乱坠发挥了一通（那时，谈话方式就是如此）。”（钟鸣：《旁观者》，海南出版社1998年版，第905页。）“囚犯如果违反了狱规，其惩罚不是直接用铁铐实施，而是以监狱管理人员即兴制作的纸手铐来象征性地铐住囚犯的双手，惩罚时间从三天到半个月不等。惩罚期间，若纸手铐被损坏，则立即代之以铁铐的真实惩罚。”（欧阳江河：《纸手铐：一部没有拍摄的影片和它的43个变奏》，《站在虚构这边》，生活·读书·新知三联书店2001年版，第391页。）

② 翟永明：《女人》，漓江出版社1988年版。

③ 翟永明：《完成之后又怎样——回答臧棣、王艾的提问》，《标准》1996年创刊号。下引翟永明，凡未注明，亦见此文。

④ 关于翟永明的短诗，在一次交谈中，钟鸣首推《土拨鼠》，笔者首推《潜水艇的悲伤》。可惜受各种原因所限，本文未能详论这两个作品。

发出女巫或异族气息，就像“走出树林的达吉雅娜，库普林笔下的阿列霞”①。

首先来读《女人》之《预感》：“那些巨大的鸟从空中向我俯视/带着人类的眼神/在一种秘而不宣的野蛮空气中/冬天起伏着残酷的雄性意识。”“鸟”与“鱼”，依据汉文化传统，乃是“男性”和“女性”的隐语②。“巨大的鸟”，当然对应着“雄性”。“巨大的鸟”与“我”，前者“俯视”，后者“被俯视”；前者处于“主语地位”，后者处于“宾语地位”。后者作为相对性存在或从属性存在，“她们接受”③，波伏娃（Simone de Beauvoir）亦曾谈及这个令人失望的事实。“巨大的鸟”和“雄性”，甚至抛开“我”，直接就代表了“人类”。“人类是男性的”，这种观点确实存在，虽然曾遭到波伏娃取笑。再来读《女人》之《独白》：“我，一个狂想，充满深渊的魅力/偶然被你诞生。泥土和天空/二者合一，你把我叫作女人/并强化了我的身体。”“被你诞生”，缘于西方典故，夏娃来自亚当的“多余的骨头”。诗人虽然自揭“宾语地位”，但已试图争取“主语地位”。因为女性既是“泥土”也是“天空”，既是“深渊”也是“狂想”。再来读《女人》之《世界》：“海浪拍打我/好像产婆在拍打我的脊背，就这样/世界闯进了我的身体/使我惊慌，使我迷惑，使我感到某种程度的狂喜。”女性的“身体”具有“与生俱来的慷慨之心”④，乃是男性的“欲望客体”。但是，“身体”既有配合性功能，亦有主导性功能，故而诗人既有“惊慌”与“迷惑”，亦有“狂喜”。男性的“欲望客体”，也就突变为女性的“欲望主体”。诗人之目的何在？她从未想过推翻“男性”，不过是想消除“性别阶级”而已。然而，即便只是在诗里，而不是在生活里，诗人也已经意识到这样做的后果——“但在你的面前我的姿态就是一种惨败”。《女人》有个自序，亦即短文《黑夜的意识》，不断谈到“危机”、“深渊”、“黑夜”以及“毁灭性预感”，“女性的真正力量就在于既对抗自身命运的暴戾，又服从内心召唤的真实，并在充满矛盾的二者之间建立起黑夜的意识”⑤。而《女人》写得酣畅，富有激情，又有些

---

① 钟鸣：《翟永明的形象以及词根和其他》，《翟永明诗集》，成都出版社 1994 年版，第 262 页。达吉雅娜是《叶甫盖尼·奥涅金》的女主角，阿列霞是《阿列霞》的主角。

② 参读闻一多《说鱼》。

③ ［法］波伏娃（Simone de Beauvoir）：《第二性》，郑克鲁译，上海译文出版社 2011 年版，第 12 页。下引波伏娃，亦见此书。

④ 转引自王泉、朱岩岩：《女性话语》，见赵一凡、张中载、李德恩主编：《西方文论关键词》，外语教学与研究出版社 2006 年版，第 381 页。

⑤ 翟永明：《黑夜的意识》，《诗歌报》，1986 年 6 月 6 日，总第 42 期。

生硬，恰好诠释了这样一种内在的灾难——不平衡的平衡，或平衡的不平衡。

翟永明曾多次谈到美国自白派，比如洛威尔（Robert Lowell）——或普拉斯（Sylvia Plath）——给她带来的“从头到脚的震惊”。很多研究当代诗的学者，循此展开影响研究（influence study），简直就像坛子里面捉乌龟。自白派的主要特征，并非“自白”，而是“自我揭露”或“自我怀疑”① ——前者仅意味着某种形式感，后者则意味着某种心理危机或存在焦虑感。恰是自白派的此类特征，呼应了翟永明而不是相反。其间的重要作品，除了《女人》，就是《静安庄》。静安庄位于新都县，现在叫静安大队，诗人曾在那里当“知青”。为什么要写这个小史诗呢?“静安庄是我青春时期的一个精神家园，那里存在着一个不可逆转的命运安排。”这件作品的主要价值，或另类价值，在于诗人已经借此证明——“知青回忆录”既可以写成“集体史”，也可以写成“个人史”，其作者既可以是一个无悔的“知青代表”，也可以是一个碰巧当了知青的“准女人”。“冷若冰霜，不失天真模样，/从未裸体，比干净的草堆更惬意。”这个“准女人”与大地交相赞美，却又对未知和未来充满了忧惧：“谁能料到我会发育成一种疾病?”此种疾病意识，也就关涉心理危机或存在焦虑感。《静安庄》虽然晚于《女人》，却可以视为后者的前传。《静安庄》以后，诗人的自白风逐渐减弱，也就不至于像普拉斯或塞克斯顿（Anne Sexton）那样，终于走向自毁。

如果说《女人》与《静安庄》乃是“个人史”，那么，《人生在世》就是“列女传”，《死亡的图案》就是“母难史”，《称之为一切》就是“家族史”或“母系家族史”，而《颜色中的颜色》就是“两性对话史”。这些组诗和长诗，“既哀怨了男性的神权，又赞美了母性的天赋”②，可以说，全都是“她的故事”。这个“她”或“她们”③，除了“我”、“代红”，当然还包含“母亲”。《女人》和《静安庄》都写到“母亲”，而《死亡的图案》则反复写到“母亲之死”——这个主题如此令人哀恸，却也不能让笔者虚高对这件作品的评价。从诗的角度来看，《人生在世》更加重要。这件作品的作者，很显然，乃是一个“熟女人”。她已看穿“男性”和“爱情”，并描摹了各种应对裕如或不裕如的“女性景观”——“胜券在握”、“内心刻薄”、“表面保持当女儿

① 参读彭予：《美国自白派诗探索》，社会科学文献出版社2004年版，第52—53页。

② 钟鸣：《风精（给诗人小翟）》，《畜界，人界》，东方出版社1995年版，第206页。

③ 亦有男性中心主义语言学认为，无论男性复数，还是女性复数，都应该写作“他们”。

的好脾气”、“泡制很黑，很专心的圈套”、“颠鸾倒凤”、“浑身装满自我怜悯的动机”、“满意身体的玉洁冰清”、“爱动”、“内部不断蛀空，但又装满世界的秘密”、“丧失了天生的淫荡”、“修饰一新”、“担惊受怕”、“投降”、“无法自得其乐，只好将计就计”、“鸟一样的心境，寻欢作乐的神气”、“活得好，但又适得其反”、“唤醒体内残存的狂喜”、“升起一个天生当寡妇的完美时刻”、“一副良民打扮”、“空有旧蚜虫的心情”，诸如此类，活脱脱真是一个“伤心女儿国”。全诗最后一节，提出了两个问题：其一，“谁将是凶手?”答案或是“男权”。其二，“谁在假装生活?”答案或是“女德”。问题的复杂性还在于，很多女性也自觉或不自觉地巩固了这种并非罕见的“男权”和“女德”。“假装生活”或“矜持”，都能导致女性的心口相异。诗人叙此，便用了小说笔法，类似于“黛玉见是宝玉，因说道：‘你且出去逛逛。’”[①] 须知，黛玉赶客是假，而留客是真也。从上文的分析或可大致看出，这件作品有角色，有场景，有对话，有情节，从头到尾密布着自嘲和他嘲，既是“非自白”又是“反神话”，像是由小说分解而得的碎片，似乎也就证明了诗人的小说潜赋。

翟永明的《女人》很快就被称为“女性诗歌”[②]，这似乎是个奖掖，来自某个“性别上级”。这个“性别上级”，也许并未自居为“上级”，更没有察觉到奖掖所隐含的“性别歧视”。换句话来说，“性别歧视”已经结晶为“潜意识”或“集体无意识”。作为诗学或美学术语，凭什么“女性诗歌”可能成立，而“男性诗歌”不可能成立？然而事实正是如此，没有任何学者（包括女学者）曾专门提出“男性诗歌”或“男性艺术”。他们还会反问，有必要吗？“人类诗歌”或“人类艺术”，这就是“男性神话”。《人生在世》的调侃，既是“反男性神话”，又是“反女性神话”。然而，无论是西方还是中国，“女性话语”或“女权主义”（feminism）都具有一种自残式向度——借来“男性神话”，重构“女性神话”，最终导致了某种程度的“性别紊乱”。翟永明也未能幸免，间或，她也会起用一种“男性化的挥毫”——这个词组出自《颜色中的颜色》，本是诗人叙及男画家何多苓的用语。来读《女人》之《荒屋》：“我来了　我靠近　我侵入。”此类“男性话语”，曾为欧阳江河所用。来读《玻璃工厂》：“我来

① 《红楼梦》第十九回。

② 参读唐晓渡：《女性诗歌：从黑夜到白昼》，《翟永明诗集》，成都出版社 1994 年版，第 233—238 页。

了，我看见，我说出。”两位诗人均非原创，源头又在哪里？却说公元前47年，在小亚细亚，凯撒大帝大获全胜。他在向友人报捷时只写了三个拉丁语单词：“veni！vidi！vici!”原文或涉秽语，译文更加好听：“我来了！我看见！我征服!”有个女诗人夏宇，在台湾，曾遗憾于没有女性专用的“脏话”；而在成都，翟永明干脆盗用凯撒“男性话语”——不过，她取消了凯撒的最硬的标点符号，也取消了欧阳江河的逐渐变软的标点符号。还有另外的例证，比如《我策马扬鞭》：“我策马扬鞭　在有劲的黑夜里/雕花马鞍　在我坐骑下/四只滚滚而来的白蹄。”字字句句荡漾着“男性”或“英雄主义”的纹理。杨炼看了此诗，曾揶揄诗人，“武侠小说看得太多”[①]。到了1997年或1998年，诗人写出《更衣室》，自供了她的变性术：“在我小小的更衣室/我变换性别、骨头和发根。”这是一个花木兰式的秘密，正如波伏娃所说，“想厕身男人中间……想与男人比肩”。结果，诗人获得了什么？“男性气质的赝品。”[②] 尽管如此，诗人依然引来布尔乔亚（Louise Bourgeois）的“我们都是男/女性（male/female)”，表达了女诗人——或女艺术家——所特有的“雌雄同体的渴望”。这让笔者忽而念及阿特伍德(Margaret Atwood)。1961年、1978年，她先后印出两部小诗集，亦即《双面珀尔塞福涅》和《双头诗》。“双面”或“双头”，亦即肖瓦尔特（Elaine Showalter）所谓“双声话语”[③]。女性就这样失去了性别，变成了伪男或无性者。那么，女性的出路又在何方？文学上是男性，而生活中是女性？文学上是先锋女性，而生活中是传统女性？也许，布尔乔亚的陈述句，将被翟永明改成疑问句：“我们都是男/女性?”

十、从诗到随笔：钟鸣之怪诞美学

钟鸣最为激赏的女诗人，历来只有三个，翟永明而外，就是徐芳和陆忆敏；张枣最为激赏的男诗人，似乎也是三个，张枣而外，另两个却是个谜。早在1987年，张枣

---

① 转引自钟鸣：《快乐和忧伤的秘密》，见翟永明：《黑夜里的素歌》，改革出版社1997年版，第7页。

② 翟永明：《我们都是男/女性?》，《天赋如此：女性艺术与我们》，东方出版社2008年版，第21页。下引翟永明，亦见此文。

③ ［美］肖瓦尔特（Elaine Showalter)：《荒原中的女权主义批评》，韩敏中译，见高建平、丁国旗主编：《西方文论经典》第六卷，安徽文艺出版社2014年版，第447页。

从德国写信给柏桦，就言及这个问题：“我一定会归国！序幕仍未揭开！中国艺术可能伟大，可能不，全在于我和另二个身在大陆的人。”① 这几句话口气肯定，绝非泛指。所谓“另二个”，一个可能是柏桦，一个可能是钟鸣。张枣写信给钟鸣，多次难以自禁，流露出对后者的诚服或溢美——“你无疑是一个当代中国最为优秀的诗人”②；“你是一个极有才能的缓慢平和的大诗人”③；“你现在可以说是多写一个字，都在多争得一份永恒”④。如果说私信或有夸张，那么，也可以证诸公器。张枣的博士论文《现代性的追求》，如前文所述，亦将钟鸣列为“四川五君子”之首。钟鸣是个什么模样？据柏桦回忆，“钟鸣，一个极端完美主义者、一个精美生活崇拜者、一个房间里四季放置鲜花的读书人、一个紧闭室内吃高级甜食的悲观论者，我知道他最无法容忍的就是美的匮乏”。据王寅描绘，“激情的旋风、问题的中心、肝胆的汁液、幻想的器官、抒情的小号、狂热的修辞主义者，这是狂喜的钟鸣，也是悲哀的钟鸣，他比我们每一个人都更为自觉地肩起时代的主题”⑤。综合各方面的信息（包括笔者之观感），可以说，钟鸣既是一个诗人，又是一个理性巨兽；既是一个现代学者，又是一个传统知识分子；既是一个博物学家，又是一个人文主义者；既是一个苦行僧，又是一个享乐主义者。这就很令人好奇，他会写出什么样的诗来呢？这且按下不表。先来看钟鸣的自我评估。从某种程度上来看，他的自我评估可能比张枣更加清醒——“整个八十年代”，“没写出像样的东西”，“寥寥数首而已”，“标题哗众取宠”，“为反常化牺牲了既得利益”⑥。这样几句话，说得很轻松，实则大有沧桑感。诗人本来撰有大量文字，包括新诗、随笔和文论，其中多数已被他无情毁弃。比如，1982年油印的诗集《日车》。如此决绝而苛刻的宁为玉碎，哪怕只是小概率，也会促成几次不可谓不悲壮的蚌病成珠。比如，1987年9月，诗人写出小长诗《中国杂技：硬椅子》；1988年3月，又写出短诗

---

① 1987年1月7日张枣致柏桦信，张枣著，颜炼军编：《张枣诗文集》4，四川文艺出版社2021年版，第88页。

② 1986年5月27日张枣致钟鸣信，张枣著，颜炼军编：《张枣诗文集》4，四川文艺出版社2021年版，第3页。其时，张枣尚在四川外语学院。

③ 1988年4月6日张枣致钟鸣信，张枣著，颜炼军编：《张枣诗文集》4，四川文艺出版社2021年版，第6页。

④ 1994年7月10日张枣致钟鸣信，张枣著，颜炼军编：《张枣诗文集》4，四川文艺出版社2021年版，第64页。

⑤ 王寅：《狂喜与悲哀》，见钟鸣：《畜界，人界》，东方出版社1995年版，第17页。

⑥ 钟鸣：《旁观者》，海南出版社1998年版，第912页。

《鹿，雪》。如果下文只论及这两首诗，那是因为，还要把本文的若干篇幅留给诗人的斑斓随笔。

首先来谈《中国杂技：硬椅子》。组诗《坐的艺术》共有 6 首，《中国杂技：硬椅子》乃是第 5 首。诗人对另外 5 首不甚满意，也就是说，第五首已有机会独立成篇。这件作品共有 4 章，第一章由椅子言及杂技，并言及椅子之硬与杂技之软。“他们”是指杂技表演者，亦即“爬高者”，“它”是指“椅子”，“我们”是指杂技之观者或本诗之读者。“椅子在重叠时所增加的/那些接触点，是否就是供人观赏的，/引领我们穿过伦理学的蝴蝶的切点?”“伦理学”来得突然，“蝴蝶”来得正好，“蝴蝶”之“轻盈和美”，亦即“爬高者”之“轻盈和美”，或已反衬出“伦理学”之重轭。“椅子”越叠越高，表演者的“破绽”越来越多。椅子被看成“诗”或“天梯”，椅子上的椅子被看成“椅子上的木偶”，全诗也就逐渐滑向某种形而上学。第二章由椅子言及皇帝，并言及皇帝之硬与人民之软。“他”是指“皇帝”或“王”，“我们”是指“人民”或“免于自由的好心人”。“椅子绷紧的中国丝绸，滑雪似地使他滑向/冬天，他专有的严冬。”黄仁宇的《万历十五年》曾叙及为皇帝而设的“经筵”，被诗人借用作本章的背景或主要场景。因此，姑且考定，“皇帝”就是“万历皇帝”。而当椅子挂钩于“皇帝”，全诗也就迅速滑向某种“历史记忆”，或苏桑娜·葛塞所谓“文化记忆”①。“用准确音调说的错话”“不清洁”与“有责任让嘴和椅子光明磊落”，前者具有作用力，后者具有反作用力。“我们的劳动和王的亲耕”与“在小事的交椅上则看到座次”，前者意味着民主制度，后者意味着等级制度。最终怎么样呢?“他坐出青绿，黄色，绛紫，制度，吃住软硬。”第三章由权力言及隐私，并言及公开之硬与恪守之软。“我们”与“他们”都指“铁人和硬骨头”，“它”是指“私”或“爱”或“椅子”，“他”是指“一个处子”，“你”或指本诗之读者。“我们能否有被公开后/仍然存在的那种‘私’，那种恪守，/因传种的原理而被爱和它的狭义撬动?”“私”意味着“爱”，“爱”意味着“狭义”，而对“广义”的屈从，也就意味着对“爱”与“私”的废黜。如果“私”也可以叠椅子，就会“步步高到风险和/众矢之的”。甚至在某些时候，“私”就会成为不可能，“所有的女人便通感了他的裸露”，全诗也就逐渐滑向身体或欲望的终点站。第四

① ［德］苏桑娜·葛塞（Susanne Göβe）：《记忆诗学》，王虎译，见钟鸣：《中国杂技：硬椅子》，作家出版社 2003 年版，第 249 页。

章由隐私言及欲望，并言及男人之硬与女人之软。“她们”是指“柔术家”或“舞者”，“我们”是指“椅子”或“男人”。“她们练就一身的柔术，却使我们硬到底。”“她们”，呼应前文的“所有的女人”。“柔术”，呼应前文的“轻身术”。“硬到底”，呼应前文的“铁人和硬骨头”。卷尾的“她们的轻盈和美”，呼应卷首的“蝴蝶”，只有“她们”才可以让男人变软，“让醋把腰和对椅子的关照酸到脚跟”。欲望可谓私中之私，其不可废黜，也就验证了“私”之不可驯服。

《中国杂技：硬椅子》或如作者所言，乃是一种“怪诞练习”①。“怪诞”者，“古怪”与“荒诞”之谓也，大致包含以下几种“极端方法论”——其一，过于繁复的跨学科研究。比如，作者沉溺于历史学、社会学、生物学、伦理学、心理学、玄学、传播学和行为主义，科学太多，冷智过剩，认识论纵横，“吁请各位，读诗看教育吧，别看奇巧淫技，长度，漂亮，马屎皮面光”②。其二，人称交换。人称交换，前后混淆，作者也从来不打招呼。其三，歧义性与语义密室。歧义性既是人称交换，也是口吃或句式混沌的后果。其严重后果，就形成了只有作者才能进出的语义密室。其四，过于蜿蜒的想象力。想象力或隐喻受制于合理跨度，作者却将跨度无限拉长，以至于读者不敢过桥或不能过桥。其五，冷僻的知识考古学。作者固然满足了考古学的窥视欲，却也反方向怂恿了读者的知识无用论。其六，切得太碎的叙事性。叙事性受制于连贯性，与小说相比，诗之连贯性可以适度降低，过度降低则必然取缔作者自设的叙事性。其七，弧线式或交叉弧线式结构。抒情诗的直线式结构，向来为作者所不齿，转而力求弧线式结构，而又终于变态为交叉弧线式结构。此类“极端方法论”，或孔子所谓“其言也讱”③，后来广泛应用于诗人的动物随笔。诗人也曾坦率承认，“恐怕是出于偏爱吧，我藏书或读书，喜欢古怪的作品”④。也许，这既是对其藏读习惯，也是对其写作嗜好的小结。

现在来谈《鹿，雪》。与《中国杂技：硬椅子》相比，《鹿，雪》具有较大的缓冲意义。据钟鸣回忆，这件作品缘于《梅耶岭》。这部电影叙及太子与民女相爱，一块儿

① 钟鸣：《自序：诗之疏》，《中国杂技：硬椅子》，作家出版社 2003 年版，第 11 页。下引钟鸣，凡未注明，亦见此文。

② 钟鸣：《序言：枯鱼过河及诗意性的残骸》，未刊稿，2019 年 10 月 15 日。

③ 《论语·颜渊篇第十二》。

④ 钟鸣：《自序》，《畜界，人界》，上海人民出版社 2010 年版，第 2 页。

打猎时，不忍射杀梅花鹿，最后因相爱无果，一起自杀于皇家猎场梅耶岭。这件作品只有两个人称，“你”是指“观赏者”或“猎鹿人”，“它们”是指“成群结队”的“梅花鹿”。前者——经过“雪”的指点——最终皈依于后者：“顺从它们微妙的头颅/它们雪花般飘忽的魅力使你的子弹/也像雪花一样，无声无息的/你听不到别的响动，山峦在叛变/那些绒角，在最枯燥的时刻/也会像月亮中裸露的神木结伴而行。”从这件作品可以看得很清楚，“怪诞练习”开始收敛，诗人将计划中的叙事诗写成了计划外的抒情诗（至少是半首抒情诗）。“最爱抒情的，也最容易泄气。”① 就诗人所秉持的立场而言，或是一种“半道崩殂”；而在张枣看来，却是一种“了不起的精进”。“《鹿，雪》是一首极丰富的杰作，它改变了从前一些无意流露出来的不必要的复杂，而变得极简单又丰富了；多么了不起的精进，我为你——在遥远的异国的春天里——我要为你欢呼雀跃!”② 张枣所谓“无意流露”，不过是句客气话。想来他早已心知肚明，“复杂”乃至“晦涩”，正是钟鸣的“有意追求”。此所谓吾之白糖，汝之白粉。

现在必须由《鹿，雪》引出本文最后一个话题——钟鸣的动物诗与动物随笔。此类写作也有上游，比如，早在1984年，诗人就已受触于博尔赫斯（Jorges Luis Borges）的《想象的动物》；当然，他是《自然史》和《昆虫记》的信徒，也是《太平广记》和《酉阳杂俎》的拥趸。诗人在20世纪80年代所作的动物诗，至少包括《飞鸟》、《白蝴蝶》、《鹿，雪》、《画片上的怪鸟》、《小虫，甜食》、《塔，夜枭》、《杰弗斯和他的鹰》、《懿公和他的鹤》、《邓南遮的金鱼》、《乌鸦》、《乌鸦和刀》、《蜘蛛》、《城市里的骆驼》、《松鼠》、《狐狸书信》、《墙里面的猫》和《着急的蝴蝶》。诗人在20世纪80年代所作的动物随笔（essay），至少包括《细鸟》、《驺牙》、《塔》、《政治动物》、《狮子和皇帝》、《狐狸》、《乌鸦》、《卡夫卡》和《率然》。动物诗始于1980年，动物随笔始于1989年③，两者曾被作者合成一部《人文动物奇谈录》。“后来，我把诗歌部分删掉——我觉得它们并不理想，也不重要，这样，就只剩下了随笔。”④ 动物随笔单行

① 钟鸣：《新版弁言：枯鱼过河》，《畜界，人界》，上海人民出版社2010年版，第7页。

② 1988年4月6日张枣致钟鸣信，张枣著，颜炼军编：《张枣诗文集》4，四川文艺出版社2021年版，第6页。

③ 钟鸣的随笔早于动物随笔。1984年，他研究纳粹史，就撰有系列随笔《颓废者研究》；后读卡内蒂（Elias Canetti）的《史贝尔笔下的希特勒》及《卡夫卡的情书研究》，才戛然废停了《颓废者研究》的写作。

④ 钟鸣：《新版弁言：枯鱼过河》，《畜界，人界》，上海人民出版社2010年版，第22页。

本出了好几部，包括《畜界，人界》。“人文”是“人文”（亦即“人界”），“动物”是“动物”（亦即“畜界”），“人文动物”则意味着“人文”对“动物”的改写，或“动物”对“人文”的影射（这就是寓言的起源）。恰是在此种意义上，动物诗与动物随笔动辄互文，前者成全了后者，后者搭救了前者，前者对后者可谓买椟还珠，后者对前者却是点石成金。换句话来说，所谓“怪诞”，总是让动物诗失手失脚，却又让动物随笔顺风顺水。正是此类动物随笔——而不是动物诗——让诗人终于建立起得心应手的“动物叙事学”。此种“动物叙事学”，既有动物学动机又有人类学动机，既有博物学动机亦有社会学动机，既有神话学动机亦有伦理学动机，既有病理学动机亦有心理学动机，既有拜物者动机亦有恋物狂动机，既有索隐学动机亦有文体学动机，各种动机，如盐入水，终于将“怪诞”拔擢为“怪诞美学”，故而不得不为白话散文带来革命性的成果或奇迹。此种“怪诞美学”，会是趣味，还是策略？来听诗人的回答。他说“南方人值得夸口的是一种怪癖，而怪癖却又是一种智慧”①，又说“通过自由的文体展示出自由的精神来，并且能满足我们的好奇心和怪异的想象”②。这样看起来，它既是趣味，亦是策略。对此类动物随笔，张枣会怎么看？“功底扎实，思想敏捷，讥讽老练，极富诗意，散文能够做到不说教是最难能可贵的。你做到了。但请注意：可减少一点 Borges 的成分，多加一些 Kafka 的荒诞感……”③ 张枣给出的配方，有些模棱。钟鸣也并不买账。怎么写诗，后者或可问计于前者；怎么写随笔，前者只能求教于后者。随笔乃是钟鸣的关键成就，他却这样说：“随笔之于我，则只是一种半为诗歌半为它自己的永恒的训练而已。”这种口气毕竟以“诗人”自居，然则他必须立即认领“随笔作家”的光荣称号。若干年以后，敬文东甚至一口咬定：“单就随笔写作而论，如果不说《畜界，人界》比肩于《野草》，起码也敢称共和国文学史上随笔写作中的第一名。”④ 这个观点，值得商榷，可是又能另举出哪部作品来呢？为了窥斑见豹，尝脔知鼎，且引来《畜界，人界》之《卡夫卡》：“卡夫卡非常清楚，在空气稀薄的情况

---

① 转引自王寅《狂喜与悲哀》，见钟鸣：《畜界，人界》，东方出版社 1995 年版，第 13 页。

② 钟鸣：《自序》，《畜界，人界》，东方出版社 1995 年版，第 4 页。

③ 1990 年 5 月 25 日张枣致钟鸣信，张枣著，颜炼军编：《张枣诗文集》4，四川文艺出版社 2021 年版，第 20 页。“Borges”即“Jorges Luis Borges”（博尔赫斯），“Kafka”即“Franz Kafka”（卡夫卡）。

④ 敬文东：《〈记忆诗学〉前言》，未刊稿。

下，应该减少动作，缩小体积，增加肺活量。但是当他真正变成甲虫或老鼠时，却发现这个层面并不如想象的那么好。稍不同的是，生活在这一层里的生物，只不过不像人类那么明显罢了。它们有各自的巢穴，不轻易走动，彼此看不到具体的模样，只能听到一些吞噬食物和空气的声音。卡夫卡也从没有见过这些邻舍，'既然是陌生的动物，为什么我见不到它们呢？我挖了好些陷阱，想逮它一只，但我什么也没有发现。我想，可能那是小而又小的动物，比我认识的那种还要小得多'。面临这种局面，卡夫卡除了想弄清它们的身份外，没别的事想做，'不找到响声的真正根源就不停止挖掘……稍力不从心，我至少也掌握了确实的情况'。这样，卡夫卡为了看到陌生的动物，更微妙的动物，不得不再次缩小，变形，微弱。"

十一、"南方性竞猜"

钟鸣曾借文论、随笔、书信、访谈或诗性回忆录，不知疲倦地反复谈到"南方"和"南方性"，并将这个概念关联到"外省"。他的主要论点或有两个：其一，"南方"乃是语言学概念，而不是地理学概念；其二，"南方性"缘于《楚辞》传统，区别于《诗经》传统。此类论点不免混沌，所以他也很是感慨："谁真正认识过南方呢？它的人民热血好动，喜欢精致的事物，热衷于神秘主义和革命，好私蓄，却重义气，不惜一夜千金撒尽。固执冥顽，又多愁善感，实际而好幻想。生活颓靡本能，却追求精神崇高。崇尚个人主义，又离不开朋党。注重营养，胡乱耗气。喜欢意外效果，而终究墨守成规——再就是，追求目标，不择手段，等目标一出现，又毫不足惜放弃……这就是我的南方！它永远笼罩在自己的双重性里，羁于自我矛盾和虚无主义的宿命论。"① 这是在谈什么？与其说是"南方"，不如说是"南方性"；与其说是"南方性"，不如说是"个人南方性"。而公约数意义上的"南方性"，会不会，只是一座巴别塔（Babel）或乌托邦（Utopia）呢？

就总体上的语言或美学取向而言，"五君"，或已全部参与"南方性竞猜"。他们都选择了什么样的道路或钥匙？曹梦琰借来巴特（Roland Barthes）的理论，将他们的作品视为"富有魅力的躯体"，针对五位诗人，她首先侦破了"身体"的不同处境——

① 钟鸣：《旁观者》，海南出版社 1998 年版，第 807 页。

“在场、偏移、僵化、缺席、迷失”，进而侦破了“语言和身体的错位”的不同类型——“恍惚、矫饰，甚至虚假”。与其说她强谈了“五君”之“共性”，不如说她细论了“五君”之“个性”。此外，她认为“身体”乃是最高的“真实”，“语言和身体的错位”则是另外的“真实”——既能制造诗之“张力与感染力”，也能昭示诗人之“困境与局限”①。或许，还可以把曹梦琰的论点加以引申，“语言和身体的错位”有严重有轻微，愈严重愈是倾向于捕获“北方性”，愈轻微愈是倾向于捕获“南方性”。这种引申，会不会显得有些粗暴呢？

而在笔者看来，除了“语言和身体”，还可以从很多角度来谈论“五君”之“个性”。比如，柏桦和张枣都具有抒情性，前者以“痛苦”为皇后，后者以“欢乐”为临时情人；欧阳江河、翟永明和钟鸣的反抒情，或体现为智性，或体现为自传性，或体现为智性加叙事性；欧阳江河和钟鸣都具有智性，前者体现为聪明的玄学，后者体现为残酷的认识论；柏桦具有极强的感染性，张枣的感染性则分心于修辞，翟永明具有冒犯性，欧阳江河和钟鸣甚至归于拒绝性的深奥；张枣和钟鸣都具有复杂性，前者以少胜多，后者以多胜少；张枣的曲折来自修辞，欧阳江河的曲折来自反常逻辑；张枣和翟永明都是来回商量，欧阳江河直接给出结论或下达命令；柏桦和张枣都具有阴性气质，翟永明却雌雄同体；柏桦和张枣具有唐诗风神，欧阳江河与钟鸣具有宋诗理趣；设若并不仔细推敲，武断地说，张枣和钟鸣具有“绝对南方性”，柏桦、欧阳江河和翟永明则具有“相对南方性”（如果真有所谓南方性，欧阳江河甚至认为，他的南方性越来越少，正如他的故乡感越来越弱）；而在某种程度或向度上，如果说柏桦对应着李贺，张枣对应着李煜，欧阳江河对应着郭璞②或黄庭坚，翟永明对应着鱼玄机，那么钟鸣就对应着韩愈（后者乃是以文为诗的鼻祖）。可见“五君”既有“五彩”，亦有“五音”。他们的“南方性竞猜”，与其说是积木或拼图，不如说是摸象；与其说逼近了某个“整体”，不如说体现为两两之间的“差异性”，甚而至于体现为每个诗人的“未完成性”。张枣就发出过感叹：“而我，总是难将自己够着。”柏桦也回忆过钟鸣的感叹：“他甚至悲愤于常常只能用康德哲学阐释蔬菜之类，仅沦为一个活生生的市场上的斯宾

① 参读曹梦琰：《语言的躯体：四川五君诗歌论》，台湾秀威资讯科技股份有限公司 2016 年版。此书共有五章：一、柏桦：向左倾斜的身体，二、欧阳江河：扼杀呼吸的美杜莎之首，三、翟永明：身体的秘密痕迹；四、张枣：迷失的身体；五、钟鸣：恍惚与界限之间的身体。

② 虽然欧阳江河自称从未读过郭璞。

诺莎。”所以说，“五君”非但不是“大于五”的集团，每个诗人都是布罗茨基（Joseph Brodsky）所谓“小于一”[①] 的个体。

伟大的诗人和随笔作家布罗茨基，以其“部分说话”，启发过钟鸣的“让个人说话”。《让个人说话》刊于何处?《象罔》第四期。1989 年 10 月，钟鸣与赵野、陈子弘和向以鲜创办《象罔》。刊名来自向以鲜，向以鲜来自庄子。“黄帝游乎赤水之北，登乎昆仑之丘而南望。还归，遗其玄珠。使知索之而不得，使离朱索之而不得，使吃诟索之而不得也。乃使象罔，象罔得之。”[②]“黄帝”、“知”、“离朱”、“吃诟”和“象罔”都是人名，或带有哲学含义的虚拟人名。“象”就是“有形”，“罔”就是“无形”，相当于佛家所谓“有相”和“无相”。“五君”自置于“有形”与“无形”之间、“有相”与“无相”之间，而在中间那个哲学地带恰好放着一枚“玄珠”。《象罔》共出 12 期，每期都是专集，有文字也有插图，考究到几乎让其他所有刊物自惭形秽。第 4 期正是萧全摄影专集《我们这一代啊》，序言正是短文《让个人说话》。此文以一串连环问，走漏了 20 世纪八九十年代之交的风声：“‘五君子’从各方面来说，包括五官举止都各奔东西。柏桦干净的衬衣领子和布鞋在北京和南京之间晃动，有时还吊儿啷铛，他‘隆重推出的鼻子’在秦淮河的夫子庙和天安门又嗅到了什么呢? 欧阳江河‘智慧拐弯的脑袋’已沉重得用手支着，是在思考幸福的问题呢，还是在‘求偶’或‘称寡’。小翟‘坚贞不屈的牙齿’现在似乎宽松了一下，陷入了宁静的‘玫瑰色时期’，入时大方的服装也难买了，干脆把喇嘛的黄腰带围在脖子上，依然可以惊世骇俗。风流潇洒的张枣，久无音讯，此时又运送到哪里去了呢? 舌尖上是否又翻出了一种我们不熟悉的语言，形象是否又‘漂移’了呢? 我的‘马雅鼻子’又感冒了几回? ‘胯的力度’是否还能像‘天狗的力度’支撑着身体、消受几支冷箭和来自爱的烦恼呢?”[③] 这篇短文，脱稿于 1990 年 2 月 7 日。两年后，《象罔》停刊，《南方评论》创刊。

（作者单位：四川省遂宁市民宗局）

---

① 参读《小于一》。[俄] 布罗茨基（Joseph Brodsky）：《文明的孩子》，刘文飞译，中央编译出版社 2007 年版，第 13 页。

② 《庄子 · 天地第十二》。

③ 钟鸣：《让个人说话》，《象罔》第 4 期，第 2 页。

人类精神困境的探秘者——汪锡鹏现代小说论①

董卉川　潘　颖

摘　要：中国现代文学史上的被遗忘者——汪锡鹏创作了数量众多的现代小说，涵盖了长、中、短等各种篇幅。汪锡鹏试图以小说作为审视个体心灵的工具，由此探秘人类的精神困境。汪锡鹏笔下的“人”总是处于悲哀、苦痛、烦恼的精神状态之中。汪锡鹏反思并揭示了造成人类精神困境的缘由，即物欲的压迫、感情的缺失以及病态的黑暗世界。

关键词：汪锡鹏；现代小说；精神困境

汪锡鹏②是中国现代文学史上典型的被遗忘者，当下更是罕见汪锡鹏的研究资料③。汪锡鹏创作了数量众多的现代小说，涵盖了长④、中⑤、短等各种篇幅。汪锡鹏试图以小说作为审视个体心灵的工具，由此探秘人类的精神困境。“我们关心人的难题，因为他是一个被矛盾和困惑折磨的存在……成为人就是成为一个难题，这个难题

①　本文系2022年度教育部人文社会科学重点研究基地重大项目“中国百年长篇小说的现实关怀与文体变迁研究”（22JJD750027）的成果。

②　汪锡鹏，江苏南京人，1906年生，卒年不详。

③　当下罕见对于汪锡鹏的研究。仅有陈思广、李雨庭发表在《江西社会科学》2019年第3期的论文《汪锡鹏：飘舞青春、同调合唱的人生理想与小说创作》；而王晶在著作《文艺月刊1930—1941研究》（暨南大学出版社2018年版）中仅在“第三章　《文艺月刊》的文学创作”的“第二节　民生苦难和社会批判中的人文关怀”里，对汪锡鹏的现实主义创作进行了一些论述。

④　《结局》是汪锡鹏的唯一一部长篇创作。

⑤　《丽丽》是汪锡鹏的唯一一部中篇创作。

表现在苦恼，表现在人的精神痛苦中。”① 汪锡鹏笔下的“人”总是处于悲哀、苦痛、烦恼的精神状态之中，甚至由此患上了精神疾病，最终成为“疯子”。对人类精神困境的探秘是中国现代文学的重要母题之一，张资平曾在其长篇小说中将人类尤其是青年人精神困境的成因概括为“性的苦闷和经济的压迫”②。汪锡鹏进一步反思并揭示了造成人类精神困境的各种缘由，即物欲的压迫、感情的缺失，以及终极根源——病态的黑暗世界。精神困境必然伴随着现实困境，汪锡鹏从个体精神困境的描摹，最终上升为对社会关系、社会矛盾和社会问题的展露、挖掘，由此谱写了个人与社会的双重精神史。

一、物欲压迫——经济的窘迫和性欲的抑制

在马斯洛需求层次理论中，人类最基本的需求为“生理需要”——食欲。“一个同时缺乏食物、安全、爱和尊重的人，对于食物的渴望可能最为强烈。”③ 在食欲得到满足后，人则开始释放性欲，“除了性部位造成的性兴奋，全身各器官也都是性兴奋的源泉……我们可以建立起一种原欲量子的概念——‘自我原欲’（ego－libido)”④。但当经济窘迫、性欲被抑制后，人类必然要陷入悲哀、苦痛、烦恼的精神困境之中。

在汪锡鹏的小说中，首先呈现的便是在物欲的压迫下，人类的精神困境。《在逃的罪人》中，荣生的女儿二姑娘“不像人样了”⑤。《都市人家》中，父亲每日“呆呆的站在路角上……木涩涩的目光向着东首翘望着……这样一个年若三四十岁的病弱的人，不避风雨的站然那处的使命”⑥。《母亲的千金》中，林妹妹“烦恼和凄凉……常感觉满怀的不平和怨气……有时她竟想率性的去发狂”⑦。《穷人的妻》中，老成的妻子“显露着一种疲乏厌倦的神气”⑧。《豆花村》中，胡姑娘内心酸楚，“几年来在城里也不

---

① ［美］A. J. 赫舍尔：《人是谁》，隗仁莲译，贵州人民出版社1994年版，第2页。

② 张资平：《张资平自传》，朱寿桐编，江苏文艺出版社1998年版，第237页。

③ ［美］亚伯拉罕·马斯洛：《动机与人格》，许金声等译，中国人民大学出版社2007年版，第19页。

④ ［奥］西格蒙德·弗洛伊德：《性学三论》，贾宁译，译林出版社2015年版，第91－92页。

⑤ 汪锡鹏：《在逃的罪人》，《文饭》1946年第22期，第11页。

⑥ 汪锡鹏：《都市人家》，《文艺月刊》1933年第3卷第8期，第1001页。

⑦ 汪锡鹏：《母亲的千金》，《创造月刊》1929年第2卷第6期，第146页。

⑧ 汪锡鹏：《穷人的妻》，《创造月刊》1928年第2卷第2期，第73页。

知自己怎么会干这等下贱的事——卖身体……要哭似低下了头”[①]。这些精神困境均源于经济的窘迫，为了满足自我和家人的最低层次需求——裹腹。二姑娘、父亲的女儿、林妹妹、老成的妻子、胡姑娘都做了暗娼，靠出卖肉体养活自己和家人。现实的境遇又加深了她们的悲哀、苦痛、烦恼，令她们在精神困境的泥沼中越陷越深，难以自拔。汪锡鹏笔下受经济压迫的女性的最终出路大都是出卖肉体而苟活于世。《穷人的妻》中，所有穷人的妻子——老成的妻子、赵五的妻子、桂三的妻子均做了暗娼。《结局》中的芷芳、《丽丽》中的丽瑛即使没有做暗娼，但为了实现人类最低层次的需求也只能自甘堕落。三十元钱的薪金便让芷芳委身于丑陋老气、道貌岸然的刁同志，令她的精神困境愈加严重，“经济方面又不充足……一切的烦闷是足以引导自己狂放，堕落……更要痛苦加剧”[②]。丽丽更是先后做了几个富翁、权贵的姨太太和玩物。

汪锡鹏还描写了人类在精神困境的折磨下，最终变得痴傻疯癫的精神状态。导致人类疯狂的首要缘由便是经济的压迫。《徒步旅行全国的人》中的文昌欠下了诸多外债，经济的重压使他陷入了精神困境，“梦余的苦闷仍缠在心头”[③]。他想要通过和好友世杰徒步旅行全国来摆脱这精神的梦魇，却始终无法逃离精神困境的枷锁，最终变成了“病狂的疯人”[④]。《平常的病》中，到南京某机关做科员的中安被家人及朋友认为交了运、发了财，实则以微薄的薪资艰难度日。中安原本怀着喜悦的心情回到家乡探亲，却终在衰败的家境和经济的重压，尤其是父母亲情的背离中，陷入了精神困境，变成了像文昌那样疯狂的病人——“胡说，乱喊，浑身发热疹，胸膛的心跳得很急，两眼常瞪着像疯人”[⑤]。《金魁》中的金魁家境贫寒，老母亲为了自己的身后事陷入精神困境之中，孝顺的金魁为了缓解母亲的焦虑、苦恼，自愿顶替村中权贵程万三的儿子被抽了壮丁，在战场上被击伤脑部成了一个傻子，他忘记了熟悉的一切，只是“把脸部的颊肉向上推”[⑥]，保持着微笑。母亲的精神困境将儿子变成了一个真正的疯子，这一切的根源依旧是经济的重压。《嫌疑犯》中的之和屡屡求职碰壁，经济的重压

① 汪锡鹏：《豆花村》，《国闻周报》1934 年第 11 卷第 19 期，第 6 页。
② 汪锡鹏：《结局》，上海水沫书店 1930 年版，第 161—162 页。
③ 汪锡鹏：《徒步旅行全国的人》，《文艺月刊》1936 年第 9 卷第 6 期，第 12 页。
④ 汪锡鹏：《徒步旅行全国的人》，《文艺月刊》1936 年第 9 卷第 6 期，第 28 页。
⑤ 汪锡鹏：《平常的病》，《矛盾月刊》1933 年第 2 卷第 1 期，第 42 页。
⑥ 汪锡鹏：《金魁》，《良友》1932 年第 67 期。

令其陷入了精神困境之中，“希望能再睡在没有感觉的睡窝里就能避免这一切苦痛的感觉……他依然默默地不语，望着虚空，望着兰的脸色，枯，干”①。处于精神困境之中的懦弱读书人之和最后竟铤而走险，做起了窃贼，被警察抓走，独剩妻子兰在悲痛绝望中挣扎。精神的病态导致了肉体的病态，肉体的病态又加重了精神的病态，而造成一切病态的源泉恰是经济的压迫。

当人类没有了经济的重压后，被抑制的性欲依旧会令其陷入苦闷、痛苦、烦恼的精神困境之中。《丙舍》中，被人称为“痴子”的流浪汉，找到了城郊一处破落小屋作为栖身之处，还在附近乡镇解决了温饱问题，从而使他对在破屋暂住的女性难民们产生了浓厚的兴趣，“女人——睡着的女人，长发，好看，头露在被外，他又呆站着望着望着！是的，一只腿，一只脚。是小脚，肉，白色，女人的腿，——沿着小腿上去是上腿，再沿着小腿上去是╳”②。但这些女人都是已为人妻、人母的，并不属于“痴子”，疯子自我的“力比多”被抑制，难以释放，竟使这个痴呆的疯子受了“强烈的刺戟”③，陷入精神困境之中。《定谳》中，何木匠在当地小有名气，早已摆脱了为温饱奔波的窘境，食欲得到解决后，便希冀性欲的满足。荣庆妻子喂奶的画面更是深深震撼了何木匠。何木匠想要迎娶当地的一个寡妇，“她的模样，她的声音，老在他眼前耳际”④。由于惧怕当地人尤其是死对头荣庆的非议，何木匠的性欲难以实现和释放，由此陷入了精神困境之中，“最苦，最孤单”⑤。除了展现男性的性欲外，汪锡鹏也着力探秘了女性隐秘的性心理。“女人的性欲同男人的性欲一样发达”⑥，原欲是生命力的象征，自我原欲的释放，是生命力的张扬。在《结局》中，汪锡鹏大胆直白地描绘了芷芳、雪妹、五娘等女性的隐秘欲望，表现出对于女性生命个体的深层观照。“‘五四’时期女性同性恋小说稀少且描写隐晦，像《结局》这样大胆、细腻、真实的描写女性

---

① 汪锡鹏:《嫌疑犯》,《国闻周报》1934 年第 11 卷第 7 期，第 6 页。
② 汪锡鹏:《丙舍》,《矛盾月刊》1933 年第 2 卷第 2 期，第 68 页。
③ 汪锡鹏:《丙舍》,《矛盾月刊》1933 年第 2 卷第 2 期，第 68 页。
④ 汪锡鹏:《定谳（上）》,《中华周报》1932 年第 46 期，第 1143 页。
⑤ 汪锡鹏:《定谳（续）》,《中华周报》1932 年第 47 期，第 1165 页。
⑥ ［法］西蒙娜·德·波伏瓦:《第二性》，郑克鲁译，上海译文出版社 2011 年版，第 63 页。

同性恋的心理及性行为，在现代长篇小说中是绝无仅有的。”① 当主人公芷芳的性欲无法得到释放，且只能在“不加掩饰的欲望满足”② 的梦境中发泄时，她似男性那样陷入了精神困境。“芷芳醒过来的时候，觉着心中有一种说不出来的兴奋和愉快，随着又是虚空的悲哀。”③ 对于女性欲望被抑制后精神困境的细致描摹，正是汪锡鹏对女性生命力的呵护与推崇。

汪锡鹏揭示了当最基本的欲望——食欲、性欲无法得到满足后，人类必然会陷入精神困境之中；为了消除饥饿感，为了释放“力比多”，人类作出了种种努力，却始终无法实现自我的欲望和需求，从而加深了灵魂的苦痛、悲哀。汪锡鹏所剖析的精神困境与现实困境和人性紧密相连。在揭示经济压迫导致人的精神困境的同时，他还对人性异化、亲情崩塌的社会现象进行了呈现和阐释。

二、感情缺失——亲情的崩塌和爱情的消逝

当人类最基本的生存需求——食欲、性欲得到满足后，必然渴望实现其他级别的人生需要——爱的需要。“如果生理需要……得到了满足，爱、感情和归属的需要就会产生……对爱的需要包括感情的付出和接受。”④ 在汪锡鹏的创作中，爱的需要主要包括两类，即亲情和爱情。汪锡鹏描写的亲情是一种变异的感情——在经济的重压中，在金钱的腐蚀下，人性异化，亲情崩塌，由此使人类陷入精神困境。在描写亲情崩塌导致人类精神困境的同时，汪锡鹏还深入现代人的精神世界，以浪漫感伤的笔调描写现代人凄美悲凉的爱情故事，揭示爱情的消逝是人类陷入悲哀苦痛的精神困境的另一重要缘由。

汪锡鹏笔下的某些父母形成了一种固定的形象——自私贪财、冷血无情。为了生存，他们抛弃了儿女亲情，眼中只有金钱利益，甚至逼迫自己的女儿出卖肉体来缓解

① 陈思广、李雨庭：《汪锡鹏：飘舞青春、同调合唱的人生理想与小说创作》，《江西社会科学》2019 年第 3 期，第 125 页。

② ［奥］弗洛伊德：《释梦》，孙名之译，商务印书馆 1996 年版，第 120 页。

③ 汪锡鹏：《结局》，上海水沫书店 1930 年版，第 161—162 页。

④ ［美］亚伯拉罕·马斯洛：《动机与人格》，许金声等译，中国人民大学出版社 2007 年版，第 26 页。

生活的压力。《结局》中芷芳陷入精神困境的一大重要缘由便是母亲的自私冷漠。当芷芳在学校读书时，母亲终日抱怨女儿不能嫁人或外出工作以减轻自己经济上的负担。当芷芳决定从南京退学去苏州工作后，母亲没有丝毫的不舍和担忧，反而心中窃喜。"母亲不但没有些黯然的别情，反而用一种客气的，虚伪的，非母亲的态度，来表示她为自己女儿能挣钱的喜乐。"① 亲情的淡漠更加深了芷芳的精神困境，"觉悟自己是站在一块四无依傍的岛石上……心中平白的生出一种恐怖……在这种情感中，她仿佛要哭了"②。《金魁》中的金魁决定顶替程万三的儿子抽丁，为母亲换取钱财来置办身后事，由此缓解母亲焦虑的精神困境。母亲对即将奔赴战场的儿子却没有丝毫牵挂和担忧，反而像芷芳的母亲那样暗自欣喜。"金母板着的脸已放松了，方才凶恶的脸情已脱去，而且有丝丝的笑线在她老皱了的脸皮上。"③ 金魁果然在战争中被击伤脑部，最后成了一个疯子。《高攀》中的德清由于家道中落和经济重压陷入了精神困境之中，他不但"失望闷在心里感到痛"④，还将自我的精神困境转嫁给了女儿翠贞，令翠贞也惶惶不可终日。甚至为了摆脱窘迫的现状，德清软硬兼施地让翠贞与在政府机关工作的邻居陈先生交好，致其怀孕并被抛弃，翠贞最终陷入了更为苦痛的精神困境之中。作为读书人的德清为了面子还不至于让翠贞去做暗娼，只是将女儿作为一种改变生活现状的工具。而《在逃的罪人》中的荣生和妻子、《母亲的千金》中林妹妹的父母，在经济的压迫下均让女儿做了暗娼。这些父母没有丝毫的羞愧，荣生妻子甚至嫌女儿不够主动，"总怪她自己作人不和气，太死板"⑤。在经济的重压下，本就处于精神困境的年轻人，在亲情崩塌的重击下，陷入了更苦痛、更悲哀的精神困境。

除了父母与子女之间感情的异化（亲情的崩塌）外，汪锡鹏还描写了夫妻之间感情的异化。《穷人的妻》中，老成、赵五、桂三为了生存，均让自己的发妻做起了暗娼。老成甚至无视好友小七子与自己的妻子厮混，只因他欠了小七子诸多债务而无力偿还。《给丈夫的信》中，守瑛被光城残忍抛弃，带着幼子在外艰难求生，而光城却在

---

① 汪锡鹏：《结局》，上海水沫书店1930年版，第18页。
② 汪锡鹏：《结局》，上海水沫书店1930年版，第18—19页。
③ 汪锡鹏：《金魁》，《良友》1932年第67期，第40页。
④ 汪锡鹏：《高攀》，见《汪锡鹏小说集》，上海矛盾出版社1934年版，第153页。
⑤ 汪锡鹏：《在逃的罪人》，《文饭》1946年第22期，第11页。

都市中花天酒地。亲情崩塌后，守瑛每日只能通过给丈夫写信来抒发心中的郁结，陷入了精神困境的深渊。“这最后的一晤呀！我死亦不会忘记。多么的高傲，冷冽，虚伪啊！像刀般的直刺到我的心坎。”①《失踪后的曼英姑娘》中的曼英与正之相恋并诞下婴儿，却不知正之早已有家室，而正之的母亲因曼英生下的孩子是个女婴，竟要将其杀害。亲情的崩塌令曼英陷入了绝望的境地，她只能离家出走，后遇到了曾经的爱人平，但平拒绝了曼英的求爱。亲情的崩塌、爱情的消逝，令曼英陷入疯癫的病态中，“是被弃的女子呼喊爱情，是志高的女子呼唤同情，人世寂寞的哀鸣”②。《指环》中的太明和敏儿看似一对恩爱的夫妻，实则同床异梦，儿子并非太明之子，而是敏儿与太明的表亲昌哥暗度陈仓所生。太明年轻时放荡轻浮，背着敏儿作了诸多荒唐之事。对彼此感情的不忠使二人均陷入了精神困境之中。敏儿的良心饱受谴责，“良心呀！是我的罪恶，太明呀！我亏负了你太多”③。太明的内心同样备受煎熬。“他自然无以安慰自己辜负妻子的良心，这一点心中守着的秘密，似乎是对不住他生着的妻子比死了的儿子还要罪重。”④

汪锡鹏描写的爱情悲剧与现实的经济压迫、黑暗腐败的社会无关，与国家民族、时代社会绝缘，是一种纯粹的个人情感书写，揭示了爱情的消逝是使人类陷入悲哀苦痛甚至疯狂的精神困境的重要缘由。《结局》中的芷芳始终处于一种精神困境之中，除了经济的压迫、性欲的抑制、亲情的崩塌外，还有爱情的消逝。她渴望一段超越世俗的爱情，最初因寻而不得而陷入孤独悲哀的精神困境之中；当确认了以仁就是自己的理想爱人后，又因以仁忙于革命事业无法与其相聚，再次陷入苦痛无奈的精神困境之中。当革命形式急转直下，担忧爱人安危的芷芳在恶梦中发起了高烧，精神的困境引发了身体的病状。《未死的虫蝶》中的国瑞与孀妇之华互相爱慕，却因没有冲破世俗偏见的勇气而未向彼此告白，最终陷入精神困境之中。在精神困境中，之华像芷芳那样患上了恶疾。她希冀死后化为蝴蝶标本，永远陪伴在国瑞身边，“只要我被你爱中了。

① 汪锡鹏：《给丈夫的信》，《国闻周报》1935 年第 12 卷第 7 期，第 2 页。
② 汪锡鹏：《失踪后的曼英姑娘》，《黄钟》1933 年第 33 期，第 36 页。
③ 汪锡鹏：《指环》，《中华周报》1932 年第 36 期，第 24 页。
④ 汪锡鹏：《指环（续）》，《中华周报》1932 年第 37 期，第 23 页。

我就愿这样死去。永久的钉死在你的欣赏中。我的灵魂也保护你”①。《小萍的娘》中的韵姑未能与爱人文昌结合，而是听从父母的安排嫁给了之光，由此陷入了苦闷的精神困境之中，“自己想安慰自己的苦闷。苦闷呀，是为你而有的苦闷”②。当她与之光来到曾经和文昌去过的西湖边后，这种苦闷的情绪达到了顶峰。韵姑极度思念文昌，鄙视之光。在精神困境中，韵姑发起了高烧，陷入了昏迷。《偷祭》中的季华与姐夫春林相互爱慕，春林病故后，季华一方面因痛失爱人而苦痛万分，另一方面由于不能像姐姐那样公开祭奠春林，更是无比愤恨，在精神困境中终日自怨自艾。“姐姐不知悲哀，姐姐不知追悼，姐姐只懂家务，姐姐不懂恋爱，姐姐害了他；姐姐害了我。——委华在暗中悲愤的想着。”③《约》中，之青的爱人嫁为他人妇，之青难以接受这个事实，陷入了精神困境之中，当得知爱人不再爱自己后，最终变得疯癫，喊着“我不要幸福！不要前程！我是变态！我是没有理智”④。《遗痕》中已嫁为人妇的丽瑛听闻镇上来了一个痴傻的疯子，从别人的描述中感觉像自己的初恋情人豪诚。出于对现在婚姻的失望，对爱人的追忆、思念，尤其是下定决心探查那个疯人是否为豪诚后，丽瑛陷入了多重的精神困境之中。当她得知那个像豪诚的疯人写下血书“茫茫大地，到处寂寞，爱者远去，孤雁厌生”⑤ 而自尽后，丽瑛也永远沉浸在了“凄凉哀恸”⑥ 精神困境之中。无论是之华、韵姑、季华、丽瑛，还是之青、豪诚，均因爱而不得导致了自我的精神困境，豪诚甚至因精神困境而发疯直至自尽。汪锡鹏笔下因爱情消逝而陷入精神困境的人类的最终归宿是病入膏肓、发疯痴狂、甚至走向死亡。

汪锡鹏以两种截然不同的文风——严肃深刻的现实书写与浪漫感伤的个人抒情，描写人类由于感情缺失而陷入的精神困境。亲情的崩塌与现实人生紧密相连，而爱情的消逝则与现实无关，是一种纯粹的个人情感揭秘，社会冲突完全让位于个人情绪。在揭秘、抒发完个人情绪后，汪锡鹏依旧选择回归现实，展现人类精神困境的终极缘由——病态黑暗世界的压榨。

① 汪锡鹏：《未死的虫蝶》，《现代》1932 年第 1 卷第 6 期，第 825 页。
② 汪锡鹏：《小萍的娘》，见《汪锡鹏小说集》，上海矛盾出版社 1934 年版，第 280 页。
③ 汪锡鹏：《偷祭》，《黄钟》1933 年第 28 期，第 20 页。
④ 汪锡鹏：《约》，见《汪锡鹏小说集》，上海矛盾出版社 1934 年版，第 251 页。
⑤ 汪锡鹏：《疑痕》，《中国学生》1930 年第 2 卷第 2 期，第 23 页。
⑥ 汪锡鹏：《疑痕》，《中国学生》1930 年第 2 卷第 2 期，第 23 页。

三、病态黑暗世界的压榨

中国现代小说映照、肩负着新文学的题中之义与时代使命——“立人”。“通往立人的最佳途径又莫过于文学，这样文学成为立人的手段，立人又成为立国的手段。”① 因此，汪锡鹏对人类精神困境探秘的终极根源便是病态黑暗的现实世界。“在生产力落后、物资匮乏、阶级压迫剥削残酷、天灾战乱频繁的年代，人民生活于水深火热，饥寒交迫的死亡线上，精神痛苦是经常的与普遍的感受。”②

汪锡鹏着重描写了堕落女性的精神困境，《丽丽》是其中的代表作品。主人公丽瑛原本是一个单纯天真的小姑娘，被男性抛弃、被社会压榨后，为了生存，先是作了他人的姨太太，后来又沦落为娼妓。她也有过上进之心，但在病态黑暗的社会中，却无力挣扎，只能自甘堕落。“她原是个向上的女子，如今若是堕落，也是经过几次的挣扎和努力。”③ 丽瑛的堕落、丽瑛的精神困境——个人理想与现实环境的冲突，恰是病态黑暗的社会所致。《结局》中的芷芳是一位自省自剖型的主人公，其精神困境的成因是复杂的，初级缘由为食欲、性欲，中级缘由为亲情、爱情，终极缘由则同丽瑛相似，是个人理想与黑暗现实冲突的结果。芷芳不止一次反思过自己的堕落，无比苦痛，“她深觉自己的堕落有负于国家，于社会，于以仁”④。但面对强大的黑暗势力、身处病态的社会之中，像丽瑛、芷芳这样身单力薄的女性只能无奈接受自我堕落的宿命，在精神困境的泥沼中不断陷落。因此，汪锡鹏在《丽丽》的开头便开宗明义地指出女性堕落和精神困境是病态黑暗社会的恶果——“什么树结什么果子，什么社会产生什么样的人，丽丽是社会的果实”⑤，并在小说结尾预言了在病态黑暗的社会中，以丽瑛、芷芳为代表的万千女性的精神困境和悲剧命运——“似乎有个人在我身后小声低语，我转头一望，把我吓得一跳，确实像鬼！一个年约五十岁老妇，披散着头

---

① 张光芒：《中国近现代启蒙文学思潮论》，山东文艺出版社2002年版，第74页。

② 杨德森：《中国人心理解读——精神痛苦的根源与精神超脱治疗》，上海科学技术出版社2008年版，第151页。

③ 汪锡鹏：《丽丽》，上海良友图书印刷公司1932年版，第56页。

④ 汪锡鹏：《结局》，上海水沫书店1930年版，第121页。

⑤ 汪锡鹏：《丽丽》，上海良友图书印刷公司1932年版，第1页。

发，瘦得脸上只像一张皮，骨头细得不能形容，连说话也没有力气，缓缓跟着我，讨一个铜板。她的青春呢？我仿佛见到下次重逢的丽瑛，我的心悸动，我欲哭”①。

农村的凋敝、农人的愚昧、农村的匪乱也是汪锡鹏着力刻画与揭露的问题。《望郎媳》中的陆二嫂是一个童养媳，她不堪忍受寂寞和婆家的压榨，与他人暗度陈仓，怀了身孕，躲回娘家生育。作为上岡村封建势力代表的德老先生扬言，陆二嫂的丑事玷污了本村名声，便指派该村青壮年中最有威望的冬生带人去捉拿陆二嫂。冬生威胁陆二嫂的父母，要将其女儿带回村中处死。为救女儿，陆二嫂的父亲借了高利贷，以钱抵命。冬生欣然应允，并将钱财克扣了一部分，剩余的交给德老先生。德老先生见到钱财后欣喜万分，又克扣了一部分，剩余的交给了陆家。陆二嫂恢复自由身后，为了偿还父亲所借的高利贷只能做起了娼妓。讽刺的是，陆二嫂偶遇前来寻欢的嫖客，竟是终日满口仁义道德的德老先生。《望郎媳》展现了农村的权力架构和阶级等级。以德老先生为代表的乡董处于最顶端，“全村只有他家有那么许多的书籍和字画，只有他家有那么许多的田亩……他家维持着全村的道德法律，社会秩序，风俗文化……德老先生的权柄要较县长的更大一些”②。在乡董之下，便是辅佐其维持统治秩序的乡佐——打手，冬生便是代表。乡佐之下便是本地的庄民。本地庄民之下则是像陆二嫂这种由外村嫁入本地的望郎媳，他们处于乡村的最底层，被欺侮，被压榨。在病态黑暗的社会中，陆二嫂的“通奸”实则是对精神困境中的一种挣脱，但这挣脱在强大的封建势力面前显得微不足道，只能以失败告终。陆二嫂最后因无力的反抗，反而使自己陷入了更为苦痛的精神困境和现实困境之中。通过陆二嫂的精神困境和悲剧命运，汪锡鹏揭示了中国农村的社会框架，尤其是女性农人的社会地位，揭示了农民悲惨命运的根源所在。

《豆花村》中的胡姑娘也像陆二嫂那样做了娼妓。她和同村人来到城市中谋生，只因农村经济凋敝，农人们为了温饱、为了躲避乡村的匪乱、为了生存，纷纷逃离乡村，以胡姑娘为代表的农村妇女到城市出卖肉体，以连城为代表的农村男性则作奸犯科。淳朴的天性被黑暗病态的社会腐蚀殆尽，只剩异化扭曲的灵魂禁锢于精神困境

① 汪锡鹏：《丽丽》，上海良友图书印刷公司 1932 年版，第 56—57 页。

② 汪锡鹏：《望郎媳》，《黄钟》1937 年第 10 卷第 1 期，第 70 页。

中，麻木偷生。《晚祷的时候》中，疯妇原本在乡下有一个幸福的家庭，而匪乱让家乡付之一炬，丈夫惨死，儿子不知所踪，妇人在精神困境的折磨中终于变得疯癫痴傻，在都市中流浪乞讨。当她与失散多年的儿子意外相遇时，汪锡鹏笔锋一转，描写起了杭州湖边富人阶层淫乱奢靡的生活，以及和尚、牧师的晚祷，形成了一种强烈的对比和悲剧反讽——“这时正是六和塔里的和尚敬晚香念阿弥陀佛的时候，也正是教堂里牧师作晚祷的时候。亦正是一般官厅人员公余征妓的时候”①，由此揭示了病态黑暗的社会中的底层民众的精神困境和悲惨命运，尤其是最易被侮辱被损害的女性群体，或如陆二嫂、胡姑娘，或如疯妇，苟且偷生，垂死挣扎。对于匪乱问题，汪锡鹏在其多部小说中均有涉及，如《粪坑板上的谈话》、《给丈夫的信》、《失踪后的曼英姑娘》、《晚祷的时候》等。匪乱加剧了农村经济的凋敝，加深了农人的精神困境，促使更多的农人逃难来到城市，但在等级森严的都市中，农人们依然无法摆脱悲剧的命运，被城市中的资本家、当权者剥削压榨，再度陷入新的精神困境之中。《异种》中的小翠、大萍是从农村来城市谋生的一对青梅竹马的青年农人，小翠和母亲在周家做女佣，大萍在周家开办的工厂中做工。周家少爷是一个花花公子，早已觊觎貌美可爱的小翠，屡次试图轻薄，而小翠为了保住饭碗，为了母亲和自己的生存，只能委曲求全，陷入了凄凉抑郁的精神困境之中。大萍也因爱人被坏人纠缠而痛苦万分，在苦痛愤怒的精神困境中挣扎。值得欣喜的是，大萍不再似《粪坑板上的谈话》中的愚昧农人那样麻木，他决心反抗——“也不过是五十块钱——我与小翠俩没有饭吃而已，干这个坏种子”②。

汪锡鹏笔下的堕落女性、愚昧农人均是病态黑暗社会的产物，从农村到都市，他们被特权阶层玩弄压榨，为了生存只能自甘堕落。变得无知愚昧、麻木冷血，陷入精神困境之中难以自拔。汪锡鹏企盼着农人、女性的反抗，企盼着整个民族的觉醒蜕变。《异种》中大萍最后的呐喊和举动实则寄寓了汪锡鹏的这份希冀。他期望被压迫的民众都能像大萍那样做一个“异种”，冲破、打碎自我的精神困境和病态黑暗社会的牢笼。

---

① 汪锡鹏：《晚祷的时候》，《良友》1931 年第 62 期，第 50 页。

② 汪锡鹏：《异种》，《文艺月刊》1934 年第 6 卷第 4 期，第 124 页。

结　语

汪锡鹏以小说为工具，对人类精神困境进行细致剖析；将个体精神的探秘，最终升华为对社会现实的书写，充满了强烈的人文精神与现实关怀感。除了常见的长、中、短篇小说写作外，汪锡鹏还创作了“中国发明发见故事集”系列，共十册[①]，现存《农具》、《指南针》两册。在《农具》、《指南针》中，汪锡鹏以小说的体裁，以父亲与孩子对话并科普的形式，向孩童—民众介绍中国古代伟大的发明创造，既增强了孩童—民众的自豪感，同时又启迪孩童—民众“过去的光荣，终究是过去了，由我们自己手里造成的光荣，才是光荣”[②]，由此更加印证了汪锡鹏强烈的社会责任感与历史使命感。通过对汪锡鹏现代小说创作的阐释，不仅能还原其文学创作风貌，重审其文学史地位，而且，对于中国现代文学和江苏现代文学来说，汪锡鹏的重新“发现”，亦是一种有益的补充。

（作者单位：青岛大学国际教育学院；济南大学文学院）

① 正中书局 1936 年 5 月初版。

② 汪锡鹏：《指南针》，南京正中书局 1936 年版，第 53 页。

现代民族意识与立体文化空间

——论阿来的文学观及散文创作

高晓瑞

摘　要：阿来的创作实绩在当代作家中可谓是独树一帜的，他的文学表达与其文学观念密切相关。阿来最引人注目的藏地书写中，有一种现代的民族意识，这种意识主要体现在阿来对文学功用和目的的确认以及对受制于西方或主流文化定义的藏地想象的拒绝中。这反映在阿来的文学创作中，则是他有意要营造出一种立体的文化空间来重塑真实的藏地。一方面，他着力叙述自己文化资源的中西方来源；另一方面，他又靠"行走"来进行一种实地考察，总体达到一种古今、中西、民族与世界、过去与现实的融合。而阿来的现代民族意识和对藏地文化的立体书写，又深刻地体现在阿来散文创作的叙述逻辑和对日常生活的描绘中，表现出浓厚的忧患意识和对现实的超越精神。

关键词：阿来；民族意识；文化空间；文学观；散文创作

少数民族文学是中国现当代文学的重要组成部分，近年来不论是对少数民族作家还是对少数民族文学作品的研究都呈现出繁荣之势。但一直以来，对于少数民族文学的阐释，不论是从作家的创作还是从作品被解读的角度，都呈现出某种"闭环"特征，"将少数族裔文学研究局限在少数民族的内部，它的研究方法、成果似乎只对'少数民族'本身有意义，而有意无意地忽略了'少数民族'根本就无法自外于'中国'，'少数民族文学'就是'中国文学'"①。因此，对于少数民族作家的创作，研究者

① 刘大先：《现代中国与少数民族文学》，中国社会科学出版社 2013 年版，第 28 页。

总是着力强调其“民族性”，以不同于主流文化的内容与风格来彰显其价值。对于阿来及其作品的解读，近年来角度众多，涉及层面甚广，亦取得了丰硕的成果。但较少考察的是，阿来作为一名藏族作家，隐藏在其创作背后的到底是一种怎样的现代民族意识，即他如何看待中西方文化影响下的本民族文化？如何动态地把握藏族文化在社会转型中的位置？如何用创作展现真实的民族文化？出于对以上问题的思考，本文拟从阿来创作中体现出的现代民族意识入手，考察这种现代意识所涉及的对藏民族语言问题、文学功用问题、文化定义问题的阐释，并进而探察阿来创作实践中的立体文化空间及塑造一种新型民族文化书写的尝试。

一、“大文化观”：阿来的现代民族意识

少数民族作家在创作之时，首先要思考的一个问题就是文学创作的主体问题，即该怎样来看待民族文化的独特性和与主流文学的关系。自20世纪初以来，少数民族文化在西化、本土化、保守主义、殖民主义、全球化等不同话语的冲突中，不断调整着自己的状态与表达。以拥有众多少数民族作家的中国西部新文学为例，20世纪初的萌动，显现出中西文化的交融以及被西方殖民者掠夺的苦痛，而1949年以后的西部文学，则唤起了作家“对统一的民族国家的渴望和成为国家主人的信心与感恩”①，使得创作充满阶级化了的爱与恨，话语逻辑被新的民族国家的价值伦理不断塑造，并与主流文化逐步发生关联。整个20世纪少数民族文学的发展，便是在不断地找寻价值和确认自我的过程中曲折前行。对于藏文化，一直以来，不论是作家还是研究者，皆对其有一套预先设定的想象，原因在于近百年来“藏汉两族的文学史名著、民间故事和歌谣，或通过口头传播，或通过文学翻译传入对方，为广大的群众和学者所喜爱”②。因此，不论是藏族的小说或是散文，多可归纳出神话、宗教、万物有灵等相似的母题，长此以往，藏族文化与诸类母题便呈不可分割之势。

作家用作品记录文化，研究者用研究阐释文化。其效果正如苏珊·桑塔格在《论

① 丁帆编：《中国西部新文学史》，人民文学出版社2019年版，第92页。

② 田继周：《少数民族与中华文化》，上海人民出版社1996年版，第401页。

摄影》中所写，“拍摄就是占有被拍摄的东西。它意味着把你自己置于与世界的某种关系中，这是一种让人觉得像知识，因而也像权力的关系……照片篡改世界的规模，但照片本身也被缩减、被放大、被裁剪、被修饰、被篡改、被装扮”①。摄影者的拍摄一方面展现了他所认识到的世界，但照片所选取的画面，却并非世界的全貌。所以，对于某种受外在审美期待所影响或被固化的文化而言，作家的书写也许并不能真正呈现其全貌，对某种看似“独属”的特质的强调，或许亦是画地为牢，局限了文化本身所包蕴的丰富内涵。

阿来的创作中最引人注目的，除了其作品所展示的藏地文化外，便是他建立在现代民族意识上的“大文化观”。其要解决的，归根结底就是民族认同问题，即如何看待藏文化的独特性，又该如何呈现其不被遮蔽的面貌的问题，与之相关的还涉及外界与本族、主流与边缘等不同视角的差异。阿来这样表达过自己的创作目的：“作家表达一种文化，不是为了向世界展览某种文化元素，不是急于向世界呈现某种人无我有的独特性，而是探究这个文化‘与全世界的关系’，以使世界的文化图像更臻完整。”② 在这种表达中，阿来着重强调的是，他对藏文化的书写，并非要展现其独一无二的特点，而是要做一种让藏文化与世界文化融合的努力。这种把民族文化与世界文化相关联的创作意识，几可统摄其创作的内容。以“大文化观”为基础的现代民族意识，又具体表现在语言的运用、文学的功用、拒绝被定义等几个层面。

首先是阿来对语言的看法，其中涉及用藏语还是汉语书写的问题。中国当代藏族文学拥有使用藏、汉两种语言文字进行写作的作家。藏、汉两语如同鸟的双翼，构成当代藏族文学不可分割的整体。自 20 世纪 50 年代开始，越来越多的藏族作家开始用汉语书写。他们从早期的文学与政治密切相连，逐渐走出单一的模式，“具有了民族民主意识的觉醒和文化的多元发展态势”③，而到阿来创作的 20 世纪 90 年代，藏族作家的汉语创作则更具备了“跨文化”、“跨语言”的特质。当然，亦有质疑声起，认为藏族作家不用藏语书写便不能很好地诠释藏文化，而阿来对此自有独到见解。其一，阿

① ［美］苏珊·桑塔格：《论摄影》，黄灿然译，上海译文出版社 2010 年版，第 8 页。

② 阿来：《我只感到世界扑面而来——在渤海大学小说家讲坛上的演讲》，《人是出发点　也是目的地》，陕西师范大学出版总社 2019 年版，第 141 页。

③ 丹珍草：《藏族当代作家汉语创作论》，民族出版社 2008 年版，第 2 页。

来认为，他的汉语书写中融入了嘉绒语的思维模式，而嘉绒语的独特感受能帮助他写出汉语经验体会不到的细腻和丰富。“当我在年轻时代刚刚开始写作的时候，我觉得自己不是在创作，而是在翻译。这使得我的汉语写作，自然有一种翻译腔。我常常会把嘉绒语经验世界中的一种特别感受与表达带到我的汉语写作中。”① 其二，阿来认为藏语思维和体验融入汉语，能够丰富汉语的内容和意义，使之能够为更多人所理解、所运用。“真正的语言现实是，当一种语言成为国家语言，有许多其他语言族群的人们加入进来使用这种语言，并用这种语言进行种种不同功能的书写时，其他族群的感知与思维方式，和捕捉了这些感知、呈现了这些思维方式的表达也悄无声息地进入了这种非母语的语言……于是，一种语言就从一个单一族属的语言变成了多族群多文化共同构建的国家语言。”② 其三，阿来认为，古今中外的文学教育使他懂得了国籍、民族、人种等并非不可逾越的界限，而是互相识别的凭据，所以，他的汉语书写，本身就是为了跨越这种偏见本身。“就是这种写作本身，也有了一种特别的意义，这就是对于保守的民族主义与狭隘文化观的一种坚决的对抗。”③ 因此，对阿来而言，用汉语进行创作，亦是一种自觉对抗偏见的手段。

其次，阿来的“大文化观”表现在他对创作目的和创作功用的思考上。韦勒克、沃伦在《文学理论》中曾强调过文学的作用，即它能带给人“快感”和“有用性”两重体验，并且这二者是交汇在一起的。“文学给人的快感，并非是从一系列可能使人快意的事物中随意选择出来的一种，而是一种‘高级的快感’，是从一种高级活动，即从无所希求的冥思默想中取得的快感。而文学的有用性——严肃性和教育意义——则是令人愉悦的严肃性，而不是那种必须履行职责或必须汲取教训的严肃性；我们也可以把那些给人快感的严肃性称为审美严肃性（aesthetic seriousness），即知觉的严肃性

① 阿来：《一个中国作家的开放与自信——就从翻译谈起》，《人是出发点 也是目的地》，陕西师范大学出版总社 2019 年版，第 172—173 页。

② 阿来：《我是谁？我们是谁？——在东南亚和南亚作家昆明会议上的演讲》，《人是出发点 也是目的地》，陕西师范大学出版总社 2019 年版，第 124—125 页。

③ 阿来：《我是谁？我们是谁？——在东南亚和南亚作家昆明会议上的演讲》，《人是出发点 也是目的地》，陕西师范大学出版总社 2019 年版，第 127 页。

(seriousness of perception)。"[①] 这其中涉及两重意义，其一是文学能给人提供审美价值，即阅读的快感；其二是文学能体现教化意义，即作家通过文本传达出的对社会、人生的思考。阿来在自己的创作中，亦体现出对文学功用的这两重思考。在文学审美的意义层面，阿来主张用汉语进行书写。这不只是为了让国人了解藏族文化，还为了通过翻译，"把汉语译成各国语言，也要让世界知道中国，了解一点中国的文化，中国的人民，中国的事情，中国人的情感与心思"[②]。这是阿来作为一位藏族作家，为中国文化"走出去"所做出的尝试，亦是为欣赏世界上的美、欣赏人类的美所做出的自觉追求。在文学的教化和功用层面，阿来的思考则更体现了其当代作家的担当。第一，他认为文学的功用是要表现人的丰富性，不仅是个体，亦属于一个民族或国家，更是作为人类的个体而存在的。"好的文学作品大多对人、对人物会有三个维度的考量：一是个体的人；二是作为国或族的文化的或政治性的人；第三个维度也是需要考量的，这就是一个更大的概念，人类的人，普遍人性中的人。"[③] 所以，创作要力图呈现人的丰富性。第二，他着眼于藏民族本身，不再仅仅是夸耀其宗教的神圣或风景的壮美，而是直面其在现代化过程中的落后，关注这些走在时代发展之后的个人的命运，并强调"一个刚刚由蒙昧走向开化的族群中的那些普通人的命运理应从这个世界得到更多的理解与同情"[④]。第三，阿来认为，文学的意义除了展现丰富的人性和关注落后地区人的命运外，更重要的在于帮助我们战胜偏见。"文学的教育使我懂得，家世、阶层、文化、种族、国家这些种种分别，只是方便人与人互相辨识，而不应当是竖立在人与人之间不可逾越的界限……文学所使用的武器是关怀、理解、尊重与同情。"[⑤] 阿来称文学的教育让他不再因出身感到卑贱，也不让他因为身上少数民族的文

① ［美］勒内・韦勒克、奥斯汀・沃伦：《文学理论》，刘象愚等译，浙江人民出版社 2017 年版，第 18 页。

② 阿来：《一个中国作家的开放与自信——就从翻译谈起》，《人是出发点　也是目的地》，陕西师范大学出版总社 2019 年版，第 175 页。

③ 阿来：《文学总是要面临一些问题——在都江堰青年作家班上的演讲》，《人是出发点　也是目的地》，陕西师范大学出版总社 2019 年版，第 29 页。

④ 阿来：《人是出发点，也是目的地——第七届华语文学传媒大奖获奖词》，《人是出发点　也是目的地》，陕西师范大学出版总社 2019 年版，第 113 页。

⑤ 阿来：《人是出发点，也是目的地——第七届华语文学传媒大奖获奖词》，《人是出发点　也是目的地》，陕西师范大学出版总社 2019 年版，第 116－117 页。

化因子，在热爱的名义下而陷于褊狭。

在语言的运用和文学的功用之外，阿来“大文化观”还体现在他对藏族文化被定义的拒绝之上。对于阿来而言，他所体会到的故乡和周围部分作家为让外界了解所书写的故乡，实际上并不是同一个，而阿来的创作，就在努力消除外界的固化期待所带给藏区的定义。阿来对藏族文化的“特殊性”，实际上是非常警惕的。他认为“有关藏族历史、文化与当下生活的书写，外部世界的期待大多数时候会基于一种想象，想象成遍布宗教上师的地方，想象成传奇故事的摇篮，想象成我们所有生活的反面。而在这个民族内部也有很多人，愿意做种种展示（包括书写）来满足这种想象，让人产生美丽的误读。把青藏高原上这个民族文明长时期停滞不前，描绘成集体沉迷于一种高妙的精神生活的自然结果”①。这其中包含两重隐忧，一是来自外界，二是来自族人。来自外界的想象与误读，与萨义德《东方学》中所提到的观点相似，即“东方学的一切都置身于东方之外：东方学的意义更多地依赖于西方而不是东方，这一意义直接来源于西方的许多表述技巧，正是这些技巧使东方可见、可感，使东方在关于东方的话语中‘存在’”②。在萨义德的观念中，东方所呈现的面貌并非是其本真，而是由西方的各种表述技巧和心理期待所塑造而成的。而阿来认为，文学中的藏地并非真实的藏地，它是为了满足外界想象而存在的，亦是为了填补那个充斥着现代文化的社会所匮乏的精神世界而存在的，宗教、神性、献祭等充斥其间，造成了对藏地的误读，从而形成类似于东方学的“藏地学”。在这种误读之下，消费主义又不失时机地把旅游业引入西藏，给藏地带来巨大的经济利益。阿来认为，在利益的驱动之下，总有少数人会站出来成为其他人的代言，“而这些代言往往出于一己之私，或者身处其中的利益集团的需要，任意篡改与歪曲族群与文化这些概念的内涵”③。在这内、外双重“定义”之下，西藏越来越呈现出外界所希求的“神性”的虔诚，而阿来的文化选择，便是努力拒绝这种被定义，尽管他的书写总是会“受到意识形态和消费主义的双重挤压。而这

① 阿来：《人是出发点，也是目的地——第七届华语文学传媒大奖获奖词》，《人是出发点　也是目的地》，陕西师范大学出版总社 2019 年版，第 112 页。

② ［美］爱德华·W. 萨义德：《东方学》，王宇根译，生活·读书·新知三联书店 2019 年版，第 29 页。

③ 阿来：《人是出发点，也是目的地——第七届华语文学传媒大奖获奖词》，《人是出发点　也是目的地》，陕西师范大学出版总社 2019 年版，第 113 页。

种挤压的思想根源正是基于东方主义的先验的规定性”①。但无论如何，他没有忘记创作是为了祛除魅惑，也是为了告诉世界，这个族群的人是人类大家庭的一员；在这个迅速发展变化的世界，他们最需要的是作为人，而不是神的臣仆的生活。这鲜明地体现出阿来对民族书写的现代意识，即追求一种“大文化观”视野中的对民族文化的真实和全面的呈现。

二、过去·当下·未来：立体的文化空间

与现代民族意识相关的，是阿来对民族文化出路的思考。而这种思考体现在他对创作资源的回顾、对写作方式的记录以及即将解决的问题之中。这三重观念对应着阿来创作的“过去”、“当下”与“未来”，呈现出一个立体的文化空间。

对于作家而言，他的创作资源在某种程度上影响着其创作内容，并影响着其对各种文化的态度。阿来曾坦言自己的创作受本民族文化和现代西方思潮的影响，而这两者在他创作观的形成过程中都起到了极大的作用。首先是本民族文学的影响。阿来认为，在藏地的体验让他对本民族生活有了真实的认知。“生活是一种体验、体察、认知。深入生活是对生活的一种深切的体验，要有现场感，要建立丰富的资料和有深度的观察。”② 藏地特有的生活习俗、宗教信仰、饮食习惯、生产方式皆给他的创作以源源不竭的资源。这种体验，尤其是藏族民间口耳传承的神话、部族传说、家族传说、人物故事和寓言给了阿来巨大的创作养分。同时，他还认识到，这些传说具有很强的民间立场和民间色彩。且蕴含着强烈的佛教色彩。虽然佛教并非藏族人生活中的原生宗教，但“那些在乡野中流传于百姓口头的故事反而包含了更多的藏民族原本的思维习惯与审美特征，包含了更多对世界朴素而又深刻的看法。这些看法的表达更多地依赖于感性的丰沛而非理性的清晰”③。同时，阿来还注意到这些神话传说流传的方

① 阿来：《地域或地域性讨论要杜绝东方主义——在第三届中澳文学高峰论坛上的演讲》，《人是出发点　也是目的地》，陕西师范大学出版总社 2019 年版，第 162 页。

② 阿来：《当我们谈论文学时，我们在谈些什么》，《人是出发点　也是目的地》，陕西师范大学出版总社 2019 年版，第 18 页。

③ 阿来：《穿行于异质文化之间——在国际比较文学学会上的演讲》，《人是出发点　也是目的地》，陕西师范大学出版总社 2019 年版，第 120 页。

式，并非仅仅是文字的，还有着更加深远的口头文学传统。而这种口头流传，给藏族传说的流传和不断丰富做出了巨大贡献。“口头传说一个最重要的特性就是，每一个人在传递这个文本的时候，都会进行一些有意无意的加工……最后，现实的面目一点点地模糊，因为众多的奇迹，传说一天比一天具有更多浪漫的美感，具有更加震撼人心的情感力量。于是，历史变成了传奇。”① 口头文学中有着对想象的恣意放纵，尤其是在如今这个文学被现实处处拘束的时代，让阿来认定民族传统所具备的“在当下情景与想象世界之间随意跨越的自由精神应当是一个非常重要的文化资源”②。

除了民族资源，阿来的知识构成中还有着西方文化的滋养。阿来自述，他在不同的阶段喜欢过阿莱桑德雷、阿波利奈尔、瓦雷里、叶芝、里尔克、埃利蒂斯、布罗茨基、桑德堡、聂鲁达等诗人，在求学时期阅读了几乎所有翻译为中文的西方当代文学大师的作品。大量的阅读最终会导致有意识的借鉴，随之带来的是对某种写作范式的选择。一方面，阿来关注西方作家的地域文化书写，并表示自己从中习得了许多描绘地理人文特性的方法。“因为我长期生活其中的那个世界的地理特点与文化特性，我对那些更完整地呈现出地域文化特性的作家给予了更多的关注。在这个方面，福克纳与美国南方文学中波特、韦尔蒂和奥康纳这样一些作家，就给了我很多启示。”③ 另一方面，阿来还强调美国文学中的犹太作家与黑人作家也给他带来很多经验，如艾巴·辛格与托尼·莫瑞森这两位诺贝尔文学奖获得者所讲述的有关鬼魂的故事。阿来解释过原因，因为他是一个藏族人，亦是中国的少数民族，所以格外关注“世界上那些非主流文化的作家如何做出独特、真实的表达”④。当然，吸收外来资源的意义并不仅在于此。与“大文化观”对应的是，阿来在意的不是作为“特殊”、“独有”而存在的藏族文化，他关注的是这种文化在世界诸多文化中的位置。同时，他还在努力吸取外来的

① 阿来：《文学表达的民间资源——在中央民族大学等高校的演讲》，《人是出发点　也是目的地》，陕西师范大学出版总社 2019 年版，第 190 页。

② 阿来：《民间传统帮助我们复活想象——在深圳市民大讲堂等的演讲》，《人是出发点　也是目的地》，陕西师范大学出版总社 2019 年版，第 199 页。

③ 阿来：《穿行于异质文化之间——在国际比较文学学会上的演讲》，《人是出发点　也是目的地》，陕西师范大学出版总社 2019 年版，第 122 页。

④ 阿来：《穿行于异质文化之间——在国际比较文学学会上的演讲》，《人是出发点　也是目的地》，陕西师范大学出版总社 2019 年版，第 122 页。

资源，因为“在内容上他们在几十年前写的问题可能就是中国现在正在发生的问题，我们中国的作家面对现实，却没有做出相应的反应”[①]。由人观己显示出阿来包容的创作态度。

阿来对自己写作方式的记录，体现了他在当下努力对自己的文化观所做出的尝试。不同于其他作家的闭门书斋，阿来的创作显然充满了浪漫的诗意。他是以“行走”作为创作基础的，游历给了他真实的体验。阿来自述，二十多岁的时候，他常背着聂鲁达的诗集，在故乡四周数万平方公里的土地上漫游，见过高山、大川、村庄、城镇，还有那些已经被丛林吞噬的人类生存过的遗迹，同时，还在草原与群山间的村落里聆听到很多本土的口传文学，既有关于村庄、部落和民族的历史，也有很多英雄人物的历史。阿来认为，这种“行走”得真知的成功并非个案，因为“拉美‘爆炸文学’中的一些代表性的作家，比如阿斯图里亚斯、马尔克斯、卡彭铁尔等作家的成功最重要的一个实践，就是把风行世界的超现实主义文学的东西与拉丁美洲的印第安土著的口传神话传统嫁接到了一起，从而创造出一种全新的只能属于西班牙语美洲的文学语言系统”[②]。所以，创作中的“知行合一”能让阿来跨越民族文学书写“想象化”的迷雾，在读书、行路、创作之间“不断地往返，不断地修习”[③]，最终实现藏族文化的口传神话与西方超现实主义元素的结合，尤其是在《尘埃落定》等作品中，体现出中国魔幻现实主义文学的特质。

而创作最终需要呈现的思想上的效果，则构成了阿来对未来的期许。阿来要创造并希望读者接受的，是一个“动”与“变”中的藏文化，是一个既保持自己原始特色又努力融入世界文化并让世界理解的藏文化。阿来认为，这种文学革新的尝试，首先在于承认“文化多样性”——“从纯理论的角度出发，我也是一个文化多样性的拥护

---

① 阿来：《关于小说创作——在四川省中青年作家培训班上的演讲》，《人是出发点　也是目的地》，陕西师范大学出版总社 2019 年版，第 90 页。

② 阿来：《我只感到世界扑面而来——在渤海大学小说家讲坛上的演讲》，《人是出发点　也是目的地》，陕西师范大学出版总社 2019 年版，第 144 页。

③ 阿来：《在遂宁，谈谈陈子昂，谈谈观音——在遂宁市船山区“书香船山·莲香成渝”全民阅读活动上的演讲》，《人是出发点　也是目的地》，陕西师范大学出版总社 2019 年版，第 289 页。

者，也非常强烈地希望在社会进步的同时，传统的文化能受到更多珍视与传承”①。阿来观念中的多样性，又包含以下几个层面。其一是语言。阿来力图克服藏汉语言的界限和部分外在的偏见，而坚持“用汉语来写汉语尚未获得经验来表达的青藏高原的藏人的生活”②。其二是借用的思想。一直以来，中国文学恢复文学本身丰富性的尝试，“都被批评界看成了西方文学各种流派在中国的种种遥远回响”③。所以，阿来力图破除西方崇拜的迷思，同时祛除东方主义的魅惑。这其中既包括西方对东方的东方主义，也包括东方内部较为发达区域对相对偏远地域、主流文化对少数民族文化的东方主义。阿来认为，讨论地域或地域性这样的问题时，首先必须把地域还原成真实的地理，在此基础上，才能进行真正的、关于地域性的探求与追索，不同的地域和文化之间才能进行真正的沟通与理解。而在具体实践中，则“要在这个文化跟别的文化融汇之前，尽量转移它最优秀的基因跟价值”④。其三是藏族文化多样性的途径。阿来认为，当下文学面临的问题，非常重要的一点是如何让藏文化走出去。对创作而言，作家需要关注的是个人写作经验与各种文学理论之间是否真正存在一种互相借鉴和激发的关系，并不能单靠理论的生僻或他人的视角来阐释别人期待中的藏文化。阿来认为，“我所能做的，只是在自己的作品中记录自己民族的文化——在全球化的背景下，她的运行，她的变化。文化在我首先是一份民族历史与现实的记忆，我通过自己的观察与书写，建立一份个人色彩强烈的记忆”⑤。阿来坚持在变化中把握民族文化的精华，认为没有变动中的承认，就没有民族文化的丰富。所以，归根结底，“文学所起的功用不是阐释一种文化，而是帮助建设与丰富一种文化”⑥。

---

① 阿来：《文学和社会进步与发展——在罗马亚非学院中意文学论坛上的演讲》，《人是出发点　也是目的地》，陕西师范大学出版总社 2019 年版，第 168 页。

② 阿来：《我只感到世界扑面而来——在渤海大学小说家讲坛上的演讲》，《人是出发点　也是目的地》，陕西师范大学出版总社 2019 年版，第 138 页。

③ 阿来：《民间传统帮助我们复活想象——在深圳市民大讲堂等的演讲》，《人是出发点　也是目的地》，陕西师范大学出版总社 2019 年版，第 193 页。

④ 阿来：《文化的转移与语言的多样性——在华中科技大学中文系的演讲》，《人是出发点　也是目的地》，陕西师范大学出版总社 2019 年版，第 257 页。

⑤ 阿来：《没有一种固定不变的民族文化——在法兰克福书展上的演讲》，《人是出发点　也是目的地》，陕西师范大学出版总社 2019 年版，第 157 页。

⑥ 阿来：《我只感到世界扑面而来——在渤海大学小说家讲坛上的演讲》，《人是出发点　也是目的地》，陕西师范大学出版总社 2019 年版，第 138 页。

综上所论，阿来的文学资源、写作方式、对藏文学发展的期许共同构成了他创作中的立体文化空间。他首先是被传统民间文化所滋养，同时借鉴西方现代思潮，并融合二者之后，才谈得上对延续与丰富民族传统做出了努力。而这种努力，是他通过“行走”的方式来汲取资源和进行创作的。阿来的文化姿态和对未来的期许，亦采取了一个开放的文化姿态，即学习别的语言、掌握他人的理论和文学资源。“在这种开放的语言所提供的更宽广的视野中，来反观自己的人生以及自己民族的命运和传统——包括文学的传统，并试图通过这样的方式与整个国家的人们和全世界的人们对话。”①

三、日常性与超越性的书写：阿来的散文创作

作家的文学观念与文学积淀最终一定是通过其具体的创作体现出来的。阿来的创作涉猎小说、诗歌、散文等领域。在以往对阿来的研究中，他的小说创作是最受读者和学者关注的。例如，曾获第五届茅盾文学奖的《尘埃落定》，截取的是康巴麦其土司家族的衰落史。这个坐落在河谷和山间的家族，依赖耕种和畜牧为生，人与人之间有着等级森严的阶层。主人公是被人看作傻子的土司儿子，其言行虽与现实格格不入，却有超时代的预感和行为。最终，阿来通过傻子的眼睛所目睹的麦其土司家族的步步衰落，展现出他对河谷川坝藏文化逐渐没落的忧思。对于其他中篇小说，如《月光下的银匠》、《行刑人尔依》而言，阿来的这种忧思是相似的。因为他总是在尽最大的力量，不把异族的生活写成一种牧歌文化。而这种不恰当的“牧歌”写法，却是长时间以来的一种流行的异族题材书写范式。“异族人过的并不是另类生活。欢乐与悲伤，幸福与痛苦，获得与失落，所有这些需要，从它们让感情承载的重荷来看，生活在此处与别处，生活在此时与彼时，并没有什么太大的区别。”② 从这个意义上讲，阿来的小说创作依然是在努力克服外界对藏文化的偏见。

除了小说之外，阿来的文学生涯实际上是始于诗歌创作的。他在《阿来的诗》的

① 阿来：《中国的少数民族文学，以及我自己》，《人是出发点　也是目的地》，陕西师范大学出版总社 2019 年版，第 132—133 页。

② 阿来：《落不定的尘埃——〈尘埃落定〉后记》，《群山的声音：阿来序跋精选集》，四川文艺出版社 2018 年版，第 7 页。

序中提到，“我很有幸，当大多数人都在听邓丽君们的时候，我遭逢了贝多芬们，我也很有幸，在当时很畅销的中国诗歌杂志在为朦胧诗之类争论得面红耳赤的时候，我从辛弃疾、从聂努达、从惠特曼开始，由这些诗人打开了诗歌王国金色的大门”①。他尤为强调了聂努达和惠特曼的影响：聂努达带他用诗歌的方式漫游美洲大地，教会他在创作中把大地和历史融为一体；而惠特曼则用自由无羁的雄壮引领他拒绝自怜自艾，逐渐开始让自己的生命与一个更雄壮的存在对接。由此而始，阿来在诗歌中用“行走”的方式丈量大地，用双脚和心灵走过梭磨河、大渡河谷、岷山深处、若尔盖大草原，并留下《歌唱自己的草原》、《永远流浪》、《三十周岁时漫游若尔盖大草原》等诗篇。

散文对于阿来而言则是一个特殊的存在。他首先称“对我而言，所谓散文是一个非常模糊的概念”②，因为他无法清晰地确定这种文体该是什么。对于学界而言，散文的范畴和内涵也经历了很长时间的变化。自“五四”白话散文诞生以来，散文与启蒙、救亡、革命等概念联结在一起，而20世纪90年代以后，散文出现了“新”的表现。一方面，作家开始思考散文“如何在市场经济、消费主义的历史条件下，建构新型现代民族国家；如何处理好政治认同与文化认同的关系；怎样重建新的政治秩序、精神秩序与伦理秩序”③；另一方面，散文热的到来也催生了类型散文的诞生，如文化散文、哲理散文、学者散文、女性散文、新乡土散文等等。响应着散文的蓬勃发展，此时阿来的散文创作大致有以下几类：其一是《银环蛇》、《鱼》、《野人》等篇章，都是阿来漫游时的创作，其篇幅不宜被当作诗，又非完全虚构的小说；其二是游记类散文，如《大地的阶梯》、《一滴水经过丽江》等；其三是试图通过观察植物进而了解世界、认识生活的散文，如《成都物候记》。散文文体与小说文体最大的区别在于，小说追求的是虚构，而散文追求的是真实。如果说，在小说里，寄托的是阿来对于藏文化终将变化的沉思，叙述中还夹杂着中西方文化的资源与创作技巧，那么，在散文中，则承载着阿来对于藏文化未来走向以及该怎样被真实地定义的沉思。毋庸置疑，阿来的小说创

① 阿来：《〈阿来的诗〉序》，《群山的声音：阿来序跋精选集》，四川文艺出版社2018年版，第103页。

② 阿来：《在诗歌与小说之间》，《就这样日渐丰盈》，解放军文艺出版社2002年版，第3页。

③ 唐小林主编：《中国白话散文百年史》，广东人民出版社2021年版，第18页。

作能给他带来更多的商业利益，他只需沿着《尘埃落定》所开辟的熟悉地盘不断进行重复制造即可。但阿来却认为，“文学本身有超越商业利益的更高远的召唤”①，他不能按照市场的要求书写利益所期望的文字，“比如假批判现实之名行黑幕的窥视；比如借想象之名而逃避沉重的现实去致远致幻”②。因此，对阿来而言，他虽在小说创作上取得了巨大的成就，但散文亦是其不可割舍的部分，因为他能在散文中表现出真实的藏地和族人。“我找到他们，是知道了自己将从什么样的地方，以什么样的方式重新上路出发，破除了搜罗奇风异俗就是发挥民族性，把独特性直接等同于世界性的沉重迷思。”③ 所以，散文之于阿来，无疑是其文学观最为真实和直接的体现。

《大地的阶梯》等散文清晰地体现出阿来“大文化观”视野下的藏文化书写。阿来指出，他“作为作家，有责任提醒这个社会，真正的进步是所有人共同的进步与发展，也有责任使公众注意，真正的进步不只是经济与技术的、更应该是政治与文化的”④。所以，他在散文创作中强调，自己要以更感性的方式去进入西藏，去了解自己的同胞。“当我以双脚与内心丈量着故乡大地的时候，在我面前呈现出来的是一个真实的西藏，而非概念化的西藏。那么，我要记述的也该是一个明白的西藏，而非一个形容词化的神秘的西藏。”⑤

这种真实，首先表现在故乡现代化进程中的尴尬里。在《走向大渡河》一章中，阿来在《仙人掌河谷》、《一片消失的桦林》、《穿越在伤心地带》等小节里都表现出自己对环境破坏的隐忧。如：“落叶松、铁杉、云杉、冷杉、柏、桦、楸、椴，所有这些大树，在各自不同的海拔高度上成长了千百年，吞云吐雾了千百年，为这条大河长清长流碧绿了几百年，为这片土地的肥沃荣枯了几百年。但现在，它们一棵棵呻吟

---

① 阿来：《为〈尘埃落定〉出版十五周年而作——〈尘埃落定〉（十五周年纪念版）后记》，《群山的声音：阿来序跋精选集》，四川文艺出版社 2018 年版，第 91 页。

② 阿来：《为〈尘埃落定〉出版十五周年而作——〈尘埃落定〉（十五周年纪念版）后记》，《群山的声音：阿来序跋精选集》，四川文艺出版社 2018 年版，第 91 页。

③ 阿来：《我只感到世界扑面而来——在渤海大学小说家讲坛上的演讲》，《人是出发点 也是目的地》，陕西师范大学出版总社 2019 年版，第 142 页。

④ 阿来：《文学和社会进步与发展——在罗马亚非学院中意文学论坛上的演讲》，《人是出发点 也是目的地》，陕西师范大学出版总社 2019 年版，第 170 页。

⑤ 阿来：《〈大地的阶梯〉后记》，《群山的声音：阿来序跋精选集》，四川文艺出版社 2018 年版，第 21 页。

着倒下。先是飞鸟失去了巢穴，走兽得不到荫蔽，最后，就轮到人类自己了”①；“刀斧走向更深的大山，河里漂满了大树的尸体”②；“我感觉到自己是在人类的伤口上行走。尘土，尘土，到处都是尘土”③。在阿来的笔下，为了短暂的利益，为了契合现代化发展的进程，自然生态受到无情的掠夺和损伤，并且这种损伤是不可逆转的。而在这种损伤的背后，隐含的是人类中心主义思想所带来的生态危机。“当代生态中心主义哲学认为，生态危机是人类中心主义思想主导下人类文化的危机，人类主宰地位的危机，人类发展模式、生活方式的危机。”④ 随着人类生存环境日益遭受破坏，越来越多的人对人类中心主义产生了怀疑，“生态思想家开始探索解决生态危机的根本性出路，其中一条是激进的生态思潮，即从人类中心主义向生态中心主义过渡”⑤。而少数民族文化传统中，实际或隐或显地有着一种“万物有灵”观念。因此，阿来对现代化及由此引发的后果，实际上一直持一种审视的态度。他深知不可阻挡现代化的日益深化，亦不可阻挡族人向外界的趋同，所以，世界不再允许封闭中的文化体存在。但藏地之所以引人向往，正在于其神秘和邈远。而被打开大门的藏地，会因外界的理解和阐释变得失去自己的本来面貌。在无法抗拒的发展面前，阿来在文字中展现出对藏地生态环境逐渐被外界影响的担忧。

其次，阿来的散文中依然保持着对藏地神性精神的追求和对现实的超越。20 世纪 90 年代以来，受市场经济的影响，文学的内容及运作模式都受到外力制约，逐渐趋向于世俗性，由此还引发了学术界的人文精神大讨论。阿来与其他作家不同，他追求的不仅仅是反映真实的藏地，还追求对超越性的精神信仰的呈现。阿来散文中的超越性，是通过日常生活的形而上、攀登阶梯的叙述逻辑、宗教传说的再述来实现的。阿来生长于一个有着宗教信仰的民族，以往的研究论及超越性时，都会把目光投向其创作中有关宗教的情节，但阿来是一个拒绝被定义的作者，他要挑战并跨越这种局限。所以，他在散文中强调的是，在自然和日常生活中寻求一种对现实的超越。如其所述，“作为一个漫游者，从成都平原上升到青藏高原，在感觉到地理阶梯抬升的同

① 阿来：《走向大渡河》，《大地的阶梯》，陕西师范大学出版总社 2019 年版，第 51 页。
② 阿来：《走向大渡河》，《大地的阶梯》，陕西师范大学出版总社 2019 年版，第 56 页。
③ 阿来：《走向大渡河》，《大地的阶梯》，陕西师范大学出版总社 2019 年版，第 57 页。
④ 胡志红：《西方生态批评史》，人民出版社 2015 年版，第 12 页。
⑤ 胡志红：《西方生态批评史》，人民出版社 2015 年版，第 14 页。

时，也会感觉到某种精神境界的提升。但是，当你进入那些深深陷落在河谷中的村落，那些种植小麦、玉米、青稞、苹果与梨的村庄，走近那些山间分属于藏传佛教不同流派的或大或小的庙宇，又会感觉到历史，感觉到时代前进之时，某一处曾有时间的陷落"[①]。阿来对自己的民族、生存环境、寺庙、宗教都保持着极大的好奇心，同时详细记录其生存环境中的动物、植物的状态，着眼于微而所思甚远，把形而上的思索融入日常的生活中，带给读者藏地生活的实感体验。阿来的《大地的阶梯》，是通过漫游的形式来叙述游历过程的，而在其叙述中有一个非常典型的特质，即"阶梯意识"。阿来的故乡嘉绒所处的河谷川坝地带，是四川盆地和青藏高原的过渡区域，亦是汉藏文化的杂糅区域。阿来在成名后，作为作家而重走藏地，则有着一种重新梳理和认识藏文化的意味。其行走的路线，却有着耐人寻味的意图。从盆地观群山，仿若"太阳弹奏群山的音阶"，"我就把这一片从成都平原开始一级级走向青藏高原顶端的一列列山脉看成大地的阶梯……而地理从来与文化相关，复杂多变的地理往往预示着别样的生存方式、别样的人生所构成的多姿多态的文化"[②]。这种从底部向峰顶的攀登，既是重寻文化的过程，又是对眼界的拓展和对超现实精神的追寻。阿来的归来不仅是为了彰显故土的神性，更是要通过行走把感情和独立的思考融入篇章，在感受地理阶梯抬升的同时，收获精神境界的提升。"佛经上有一句话，大意是说，声音去到天上就成了大声音，大声音是为了让更多的众生听见。要让自己的声音变成这样一种大声音，除了有效的借鉴，更重要的始终是，自己通过人生体验获得的历史感与命运感，让滚烫的血液与真实的情感，潜行在字里行间。"[③] 阿来散文中的层级式的阶梯意识，最终达到的同样是在信仰之神和现实之物之间寻找一种平衡，找到精神的依托。回到超越性本身，如何在日常生活和攀登阶梯之间找到一个中间物，来寄托阿来对民族文化走向的思考呢？如同前文所述，阿来的文化观中包含着过去、当下和未来的三重思考，那么，阿来的行走之旅注定不会是简单地叙述过去的辉煌，而是有意识地感受其变动中的生长。那么，在《大地的阶梯》中，阿来有许多关于藏族神话传说的再述，就不仅

① 阿来：《序篇》，《大地的阶梯》，陕西师范大学出版总社 2019 年版，第 8 页。

② 阿来：《序篇》，《大地的阶梯》，陕西师范大学出版总社 2019 年版，第 7 页。

③ 阿来：《穿行于异质文化之间——在国际比较文学学会上的演讲》，《人是出发点　也是目的地》，陕西师范大学出版总社 2019 年版，第 123 页。

仅是为了彰显过去的辉煌，而是作为一个亲历者来感受其在过去和未来的变迁，如赤松德赞的命运，如藏族历史上第一座佛教寺院桑耶寺的前世今生，如从拉萨开始的逐级而下的文化传播路线，如阿旺扎巴对新宗教的皈依。传说中人物命运的转变、对信仰的选择、关于文化的传说，经由阿来的重新讲述，有了能被读者领会的现实意味。所以，他的创作就不仅仅是力图炫耀人无我有的藏地文化，而是打通了过去和未来，打通了族与族之间的区隔，实现了对现实的超越。

阿来认为，当代生活中的每个人都受到各种文化的影响，“我们应当觉得这是一个共同体，我们共同构建，使我们这个文化逐渐减去这种浮夸的、脱离现实的、喧嚣一时而不知道为什么喧嚣的现状，而变成一个沉静的、愿意内省的、思索自我、思索自我跟他人的关系，更要思考自我这个文化跟别的文化的关系，跟自然环境的关系的文化”①。阿来的“出走”让他拥有了现代民族意识，他的“重回”又让他产生了对民族文化的反思。二者合一之后的“反思”，让他的创作能超越现实的局限，对宗教、人生、民族、故土，有了全新的期待和阐释。

（作者单位：四川师范大学文学院）

① 阿来：《消费社会的边疆与边疆文学——在湖北省图书馆的演讲》，《人是出发点　也是目的地》，陕西师范大学出版总社 2019 年版，第 284 页。

作为方法的“湘西”：沈从文“湘西情结”及其文学特质

蔡洞峰

摘　要：沈从文之于现代中国乃至文学的意义表现在创造了中国新文学的另一个传统。他描写故乡“湘西”，意在构筑其独特的文化观与文学风格。在晚清以来的现代性思潮中，他以非主流和宏大叙事的方式进行文学创作，调适了新文学中过于功利化的文学功能，展现了其小说创作独特的价值取向及文化特质。

关键词：沈从文；湘西；现代转型；文学特质

沈从文在中国现代文学史上无疑是一个特别的存在。不同于“五四”新文学传统所开创的现代文学思潮，中国现代文学居于主流地位的文学叙事都以西方现代文明为旨归，无论是批判中国传统，抑或再造现代文明中国，都是以线性的“进化论”来考察现实传统。在这样的社会文学思潮中，沈从文及其文学是一个“另类”的存在。

沈从文之于现代中国乃至文学的意义表现在创造了中国新文学的另一个传统。或许我们可以用“乡土小说”来概括其文学，二者确实有着某种同构性，但其文学世界中所呈现的独特个性却被遮蔽了，即“隐含在‘乡土’内里的、‘乡土’所难以涵盖的更深邃和奇异的东西”①。沈从文虽受“五四”时代大潮影响而踏上文坛，但他的文化价值观念却与当时启蒙知识分子所孜孜追求的现代化理念有极大的差别，沈从文以小说建构起来的湘西世界也与大多数作家的“乡土”截然不同。

① 杨联芬：《边缘与前沿》，新星出版社2018年版，第64页。

一

沈从文出生于湘西古镇（凤凰）。在其生活的年代，湘西地瘠民贫，战乱频生，苗民生活极为艰辛。《湖南省志》说："凤凰营，即凤凰山。在县城西边五十里。"县城西边的群山中，有山峰形状如鸟，昂首展尾，被取了个吉祥的名字——凤凰山。正如《凤凰厅志》所说，"凤凰之名因山受"。从其自传可以知晓，童年的人生教育和生命体验是带有原生性的，它对一个作家的审美选择，存在着永志不忘的精神维系的潜在力量。沈从文童年时期所受的教育不是来自学校，而是自然，即"学的总是学校以外的"①。沈从文在其作品中一再提到他童年爱逃学，似乎逃学给他的人生留下了最初的深刻的印痕。他把装有《论语》、《诗经》、《幼学琼林》的书篮藏在土地庙的神龛里，在凤凰城里像野孩子，或苗语所说的"代狗"那样，看人下棋、打拳、相骂，看人做香烛、绞绳子、织竹席，看老人磨针、学徒做伞，看染坊的苗人站在石碾上摇摆压布，甚至看屠户肉案上"新鲜猪肉砍碎时尚在跳动不止"。这都是在"五官并用"，在以天真的好奇心观察自然万物的变化运动、人间颜色的形成以及形形色色生命的跃动，给自己的赤子之心涂上最初的底色，直至他少年从军，以上士司书的身份游荡于沅水流域十三个县的时候。

凤凰县地处湘西边地，苗、汉杂居，"真是一个古怪地方"，历史上出现过苗民起义，导致"满人治理中国土地时，为镇抚与虐杀残余苗族，派遣了一队戍卒屯丁驻扎，方有了城堡与居民"②。沈从文生活在湘西世界，从小便看惯了频繁的杀人场面。这些不同寻常的经历导致沈从文与"五四"新文学主流作家有着完全不一样的人生体验。沈从文生活的"湘西世界"由于历史与地理原因，当地民风彪悍。"至于我那地方的大人，用单刀、扁担在大街上决斗本不算回事。事情发生时，那些有小孩子在街上玩的母亲，只不过说：'小杂种，站远一点儿，不要太近!'嘱咐小孩子稍稍站开点儿罢了。"③ 杀人、流血之类的事，在湘西世界中是日常生活中的一部分，正如人的生老

① 沈从文：《从文自传》，江苏人民出版社 2014 年版，第 37 页。

② 沈从文：《从文自传》，江苏人民出版社 2014 年版，第 26 页。

③ 沈从文：《从文自传》，江苏人民出版社 2014 年版，第 48 页。

病死、植物夏荣秋枯一般，皆遵从自然法则。这样一种自然哲学，成为沈从文看待世界的文化根基。他说，面对这些血腥的场面，“也影响到我一生对于滥用权力的特别厌恶”①。

在《从文自传》中，作者将其生活分为两部分进行描述。第一部分是童年时期的“野小子”生活经历，从有记忆写起，到高小毕业，主要是一个小学生的生活，重点不是读书，而是逃学，阅读社会这本“大书”。读社会这本大书，究其线索而言，后一部分与前面的叙述有着逻辑传承关系。由少年“顽童”变成读书人，与他离开凤凰与家庭，15 岁出门当兵的经历有关。进入军营后，沈从文随部队辗转湘西、川东，其间遇到各种见闻和遭遇，后来留在陈渠珍身边做书记。陈渠珍在湖南近代史上是一个传奇式人物，1882 年生，凤凰人，早年毕业于湖南武备学堂。陈渠珍不仅“治军有方”，还以王阳明、曾国藩为人生楷模，喜欢读书治学，有众多藏书和字画。沈从文在此期间帮他保管书籍、古董，为日后的知识和艺术修养打下了坚实的基础。

> 那些书籍既各得安置在一个固定地方……由于应用，我同时就学会了许多知识……我从这方面对于这个民族在一段长长的年份中，用一片颜色、一把线、一块青铜或一堆泥土，以及一组文字，加上自己生命做成的种种艺术，皆得了一个初步普遍的认识。由于这点儿初步知识，使一个以鉴赏人类生活与自然现象为生的乡下人，进而对于人类智慧光辉的领会，发生了极宽泛而深切的兴味②。

沈从文从书本中学到了以前未曾接触的新知识和新思想，并受到陈渠珍人格和精神的影响——“加之人又长大了一点儿，也间或有些不安于现实的打算”③。人生志向的改变使他 1923 年脱下军装离开湘西，来到北京。“北京”对于从偏远的湘西而来的沈从文而言，是一个崭新的时空，激励着他重新审视自我与世界，重新安排自己的“身份”——“先做一个‘自由人’、一个‘独立人’，才能作第二步打算”④。

① 沈从文：《从文自传》，江苏人民出版社 2014 年版，第 56 页。

② 沈从文：《从文自传》，江苏人民出版社 2014 年版，第 155—156 页。

③ 沈从文：《从文自传》，江苏人民出版社 2014 年版，第 157 页。

④ 沈从文：《回忆黄村生》，《沈从文全集》第 27 卷，北岳文艺出版社 2002 年版，第 420 页。

沈从文怀着文学梦想来到北京，在北京大学旁听，过着十分清苦的生活，其间想通过写作积极融入新文化潮流。沈从文受“五四”影响而来到北京，欲实现“个人理想”，但在此过程中，他愈发意识到自己与“城市”的隔膜。即使在20世纪30年代沈从文已进入“作家”、“大学教授”的上层圈子，实现了自己的理想时，他发现自己始终与都市文明有一种隔膜。他将这种隔膜称作“乡下人”与“城里人”的隔膜。沈从文在《水云》中这样解释：“我是个乡下人，走向任何一处照例都带了一把尺，一把秤，和普通社会权量不合。一切临近我命运中的事事物物，我有我自己的尺寸和分量，来证实生命中的价值与意义。我用不着你们名叫‘社会’制定的那个东西。我讨厌一般标准，尤其是伪‘思想家’为扭曲压扁人性而定下的庸俗乡愿标准。这种思想算是什么？不过是少年时男女欲望受压抑，中年时权势欲望受打击，老年时体力活动受限制，因之用这个来弥补自己并向人们复仇的人病态的行为罢了。”[①] 很显然，沈从文对世界的看法和价值情感判断不同于“五四”时期新文化主流精神，而是与湘西世界紧密地联系在一起。

“城市”与“乡下”这一对立的意象，与沈从文所赖以产生的人生经验有关。“文明的发展在其一个阶段上，不能不以道德法律的废弛为代价，而这又由于文明进程所造成的对人性的新的束缚。”[②] 在沈从文的世界中，城市体现着现代文明，代表着晚清以来中国现代性进程中所追求的现代化，乡下意味着原始的、自然的、未开化的文化。在沈从文的文学与思想世界中，乡村与都市这两个世界的对峙，贯穿着他对人性和生命的哲学思考。“在都市住上十年，我还是个乡下人。第一件事，我就永远不习惯城里人所习惯的道德的愉快，伦理的愉快。”[③] 在这里，城市与乡村是两个互为参照的世界。他用“乡下人”的视角打量都市，那些更能代表现代都市特质的生活场景和人物形象在他的小说中并没有得到更多呈现。

沈从文以湘西作为参照价值体系，对现代都市进行价值判断与审美观照。当历史

① 沈从文：《水云》，《沈从文全集》第12卷，北岳文艺出版社2002年版，第94页。

② 赵园：《沈从文构筑的“湘西世界”》，《赵园自选集》，广西师范大学出版社1999年版，第55页。

③ 沈从文：《萧乾小说集题记》，《沈从文全集》第16卷，北岳文艺出版社2002年版，第324页。

进入20世纪，中华民族面临着从传统向现代的转型，其提供的中西比较视野的历史文化维度，可以为沈从文提供更广阔的文化视野来审视湘西世界，但沈从文没有拥有这种比较尺度。或许沈从文始终是以“乡下人”的眼光来看待世界与自我，进而限制了他的眼界。作为传统宗法社会文化培育的知识人，他希望走出湘西——“知识同权力相比，我愿意得到智慧，放下权力。我明白人活到社会里，应当有许多事情可做”①。但现实中美的理想与现实世界的浑浊让他失望与苦恼，城市并没有接纳他，这一人生的苦境也促发了他在自卑中发愤图强。

沈从文在对湘西的回忆和想象中，发现湘西的文化观念可以与都市相抗衡，借此获得自信，摆脱都市文明给他带来的自卑与伤害，并以湘西的美善映照出都市的卑劣，获得一种心理自信。《八骏图》、《来客》、《老实人》等作品都表现了对知识者的嘲讽。在这些类似的作品中，他“有意无意地总要去赞美与城市文化相对立的一切东西，不论是那原始的性爱，还是愚昧的迷信”②。沈从文从独特的视角观照湘西与都市文化。可以说，是湘西的自然风物给予了他美的熏陶，也带给其作品一种传奇色调。杨义将其定义为“凤凰情节”。“这一情结以沈从文的汉苗杂居的凤凰故里为核心，为根基。它包含着两重意义：一是地理上的凤凰的放大，放大到湘西的民风民俗、山川风物；二是精神文化上的凤凰的放大，放大到楚文化的图腾崇拜、精神信仰。这种既是地理的、又是精神的‘凤凰情结’，构成了沈从文文学世界非常内在的文化特质和文化基因。”③ 可以说，湘西世界的神秘以及湘西苗族、汉族、土家族杂居形成的“天人合一”的生命体验，使沈从文的文学有一种独特的审美体验和魅力，并且与道家文化有着独特的联系。

二

沈从文在散文《湘西·凤凰》中说，凤凰人迷信，民性刚直、团结，充满神秘的

① 沈从文：《从文自传》，江苏人民出版社2014年版，第163页。

② 王晓明：《“乡下人”的文体与“土绅士”的理想——论沈从文的小说文体》，《二十世纪中国文学史论》（上），东方出版中心2003年版，第450页。

③ 杨义：《沈从文的“凤凰情结”及其小说的文化特质》，《吉首大学学报》2002年第4期，第1—2页。

民风，浪漫情绪和宗教情绪结合为一而成游侠精神①。这种湘西民风成为他观察与批判近代都市人虚伪、庸懦、精神萎靡之态的精神参照。沈从文崇拜元气淋漓的自然人性和强悍的民风。我们在阅读沈从文作品时不难发现，与“五四”现代主流文学不同，沈从文所秉持的价值理想与尺度不是以启蒙为旨归的现代思想，也不是传统的儒家伦理道德，而是“自然”。沈从文的作品中经常有杀戮的描写，《辛亥革命的一课》、《我的教育》、《黄昏》、《新与旧》等都涉及杀人的砍头场面。

杀人与看客在鲁迅那里，成为其一生耿耿于怀的对象。它们刺激了鲁迅，使其重新审视自我和民族性，从而作出“弃医从文”的人生选择。他最痛恨的是国民的愚昧和麻木，痛恨其只能充当示众的材料和看客。终其一生，鲁迅都在批判这种“国民劣根性”。鲁迅以及“五四”时期的乡土作家都写过杀头，都表达了对有权有势者践踏生命的憎恶，以及对麻木的民众的悲哀。沈从文相较于“五四”时期主流文学及作品所要表达的意旨而言，明显不属于这一类。“我不明白一切同人类生活相联结时的美恶，换句话说，就是我不大能领会伦理的美。接近人生时，我永远是个艺术家的感情，却绝不是所谓道德君子的感情。”② 因而，沈从文不同于同时期的其他作家从伦理道德的角度看待人间万事万物，而是以“艺术家的感情”，即“美”来评判世间一切，以审美意识统一道德意识。但困扰他的恰恰是审美理想与道德秩序两者之间的现实冲突，这使他感到忧郁、悲伤。

较早发现沈从文创作特色的苏雪林指出，沈从文是“想借文字的力量，把野蛮人的血液注射到老迈龙钟、颓废腐败的中华民族身体里去使他兴奋起来，年青起来，好在廿世纪舞台上与别个民族争生存权利”，由于他“生长湘西地方，比我们多带一分蛮野气质。他很想将这分蛮野气质当做火炬，引燃这个民族青春火焰”③。苏雪林欲将沈从文纳入“五四”国民性改造的文化思潮。但不同于“五四”时期借助西方文化思想改造国民精神（以鲁迅、陈独秀为代表），沈从文是以湘西文化的原始活力注入中华民族正统文化，促进民族生机勃发。由此可见，沈从文的作品，就其国民性改造思路而言，明显与晚清启蒙现代性思潮相关。

---

① 沈从文：《沈从文散文新编：湘西·凤凰》，人民文学出版社 2017 年版，第 165 页。

② 沈从文：《从文自传·女难》，江苏人民出版社 2014 年版，第 116 页。

③ 苏雪林：《沈从文论》，《文学》1934 年第 3 卷第 3 期，第 717—718 页。

1840年鸦片战争后，中华民族进入了现代性转型阶段。当时的有识之士力图通过变革维新拯救民族衰亡，先后提出从器物到政制层面的救亡方案，但随之而来的改革失败事实，让国人清醒地意识到，民族精神的危机才是中国落后于世界的根柢所在。而当时日本明治维新的成功又使国人看到一种变革的参照。梁启超以西方与日本为参照，认为中国儒家精神塑造的中国国民精神不尚武，导致了中国人精神的病质与暮气，由此提出了尚武精神，并在此基础上提出了“新民说”。但这种“尚武”诉求在辛亥革命中中断了。之后到了“五四”时期，人们普遍认为精神的觉醒比体格强壮更重要。以鲁迅“立人”为代表的“五四”新文学传统，使国民性改造逐渐演变为中国新文学史上的一个重要主题。而沈从文的国民性改造思路，无意间契合了晚清的“尚武”主张，代表了新文学启蒙的另一个潜流。

由此，我们看到了沈从文文学世界的另一面。沈从文赞美自然世界的力之美，崇拜自然的强悍，以及由此而呈现的残忍与野蛮。但一旦面对人为因素与权力介入其中而表现出的血腥，沈从文便有了伦理道德的倾向。沈从文是拿着人性的标尺来丈量世间的善恶美丑。始终将自己定位于“对政治无信仰、对生命极关心的乡下人”① 的沈从文，以人类的童心和现代人的眼光注视着故乡湘西的过去与现在，其兴趣集中于苗汉杂居地的风土民俗与乡民生活，讴歌当地的自然与乡民的强健、勇猛。如《龙朱》赞美主人公龙朱是“人中模型。是权威。是力。是光”，并称赞他“美丽强壮像狮子”。作者对湘西原始生命力的崇拜超过了儒家伦理道德的评价。这一切极大地激发了沈从文的文学想象，激活了他发现未经“文明病”沾染的边地湘西的生命形式。杨义认为，沈从文对中国新文学的贡献包括三个方面：“一是那种几近化外之地的质朴正直的人性之美；二是充满生命灵气的天人合一的审美思维方式；三是明澈浏亮、流转随意的水一般委婉多姿的诗化和散文化的小说体式。”② 这一切的形成都离不开湘西的山灵水秀与淳朴民风的浸染。楚族和苗族的先民，曾长期共同生活在湘西地域。楚国筚路蓝缕、拓地千里的时候，曾征服和开发了湘江、沅水一带，深入苗、瑶、土家族先民聚居的五溪蛮地区，在湘、鄂、川、黔交界之处建立黔中郡。因此，它们的文化有同

① 沈从文：《水云》，《沈从文全集》第12卷，北岳文艺出版社2002年版，第127页。

② 杨义：《沈从文的“凤凰情结”及其小说的文化特质》，《吉首大学学报》2002年第4期，第2页。

源异支、相互渗透的特质。“我们家乡所在的地方，一个学习历史的人会知道，那是‘五溪蛮’所在的地方。这地方直到如今，也仍然为都会中生长的人看不上眼的。假若一种近于野兽纯厚的个性就是一种原始民族精力的储蓄，我们永远不大聪明，拙于打算，永远缺少一个都市人的兴味同观念，我们也正不必以生长到这个朴野边僻地方为羞辱。”（记《胡也频》）可以说，沈从文创作中的苗族基因成就了其神秘和独具一格的文学风格。

具有沈从文风格特征的《雨后》、《山鬼》、《龙珠》、《月下小景》、《边城》等描写湘西古老习俗和原始质朴乡民的作品，从理想化的乡土社会和人际关系中幻化出田园牧歌的诗美生存理想和伦理观念。沈从文的文学特质是中国传统文化（老庄道家思想）所孕育的审美情感，追求大自然中的一种和谐，并将这种和谐从文化意识的角度转向了人自身的和谐。

三

沈从文的“湘西情结”深刻地影响了沈从文的文学创作和价值取向、想象天地与审美形态。他将自己的文学创作比喻为建“希腊小庙”，“这神庙里供奉的是‘人性’”①。但沈从文所说的“人性”，不同于“五四”时期崇尚的启蒙理性，而是自然状态的、不受道德世界束缚的、自然原始的人性，类似传统文化中的“童心”。前文说过，湘西世界的奇特与神秘使沈从文的文学写作散发着山川万象的灵气与古典情调，充满激情和诗情画意。其成长经历和苗、汉血统促使其追求一种原始的野性生命力，因而他对都市人的懦弱虚伪、道德异化和生命力的枯萎进行了无情的揭露。其短篇小说《如蕤》展现了追求刚强、独立的理想灵魂，女主人公所思考的是人性、人格的选择。在恋爱的季节，她发现“都市中人是全为一个都市教育与都市趣味所同化，一切女子的灵魂，皆从一个模子里印就，一切男子的灵魂，又皆从另一模子中印出，个性特性是不易存在领袖标准，是在共通所理解的榜样中产生的。一切皆显得又

① 沈从文：《〈从文小说习作选〉代序》，《沈从文生活美学》，新世界出版社 2017 年版，第 146 页。

庸俗又平凡，一切皆转成为商品形式”[①]。都市人的萎靡，意味着现代文明对人的异化。“民族衰老了，为本能推动而作成的野蛮事，也不会再发生了。”[②] 当鲁迅的“过客”在人生道路上赤足跋涉的时候，沈从文的如蕤却在人性的海滩上散步，人性在这里被纯化与浪漫化了。小说以湘西强悍原始的民风作参照，力图为中国文化注入活力。

作家在作品中所体现的情感和价值偏向，与其个性、气质有着密切的联系。鲁迅的人生选择由他特有的个性与生活经历所决定，反映在其作品中则为忧愤深广。不同于鲁迅，沈从文的早年生活环境、人生经历以及湘西世界的自然风物和社会环境，给予他敏感而不失忧郁的个性，也左右着他看待他人与世界的方式。因而在表现乡土生命形态的文学书写中，二人的作品就呈现出不同的生命美学观。

以“五四”启蒙为标志的中国新文学一发生，便和“人的文学”的倡导合为一体，“人”的发现与人的启蒙互为一体。新文学作家自觉承担起启蒙的角色，而启蒙对象正是处于底层的愚昧的民众。按照这样一个大的文化思路和文学启蒙叙事模式，沈从文的湘西世界中的人物，大都处于被启蒙的对象。沈从文写有一篇小说《虎雏》。“我”有意将一名湘西小兵培养成文明人，准备让他在上海接受最好的教育。小兵也十分乐意，来到上海，学习进步迅速。但不久，小兵的野性就暴露出来，杀了人逃回湘西去了。“我”感到非常失望。“我”的失望与沮丧在于对自己价值选择的怀疑：

> 至于一个野蛮的灵魂，装在一个美丽盒子里，在我故乡是不是一件常有的事情，我还不大知道；我所知道的，是那些山同水，使地方草木虫蛇皆非常厉害。我的性格算是最无用的一种型，可是同你们大都市里长大的人比较起来，你们已经就觉得我太粗糙了[③]。

作者描写了一名湘西小兵的经历，意在表明他所竭力进行的文明再造过程，在小兵习惯了的湘西野蛮原始的生活面前，没有任何吸引力，也不会成功。都市文明在小兵面前显得苍白无力。沈从文对湘西世界的描写，突出的是湘西自然野性的一面。从

① 沈从文：《如蕤》，《沈从文全集》第7卷，北岳文艺出版社2002年版，第337页。
② 沈从文：《如蕤》，《沈从文全集》第7卷，北岳文艺出版社2002年版，第339页。
③ 沈从文：《虎雏》，《沈从文全集》第7卷，北岳文艺出版社2002年版，第42页。

比较意义上而言，沈从文思想中更多地表现出“道法自然”的道家思想，即按照自然的法则生活与行事，即老子提倡的以“自然”为最高旨归。始终以“对政治无信仰对生命极关心的乡下人”自称的作家，为远离时代中心的湘西边缘之地书写着浪漫原始的“民族志”。许纪霖认为老子的人生哲学可以归结为五个字——“无为而无不为”。无为不是无所作为，而是认识到事物本来的发展规律，不拔苗助长，而是耐心地等待客观条件的自然产生。所谓无为，就是守住一个“朴”字。一个拥有美德的人，应该过平淡、质朴的生活，远离所有的聪明与技巧，这样就天下太平了①。沈从文作品中体现出的价值取向与老子思想非常契合。

沈从文笔下的湘西世界，正是一种理想的小国寡民，一个质朴平静的原始社会，也是其理想的社会图景——“兵卒纯善如平民，与人无悔无扰。农民勇敢而安分，且莫不敬神守法”②。而湘西少数民族苦难的历史以及苗民被权力者奴役和杀戮的情形，让沈从文充满了无奈和悲伤。1934 年沈从文返回故乡时，对湘西的自然风物充满感情，同时也感受到“现代”社会已经侵入湘西古老的民风。面对故乡熟悉的一切，最令沈从文感动的是湘西历史中千年不变的生存方式。“在这里，神尚未完全解体，它仍被人们真诚地信仰着……在这种神之信仰的背后，是人性的纯朴，观念的单纯，以及洋溢在人际交往中的脉脉温情。”③ 沈从文对湘西的书写充分展现出湘西原始神秘的神性之美。“在沈从文的文字中往往喜欢屈、庄并提，这说明他有意在屈原式的幽丽沉郁中，调剂以庄子式的自然超逸。”④ 受古楚文化影响，其小说具有屈原《九歌》式的低回幽眇。湘西自然社会是沈从文的第一本“人生的大书”，教会了他关于人生与世界的知识。当他再次返回湘西时，故乡的人、事和山水河流唤起他无限的感慨：

> 看到日夜不断千古长流的河水里石头和砂子，以及水面腐烂的草木，破碎的船板，使我触着了一个使人感觉惆怅的名词，我想起“历史”。一套用文字写成的历史，除了告给我们一些另一时代另一群人在这地面上相斫相杀的故事以外，我们决不

---

① 相关论述参照许纪霖：《脉动中国》，上海三联书店 2021 年版，第 176—179 页。

② 沈从文：《从文自传・我所生长的地方》，江苏人民出版社 2014 年版，第 29 页。

③ 凌宇：《摘星人：沈从文传》，湖南文艺出版社 2018 年版，第 38 页。

④ 杨义：《道家文化与中国现代文学》，《中国社会科学》1997 年第 2 期，第 161 页。

会再多知道一些要知道的事情。但这条河流，却告给了我若干年来若干人类的哀乐①！

以自然观照历史、人生，生命的意义就体现在“空间”而非“时间”中。湘西的人们“不变”的生存方式“似乎与历史毫无关系”，由于湘西受古楚文化影响，湘西的民风“或许就和两千年前屈原所见的完全一样”②。楚文化精神就像千年长河一样，滋润着湘西地域的一代代人们，使湘西始终保留一种古老的民俗民风而获得一种文化超稳定状态。沈从文的创作意在表现湘西世界特异的“生命形式”。“正是对中国社会现代文明的历史进程中‘民族品德的消失’、‘人性’的堕落、人类‘不可知的命运’的忧患意识，及‘重造’民族的不懈追寻，构成了沈从文创作的内在动力与思想内核。”③沈从文作为一个“现代人”，长期生活在都市，受到“五四”新文化思潮的影响，甚至从其文学的整体思路来看，“属于清末民初出现的‘现代国民国家——国民性改造——文学启蒙’这条大的思想脉络”，因此“完全可以将其纳入到‘国民性改造’的视野中来考察的”④。但显而易见，沈从文所秉持的文化理想与现代中国主流的文化思想并不一致。相对于20世纪中国的现代性进程中，民族的希望寄托于社会变革与革命，实践中追求求新促变，沈从文却追求“常”，“他对中国现代话语中的‘新’、‘旧’概念历来不接受，对现代性变革的真正意义也是怀疑的。这既源于道家的哲学思想，也源于他对‘新’、‘变’空虚本质的洞察”⑤。沈从文的思想是偏重于保守的，他从独特的观照视角和文化参照来构筑其文学世界。可以说，沈从文创造的文学世界以湘西为视角和方法，所形成的“乡土小说既带有自传性色彩，又有与文学之地的想象性纽带……过去和现在的‘对话’带来了不可避免的紧张关系，从而形成了沈从文独特的现实视象”⑥。

---

① 沈从文：《沈从文散文新编：湘行散记·一九三四年一月十八》，人民文学出版社2017年版，第29页。

② 沈从文：《沈从文散文新编：湘行散记·箱子岩》，人民文学出版社2017年版，第54页。

③ 钱理群等：《现代文学三十年》，北京大学出版社1998年版，第222页。

④ 迟蕊：《新文学“国民性改造”脉络中的沈从文》，《杭州师范大学学报（社会科学版）》2017年第1期，第120、122页。

⑤ 杨联芬：《边缘与前沿》，新星出版社2018年版，第76页。

⑥ ［美］李欧梵：《论中国现代小说的继承与变革》，季进、时苗译，《当代作家评论》2008年第1期，第147页。

“五四”文学对乡土的描写，是在思想启蒙的视角下进行的。沈从文的乡土小说提供了一个认知民族、地方文化的另类视角。被希腊精神所感染、对自然与自我情感的忠实，使他远离了各种激进主义的人文思潮，保持了对自己少数民族历史与文明的一种敬意。

结　语

沈从文文学及其所构筑的“湘西世界”的意义在于，在晚清以来的现代性思潮中，以非主流和宏大叙事的方式进行文学创作，调适了新文学中过于功利化的文学功能。他在《从文小说习作选·代序》中说道：“这世界上或有想在沙基或水面上建造崇楼杰阁的人，那可不是我。我只想造希腊小庙。选山地作基础，用坚硬石头堆砌它。精致、结实、匀称，形体虽小而不纤巧，是我理想的建筑。这神庙供奉的是‘人性’。”① 这意味着，外来文化资源参与了沈从文的文学创作，使其作品具有了现代因子，成为现代文学的独特存在。外来文化与本土文化相结合，使其文学具有了开放性和包容性，从而创造出一个属于沈从文的、别人无法代替的审美形式和审美世界，让人在自然之爱与风情之美中得以超脱。

沈从文之于现代中国乃至文化的意义与启示在于，新文学传统并不是西方外来文化的中国征候，而是源自本土文化与历史资源，并不断赋予中国民族文化传统以抵抗性意涵。这使得现代中国能够在追求现代的过程中始终保持独立自主，并成为参与构建人类命运共同体理念、促进人类世界秩序更趋合理的重要国家之一。

（作者单位：安庆师范大学人文学院）

① 沈从文：《〈从文小说习作选〉代序》，《沈从文生活美学》，新世界出版社 2017 年版，第 146 页。

学术史

本土意识的迷思[①]

——论叶石涛《台湾文学史纲》

严　靖

摘　要：叶石涛的《台湾文学史纲》在台湾地区的文学史撰述中具有奠基性和开创性意义。总体上，它带有鲜明的意识形态和殖民色彩，充满本土意识的迷思。首先，它对作家群体进行分类，制造省籍对立，宣扬台湾文学主体性与去中国化；其次，关于日据时期的历史和文学，此书为皇民文学翻案，中立化与美化日本殖民历史；再次，作者对乡土文学论战的性质进行歪曲，对其意义进行窄化，转“乡土”为“本土”、“台湾意识”。这本文学史和叶石涛20世纪八九十年代以来的其他文学论述一起，构成了分离主义倾向台湾文学史观的重要部分。对历史的扭曲和虚构，以及意识形态先行的立场，注定了其难以为继的命运。

关键词：叶石涛；《台湾文学史纲》；本土意识；分离主义

在“文学领域里的两国论”[②]中，叶石涛被奉为提出台湾“本土化”、“自主性”的第一人。陈映真在批判分离主义的台湾文学倾向时，亦将叶石涛视为该论调的宗师[③]。作为“台湾本土文学论”的奠基者，叶石涛也是张良泽、陈芳明、彭瑞金等分离主义倾向者尊崇的文学宗师。

作为小说家、文学评论家和文学史家，叶石涛（1925－2008）的写作跨越了半个

---

① 本文系国家社会科学基金一般项目“抗战时期的边疆书写与国族意识构建研究”（22BZW143）的阶段性成果。

② 赵遐秋、曾庆瑞：《“文学台独”面面观》，九州出版社2001年版，第1页。

③ 陈映真：《论“文学台独”》，《文艺报》，2001年10月9日。

多世纪：于日据后期即20世纪40年代初开始发表作品，与当时在台湾的日本“皇民文学”的总管西川满等过从甚密；1951年，因阅读左派书刊被判处五年徒刑；1965－1977年，以写实主义和乡土文学的写作复出，创作了近40篇小说，成为衔接从战前到战后台湾文学史——特别是从日文写作转变为中文写作的极少数成功作家之一；乡土文学论战之后，尤其是20世纪90年代以来，文艺思想逐渐走向分离主义的立场。叶石涛的重要性不仅源自其人生经历之丰富和文坛地位之重要，更因为其复杂的文艺思想中“乡土”与“本土”、“台湾意识”与“中国意识”等概念的互相纠结和不断流变。这使得他在众多分离主义者之中，尤其具有代表性。

在叶石涛的著作中，《台湾文学史纲》（初版1987年，日译注解版2010年）的意义尤为显著。首先，它是第一部由台湾学者写就的台湾文学史著作，弥补了一大空白；其次，它既整理和聚集了20世纪80年代呼之欲出的分离主义的核心思想，同时也厘定或启发了此后这一派论者的理论视野和政治立场（包括影响甚大的、依据后殖民理论写就的陈芳明《台湾新文学史》）。因此，选取这部著作作一研究，更有利于看清分离主义文学史观的建构过程及其呈现的种种问题。

这本《台湾文学史纲》(以下简称“《史纲》”)，称不上是严格意义上的学术著作。从基本框架看，作者倾向性严重——重“乡土”轻“现代”、重“本省”轻“外省”，说明了其批评尺度和立场的褊狭性。从评论风格看，作品评论多为印象式批评，甚至更多只是一笔带过的信息记录，很多地方都流于浮浅。

然而，作者的初衷本就不是写一部可以传世的、杰出的文学史著作，而是为了突出“台湾意识”，为本土派建构意识形态鲜明的台湾文学史观。这首先从该书的写作初衷可以一窥。在1996年发表的《80年代的文学刊物》一文里，叶石涛说，1982年1月和朋友一起在高雄创办的《文学界》杂志，一开始就是要“凝聚南部作家的共识……确立台湾文学的自主性，缔造中国文学之外的独立的台湾文学”。《史纲》是在

《文学界》杂志这一具有浓重本土化倾向的文学团体的推动下完成的[①]。因此，此书虽然由叶石涛主笔，但也可视作其时主张文学分离主义思想的作家和文学研究者的集体声音。

《史纲》在“新的台湾意识”的指导下，企图建构起一个足以与中国大陆文学相抗衡的、具有“自主性”的“台湾文学”体系。但是，由于当时国民党的威权统治尚存、台独势力羽翼未丰以及叶石涛本人思想的内在矛盾，1987 年版的《史纲》尚未扯出分离主义的大旗。尽管如此，分离主义文学史观建构的种种核心问题和症结已经显露或萌芽了。

一、制造省籍对立、宣扬台湾文学主体性与去中国化

从关键词的角度看，《史纲》一书充满了“省籍作家”（“本省作家”）与“外省作家”（“大陆来台作家”）的表述，并将这两个刻意分出的群体置于一种对立冲突的关系之中。省籍身份的划分和对立关系的设置，贯穿着全书脉络。

《史纲》强调“台湾意识”，认为只有表现台湾本土生活经验和历史经验的文学才是真正的台湾文学。序言中明确指出，撰写《史纲》的“目的在于阐明台湾文学在历史的流动中如何地发展了它强烈的自主意愿，且铸造了它独异的台湾性格”[②]。

按正常逻辑，不论作家风格如何、背景怎样，只要是书写台湾经验的，都庶几可称台湾文学；只要居住台湾的，叫台湾作家也合情合理。但《史纲》中，叶石涛对“台湾意识”强、“本土”色彩浓的作家、作品的偏爱是显而易见的。同时，他对某些他认为的非乡土作家的不满和贬低俯拾即是：明末清初宦游人士的作品富于异国情调，未能深入台湾本土；20 世纪 50 年代大陆赴台作家的怀乡文学对乡愁的描写脱离了台湾本土；60 年代“无根与放逐”的一代只是继承中国古典文学的传统，却没有接受

① 叶石涛在《写在〈台湾文学史纲〉出版前》中回忆说：“（1983 年）春，《文学界》的同仁，郑炯明、陈坤仑、曾贵海、彭瑞金、林瑞明、我和赵天仪、陈千武、陈明台等人有过一次集会，咸认为台湾文学史的撰写是目前最重要的工作，必须群策群力，采用集团写作方式去完成……之后，我从这几位同仁手中陆续拿到堆高如山的影印资料……”见叶石涛：《走向台湾文学》，台北自立晚报社文化出版部，1990 年，第 173 页。

② 叶石涛：《台湾文学史纲·序》，高雄文学界杂志社，1987 年，第 2 页。

日据时代以来台湾乡土文学的养分……意识形态的偏颇使得叶氏认为，外省籍作家的文学作品“远离台湾的土地和人民”，本质上是对台湾的不认同。因此，《史纲》将“外省籍作家”置于边缘位置，企图把其作品排除在台湾文学的范畴之外。

其中，《史纲》对于1950年左右从大陆赴台作家的文学活动，以是否表现与认同台湾为标准，基本上持贬抑态度：“五〇年代、六〇年代的大陆来台作家的作品，很少描写台湾农民和劳工的生活现实，即使他们描写了农民和渔民也只限于大陆的原乡，而且来台作家都是依附权力机构谋生的……由于缺少了知识和经验，他们所描写的原乡劳动人民的形象既模糊又不明确，他们不懂人间疾苦。”他质疑这些作家反映台湾社会的愿望和能力，并进一步质疑他们写作的意义。

叶石涛这种将作家的生长环境与文学的品质机械地纠结在一起的逻辑，并非始于《史纲》。1964年，《台湾文艺》和《笠》诗刊先后诞生。在叶石涛看来，这是两个具有标志性意义的文化事件，光复以来省籍作家的失语状态即将改观。沉寂了近15年之久的叶石涛，于1965年发表了《台湾的乡土文学》。文章首先表明，他长期以来都有一个“炽烈的愿望”，即“把本省籍作家的生平、作品，有系统地加以整理，写成一部乡土文学史”。叶石涛认为，“省籍作家”在战后处于非主流处境，而这一处境使其联想到日据时期：“从日据时代起一直到现在，本省作家个个像受难的使徒背着沉重的十字架，又像挥矛向风车挑战的唐·吉诃德，为了建立自己的文学，前仆后继，蹒跚地走过满披荆棘的坎坷之路。”① 文章不但在战后第一次正式将“本省籍”作家、作品定位为台湾“乡土文学”，从而将省籍与乡土两个关键词捆绑在一起解释，而且为“省籍文学”找到了他认为的真正传统——日据时期的台湾新文学，而非更大视域的“五四”新文学。

这样，叶石涛就将日据时期台湾新文学和战后的“本省籍”文学联系到了一起。突出“省籍”意识，既是一种团结省籍作家、为创作争取生存空间的理论铺垫，也是在有意识地强调省籍文学的特殊性。将本省作家与大陆来台作家分而论之，将台湾文学的特殊性超脱出中国文学的传统与底色，《史纲》及其后叶石涛呈现的台湾意识和台湾文学主体性已经呼之欲出。

---

① 叶石涛：《台湾的乡土文学》，《文星》1965年第97期。

《史纲》主要是以意识形态的标准评析相关作家、作品。此外，由于大陆与台湾长期隔离形成的时空落差，使得叶石涛认为1949年前的大陆传统对台湾“当代”作家是无效的。他在批评年轻一代作家的世界主义文学观时说：“在政治体制上，今之‘大陆’非日据时代的‘祖国’，所以他们的思想缺乏现实的基础。”这种观念还表现在他对其他文学现象的评价上。比如，他认为“张我军论评的主要待征，在于把台湾新文学视作整个大陆文学的一环，并不考虑当时的台湾是日本统治下的殖民地这一个政治性的事实”。

叶石涛一度认同“文化中国”而排斥“政治中国”。然而，他从小就接受日式教育，对“文化中国”其实并不十分熟悉。他自由运用中文是在光复之后开始的，之前只是通过日文翻译来了解中国文化。他对中国文化的认同其实缺乏坚实的基础，能否构成一种文化的信念是令人质疑的。在《史纲》中，他极度贬低1949年前后大陆来台作家的文学成就，重要的理由之一是指责这些作家“拥护中国传统的孔孟思想，且有根深蒂固的法统观念，缺乏民主、科学的修养”①。将“孔孟思想”置于“民主”、“科学”的对立面，并判定这批作家拥护孔孟思想，显然是粗率乃至错误的。

《史纲》或明或暗地指出，地理属性上的“外省作家”和文学倾向上的“现代派”作家，都不能亲近台湾的土地和人民。前者是外来的侵入者和统治者，后者是无根的西化派。只有土生土长的本省作家才懂得台湾人民的“理想与追求”。这些判断的确在一定程度上表达出了台湾作家在特殊历史语境中的存在感受和合理诉求，但换个角度看，这些判断何尝不是一种排外情绪的非理性宣泄呢？再者，叶石涛几乎将外省作家全盘否定，认为他们的“到来”都对台湾不利。他不仅没有对这些流亡到孤岛的战乱移民或“遗民”表达基本的同情与爱，也无视他们对台湾社会和文化建设的贡献。《史纲》的基本历史论述不仅失实甚多，还处处将“外省作家”树为外来祸水和敌对势力，显示了“本省”作家争夺20世纪80年代台湾文坛影响力的用心和努力，以及他们采取的“重写文学史”这一方案的谋略。

① 叶石涛：《台湾文学史纲》，高雄文学界杂志社，1987年，第88页。

二、为皇民文学翻案以及对日本殖民的中立化与美化

皇民文学是中日战争全面爆发后日本殖民者为配合侵略战争而强迫台湾作家创作的文学。它在当时就遭到了大部分台湾作家的抵抗，后来更是为具有历史正义感的台湾知识分子所不齿。

然而，进入20世纪80年代，逐渐有亲日者为皇民文学进行程度不一的翻案。旅日分离主义论者张良泽便是其中的积极者。他分别于1979年和1983年发表了《战前在台湾的日本文学：以西川满为例》和《西川满书志》两文。西川满是日据时期来台的日籍作家，也是日本在台湾推行皇民化运动时，“皇民文学”的主要领导者之一。他参加了“大东亚文学者大会”，是“日本文学报国会”的理事长，还宣布将自己主编的《文艺台湾》“献给台湾文学奉公会”①。同时，为了服务于臭名昭著的“决战文学”，他不断攻击坚持现实主义立场的台湾作家，说那是“狗屎现实主义”。然而，张良泽置这些基本史实于不顾，反而宣扬西川满“有台湾意识”，而且真诚“挚爱台湾”。

与日本皇民文学政策关系最密切的台湾作家之一叶石涛，在皇民化运动中表现积极。早在1942年，17岁的叶石涛即追随西川满，在后者任社长的《文艺台湾》做助理编辑工作。西川满对叶石涛提携有加，后者则极为感激前者的知遇之恩。在叶石涛的心目中，西川满是其文学生涯中的一盏明灯。1943年，西川满等为了宣扬皇民文学以及为侵略战争服务，攻击坚持自身立场与风格的台湾作家时，叶石涛也曾写文章为其帮腔。

虽然我们不能武断地将叶石涛多变的文学观和历史观认作媚日反中，但他的文学倾向又的确随着台独的政治势力日增而逐渐显露。20世纪90年代以来，随着亲日派台独政治势力的抬头，台湾文学界对皇民文学也逐渐有了与两蒋时期截然不同的评价。1998年，张良泽发表《正视台湾文学史上的难题——关于“台湾皇民文学”作品拾遗》一文，强调日据时期台湾作家撰写“皇民文学”是一种普遍现象，而且这一现象是由于迫不得已，后人不宜妄加评论，而应予以谅解。叶石涛则于2002年6月15日在题为

---

① 叶石涛：《台湾文学史纲》(日译注解版)，高雄春晖出版社2010年版，第101页。

《我的台湾文学60年》的演讲中，开宗明义地宣称："20岁以前我是作为一个日本人长大的；……出生便是日本人。"他在接受日本学者山口守的采访时，称"父母亲有民族的尊严，然而却是错误的尊严"。这就不难理解他在这次演讲中为什么会作这样的鼓吹："'皇民化'就是想使台湾人'日本人化'；'皇民化'就是使台湾'现代化'、'近代化'。"2010年，日文版《史纲》出版时，他把有关台湾文学性质的论述，即"台湾文学是中国的一支流"，是"中国抗战文学的一部分"，以及台湾文学是"在台湾的中国文学"，是"在台湾的中国人所创造的文学"这类提法统统删去。对于"皇民文学"在台湾文坛的性质、地位和意义的翻转，叶石涛起了推波助澜的作用。

陈映真在1984年曾发表《西川满与台湾文学》，批评了张良泽歪曲事实和美化日本文化侵略的行径。在十几年后的另一篇文章《精神的荒废——张良泽皇民文学论的批判》中，他也驳斥了张文的史实错误和史观荒谬。陈映真指出："很有一些人主张离开中国人立场，重新评价皇民文学。主张皇民化虽然不曾把台湾人变成日本人，却使台湾人变不成中国人而予以正面评价，主张要以什么'爱与同情'去重新认真解读皇民文学，恐怕才是以极右反共论为基点的台独论的必然结果吧。"① 此外，《人间思想与创作丛刊》还在1998、1999年组织了"台湾皇民文学合理论批判"和"不许新的台湾总督府'文奉会'复辟"两个专辑，刊出了曾健民的《台湾"皇民文学"的总清算》、刘孝春的《试论"皇民文学"》及前述陈映真的《精神的荒废——张良泽皇民文学论的批评》三篇文章。专辑对支持台独的日本学者垂水千惠、中岛利郎的谬论进行了揭示和批判。

为日据时期台湾文学中一些变节作家辩护，也是翻案史学的内容之一。1979年11月，张良泽在日本《朝日夕刊》发表《苦闷的台湾文学——蕴含"三脚仔"心声的系谱》一文，认为台湾人是介乎大和"皇民"与中华"汉民"间的中间人种——"三脚仔"，而日据时期台湾文学就是塑造这些既非日本人又非中国人的"三脚仔台湾人"，反映这些"三脚仔"的"心声"，"偷生"、"隐忍"则是这一文学精神的内容。对此，陈映真愤怒地指出："为了偷生百般隐忍、无奋起反抗的勇气、为了取得配给物资而改姓名、组成'国语家庭'的'三脚仔'精神，(以此来)概括一切的台湾文学，简

① 陈映真：《精神的荒废——张良泽皇民文学论的批判》，《联合报》副刊，1998年4月2—4日。

直是睁着眼睛诬蔑先贤了。"[1]

那么，日据时期，尤其是1937至1945年间的台湾文学（包括"皇民文学"）的真实情形如何呢？一个基本的史实是：台湾陷日初期，无人用日文创作；20世纪20年代，受大陆新文化运动影响，台湾也开展白话文运动，这一时期的台湾新文学主要是用白话文或半白半文的语言创作；1937年以后，日本殖民者逐渐强制废止中文教育，但台湾还有不少作家坚持用中文创作。即便许多作家们在高压政策下不得不放弃母语，而采用日语写作，但他们仍然利用文学的特殊性，以"曲笔"表达他们的立场与情感（包括民族主义思想和中国意识）。细读这一时期文学作品的研究者发现，他们的对策是巧妙地割断作品"能指"与"所指"的直接联系，"用了统治者的语言来表现另外一个完全不同的文化想象"，"实际上消解了殖民者建构的'文化共同体'的神话"。正因为如此，战后，大部分作家们都能够迅速进行"'脱殖民'的写作尝试"，"很快就完成了从使用日文到中文的转变"[2]。

再以日据时期重要的文学刊物《台湾文学》为例。该刊虽然在战时被迫使用日语，但是仍然不忘用一些被迫却巧妙的表达方式坚持中国文化，传承中国意识。比如，1943年1月第三卷第一号，民族主义者张文环在高压下表态"效忠"，但接下来的第三卷第二号，立即刊出了"赖和先生追悼特辑"，追悼不屈抗争的台湾现实主义文学先驱赖和。第三卷第三号的小说创作栏，除了一个日本作家之外，其余都是台湾作家。这些复杂的应变至少显示，大多数台湾作家即使在使用殖民者强迫使用的语言为表现媒介的情况下，依然保留了已经融入血液的中国文化精神。何况，八年（有些刊物则是四五年）的日语写作，并未使大多数作家的中文表达能力完全废弃。

然而，即便事实如山，20世纪90年代以来，叶石涛等岛内分离主义倾向的作家和日本的一些文学史家，仍然不断为皇民文学翻案，对日本殖民侵略进行中立化与美化。1990年，在论及"决战时期"台湾作家时，叶石涛说他们"已不同于白话文作家，较有自主独立的台湾意识，摆脱了来自大陆的影响，确立了台湾文学是属于台湾人的文

① 陈映真：《思想的荒芜——读〈苦闷的台湾文学〉敬质于张良泽先生》，《中国时报·人间副刊》，1981年2月22日。

② 黎湘萍：《文学台湾——台湾知识者的文学叙事与理论想象》，人民文学出版社2003年版，第96—114页。

学这一清晰的观念”①，又说“在五十年的日本殖民地的统治中台湾民众成功地培养了脱离大陆母体的自主意识”②。这些论述已非一般意义的台湾本土论，而是对日本侵略和殖民历史的歪曲，对台湾反殖民历史的抹杀。这种论调并非孤例。2004 年，藤井省三的《台湾文学这一百年》中译本在台湾出版。藤井特意为这个版本写了序，序末注明写作时间“2003 年 7 月 5 日”，之后又特意添上一句话——“佐藤春夫于基隆港上岸八十三年后”③。这一煞有介事的表述，意在表示，台湾文学的渊源和兴起有赖于宗主国日本的惠赐，是日本将台湾的社会和文学一起带进现代的。藤井认为，被称为“台湾文学之父”、“台湾的鲁迅”的赖和，其“大多数的作品水准并未超过习作的领域”，因而他的书对其着墨甚少；列入其文学史谱系之主体的则是佐藤春夫、西川满等日本作家和写出“不折不扣的皇民文学”的周金波等投敌文人。藤井省三对于日本殖民者对台湾文化的压迫与毁灭只字不提，对诸多史实的选择性忽视更是俯拾即是。他生硬地搬弄本尼迪克特·安德森的民族主义理论来阐释台湾近代史，试图以此稀释和解构台湾人民的中国文化情结和抵抗运动。

或许最好的回应还是叶石涛自己的话。未写作《史纲》的 1983 年，在一次采访中，叶石涛明确表态：“基本上大陆文学和台湾文学都是中国文学，都表现出民族的性格，而台湾的文学也一直自认为是中国文学的支流，就是在日据时代也一样，那时虽用日文创作，但谁也不承认是日本文学。台湾文学和大陆文学这两者的走向和目的也类似，都是为了建立一个民主的、统一的、和谐的社会，在文学上的表现技巧也一样，都是采用批判性的写实主义……唯一的不同便是反映对象的不同，我们反映的是台湾的民生结构和社会结构，他们反映的是大陆的人民的生活方式和社会结构，这是目前所看到的表面上的不同。”④ 虽然这话发表于台湾“解严”之前，有迫于意识形态的可能，但其分析却合情合理，更合乎日据时期台湾文学史的原貌以及其时台湾文学

① 叶石涛：《四〇年代的台湾日文文学》，收入叶石涛：《台湾文学的悲情》，高雄派色文化出版社 1990 年版，第 49 页。

② 叶石涛：《台湾，一个共同命运体》，收入叶石涛《台湾文学的悲情》，高雄派色文化出版社 1990 年版，第 106 页。

③ ［日］藤井省三：《台湾文学这一百年·序》，张季琳译，台北麦田出版社 2004 年版。

④ 叶石涛：《为台湾文学找寻坐标——宋泽莱访叶石涛一夕谈》，收入叶石涛《小说笔记》，台北前卫出版社 1983 年版。

的本质特征。

三、对乡土文学论战意义的窄化与歪曲

1977年爆发的乡土文学论战，是台湾两种政治势力、文化心理和文学观念在特定背景下的一次总较量。代表官方立场和西化立场的官员学者，和以陈映真、尉天聪为代表的乡土派文学的论争，产生了深远的影响。乡土文学提倡的反西化、反殖民，对台湾新文学的民族性、社会性、写实性、民众性的肯定，对现实主义传统的发展，有根本性的意义。经此论战，乡土文学代表了当时的进步文艺，成为文学界的普遍共识。

然而，到了台湾政局急遽变化的20世纪八九十年代，在独派文人对文学史的不断重构和篡改下，乡土文学论战的本来面貌与诠释方式遭到了扭曲。乡土文学的领导权与解释权从“左派”转移到“本土派”手中，而乡土文学的名号也逐渐被“本土文学”所取代。原本还兼带阶级色彩的“乡土文学”，也成为完全成为“台湾”这一区域符号的“台湾文学”。

1977年5月，在乡土文学论战初期，当时站在乡土文学阵营的叶石涛发表了《台湾乡土文学史论》一文。这篇近两万字的论文，由五部分构成：“台湾的特性和中国的普遍性”、“台湾意识”、“帝国主义和封建主义下的台湾”、“台湾乡土文学中的现实主义道路”、“台湾文学中反帝、反封建的历史传统”。因为文学史观的内在冲突，叶石涛一方面无法否认台湾与中国不可分割的血缘关系与历史连接，不能不承认“始终给台湾带来重大影响的是一衣带水的中国大陆的中华民族”；另一方面，他又心有不甘地提出了“台湾意识”，强调台湾文学“应该是站在台湾的立场上来透视整个世界的作品”。这种隐含了分离主义倾向的提法，立即引起了陈映真的警觉。在《“乡土文学”的盲点》一文中，陈映真敏锐地指出叶石涛文学史观中带有“用心良苦的、分离主义的议论”，而主张“台湾意识”还是“中国意识”，关涉乡土文学的回归方向。由于社会观、历史观和经济观的不同，陈映真与叶石涛对乡土文学的解释已经产生分歧。但在当时的历史语境下，对新殖民主义和国民党意识形态的斗争是乡土文学派的共同目标，陈、叶同属乡土文学阵营，内部的不同声音并未引起更多的论争。

以现在的视角，这篇《台湾乡土文学史论》成为叶石涛后来撰写《史纲》的胚胎。

他在其中首创的“台湾意识”一词，也贯穿了《史纲》全书。这与其被封为台湾文学本土化宗师有密切关联。

在《史纲》中，凡是叶石涛认为的“非乡土文学”，就无法被纳入他所建构的文学体系中。比如，当时有像《文学季刊》这样主张“在台湾的中国文学”的作家们，叶石涛认为“这些年轻一代的作家……已经不是朴实、忠厚的老调乡土文学了。这可能是这些新一代的作家不太认识台湾本土意识浓厚的日据时代新文学运动的传统，而是着重思考整个中国的命运”。这种将台湾本土意识和中国意识对立的思维，已经是典型的分离主义文学史观了。

“泥土”抑或“土地”意识，是“乡土”的重要内涵。这种意识事实上成为20世纪八九十年代激进的本土主义论述中“土地迷思”的滥觞。正如某些研究者所尖锐地指出，“土地”“逐渐发展成一种符咒，一种随时可以祭起的、排斥异己的万能招牌”①。“台湾乡土文学”要求的不单是作家要出身于台湾，而且其创作也要以这片乡土为依归，即省籍身份和土地意识二者缺一不可。仅有“省籍”没有“土地”，不能算作地道的乡土文学；而没有“省籍”，更不是台湾文学了。

在台湾文学史观上与叶石涛持一致态度的陈芳明等人认为，叶石涛为战后台湾本土文学理论的建构作了奠基性的工作。1999年5月，高雄市立文化中心举办了叶石涛文学国际学术研讨会，陈芳明等人提供了《叶石涛的台湾文学史观之建构》等论文，盛赞其“以开创性的角度重省文学的发展，并为反映人生、诉说苦难的写实主义吹响号角。从他的身上，后学者体悟到的不仅是乡土文学的内涵与定位，同时还有文学史多元观的考察与论述，由此衍生出从文学史书写族群意识的形成及其自我定位等重要课题”②。这里讲的“族群意识”，即台独势力虚构出来的“台湾民族”意识；“自我定位”，则为“台湾文学不属于中国文学的一部分”的违背历史事实的定位。

叶石涛早在1965年即提出“乡土文学”说：“我渴望苍天赐我这么一个能力，能

① 计璧瑞：《从个例论当代台湾文学论述的演变——以叶石涛为分析对象》，《华文文学》2002年第4期，第39页。

② 朱嘉雯、叶石涛：《挖不尽的文学矿藏》，选自《文讯杂志》编印：《1999台湾文学年鉴》，台湾行政院文化建设委员会，2000年，第226页。

够把本省籍作家的生平、作品，有系统地加以整理，写成一部乡土文学史。”[①] 然而，当时的他并未显出鲜明的省籍对立意识、去中国化意识。但从20世纪80年代开始，叶氏经常强调台湾文学的“自主性”，而不大讲台湾文学与中国文学的“共同性”和“统一性”特征了。他在《史纲》中说：“我发愿写台湾文学史的主要轮廓(outline)，其目的在于阐明台湾文学在历史的流动中如何发展了它的强烈的自主意愿，且铸造了它独异的台湾性格。”[②] 1995年，在《台湾新闻报》的“西子湾”副刊上，叶石涛以“台湾文学百问”专栏发表系列文章，认为20世纪70年代的乡土文学论争“乃是以中国民族主义为基调，并非真正的落实在本土的历史、人民和土地上，充其量只是在台湾的中国民族主义者的分裂、内讧罢了……70年代末期的第三次乡土文学论争，是外来政权中国民族主义者和‘在台湾的’新中国民族主义者之间的斗争”。在乡土文学论战中，乡土的对立面本来是西化和殖民，乡土的立场本来是民族和写实。但在叶石涛的叙述中，却逐渐蜕变成：乡土的对立面是大陆和中国，乡土的立场变成台湾和本土。乡土文学的民众性质和左翼性质，逆转变成国族意识和地理意识。

陈映真在《向内战·冷战意识形态挑战——70年代台湾文学论争在台湾文艺思潮史上划时代的意义》一文中沉痛地指出：“从80年代中后开始，叶石涛、王拓、陈芳明、巫永福、宋泽莱、李魁贤和不少原台湾文学的中国性质论者，在没有做任何负责的转向表白条件下，转换了自己的思想和政治方向，从他们原来的原则立场，全面倒退。”[③] 这种“转换”和“倒退”带有浓厚的意识形态特征。叶石涛的文学史观的核心概念由“乡土”滑向“台湾意识”，再滑向“本土意识”和“自主性”，有复杂而且纠结的过程。这体现了分离主义文学史观建构的矛盾与困境。而造成这些矛盾和困境的核心因素还是政治。

1990年，叶石涛的分离主义立场已经比较清晰了，但他仍然说：“在日人统治下，台湾民众以中国意识武装自己，形成全岛性社会团结的意识”，“日据时代的台湾

① 叶石涛：《台湾的乡土文学》，《文星》1965年第97期。

② 叶石涛：《台湾文学史纲》(日译注解版)，高雄春晖出版社2010年版，第9页。

③ 陈映真：《向内战·冷战意识形态挑战——70年代台湾文学论争在台湾文艺思潮史上划时代的意义》，《联合文学》第158期，1997年12月。

民众的抗日活动，其精神的原创动力都源自广泛而深刻的中国意识”，“我们不得不发现台湾意识其实是中国意识的另一个层面，因为台湾民众所继承的是传统的汉人文化”①。关于20世纪六七十年代台湾文学与大陆文学的关系，他也表示：“由于大陆十年的‘文化大革命’使得那时期的大陆文学出现了巨大的断层，几乎没有任何作品存在。台湾文学刚好是填补这时期中国文学空白的唯一代表。”② 且不论这些论述正确与否，但它们显示出了叶石涛此时关于中国意识之于台湾文学的意义，是有另一番不同认识的。而随着分离主义的台湾意识日益抬头和自我膨胀，叶石涛后来在20世纪90年代末的《台湾文学入门》这一文学问答手册中，颠覆性地“修正”了自己的文学史观，主要有三个方面：一是关于台湾文学的归属问题，认为语言只是文学表现的工具，不能以台湾文学的创作语言来界定台湾文学的归属，以此论证台湾文学具有自主独立的品格，台湾文学与“中国文学”有如美国文学与英国文学的关系；二是关于台湾文学的构成要素及其地位问题，认为台湾文学具有多元化的异质性结构，把中国文学对台湾文学的根本性影响和日本、欧美以及俄罗斯方面的影响等量齐观，借以压低中国文学的分量，进而否认台湾文学是中国文学的一环，而确认为世界文学的一环；三是关于台湾文学的发展方向问题，强调台湾是“汉番杂居”的移民社会，呼吁汉族以外的族群发展各自的母语文学③。不难看出，上述史观的修正已不只是文学或文化上中国意识与台湾意识相互消长的问题，而是试图以台湾意识来全面覆盖或取代中国意识的政治话题。

鉴于叶石涛一贯的艺术创作和主张，我们不该怀疑他追求文艺的纯粹性的真诚。他时时念叨着要“厘清文学与政治之间的纠缠，使文学回归其本质”④。但在具体讨论台湾文学史的时候，他却又习惯于与政治因素相捆绑。而整个台湾近现代史的政治问题又是复杂多变的。叶石涛的文学史论述中透出的历史观念和政治意识，有时编

---

① 叶石涛：《接续祖国脐带之后》，见《走向台湾文学》，台北自立晚报社文化出版部，1990年，第13、35、36页。

② 叶石涛：《日据时代、战后初期的两岸文学交流》，见叶石涛：《台湾文学的悲情》，高雄派色文化出版社1990年版，第62页。

③ 叶石涛：《台湾文学入门》，高雄春晖出版社1997年版，第8—197页。

④ 转引自江宝钗、施懿琳、曾珍珍：《台湾的文学与环境·引言》，高雄丽文文化事业股份有限公司1996年版。

狭，有时无知，与实际的历史有巨大的距离。他一生的文学史观呈现出变幻与斑驳的特征。这种种特征，或许可以视作他无法把握台湾历史复杂性的表征。20 世纪 90 年代之后，叶石涛在文学批评与文学史研究方面的突出特点是常常把文学论述直接转换为政治论述。囿于多层历史、复杂现实和自身成长经历等因素，他的历史文化观和政治思想难免走向狭隘和偏激；“想象的共同体”思维落实到他的这些著作中，就是虚构历史。这种姿态和思维对一个学者而言是不利的。这也是叶石涛以及其他分离主义者无法走出的困境。

（作者单位：武汉大学）

编辑后记

本辑《大文学评论》继续开设“大文学研究”、“大文学视野”、“学术史”等常规栏目，并新增了“郭沫若研究专栏”和“儿童文学研究专栏”这两个专栏。

其中，对日记等“大文学”文体的研究更见充分。王增宝对《王乃誉日记》中王国维佚文的研究，尤其具有现实意义。而李光荣、高强的研究，同样展现了大文学世界的丰富多样。

本辑能够迅速出刊，需要特别感谢重庆师范大学杨华丽老师为本辑组稿。尤其是“郭沫若研究专栏”中的多篇文章，极大地丰富了大文学研究的领域。而郭沫若研究，从来就不能限定于纯文学研究领域内部。同样感谢北京师范大学张国龙老师为本辑“儿童文学研究专栏”组稿。另外，在纯文学研究方面，杨华丽老师组稿的多篇文章以及各处来稿也提供了与以往不同的研究视野。

在学术史方面，严靖的书评厘清了相关研究中的多个重要问题。

最后感谢四川大学的叶炘晨同学对文稿的细致编辑。

本辑执行副主编　妥佳宁

2023 年 6 月

稿 约

《大文学评论》由李怡主编，旨在将“纯文学”之外更为广阔的文本纳入文学研究的视野，不仅乐于“文”、“史”互证，更要从“史”中发现被遮蔽的“文”——探寻“纯文学”研究所忽略的各种“文学性”。

《大文学评论》将继续开设“大文学的世界”、“大文学视野”、“学术史”等栏目，并拟新增“纯文学与大文学”、“新批评与大文学研究”、“大文学研究中的‘文学性’”等栏目，将大文学的研究推向深入，使大文学研究能够获得“方法”上的自觉，并与其他研究达成交流互动，甚至争鸣。欢迎相关的理论探讨与具体案例分析，共同促进“文学”研究获得观照历史文化的视角和把握社会现实的能力。此外，特设“大文学批评”栏目，不限于一般学术文体，接受更为自由而有创造力的批评。

《大文学评论》采取页下注释，脚注请使用带圈字符，注释除了需要符合学术规范之外，还应注意使用中文标点。

《大文学评论》实行匿名评审制度。正式出版后，有微薄稿酬，并将赠送作者该辑两本。

来稿请提供电子文本，发送至 ly20212298@scu. edu. cn。

《大文学评论》编辑部